한시로 읽는
조선 지식인의 초상

권혁명

보고사
BOGOSA

머리말

　개인의 삶은 예나 지금이나 사회의 현실과 매우 밀접한 관계를 맺는다. 특정세력이 지배하는 현실에는 선과 악이 공존하며 그에 대처하는 방식에도 합리와 불합리가 존재한다. 이러한 현실 속에서 어떤 이는 현실에 영합하여 이(利)를 추구하고, 어떤 이는 현실을 외면한 채 고결하게 살아가며, 어떤 이는 현실에 저항하며 격정적으로 살아간다. 문학에 표출되는 기쁨과 슬픔, 즐거움과 괴로움은 사회 현실을 대하는 이러한 태도들과 깊은 연관성을 지닌.

　이 책은 바로 이 지점에 주목하여 조선시대 지식인들의 현실인식과 삶의 지향에 초점을 맞춘 것이다. 한시는 공식적으로 말할 수 없는 사대부들의 진솔한 내면 이야기를 전해준다는 점에서 그들의 실상에 바싹 다가갈 수 있는 통로이다.

　여기에 실린 12명의 지식인들은 당대에 정치적·문학적으로 뛰어났던 인물들이다. 1부 '부정한 시대를 사는 법'에 등장하는 6인의 지식인들은 훈구파가 주도하던 현실을 살았던 인물들이다. 남효온은 세조의 왕위찬탈로 구축된 현실세계를 애초부터 부정하고 사후세계에서의 행복을 꿈꿨고, 홍언충은 연산군대의 불의한 현실을 떠나가지 않고 유하혜의 화이불류를 삶의 지향으로 삼고 자신의 도를 곧게 세워 현실에 참여했으며, 조광조의 동문 최수성은 불의한 현실을 떠나 재야에서 사림파를 이끌었던 인물이다. 성수침은 당대의 현실을 불선(不善)하다고 인식하고 초나라 은자 접여(接輿)의 은거를 실천했으며, 성수종은 조광조의 수제자로서 정치적 금고를 당하자 자신이 도리어 현실을 거부하고 학문수양과 은거에의 의지를 불태웠다. 엄흔 또한 부정한 현실을 떠나가지 않으면서 억센 풀과 푸른 소나무와 같은 견정한 절조를 잡고서 세상을 구제하려 했던 인물이다.

2부 '그래도 나의 길을 가리라'에 소개되는 6인은 선조 이후 사림파 시대를 살았던 지식인들이다. 끝없는 시비논쟁만 일삼는 동서분당의 현실 속에서 관직에 대한 염증을 느끼며 탈속의 세계를 추구한 신응시, 을사사화를 일으킨 정순붕의 아들로서 집안의 죄과에 연루되어 일반 사대부들과는 달리 연단일사(鍊丹逸士)의 삶을 모색해야 했던 정작, 현달한 중앙관료로서 동서분당과 임진왜란으로 복잡해진 현실에 대한 책임을 지고 선공후사의 삶을 실천한 윤근수, 임진왜란 당시 조정에 항복권유문을 쓴 배신자라는 누명을 쓰고 유배지에서 억울한 심정을 소무와 굴원으로 노래한 황혁, 임란·병란·광해군 시대를 강상이 실추된 현실로 인식하고, 은거하여 고려말 충신 길재가 심은 대나무를 표상으로 완성된 인격을 닦아 강상의 사표로 살려 했던 장현광, 이순신 장군의 막하 장수로서 많은 전공을 세웠음에도 장수들이 정쟁의 대상으로 희생되는 현실을 개탄하며 명철보신의 삶을 살았던 최희량이 그들이다.

이 책은 필자가 기존에 제출한 연구논문들을 엮은 것이다. 필자는 그동안 한시 연구를 해오면서 작자의 현실인식과 삶의 지향에 지속적인 관심을 가져왔다. 인간의 삶은 결국 현실과의 관계 속에 존재하며 현실을 어떻게 대처하느냐의 문제이기 때문이다. 예전에 필자는 선인들의 현실인식과 삶의 지향을 그들만의 이야기로 여겼다. 그러나 이들이 남긴 한시를 읽어가면서 점차 사회 현실의 부조리와 그에 대처하는 개인의 선택이 지금의 시대에도 고스란히 되풀이되고 있다는 것을 알게 되었다. 연일 보도되는 무너진 강상윤리가 그러하며, 통치 권력의 정당성이 문제시되고 각자의 정치적 입장에 따른 시비 논쟁은 끊이지 않는다. 불의한 현실에 정면으로 맞서서 세상을 바꿔보겠다는 열정으로 살아가는 이들이 있는가 하면, 이익을 좇아 신의를 저버리고 입장을 번복하는 이들도 있으며, 염량세태의 풍조 가운데에도 자신을 지키며 고결한 가치를 이루어가는 이들도 있다.

이러한 세상에서 우리는 어떤 삶을 지향해야 하는 것일까? 이 책에 실린 열두 명의 조선 지식인들의 삶이 독자들에게 새로운 생각의 지평을 여는 작은 계기가 되길 기대하며 글을 맺는다.

2019년 5월
권혁명 씀

차례

【2부】 그래도 나의 길을 가리라

시비 벗어난 동서 분당에 나도 속세를 벗어나려네 [신응시]

1부

부정한 시대를 사는 법

현실을 부정하고
사후의 행복을 꿈꾸다

남효온(1454~1492)

1. 머리말

자만시(自挽詩)는 작자가 자신을 죽었다고 상정하고 죽은 자신에 대해서 짓는 만시이다. 그러므로 죽은 뒤 타인에 의해서 작성되는 일반 만시와는 달리 작자 자신의 의식을 보여준다. 또한 죽은 자로서의 시각과 목소리를 보여준다는 점에서 생전에 자손들에게 남기는 유언(遺言)·유령(遺令)·유조(遺詔)·임종시(臨終詩)와도 창작상황 면에서 구별된다.

일반적인 사람이라면 살아있는 자신을 망자로 설정하고 자신의 만시를 짓는 일은 거의 없을 것이다. 그러므로 자만시는 일단 양적인 면에서 매우 소량을 차지한다.[1] 창작 배경 역시 자만시를 써야 할 특

---

[1] 남효온의 자만시를 제외하고 『한국문집총간』 검색 결과 나온 편수는 다음과 같다.
　① 洪彦忠,〈甲子歲, 予謫眞安縣. 事將有不測者, 自分必死. 擬古人自挽而銘之. 且戒子云〉,『寓菴稿』권2,『韓國文集叢刊』18, 323면.
　② 盧守愼,〈自挽〉,『蘇齋集』권2,『韓國文集叢刊』35, 93면.

수한 상황, 예컨대 병이 들어 임박한 죽음을 직감했다거나 유배지에
서 언제 닥칠지 모르는 죽음을 불안해하며 지은 것들이 대부분이다.
이로 볼 때 자만시에서 작자의 죽음 그 자체는 가장된 것이지만 죽음
을 인식한 창작 상황은 진정이라 할 수 있다.

　지금까지 심경호,[2] 안대회[3]에 의해 자전·자찬류에 대한 논의가
있었으나 자만시를 논의의 중심으로 끌어들인 사람은 임준철이다.[4]
그는 자만시의 미적 특질을 달관(達觀)과 애원(哀怨)으로 파악하였고,
조선 전기 자만시를 총체적으로 다루면서 남효온(南孝溫)의 자만시를
'현실의 음화' 항목에서 살폈는바, 죽음을 통해 삶의 문제를 부각시

　　＿＿＿, 〈自挽〉, 『蘇齋集』 권3, 『韓國文集叢刊』 35, 120면.
　　＿＿＿, 〈自挽〉, 『蘇齋集』 권4, 『韓國文集叢刊』 35, 149면.
　③ 李廷龜, 〈自挽〉, 『四留齋集』 권4, 『韓國文集叢刊』 51, 295면.
　④ 李元翼, 〈嘆哀自挽贈李稿〉, 『吾里集』 권1, 『韓國文集叢刊』 56, 264면.
　　＿＿＿, 〈自挽二首, 李稿雖和次而皆自浪吟而不爲酬答吾意, 故戱代李稿復次以
　　　贈〉, 『吾里集』 권1, 『韓國文集叢刊』 56, 264면.
　⑤ 林　悌, 〈自挽〉, 『林白湖集』 권3, 『韓國文集叢刊』 58, 288면.
　⑥ 權得己, 〈自挽〉, 『晩悔集』 권1, 『韓國文集叢刊』 76, 9면.
　⑦ 趙任道, 〈自挽〉, 『澗松集』 권2, 『韓國文集叢刊』 89, 45면.
　⑧ 金澤榮, 〈自挽〉, 『韶濩堂集』 권1, 『韓國文集叢刊』 347, 477면.
　⑨ 奇　遵, 〈自挽〉, 『五言絶句』, 『國朝詩刪』 권1, 245면.
　⑩ 玄德升, 〈自挽〉, 『希菴遺稿』 권2, 『韓國文集叢刊』 b13, 330면.
　⑪ 崔有淵, 〈自挽〉, 『玄巖遺稿』 권1, 『韓國文集叢刊』 b22, 512면.
　⑫ 石之珩, 〈自挽〉, 『壽峴集』 上, 『韓國文集叢刊』 b31, 331면.
　⑬ 韓敬儀, 〈自挽〉, 『菑墅集』 권1, 『韓國文集叢刊』 b97, 16면.
　⑭ 李明五, 〈自挽〉, 『泊翁詩鈔』 권6, 『韓國文集叢刊』 b102, 112면.
　⑮ 姜必孝, 〈自挽〉, 『海隱遺稿』 권1, 『韓國文集叢刊』 b108, 31면.
2) 가와이 코오조오, 『중국의 자전문학』, 심경호 옮김, 소명출판사, 2002.
3) 안대회, 「조선후기 자찬묘지명 연구」, 『한국한문학연구』 31집, 한국한문학회, 2003.
4) 임준철, 「자만시의 시적계보와 조선전기 자만시」, 『고전문학연구』 제31집, 한국고전
　　문학회, 2007.

킨 것으로 파악하였다.

위의 논문은 자만시 연구의 선도적인 역할을 했을 뿐만 아니라 자만시의 특성을 유형화시켜 일목요연하게 제시한 의의가 있다. 이 글 또한 위의 논의에 동의하고 힘입은 바 크다. 그러나 우리나라에 영향을 준 중국 자만시를 달관과 애원으로 각각 유형화시킴으로써 포괄할 수 없었던 구체적인 부분에 대해서 추가적인 논의가 필요하고 남효온 자만시의 경우 죽음을 통해 현실적 문제를 부각시킨 것은 사실이지만 그것이 '현실적 가치에 대한 버리지 못한 미련'이기보다는 현실적 불만 그 자체와 그로 인한 특정 심리를 표출했다는 점, 그렇다면 그 현실의 실체는 무엇이냐에 대해서 남효온의 자만시를 초점으로 하여 작가론적으로 심화된 논의가 필요하다는 것이다. 이는 일반적인 자만시에 비추어 남효온 자만시만의 특징을 밝히는 계기가 될 것이다.

이상과 관련하여 이 글이 남효온의 자만시를 선택한 이유는 남효온의 자만시가 위에서 언급한 자만시 창작 상황과 부합할 뿐만 아니라 현존하는 우리나라 최초의 자만시이며 작품성도 우수하다는 것이다. 또한 자만시의 전형이라 할 수 있는 중국의 도연명(陶淵明)과 진관(秦觀)의 자만시를[5] 계승·변용하여 남효온 자만시만의 특성을 잘 살려냈다고 판단하기 때문이다.

이상과 같은 문제의식하에 2장에서는 자만시의 전통 및 남효온 자만시의 연원으로서 도연명과 진관의 자만시를 분석하여 자만시의 일

---

5) 도연명과 진관의 자만시가 자만시의 전형이라는 견해는 임준철의 위의 논문을 참조.

반적인 특징을 도출하겠다. 3장에서는 2장을 토대로 남효온 자만시
의 개성적인 국면을 밝혀보도록 하겠다.

2. 자만시의 전통과 남효온 자만시의 연원

우리나라 문인들의 문집을 살펴보면 자만시를 언급할 때 대부분
도연명을 언급하고 있는 것을 쉽게 찾아볼 수 있다. '연명의 자만, 요
부의 자전, 백세토록 썩지 않으리니 빛이 서적에 넘쳐흐르네.'[6] '근
래에 학사 신정하(申靖夏)는 죽기 전에 연명의 자만시를 외우기
를……'[7] '택당집의 절필운에 차운하여 연명의 자만의 뜻을 간략하
게 붙인다.'[8] '연명의 자만시를 의작해서 묘지명을 짓는다.'[9] '도연
명의 자만·자제문은 천고토록 군자의 바른 죽음이다.'[10] 등이 그것
이다. 이로 볼 때 우리나라 문인들이 자만시를 창작할 때 전형으로
삼은 것은 도연명의 그것이었음을 짐작할 수 있다.

남효온도 예외는 아니었다. 남효온의 스승이었던 김종직(金宗直)

---

6) 李晚秀, 〈成伯象鼎桂自誌追銘〉, 『屐園遺稿』 권11, 『韓國文集叢刊』 262, 502면. "淵明
　自輓, 堯夫自傳, 百世不朽, 光溢黃卷."
7) 安錫儆, 〈與何人書〉, 『霅橋集』 권5, 『韓國文集叢刊』 233, 539면. "… 近者, 申學士靖
　夏臨死, 誦淵明自挽詩曰, …."
8) 李敏輔, 〈恐凶逢新, 復見己未讐, 年又接庚申, 驚慟摧怛, 求死不得, 次澤堂集絶筆韻,
　畧寓淵明自挽之意,〉, 『豊墅集』 권5, 『韓國文集叢刊』 232, 406면.
9) 李宜顯, 〈刑曹判書尹公神道碑銘〉, 『陶谷集』 권11, 『韓國文集叢刊』 181, 60면. "…擬
　淵明自挽作墓銘 …."
10) 李萬敷, 〈祭文(李父東厓子)〉, 『息山先生文集附錄』 下, 『韓國文集叢刊』 179, 350면.
　"… 靖節之自挽自祭文, 爲千古君子之正終…."

이 남효온에게 보낸 다음의 편지는 그러한 정황을 잘 보여준다.

> 스스로 쓴 만가 4장이 좌측면에 실려 있기에 두세 번 읽고 난 뒤에
> 비로소 추강이 멀리 유람한 것이 아니라 병이 났다는 사실을 믿게 되었
> 네. 한스러운 것은 가을, 겨울 이래로 나 또한 병이 들어 열흘에 9일은
> 누워있느라 찾아가서 얼굴을 대하고 담화를 나누지 못한 것이라네. 우
> 선 만가를 완미해 보니 충분히 연명과 소유가 남긴 기운과 풍격을 이을
> 만하다네.11)

남효온의 자작만시 4편을 읽은 김종직의 소감이다. 김종직은 처음
에 남효온이 먼 지방을 유람하느라 자신에게 소식이 뜸했던 것으로
오해하였다. 그런데 남효온이 지은 자만시 4편을 두세 번 읽은 뒤에
야 남효온이 병이 났다는 사실을 비로소 알게 되었다는 것이다. 이것
은 남효온의 자만시가 만시로서 성취도가 높았음을 방증하는 것이라
할 수 있다. 그러기에 김종직은 남효온의 자만시가 도연명과 진관의
기운(氣韻)과 풍격(風格)을 이을 만하다고 호평하고 있는 것이다. 김
종직의 이러한 평가의 이면에는 도연명과 진관의 자만시가 당시 조
선에서 유행했었다는 사실과 남효온이 이들에게서 영향을 받아 자만
시를 창작했다는 것을 의미한다고 할 수 있다.

아래, 남효온의 자만시 서문은 남효온의 자만시가 지향하는 바를
밝혔다는 점에서 의미가 크다.

---

11) 金宗直, 〈答南秋江書〉, 『佔畢齋文集』 권1, 『韓國文集叢刊』 12, 404면. "… 自述挽歌四
章, 載其左方, 讀之再三, 然後始信秋江非遠遊也, 乃病也. 所恨者, 秋冬來, 僕亦病,
一旬九臥, 不得造求而晤語也. 姑玩其詞, 足以嗣淵明少游之遺響矣."

타향에서 살아가며 마침내 만가 4편을 지어서 아들에게 부치고 다시 잘 베껴서 선생님 자리에 올립니다. 비루한 사람이 세상맛을 탐하고 연연하여 명예와 이익의 문제를 뛰어넘지 못함을 깊이 깨달았으니, 어찌 또 고인들이 죽고 사는 문제를 하나로 여기고 물아의 이치를 깨달아서 글을 남긴 의도와 같기를 바라겠습니까. 다만 병중이라 정신이 소모되고 의지와 기개가 꺾여서 황망한 말들이 꼭 문리에 맞지 않을 것입니다. 행여 수정하시어 바로 잡아주시는 것이 저의 바람입니다.[12]

남효온은 자신의 죽음을 인식하고 고인들이 죽음에 임해서 '생사를 한가지로 여기고 물아를 훤히 깨닫고자[齊死生了物我]' 했던 것처럼 자신도 죽음에 대해 초연해지려하였고 이왕이면 문학적으로도 고인의 성취에 다가가고 싶었다. 그러나 남효온은 세상맛에 깊이 연연하고 명리의 문제를 뛰어넘지 못했기 때문에 고인의 초연한 정신에는 미칠 수 없다며 겸손을 표하고 스승에게 수정해 줄 것을 부탁하고 있는 것이다.

그런데 여기서 고인은 일반적인 고인으로 볼 수 있겠지만 자만시를 중심에 두고 이야기가 진행된다는 점에서 도연명과 진관으로 상정할 수 있다. 그 이유는 진관이 자만시를 짓자 소식(蘇軾)이 그에 대해서 '제생사료물아(齊生死了物我)'라는 평을[13] 내렸고 이 평에 대해

---

12) 南孝溫, 〈自挽四章, 上佔畢齋先生 …〉, 『秋江集』 권1, 『韓國文集叢刊』 16, 30면. "僑居乃作挽歌四篇, 付之豚犬, 更繕寫呈先生座下. 極知鄙人貪戀世味, 不得透利名關, 安能更希古人齊死生了物我之遺意耶. 但病中精神喪耗, 志氣摧挫, 荒詞必不文理接屬, 幸加斤正, 是望."

13) 帆穆, 〈少游藤下〉, 『分門古今類事』 권14. "東坡跋之云, 歲在庚辰六月, 予與秦少游相別海康, 意色自若, 與平日不少異, 但自作其挽詞耳. 人咸怪之, 予以謂, 少游齊生死了物我戲出, 此語無足怪者."

서 호자(胡仔)는 '제생사료물아'는 도연명에게나 해당된다고 반박하였는데,14) 이 구절을 남효온이 그대로 쓰고 있거니와 또 김종직이 〈답남추강서(答南秋江書)〉에서 남효온의 자만시를 도연명과 진관의 기운과 풍격을 이을 만하다고 호평했기 때문에 남효온이 인용한 '제생사료물아'는 도연명과 진관을 염두에 둔 표현으로 볼 수 있기 때문이다.

이상의 논의를 통해 남효온이 창작의 모델로 삼은 자만시는 도연명과 진관의 그것이었음을 확인할 수 있었다. 따라서 아래 절들에서는 남효온 자만시의 전형이 되는 도연명과 진관의 자만시를 분석해 보고 두 자만시가 가지는 일반적인 특징을 도출해 보도록 하겠다.

1) 도연명의 〈만가시〉

도연명(365~427)의 〈만가시(挽歌詩)〉는 최초의 자만시이다. 이 시는 자만시의 연원이 된다는 점에서 번거롭지만 전편을 인용한다.

> 其一
> 삶이 있으면 반드시 죽음이 있나니   有生必有死
> 일찍 죽은 것이 단명한 것은 아니리라   早終非命促
> 어제 저녁 함께 사람이었는데   昨暮同爲人
> 오늘 아침 귀신의 명부에 올랐구나   今旦在鬼錄
> 혼은 흩어져 어디로 가는가   魂氣散何之

---

14) 胡仔, 「秦太虛效淵明挽辭」, 『詩人玉屑』 권13. "淵明自作挽辭, 秦太虛亦效之, 余謂淵明之辭了達, 太虛之辭哀怨. ……東坡謂, 太虛齊死生了物我戱出, 此語其言過矣. 此言淵明可以當之, …."

말라빠진 모습은 빈 나무관에 맡기네	枯形寄空木
어여쁜 아이들 아비를 찾아 울고	嬌兒索父啼
좋은 벗들 나를 어루만지며 통곡하네	良友撫我哭
득실을 다시 알지 못하는데	得失不復知
시비인들 어찌 깨달을 수 있을까	是非安能覺
천년만년 후에	千秋萬歲後
영화와 욕됨을 그 누가 알리오	誰知榮與辱
다만 한스러운 건 세상에 있었을 때	但恨在世時
술을 넉넉히 마시지 못한 것이라네	飲酒不得足

其二

옛날에 술 마시지 못했는데	在昔無酒飲
오늘 아침엔 빈 술잔에 술이 가득하구나	今旦湛空觴
부글부글 거품이 이는 봄 막걸리	春醪生浮蟻
어느 때 다시 맛볼 수 있으리오	何時更能嘗
상 위의 안주는 내 앞에 가득한데	肴案盈我前
친구들은 내 곁에서 곡을 하는구나	親舊哭我傍
말을 하고자 하나 입에는 목소리가 없고	欲語口無音
보고자 하나 눈에는 빛이 없네	欲視眼無光
옛날에는 높은 집 침소에 있었거늘	昔在高堂寢
오늘은 황무지 고향땅에서 잠을 자네	今宿荒草鄉
하루아침에 문을 나서게 되면	一朝出門去
돌아올 날 진실로 기약이 없으리라	歸來良未央

其三

거친 풀은 어찌 그리도 아득히 펼쳐져있나	荒草何茫茫
백양목 또한 쓸쓸하도다	白楊亦蕭蕭

된서리 내리는 9월 중에	嚴霜九月中
나를 먼 교외로 보내는구나	送我出遠郊
사방에는 사람의 거처가 없고	四面無人居
높은 무덤들만 참으로 불룩하도다	高墳正蕉蕘
말은 하늘을 쳐다보며 울고	馬爲仰天鳴
바람은 저대로 쓸쓸히 부네	風爲自蕭條
황천길 한번 닫히면	幽室一已閉
천년이 가도 다시 아침이 오질 않으리	千年不復朝
천년이 가도 다시 아침이 오지 않으니	千年不復朝
현명하고 통달한 이들도 어찌 할 수 없으리라	賢達無奈何
접때 송별해주던 사람들은	向來相送人
각자 자기 집으로 돌아가네	各自還其家
친척들 혹여 슬픔이 남을 것이나	親戚或餘悲
다른 사람들은 또한 이미 노래 부르리라	他人亦已歌
죽어서는 무엇을 따르겠는가	死去何所道
몸을 맡겨서 산언덕과 함께하리라	託體同山阿

〈挽歌詩-만가시〉[15]

위의 시는 3수로 된 연작시로서 특이한 점은 둘째, 셋째 수가 각각 앞의 수의 꼬리를 물고 본 시의 시상을 일으킨 다음 그것을 부연해가는 방식을 취하고 있다는 것이다. 즉, 두 번째 수는 첫 번째 수의 마지막 두 구절 '다만 한스러운 건 세상에 있었을 때[但恨在世時], 술을 넉넉히 마시지 못한 것이라네[飮酒不得足]'를 받아 술로 시상을 일으킨 다음 세상에 남아있는 자들의 슬픔을 시화했고, 세 번째 수는 두

15) 陶淵明, 〈挽歌詩〉, 『陶淵明全集』, 新興書局, 1956, 300~304면.

번째 수의 마지막 두 구절 '하루아침에 문을 나서게 되면[一朝出門
去], 돌아올 날 진실로 기약이 없으리라[歸來良未央]'를 받아 장지로
가는 쓸쓸함으로 시상을 일으킨 다음 장지 주변의 정경과 죽음에 대
한 술회로 마무리하고 있다. 결국 세 수가 하나의 주제로 일이관지
(一以貫之)하는 셈이다.

송대 문인 호자는 도연명과 진관 자만시의 내용적 특징으로 도연
명은 요달(了達)16), 진관은 애원(哀怨)으로 파악하였다.17) 그런데 호
자의 이 평가는 인상비평적인 성격이 강하다고 할 수 있다. 왜냐하면
도연명과 진관의 작품 속에는 정도의 차이는 있지만 요달과 애원이
동시에 나타나고 있었기 때문이다. 이는 자만시가 강력한 자기애의
소산이라는 점과18) 작자가 자신의 죽음을 관찰자적 시점에서 노래
한다는 점에서 전자는 애원적 성격을, 후자는 달관적 성격을 지닐 수
있기 때문이다.

도연명의 이 시가 전반적으로 '요달'로 평가받을 수 있었던 것은
대전제가 되는 '삶이 있으면 반드시 죽음이 있다'는, 즉 죽음은 필연
적이기 때문에 당연히 받아들여야 한다는 죽음에 대한 초탈적이고
달관적인 시인의 자세가 시 전체를 관류하고 있기 때문이다. 첫 번째
수의 '삶이 있으면 반드시 죽음이 있나니, 일찍 죽은 것이 단명한 것
은 아니리라'라는 대전제는 표현만 달리했을 뿐 마지막 수 후반부의

---

16) 요달(了達): '훤하게 깨달음'을 뜻하는 불교어로 달관(達觀)과 같은 의미이다.

17) 胡仔, 「秦太虛效淵明挽辭」, 『詩人玉屑』 卷13. "淵明自作挽辭, 秦太虛亦效之, 余謂淵
    明之辭了達, 太虛之辭哀怨."

18) 특히 자만시가 비탄(悲嘆)의 정서를 주로 하는 일반 만시의 하위 범주라는 점에서
    자신의 죽음을 안타까워하는 애원적 성격을 기본적으로 지닌다고 할 수 있다. 만시와
    관련해서는 최재남, 『한국 애도시 연구』, 경남대 출판부, 1997, 42~45면 참조.

'죽음이란 현명하고 통달한 이들도 어찌할 수 없다.', '노래하는 이웃처럼 죽음은 시간이 지나면 언젠가 잊혀지게 된다.', '죽어서 무엇을 따르겠는가 산언덕에 묻히는 것일 뿐'이라는 달관의 정서로 반복되고 있기 때문이다.

그런데 이 시에서 보여주는 시인의 시선은 죽음에 대한 달관적인 모습뿐만이 아니다. 세부적으로 들어가 보면 첫째 수 중반과 둘째 수 전체, 셋째 수 전반부에 애원의 시선이 포착된다. 첫째 수의 '혼은 흩어져 어디로 가는가[魂氣散何之], 말라빠진 모습 빈 나무관에 맡기네[枯形寄空木], 어여쁜 아이들 아비 찾아 울고[嬌兒索父啼], 좋은 벗들 나를 어루만지며 통곡하네[良友撫我哭].'는 죽고 난 뒤 초라한 주검으로 남겨진 시인 자신, 아비를 찾아 우는 자식들, 통곡하는 친구들의 모습을 통해 애원의 정서를 드러내고 있으며, 둘째 수는 술을 매개로 사회적인 한을 구체적으로 부연하였으니, 죽고 나서야 술을 실컷 마실 수 있는 아이러니한 상황, 다른 사람들은 없고 친구들만 통곡하는 시인의 한정된 대인관계, 눈에는 빛이 없고 입에는 목소리가 없는 구체화된 시신의 모습, 한번 떠나면 다시는 못 온다는 죽음의 법칙을 깨닫고 억제된 감정을 조금 노출시킨 시인의 술회(述懷) 등을 통해서, 셋째 수는 황폐한 풀만이 보이는 백 리 길 교외, 된서리가 내리는 싸늘한 장지, 쓸쓸한 바람 속에 사라져가는 말 울음소리 등 서글픈 분위기 묘사를 통해서 애원의 정서가 잔잔하게 흐르고 있는 것이다. 결국 도연명의 자만시는 전체를 아우르는 달관의 포즈 속에 애원의 정서가 내재되어 있는 것이다.

그런데 많은 분량의 애원적 상황이 전개되고 있으면서도 이 시가 달관으로 흐를 수 있었던 것은 표현상의 특징에서도 기인한다. 즉 죽

음에 대한 애원적 상황을 작자가 관찰자의 시선으로 바라보고 있다
는 것이다. 도연명은 주정적으로 흐르기 쉬운 자신의 죽음에 대해 가
족이나 친구들의 통곡 모습, 장례 및 장지의 쓸쓸한 정경을 묘사하는
데 그칠 뿐, 슬프다, 한스럽다 등 자신의 감정을 직접적으로 노출시
키지 않았다. 이는 자신의 죽음에 대한 애원의 마음을 가족, 친구 등
의 남겨진 자들이 슬퍼하는 모습으로 대체하고 자신은 한발 비켜선
지점에서 관찰만 함으로써 죽음에 집착하는 가족·친구들과 무덤덤
한 자신을 대비시켜 작자의 달관적 자세를 유지하고 있기 때문이다.

　요컨대 도연명의 자만시는 내용적으로 달관과 애원을 동시에 지니
고 있었고, 표현상으로는 작자 관찰자 시점을 통해 작자의 달관적 모
습을 부각시키고 있었다.

2) 진관의 〈자작만사〉

　진관(1049~1100)은 황정견(黃庭堅)·조보지(晁補之)·장뢰(張耒)와 함
께 소문사학사(蘇門四學士)의 한 사람으로 사(詞)를 잘 짓는 작자로
알려져 있다. 진관의 〈자작만사(自作挽詞)〉는 그가 죽기 1년 전 뇌주
(雷州)에서 유배살이를 할 때 지어진 것으로 도연명과 달리 유배라는
참담한 상황에서 창작된 것이다.[19]

　앞서 살폈듯이 소식은 진관의 〈자작만사〉가 '제생사료물아' 하는

---

19) 〈黃庭堅, 晁補之, 秦觀, 張耒〉,「列傳」제203,『宋史』권444. "紹聖初, 坐黨籍, 出通判
　　杭州, 以御史劉拯論其增損實錄, 貶監處州酒稅. 使者承風望指, 候伺過失, 旣而無所
　　得, 則以謁告寫佛書, 爲罪削秩徙郴州, 繼編管橫州, 又徙雷州. 徽宗立, 復宣德郎, 放
　　還至藤州, 出游華光亭. 爲客道夢中長短句索水欲飮, 水至笑視之而卒. 先自作挽詞, 其
　　語哀甚, 讀者悲傷之. 年五十三, 有文集四十卷."

진관의 태연자약하는 태도에서 지어진 것이라고 하였고, 호자는 그 말은 도연명에게나 해당되고 진관의 자만시는 애원이 주조를 이룬다고 반박한 바 있다. 두 사람의 평가가 이처럼 달라지는 이유는 무엇인가? 문맥상의 의미로 볼 때, 소식은 진관의 평소태도에 초점을 맞춘 것이고 호자는 진관의 〈자작만사〉의 전반적인 내용에 초점을 맞춘 것이라 할 수 있다. 그러나 작자의 평소태도가 창작과 무관할 수 없고 호자의 평이 인상비평적인 성격이 강하다는 것을 전제로 했을 때 소식의 언급도 주목해야 할 부분이라고 생각된다. 실제 진관의 〈자작만사〉를 면밀히 검토해보면 애원의 정서가 주조를 이루지만 죽음에 대해 초연해지려는 작자의 달관적 태도도 엿볼 수 있었다. 뿐만 아니라 표현상에 있어서도 도연명과 마찬가지로 자신의 죽음을 한 발 비켜선 지점에서 객관적으로 바라보고 있었다.

죄에 걸려 궁벽한 데로 옮겨와	嬰釁徙窮荒
슬픔을 곱씹다가 세상과 이별했네	茹哀與世辭
관리가 나와 내 소지품을 기록하고	官來錄我橐
아전이 와서 내 시신을 검시하네	吏來驗我屍
등나무로 나무껍질관을 묶고서	藤束木皮棺
거적에 싸서 길 옆 비탈에다 장사 지내네	藁葬路傍陂
고향집은 만리 떨어진 곳에 있고	家鄉在萬里
아내와 자식들 하늘 한 끝에 있구나	妻子天一涯
외로운 혼은 감히 돌아갈 수 없으니	孤魂不敢歸
두려워 떨며 아직도 여기에 있다네	惴惴猶在茲
옛날 외람되이 주하사로 있었을 때	昔忝柱下史
황금 대궐에 이름을 올렸었지	通籍黃金閨
기이한 화가 하루아침에 일어나	奇禍一朝作

떠돌다가 여기에 이르게 되었지	飄零至於斯
외롭고 약해서 일을 감당할 수 없었으니	弱孤未堪事
뼈가 돌아가는 날이 정작 어느 때리오	返骨定何時
길은 멀고 산과 바다가 감겨있으니	修途繚山海
어찌 화장(火葬)을 면할 수 있으리오	豈免從闍維
지독하고 또 지독한 해(害)를	荼毒復荼毒
저 하늘이 어찌 알 수 있으리	彼蒼那得知
한 해가 지려 하니 장기(瘴氣) 있는 강은 급하고	歲晚瘴江急
새와 짐승들 울음소리는 슬프도다	鳥獸鳴聲悲
자욱하니 찬비가 내리고	空濛寒雨零
참담하니 찬바람이 불어오네	慘淡陰風吹
무덤에는 푸른 이끼 생겨나고	殯宮生蒼蘚
종이돈은 빈 가지에 걸려있네	紙錢掛空枝
빈약한 제사조차 올리는 사람이 없는데	無人設薄奠
누가 도사와 스님에게 밥을 해줄까나	誰與飯黃緇
또한 만가를 불러줄 사람도 없는데	亦無挽歌者
쓸데없이 만가사만 남겼다네	空有挽歌辭

〈自作挽詞-내가 지은 만사〉[20]

　　자살을 연상케 하는 진관의 〈자작만사〉는 도연명의 〈만가시〉와
작품의 출발에 있어서도 차이를 보인다. 삶과 죽음의 일반적인 원칙
을 서술하고 죽음에 대해 달관적인 태도를 전제로 시작하는 도연명
의 〈만가시〉와는 달리 진관의 〈자작만사〉는 대전제가 삶과 죽음의
큰 문제가 아니라 자신의 억울한 유배라는 개인적 상황에서 출발한
다. '자신은 죄에 얽혀서 유배를 왔으며 슬픔을 곱씹다가 죽음을 선

20) 秦觀, 〈自作挽詞〉, 『淮海集』 권40, 商務印刷館, 1981, 151~152면.

택했다'는 것이다.

이 시는 죽은 자의 시선을 전제로 하여 세 부분으로 나눌 수 있다. 1~10구까지는 죽은 뒤 바로 이어지는 현재적 상황, 11~20구까지는 죽기 전 현실에서의 삶을 말하는 과거적 상황, 21~30구까지는 죽은 후 미래의 장지의 모습을 묘사한 미래적 상황이다.

첫 번째, 현재적 상황에서 1~6구까지는 자신의 죽음을 묘사하고 7~10구까지는 죽은 자로서의 심정을 읊었다. 억울한 유배를 당하고 자살을 선택한 자신은 죽어서도 고향으로 가지 못하고 두려움에 떨고 있다. '감히 돌아갈 수 없으니[不敢歸]', '아직도 여기에 있다네[猶在玆]'는 유교사회에서 금기시되어 있는 자살을 선택하고 '외로운 혼[孤魂]'이 되어 유배지를 떠나지 못하는 화자의 심정을 함축한 말이다. 3~6구에서 묘사되는 자신의 장례과정, 관청에서 나와 죽음을 확인하고 무성의하고 형식적인 매장 장면은 도연명과 동일하게 관찰자적 시점에서 서술되고 있는 것이 특징이다. 시인은 무성의하게 자신의 주검을 처리하는 광경에 대해서 일언반구도 없이 그저 바라보고 있을 뿐이다.

두 번째는 11구에서 20구까지의 과거적 상황이다. 과거를 들추는 것은 현재의 암울한 상황을 부각시키기 위함이다. 진관이 유배를 오기 전 태학박사(太學博士)·비서성정자(秘書省正字)·국사원편수관(國史院編修官) 등에 있으면서 임금에게 벼루·먹·그릇·비단까지 하사받았던[21] 과거의 경력은 11구와 12구를 통해서 화려하게 기억된다.

---

21) 宋龍準, 『淮海詞譯注』, 영남대 출판부, 1988, 220~221면 참조.
   汪森, 「傳」, 『粵西文載』권67. "秦觀, 字少游, 一字太虛, 高郵人. 少豪雋慷慨, 溢於文詞, 登第歷秘書省正字兼國史院編修官 …."

이로 인해 현재 암울한 상황에 처해있는 화자는 더욱 초라해지고 감정은 격해진다. 하지만, '지독하고 또 지독한 해를 저 하늘이 어찌 알 수 있으리[茶毒復茶毒, 彼蒼那得知]'라며 흉화의 원인이 되었던 사람들에게 원망을 직접 토로하지 않고 간접적으로 하늘에 원망을 돌리고 있는 것이다.

미래적 상황은 21구에서 30구까지이다. 장례식이 끝나고 한참이 지나자 묘지에는 이끼가 돋아났다. 장지 주변은 추운 겨울 짐승의 슬픈 울음소리가 들린다. 어둡게 내리는 찬비, 매서운 바람, 메마른 가지에 여기저기 걸려있는 종이돈, 박주 한 잔 올릴 사람이 없고, 도사나 스님조차 밥 한 끼 얻어먹지 못하는 상황 등은 쓸쓸한 분위기와 함께 슬픔을 고조시킨다. 그러나 상황은 상황 그 자체로 묘사될 뿐 시인은 그 장면에 대해 아무런 개입도 하지 않는다. '만가를 불러줄 사람도 없는데 쓸데없이 만가사만 남겼다네'라는 시인의 술회는 '자신의 죽음을 알아줄 사람도 없는데 자만시를 무엇하러 지었는가'라는 일차적 의미를 넘어, 죽음 그 자체를 덤덤하게 처리해 버리는 시인의 달관적 태도를 함축했다고 할 수 있다.

시인은 죽기 전 자신의 죽음을 안타까워하고 영원히 기억되리라 생각하며 자만시를 지었다. 그러나 시간이 흐른 뒤 자신의 주검은 아무도 기억하지 않고, 다만 새가 울고, 바람이 불고, 이끼가 돋아나고, 걸어놓은 종이돈이 낡아가는 등 자연의 흐름 속에 잊혀질 뿐이다. 이렇듯 죽은 뒤 한참이 지난 미래적 상황에서 깨닫게 되는 죽음의 이치는 전체적으로 애원의 정조를 띠는 가운데 죽음에 초연해지려하는 시인의 달관적 자세를 보여주고 있는 것이다. 아울러 장례절차, 장지의 정경 등에 대해 객관적인 묘사를 통해 자신의 죽음과 일

정한 거리를 두고 슬픔을 묘사한 점도 시인의 달관적 자세를 간접적
으로 보여주는 것이라 하겠다. 소식이 진관에 대해서 '제생사료물아'
라고 평가한 것은 진관 시의 이러한 측면과 무관하지 않을 것이다.

이상 자만시의 전형을 이루는 도연명과 진관의 자만시를 살펴보았
다. 이를 통해 자만시의 일반적인 특징을 제시해보면 다음과 같다.

첫째, 자만시는 한 작품 안에서 죽음에 대해 달관과 애원적 성격을
동시에 지닌다고 할 수 있다. 다만, 죽음을 바라보는 시인의 태도,
창작 당시 처해진 상황 등에 따라 정도의 차이가 있을 뿐이다.

둘째, 자만시는 표현상에 있어서 관찰자적 시점을 유지한다. 자만
시는 자신의 죽음을 자신이 표현하기 때문에 죽음에 대해서 의도적
으로 초연해지려는 태도를 지닌다. 따라서 가급적 주관적 감정을 노
출시키지 않고 장례절차나 남겨진 자들의 슬퍼하는 모습, 장지 주변
의 쓸쓸한 정경 등을 객관적으로 묘사하여 슬픔을 자아낸다고 할 수
있다.

이상의 특징들은 죽은 자에 대해 칭송이나 애도를 주목적으로 하
면서 슬픔 그 자체를 과잉된 감정으로 직서(直敍)하는 일반 만시[22]와
변별되는 지점이라 할 수 있을 것이다.

3. 남효온 자만시의 특징

남효온은 죽기 2년 전 36세 되던 어느 날, 자신의 죽음을 예감하고

---

22) 박준호, 「挽詩에 대한 一考: 惠寶 李用休의 작품을 위주로」, 『동방한문학』 제19집,
　　212~213면 참조.

자만시 4수를 지었다. 그가 죽음을 느끼게 된 것은 그해 겨울 석 달 내내 병이 들어 다리가 마비되었고 신경쇠약, 가슴 두근거리는 병이 심해졌기 때문이었다.[23] 남효온의 이러한 병세는 방외인적 삶을 살아야 했던 그의 현실적 고뇌 때문이기도 하지만, 짧은 생애에 자신의 주변에서 일어난 일반적이지 못한 죽음들을 많이 경험했던 것도 큰 원인이었다. 26세 때 절친한 동갑 친구 안명세(安應世)가 처형을 당했고, 33세 때는 둘째 아들이 요절했으며, 35세 때는 맏사위 화숙(和叔)이 요절하였다. 특히 맏사위 화숙은 남효온이 가장 아끼고 사랑했던, 그래서 과업(科業)에 부정적이었던 그마저도 면학하기를 격려했던 그런 인물이었다.[24] 이러한 연속된 죽음은 남효온에게 죽음에 대해서 깊이 생각하게 하는 계기가 되었을 것이다.

1) 현실 부정과 현실적 불만의 우회적 표출

남효온의 자만시를 읽어보면 도연명과 진관의 자만시를 떠올리게 한다. 실제 작품을 대했을 때도 '죽음 → 장례정경 → 술회'의 전체

---

23) 남효온, 〈自挽四章, 上佔畢齋先生 …〉, 『秋江集』 권1, 『韓國文集叢刊』 16, 30면. "端肅謹達冬官相公佔畢金先生座下. 殘臘已盡, 靑陽用事, 方除舊更新之際. 門人弟子, 禮當匍匐往拜, 三冬病餘, 兩脚不仁, 騎馬且不能得, 敢遣人寒暄, 伏惟爲國珍重. 此中小子, 未病時, 外診六脈, 內觀五臟, 旁探八卦, 參之龍虎, 乃知大數近在朝夕. 去秋之秒, 家厄深重, 喪事重重, 奔走之間, 得心虛狂悸之病, 妖言妄語, 發作無節. 幸賴藥力, 大病稍歇而餘毒尙梗, 豈所得不虛也. 僑居乃作挽歌四篇, 付之豚犬, 更繕寫呈先生座下. 極知鄙人貪戀世味, 不得透利名關, 安能更希古人齊死生了物我之遺意耶. 但病中精神喪耗, 志氣摧挫, 荒詞必不文理接屬, 幸加斤正, 是望."

24) 남효온, 〈寄和叔於豊德山寺〉, 『秋江集』 권1, 『韓國文集叢刊』 16, 25면. "……寺靜閒維淸, 地偏市朝遠. 和叔歸肄業, 細累執推挽, 靑燈讀古書, 知止發關楗. ……科名日日疏, 性學歲歲損. 顧瞻無所有, 愚心胸膈滿. 君視余覆轍, 治心終莫悔."

구도, 점화된 시구, 장례정경의 객관적 묘사 등에 있어서 도연명과 진관의 그것과 닮아 있다. 그런데 주제적인 측면에서 남효온의 자만 시는 죽음에 대한 달관이나 애원에 초점을 맞춘 것이 아니다. 그가 주목하고 있는 것은 자신이 살고 있는 세계에 대한 강한 부정(否定)과 불만(不滿)이다. 현실세계에 대한 부정의 심각함은 세상은 애초부터 잘못되었다는 시각에서부터 시작한다.

其一

음양이 아직 나눠지지 않았을 때	兩儀未判前
도는 이름 없는 질박자연함에 있었네	道在無名朴
태극이 이미 움직인 후	太極旣動後
만사가 호연히 끝이 없어졌네	萬事浩無極
이로 말미암아 좋아함과 싫어함이 생겼고	由玆好惡生
이런 까닭에 기심이 쌓이게 되었네	以是機心蓄
가난하고 천한 것을 싫어하였으니	莫不惡貧賤
목숨을 다해 작록을 경영하네	抵死營爵祿
죽고 사는 일에 이르러서는	至於生死關
달인도 면하지 못했으니	達人免不得
경공(景公)은 해지는 우산에서 탄식했고	牛山嘆落暉
갈홍(葛洪)은 구루산에서 단약을 구했네	句漏求丹藥
왕희지는 장수와 요절의 불공평을 슬퍼했고	右軍悲彭殤
굴원은 이익과 욕심을 다투는 것 아파했네	屈原傷逐逐
왕가는 약사발을 던졌고	王嘉擲藥巵
추양은 원통한 옥사를 두려워하였네	鄒陽懼梁獄
삶을 탐하는 것은 예로부터 그러했으니	貪生古來然
나 또한 세속과 어울리리라	余亦諧世俗
음부경 속의 일들	陰符經內事

일일이 귀곡자의 주석대로 익혔다네   ——習鬼谷

...

〈自挽四章, 上佔畢齋先生-자만시 4장을 점필재 선생께 올리다〉25)

남효온이 현실세계를 부정하는 근거는 구분(區分)이다. 구분되어 짐으로 인해 세상은 불행해졌다는 것이다. 음양이 나눠지지 않았던 혼돈의 상태에서 세상은 질박자연한 도가 존재하였다. 하지만, 음양 이 생겨나고 태극이 끝없이 움직이자 세상에는 호오(好惡)·기심(機 心)·빈천(貧賤)·탐욕(貪慾)·생사(生死) 등의 구분이 생겨났다. 사람 들은 좋은 것과 나쁜 것, 존귀한 것과 비천한 것을 구분하고 좋고 존 귀한 것에 대해 탐욕과 집착을 보이며 죽을힘을 다해 작록을 경영하 였다. 특히, 죽고 사는 문제에 관해서는 나머지 일들에 초연했던 경 공·갈홍·왕희지·굴원·왕가·추양 같은 달인들마저도 집착에서 벗 어날 수가 없었다. 달인들도 집착과 탐욕을 부리는 세상에서 남효온 이 할 수 있는 일은 그도 그들과 같이 신선세계를 추구하며 어울려 사는 것뿐이었다[余亦諧世俗]. 따라서 남효온의 선계지향은 부정한 현실을 벗어나기 위해 그가 어쩔 수 없이 선택한 최선의 방법이었다.

현실이 시원(始原)에서부터 잘못되었다는 이러한 시각은 생육신으 로 방외인적 삶을 살아야 했던 남효온의 삶의 궤적을 통해서도 확인 되지만, 18세 때 올린 〈소릉복위상소(昭陵復位上疏)〉와 관련하여 김 시습과 남효온이 나눈 대화를 통해서 보다 구체적으로 확인할 수 있다.

그 벗 동봉 김열경이 공에게 이르기를, "나야 세종의 후한 은덕을 입

25) 남효온, 『秋江集』 권1, 『韓國文集叢刊』 16, 30면.

었으니 이런 괴로운 생활을 하는 것이 마땅하지만, 공은 나와는 경우가 다른데 왜 세도를 행할 계책을 세우지 않는가." "소릉이 추복된 뒤에 과거에 응해도 늦지 않습니다." 열경 또한 다시는 강요하지 않았다.26)

〈소릉복위상소〉는 세조의 왕위찬탈과정에서 서민으로 강등된 단종의 생모를 왕후로 복위시키라는 상소이다. 사실 이 상소는 성종 때 국가적 재난이 지속되자 성종이 선비들에게 조언을 구한 것이었다. 그런데 남효온은 구언(求言)의 마지막 여덟 번째 조항에 소릉 복위를 넣어 문제를 일으킨 것이다. 결국 구언은 처벌할 수 없다는 점을 들어 무마되긴 했지만 세조를 비롯해 이후 정권들의 정통성을 문제 삼은 것으로, 남효온이 죽은 뒤에도 부관참시를 당할 만큼 조정에 큰 파장을 불러일으켰던 사건이다. 상소를 올린 후 남효온은 시대에 뒤떨어진 당(唐)나라 손창윤과 같은 인간 취급받았으며,27) 사대부로서의 삶이 완전히 차단당했다. 그 자신 또한 세상에 뜻을 버리고 방외인적 삶을 살게 되었다.28)

위의 인용문에서 알 수 있는 것은 남효온이 소릉 복위에 매우 민감했다는 것인데, 문제는 그것이 단순히 소릉 복위에만 국한된 것이 아

---

26) 李性源, 〈諡狀〉, 『秋江集』 권8, 『韓國文集叢刊』 16, 148면. "其友東峰金悅卿謂公曰, 我則受英廟厚知, 爲此辛苦生活宜也. 公則異於我, 何不爲世道計也耶. 公曰, 復昭陵後赴擧未晚也. 悅卿亦不復强之."

27) 남효온, 〈同叔度分韻, 得'楚江巫峽半雲雨'寄仲仁, 七首〉, 『秋江集』 권2, 『韓國文集叢刊』 16, 30면. "주석: 余上書時, 叔父遺書戒之曰, '朝廷謂汝孫昌胤'."

28) 소릉 복위 사건 4년 후인 1482년에 홍유손·남효온이 중심이 되어 죽림칠현이라는 그룹을 결성했음. 〈4년, 8월 20일〉, 『燕山君 日記』. "洪裕孫供云, 去壬寅年春, 往趙自知家, 南孝溫秀泉正貞恩韓景琦禹善言茂豐正, 摠亦來會. 吾語孝溫曰, 時世不當仕, 吾等宜號爲竹林七賢, 浪遊耳. 孝溫曰, 諾. 各備道遙巾, 齎酒殽, 約會東大門外城底竹林間, 着其巾. 孝溫作頭, 裕孫次之, 秀泉正茂豐正禹善言趙自知韓景琦爲七賢, …."

니라는 점이다. '소릉이 복위된 뒤에 과거를 보겠다'는 언급은 소릉
복위가 곧 왕위찬탈에서 비롯된 부정한 현실에 대해서 정의를 바로
세우는 현실 전체의 문제라는 점이다. 이는 남효온이 살고 있는 지금
시대가 애초부터 잘못된 세계라는 것을 의미한다. 따라서 앞의 자만
시에서 언급한 '세상이 시원부터 잘못되었다'는 현실부정의식(現實否
定意識)을 이 인용문이 구체적으로 보여주고 있는 것이다. 남효온의
이러한 시각은 다른 시에서도 나타나는데, '네모와 원이 서로 맞을
수 없는 것처럼'29) 애초부터 자신과 세상은 태어날 때부터 어그러졌
다는 언급이 그것이다.

  이러한 현실은 남효온에게 가혹하게 다가왔다.

  其三
                    ……

  내 일찍이 사람이었을 때   余嘗爲人時
  온 세상이 쓸모없는 사람이라 조롱하였네   擧世嘲散材
  현인은 나의 방랑벽을 미워했고   賢人憎放浪
  귀인은 나의 영락함을 능멸했네   貴人陵傾穨
  사람을 곤궁케 하는 귀신은 쫓아내도 오히려 따라붙고

                                           窮鬼逐猶隨
  돈은 절대 들어오지 않았네   孔方絶不徠
  삼십육 년 동안   三十六年間
  늘 다른 사람들의 시기를 당했다네   長被物情猜
                    ……

  〈自挽四章, 上佔畢齋先生-자만시 4장을 점필재 선생께 올리다〉30)

─────────────
29) 남효온, 〈屛風十詠〉, 『秋江集』 권2, 『韓國文集叢刊』 16, 35면. "方圓知不周, 商歌徹
天地."

구분지어진 세상에서 남효온은 남들과 비교하여 쓸모가 없었으며 [散材], 방랑벽이 많았고[放浪], 더 영락했으며[傾頹], 더 곤궁하였다 [窮鬼隨, 孔方絶]. 따라서 36년 동안 그는 특이한 인간으로 취급받으며 세상에서 미움만 받았던 것이다. 그가 현실에서 이와 같은 불행을 겪어야 했던 것은 애초부터 세상이 사람을 구분지어 놓았기 때문이며 그것은 정의가 훼손된 지금의 현실인 것이다.

남효온은 이러한 세상에서 겪은 불행을 해학을 통해 우회적으로 표출하였다.

其一

......

단지 사람으로 살았을 때 한스러운 것은	但恨爲人時
참담하게 여섯 가지 재앙이 있었던 것이니	慘慘有六厄
얼굴이 못생겨 여색이 가까이 오지 않았던 것	貌醜色不近
집안이 가난해 술이 부족했던 것	家貧酒不足
행실이 더러워서 소리 지르는 미친 자로 불렸던 것	行穢招狂號
허리 뻣뻣해서 높은 분들 성나게 한 것	腰直怒尊客
신발에 구멍 나서 발꿈치가 돌에 닿은 것	履穿踵觸石
집이 낮아 서까래에 이마 부딪친 것이라네	屋矮椽打額

〈自挽四章, 上佔畢齋先生－자만시 4장을 점필재 선생께 올리다〉[31]

남효온은 세상에 살았을 때 여섯 가지 한이 있었다. 이 한은 언뜻 보면 해학적이어서 심각해 보이지 않는다. 그러나 자세히 음미해보

---

30) 남효온, 『秋江集』 권1, 『韓國文集叢刊』 16, 30면.
31) 남효온, 『秋江集』 권1, 『韓國文集叢刊』 16, 30면.

면 남효온의 가슴 속에 깊은 상처를 준 심각한 재앙이었음을 알 수 있다. 시적 표현은 도연명의 '단지 한스러운 건 세상에 있을 때[但恨在世時], 술을 충분히 마시지 못한 것이라네[飮酒不得足]'에서 온 것이지만, 한(恨)의 양적·질적인 면에서는 도연명의 그것과 전혀 다르다. 도연명이 달관적 태도를 강조하기 위해 들었던 한은 남효온에게 와서 여섯 가지로 늘어났고 그 내용도 구체적이며 자극적이다. '얼굴이 못생겨 여색이 가까이 오지 않았던 것[貌醜色不近]'과 '행실이 더러워서 소리 지르는 미친 자로 불려진 것[行穢招狂號]', '허리 뻣뻣하여 높은 분들 성나게 한 것[腰直怒尊客]'은 부정한 세상과 타협하지 않는 자신을 통해 현실을 풍자한 것이다. '얼굴 못생겨서 여색이 가까지 오지 않았다[貌醜色不近]'는 것은 남효온의 「추강냉화」에도 언급하고 있는 바, 현실과 타협하기를 싫어하여 평생 추남처럼 외면당한[32] 모난 자신을 자조적(自嘲的)으로 비유한 것이며, '행실이 더러워 소리 지르는 미친 자로 불렸고[行穢招狂號]', '허리 뻣뻣해서 높은 분들 성나게 했다[腰直怒尊客]'는 것은 현실적 모순에 대해 울분을 참지 못하고 과격한 어조로 비분강개했기에 들었던 평가이다.[33] 또한 '집안이 가난해 술이 부족했던 것[家貧酒不足]', '신발에 구멍 나서 발꿈치가 돌에 닿은 것[履穿踵觸石]', '집이 낮아 서까래에 이마를 부딪친 것[屋矮椽打額]' 등은 때를 만나지 못했기 때문에 가난한 것으

---

32) 안대회, 『한국 한시의 분석과 시각』, 연세대 출판부, 2000, 170면 참조.

33) 이긍익, 〈남효온〉, 「갑자화적」, 『국역연려실기술』을 보면 남효온이 늘 세상일에 비분하여 무악(毋岳)에 올라가 큰 소리로 서럽게 울다가 돌아왔고, 과격한 논조로 바른 말을 하여 정여창(鄭汝昌)과 김굉필(金宏弼)이 말렸지만 끝내 듣지 않았다고 기록하고 있음.

로서, 이 역시 현실을 풍자한 것이다. 왜냐하면 여기서 들고 있는 가난[貧]이 『장자』에 나오는 '출사할 만한 때를 만나지 못해서 가난한 빈(貧)'이기 때문이다.[34)]

요컨대 남효온은 당대의 현실이 애초부터 잘못되었다고 하는 현실 부정의식을 지니고 있었고, 현실에 대한 불만을 해학을 통해 우회적으로 표출하고 있었다.

2) 사후세계의 긍정적 묘사에 잠재된 보상심리

남효온의 자만시가 도연명과 진관의 그것과 다른 것은 사후세계(死後世界)가 있다는 것이다. 남효온의 자만시에서 그려지는 사후세계는 현실과 대조되는 공간으로 그에게 긍정적이고 달콤한 세상이다. 따라서 남효온이 죽어서 사후세계로 들어가는 과정은 신선이 되어 하늘로 올라가는 것으로 미화된다. 그의 다른 시들을 보면 사후세계는 남효온이 본래 살았던 고향이며, 현실세계는 『황정경』을 오독하여 천제의 노여움을 받아 귀양 온 적거(謫居)의 공간이다.[35)] 남효온은 언젠가 귀양살이를 끝나고 천제의 부름을 받아 귀천하리라는 기대를 안고 살아간다.[36)] 따라서 남효온에게 사후세계는 귀양지에서 받았던 현실적 불우를 보상받고 자신의 재능을 마음껏 펼치는 행

---

34) 莊子, 「山木」, 『莊子』. "莊子衣大布而補之, 正緳係履而過魏王. 魏王曰, 何先生之憊邪. 莊子曰, 貧也, 非憊也. 士有道德不能行, 憊也, 衣弊履穿, 貧也, 非憊也. 此所謂非遭時也."

35) 남효온, 〈感興〉, 『秋江集』 권3, 『韓國文集叢刊』 16, 73면. "黃庭誤讀被天譴, 謫在人間四十霜 …."

36) 남효온, 〈長興偶吟 11〉, 『秋江集』 권3, 『韓國文集叢刊』 16, 73면. "二千里外謫南人, 四十年前寵辱身. 坐見歲年閱江浪, 金雞何日召羈臣."

복한 공간이다.

其三

무양이 나의 충의를 천거하니	巫陽薦我忠
상제께서 내 재주를 기뻐하시네	上帝悅我才
용백은 잉어를 멍에하고	龍伯駕文鯉
우사는 티끌세상을 열어주네	雨師開塵埃
뇌공은 길을 깨끗이 하며	雷公淸道路
나를 맞으러 화양동으로 오는구나	逆我華陽來
붉은 진흙으로 봉한 상제의 조서가	詔書紫泥封
가을 강 모퉁이를 밝게 비추네	照輝秋江隈
천상의 궁궐에 이르니	天上榮觀至
인간 세상의 친척들이 슬퍼한다네	人間九族哀

……

오늘 저녁이 또 어떤 저녁인가	今夕復何夕
나를 극락의 연화대에 세우는구나	立我蓮花臺
궁전의 뜰 붉고도 넓은데	彤庭赫弘敞
구빈들 벌려 세운 것이 엄숙하구나	秩秩九賓開
상수 가에서 「녹명」편을 노래하고	湘濱歌鹿鳴
복비는 「남해」곡을 연주하네	虙妃彈南陔
피리 소리는 희와 이를 섞었고	簫管混希夷
붉은 구름은 금 술잔에 가득하네	紅雲盛金罍
백관들 늘어서 있는데 동궁(彤弓)으로 부르시니	階陳彤弓招
광주리에 검은 비단(玄幣)을 받들고 돌아오네	承筐玄幣回
옥황상제는 나를 향해 웃고	玉皇向我笑
여러 신선들 나를 둘러싸고 배회하네	羣仙擁徘徊
하루아침 사이에 성은을 입었으니	承恩一朝間

명성이 팔방에 진동하네	聲名振八垓
죽은 뒤의 복이 누가 나와 같겠는가	冥福誰我竝
나를 위해 재물을 쓰지 말라.	毋爲我傾財

〈自挽四章, 上佔畢齋先生－자만시 4장을 점필재 선생께 올리다〉[37]

1~10구까지는 남효온이 죽음을 맞이하는 과정을 묘사한 것이다. 남효온은 죽음을 관장하는 전설의 여무(女巫) 무양의 천거로 귀양지에서 풀려나 하늘로 올라간다. 옥황상제 역시 그의 충의(忠義)를 인정하여 용백·우사·뇌공 등 최고의 신하들을 내려 보내 그를 인도한다. 그는 이제 하늘에서 자신의 재능을 펼칠 마음에 가슴이 벅차있다.

남효온이 도착한 사후세계는 재앙만 받으며 살았던 현실세계와는 비교가 안 되는 즐거운 공간이다. 화려한 궁궐, 자신을 맞이하려고 나열한 구빈(九賓)들, 뿐만 아니라 태평성대에 임금과 신하들의 연회를 기뻐하는 「녹명」편과 「남해」곡이 흘러나온다. 남효온은 금 술잔에 상서로운 구름을 마시고 공로 많은 신하나 받을 수 있는 옥황상제의 동궁(彤弓) 지목을 받아서 광주리에 폐백을 가득 담아 돌아온다. 이처럼 사후세계는 남효온을 위해 모든 것이 존재하는 공간이다. 남효온의 명성은 하루아침에 온 사방에 퍼지게 되었고 현실세계에서 받았던 곤액들이 눈 녹듯 녹아내린다.

또한 남효온에게 사후세계는 빈천(貧賤)·호오(好惡)·생사(生死) 등의 구분이 없는 세상이다. 그래서 그는 마냥 행복하다.

---

37) 남효온, 『秋江集』 권1, 『韓國文集叢刊』 16, 30면.

其一

......

여희는 처음 끌려 올 때 운 것을 후회하고	麗姬悔來泣
약상이 고향으로 돌아온 듯	弱喪歸故國
소문은 거문고를 타지 않고	昭文不鼓琴
사광도 거문고를 조율하지 않네	師曠不技策
살아생전 입을 벌리고 웃던 사람들	生前開口笑
누가 이 즐거움을 함께할 수 있으리	孰能並此樂

〈自挽四章, 上佔畢齋先生－자만시 4장을 점필재 선생께 올리다〉38)

남효온이 사후세계를 좋아하는 정도는 여융국(麗戎國)의 미녀 여희(麗姬)가 진(晉)나라를 좋아했던 것에 상응된다. 여희는 진나라 헌공(獻公)이 여융국을 쳐서 얻은 미녀로 처음 진나라로 올 때는 슬퍼하여 눈물을 흘렸으나 나중에 맛있는 음식을 먹게 되자 처음에 울었던 것을 후회하였다고 한다.39) 이렇듯 남효온에게 사후세계는 늦게 온 것을 후회할 만큼 행복한 공간이다.

사후세계는 집을 잃은 자가 고향으로 돌아오는 공간이며 소문(昭文)이 거문고를 타지 않고 사광(師曠)이 거문고를 조율하지 않아도 되는 세상이다. 즉, 음양이 나누어지기 전 질박 자연의 세계이며, 『장자』에서 말한 성(成)과 휴(虧)의 구분이 없는 세상이다.40) 그러므로

---

38) 남효온, 『秋江集』권1, 『韓國文集叢刊』16, 30면.

39) 莊子, 「齊物論」, 『莊子』. "麗之姬, 艾封人之子也. 晉國之始得之也, 涕泣沾襟. 及其至於王所, 與王同筐牀, 食芻豢, 而後悔其泣也. 予惡乎知夫死者不悔其始之蕲生乎."

40) 莊子, 「齊物論」, 『莊子』. "有成與虧, 故昭氏之鼓琴也. 無成與虧, 故昭氏之不鼓琴也. 昭文之鼓琴也, 師曠之枝策也, 惠子之據梧也, 三子之知幾乎. 皆其盛者也, 故載之末年. 唯其好之也, 以異於彼, 其好之也, 欲以明之彼, 非所明而明之, 故以堅白之昧終而

현실세계의 호오·빈천·기심·생사의 구분이 없어 곤액이 없고 불우가 없다. 이러한 사후세계는 인간세상에서 가장 득의했던 사람들도 상상할 수 없는 즐거운 세상이다[生前開口笑, 孰能並此樂].

이상에서 살펴보았듯이 남효온에게 사후세계는 현실과는 달리 구분이 없는 세상으로 현실에서 받았던 곤액과 불우가 없고 남효온도 인정을 받는 공간이다. 이는 남효온이 현실과 대척적인 세상으로 사후세계를 상정하여 사후세계의 긍정적인 측면을 보여줌으로써, 현실세계에서 받았던 한(恨)을 보상받고자 하는 잠재의식의 표출이었다고 할 수 있을 것이다.

3) 장례정경의 객관적 묘사를 통한 슬픔의 유로

앞서 도연명과 진관 자만시의 특징으로 장례절차를 관찰자적 시점으로 묘사하였다고 밝힌 바 있다. 이는 자만시의 일반적인 특징으로 작자가 자신의 죽음에 대해서 의식적으로 거리를 둠으로써, 마치 타인의 죽음을 노래하는 것처럼 하여 독자로 하여금 행간에 숨겨진 슬픔을 느끼게 하는 방법이다. 남효온의 경우 표현상에 있어서 도연명과 진관의 그것을 계승하고 있되, 장례정경을 매우 핍진하게 묘사하고 있다는 것이 특징이다. 분량 면에서도 많은 양을 차지하고 장례정경에 대한 묘사가 아내의 독백으로까지 나아가고 있다.

其子又以文之縇終, ,終身無成, 若是而可謂成乎. 雖我無成, 亦可謂成矣. 若是而不可謂成乎. 物與我無成也, 是故滑疑之耀, 聖人之所圖也. 爲是不用而寓諸庸, 此之謂以明."

其一

......

거의 삼광(日·月·星)이 시들어갈 때	庶幾彫三光
상제와 함께 신속하게 말을 몰아가네	與帝驅齊速
묘지 앞에 말이 먼저 이르니	佳城馬前至
성명은 저승 명부에 떨어졌네	姓名墮鬼錄
땅강아지 내 입으로 들어오고	螻蟻入我口
쉬파리 내 육신을 뜯어 먹네	蠅蚋嘬我肉
새 동아줄로 내 허리를 묶고	新繩束我腰
헤진 거적으로 내 배를 덮는구나	弊苫盖我腹
다섯 딸은 아버지를 찾아 울고	五女索父啼
하나 남은 아들은 하늘에 부르짖으며 통곡하네	一男呼天哭
어린 종이 와서 박주를 올리고	僮來奠薄酒
스님이 와서 명복을 빌어주네	僧來祝冥福
경사승은 풀을 베어 제사를 지내고	經師斬草祭
지전은 수풀에다 걸어두네	紙錢掛林薄
상여꾼은 뼈만 남은 내 몸을 묻고는	香徒瘞老骨
열 개의 달구로 소리 맞춰 달구질하네	十杵齊聲築
이때 내 마음 어떠할까나	是時余何心
혼돈의 칠규가 막혀가니	混沌七竅塞
세상에 있을 때 살고자 했던 마음	在世欲生心
죽음과 함께 적막한 데로 돌아가네	與化歸寂寞

其三

......

아내는 관 앞에 나와서	室人就柩前
엎드려 술 한 잔 올리며	匍匐奠單栖

내게 이르길 "저승에 돌아가시면	謂我歸重泉
먹고 마실 것 어떻게 의탁하세요"라고 하네	食飮焉托哉
어찌 알겠는가 죽은 후의 즐거움이	焉知死後樂
생전에 겪은 재앙보다 낫다는 것을	勝於生前災

                                                ……

〈自挽四章. 上佔畢齋先生-자만시 4장을 점필재 선생께 올리다〉41)

새벽녘 남효온은 죽음을 맞이하였다. 죽음의 과정은 무양(巫陽)의 천거로 천제가 사람을 보내오자 급히 말을 몰아 하늘로 올라가는 것으로 묘사되었다.

5구부터는 죽고 난 뒤의 장례정경을 묘사한 것이다. 여기서는 도연명과 진관의 장례정경의 표현수법과 동일하게 관찰자적 시점을 유지한다. 다만, 그들과는 달리 묘사가 매우 핍진하다는 것이다. 염하는 장면, 자식들이 슬퍼하는 장면, 벗들이 우는 장면, 스님이 전제(奠祭)를 지내는 장면, 하관 후 달구질하는 장면, 아내의 독백 장면 등 항목도 많아진다.

자식들이 슬퍼하는 장면은 도연명의 "어여쁜 아이들 아비를 찾으며 울고[嬌兒索父啼]"에서 온 것이다. 도연명의 경우 아이들을 교아(嬌兒)로 일괄 처리하였지만, 남효온은 다섯 딸과 하나 남은 사내아이라고 구체적으로 성별과 인원수까지 언급하였다. 이는 많은 자식들이 자신의 죽음을 슬퍼한다는 것을 밝힌 것이지만, 36세의 젊은 나이로 세상을 떠난 자신에게 자식들에 대한 책임 소재가 남아있다는 것을 비친 것이다. 특히, '하나 남은 아들은 하늘에 부르짖으며 통

---

41) 남효온, 『秋江集』 권1, 『韓國文集叢刊』 16, 30면.

곡하네[一男呼天哭]' 구절은 두 명의 아들 중에 정상적인 둘째 아들
은 남효온이 33세 때 이미 죽었고, 비정상적인 첫째 아들[42] 하나만
남아있음을 강조하여 슬픔을 배가시키고 있다. 스님들이 제사지내는
장면은 진관의 "빈약한 제사도 올리는 사람도 없으니[無人設薄奠],
누가 도사와 스님에게 밥을 줄까[誰與飯黃緇]."에서 온 것이지만, 점
화(點化)하여 남효온의 장례식에는 승(僧)과 경사승(經師僧) 두 부류
가 와서 그의 죽음을 충분히 위로해주는 것으로 묘사된다. 이것은 돈
이 많아서가 아니라 현실적 애환이 많아서 풀어야 할 것이 많기 때문
이다. 하관 후 달구질하는 장면과 아내의 독백 장면 등은 도연명과
진관에게는 없는 부분이다. 특히 아내의 독백장면은 슬픔을 절정으
로 몰아간다. "내게 이르길 '저승에 돌아가시면[謂我歸重泉], 먹고 마
실 것 어떻게 의탁하세요[食飮焉托哉].' 하네."는 저승에 가서도 먹고
사는 문제가 걱정된다는 점을 들어 이승에서 곤궁했던 남효온의 삶
을 부각시키고 있는 것이다.

　이상과 같은 핍진한 묘사는 현실적 삶에 대한 애상을 심화시키기
위한 의도라 할 수 있다. 남효온의 자만시에서 장례과정은 삶과 죽음
사이에 위치하여 현실과 죽음을 이어주는 매개체 역할을 한다. 따라
서 장례과정이 핍진하게 묘사되면 될수록 앞에 위치한 현실세계와
뒤에 위치한 사후세계의 낙차는 커지게 되는 것이다. 즉, 가운데 있
는 장례과정을 핍진하게 묘사함으로써 현실세계에는 불행이 강조되
고 사후세계에는 행복이 강조되는 것이다. 남효온은 현실과 사후세

---

42) 남효온의 첫째 아들은 비정상으로 갑자사화 때 참형되었다. 「10년 11월 13일」, 『연산
　　군일기』. "南孝溫以亂臣例, 剖棺凌遲, 籍沒家産, 其子處斬梟首."

계의 이러한 낙차를 통해 현실에서 받은 자신의 불행을 강조하고자
했던 것이다.

　아울러 남효온은 자신의 장례식을 관망하면서 '가슴 아프다', '슬
프다' 등 직접적인 감정은 노출하지 않았다. 마지막 부분에 그나마
감정이 조금 이입된 듯하지만 "이때 내 마음 어떠할까"라고 하며 자
신의 마음 상태에 대한 직설적인 언급은 피하고 다시 반문하는 형식
을 취한 뒤, '혼돈의 칠규가 막혀간다'라는 장자적 죽음을 인용하여
답함으로써, 개인적 차원의 죽음 상황에서 벗어난다. 이렇게 집요하
리만큼 작자의 주관적 감정을 배제시킨 관찰자적 시선은 핍진한 묘
사와 함께 읽는 이로 하여금 도리어 극도의 슬픔을 자아내게 하는 것
이다.

4. 맺음말

　이 글은 남효온 자만시의 특징을 살펴보는 것을 목적으로 하였다.
이를 위해 먼저 남효온 자만시의 연원이 되는 도연명과 진관의 자만
시를 살펴보았는데, 도연명의 자만시는 죽음에 대해 달관적 태도를
주로하면서 애원을, 진관은 애원을 주로 하면서 달관적 태도를 보여
주고 있었다. 표현상의 특징으로는 일반 만시와는 달리 장례정경에
대해 주관적 감정을 배제하고 관찰자적 시점으로 서술하고 있었다.

　3장에서는 2장과 비교하여 남효온의 자만시 특징을 도출하였는데
다음 세 가지를 들 수 있다. 첫째, '현실부정과 현실적 불만의 우회적
표출'이다. 남효온은 자신이 살고 있는 세계가 애초부터 잘못되었다

는 현실부정의식을 가지고 있었다. 이는 자만시뿐만 아니라 소릉복
위상소나 김시습과의 대화, 그 밖의 시들을 통해서도 확인되었다. 남
효온은 이러한 현실 속에서 받았던 곤액, 불우 등 현실적 불만을 해
학을 통해 우회적으로 표출하였다.

둘째, '사후세계의 긍정적 묘사에 잠재된 보상심리'이다. 사후세계
는 남효온이 죽은 뒤에 펼쳐지는 천상의 세계로, 남효온 자만시에만
있는 특징적인 국면이다. 남효온에게 사후세계는 불우한 현실과 대
척적인 위치에 놓인 공간으로 현실과는 달리 남효온이 재능을 인정
받고 능력을 마음껏 펼칠 수 있는 달콤하고 행복한 세상이다. 이것은
남효온이 현실에서 받은 곤액·불우 등을 보상받고자 하는 잠재의식
의 표출이었다고 할 만하다.

셋째, '장례정경의 객관적 묘사를 통한 슬픔의 유로'이다. 남효온
은 현실세계(부정)와 사후세계(긍정) 사이에 놓인 장례식을 매우 핍
진하게 묘사하되, 자신의 죽음에 대해서 관찰자적 시선을 유지하였
다. 이는 장례식을 핍진하게 묘사하면 할수록 커지게 되는 현실적 불
행과 행복한 사후세계와의 낙차를 통해 현실적 삶에 대한 애상을 부
각시키고자 한 것이다. 또한 집요하리만큼 자신의 주검에 대해 객관
적 시선을 유지하였는데, 이는 도연명과 진관의 자만시에서 계승·변
용된 것으로 주관적 감정을 직설적으로 드러내는 것보다 오히려 극
도의 슬픔을 느끼게 하였다.

병든 천리마,
속세에서 빛을 감추며 살아가다

홍언충(1473~1508)

1. 머리말

　이 글은 우암(寓菴) 홍언충(洪彦忠)의 자아인식과 현실대응자세를 밝혀 홍언충 문학의 본령을 파악하는 기틀을 마련하는 데에 목적을 둔다.

　홍언충은 본관이 부계(缶溪)로 자는 직경(直卿)이며 호는 우암(寓菴)이다. 증조부는 홍득우(洪得禹)이며, 조부는 홍효손(洪孝孫), 아버지는 허백당(虛白堂) 홍귀달(洪貴達)이다.

　홍언충은 1473년 4남 2녀 중 3남으로 경상도 함창(咸昌: 지금의 상주)에서 태어났다. 아버지 홍귀달은 세조대부터 연산군대까지 성균관 대사성·이조판서·호조판서·홍문관, 예문관 대제학 등을 두루 거친 현달한 관료이다. 홍언충의 형제는 4형제인데 맏형 홍언승(洪彦昇)은 현감을, 둘째형 홍언방(洪彦邦)은 홍문관 박사를, 동생 홍언국(洪彦國)은 참봉을 지냈다.

　홍언충은 1495년(연산군 1) 23세의 나이로 사마시에 합격하고 같은

해 문과에 급제하여 승문원 부정자로 환로생활을 시작하였다. 1496
년(연산군 2)에는 신용개(申用漑)·이주(李冑)·김일손(金馹孫)·남곤(南
袞)·정희량(鄭希良)·박은(朴誾)·이숙생(崔淑生) 등과 함께 문재(文才)
가 뛰어나서 호당(湖堂)에 뽑혀 사가독서를 하였고,[1] 이후 홍문관 저
작·박사를 역임하였다. 1499년(연산군 5)에는 전경(典經)으로서 연산
군이 경연을 폐지하고자 하자 부당함을 직간하였고,[2] 12월에는 홍
문관 수찬으로 질정관이 되어 중국에 다녀왔다. 1502년(연산군 8)
봄, 대궐에서 입춘과 단오 첩자에 실을 시를 뽑았는데 이때 시를 잘
짓는 자[能詩者]로 선발되었으나 아버지 홍귀달과 동시에 첩자에 실
릴 수 없다는 이유로 이름이 삭제되었다.[3] 1504년(연산군 10) 연산군
이 생모 폐비 윤 씨(尹氏)가 폐위되고 사사(賜死)되었던 것을 문제 삼
아 임사홍 등과 모의하여 훈구파와 사림에게 능상(凌上)의 죄를 씌워
갑자사화를 일으켰는데, 이로 인해 부친 홍귀달은 교수형을 당하였
고 홍언충을 비롯한 나머지 세 형제는 유배를 가게 되었다.[4] 1506년
(중종 1) 중종반정 이후 해배되어 성균관 직강에 임명되어 사가독서

---

1) 「2년 12월 15일」, 『燕山君日記』. "吏曹選賜暇讀書, 金詮·申用漑·李冑·金馹孫·姜渾·
   李穆·李顆·金勘·南袞·成重淹·崔淑生·鄭希良·洪彦忠·朴誾等十四人以啓." 이하,
   『朝鮮王朝實錄』의 원문과 번역문은 http://www.history.co.kr(국사편찬위원회)에
   서 원용한 것임. 단, 오류가 있을 경우 필자가 수정을 가함.
2) 「5년 4월 21일」, 『燕山君日記』. "御經筵. 典經洪彦忠曰, …然或臨群臣, 或召近臣, 講
   論治道, 則學問日進於高明矣. 學問乃出治之本, 源淸則流淸, 不可小有間斷."
3) 「8년 1월 2일」, 『燕山君日記』. "王抹彦忠名, 書用漑以下曰, 彦忠父子不可俱製. 彦忠
   貴達之子也."
4) 이하, 이 글과 관련된 무오·갑자사화에 대해서는 신해순, 「관료간의 대립」, 『한국사』,
   12, 국사편찬위원회, 1984, 174~196면. 김돈, 「燕山君代의 君·臣 權力關係와 그
   推移」, 『역사교육』 제53집, 역사교육연구회, 1993을 참조.

를 명받으나 병으로 사양하고 2년 뒤 1508년(중종 3) 36세를 일기로 병사였다.

홍언충의 교유는 이행(李荇)·박은(朴誾)·정희량(鄭希良)·권민수(權敏手)·남곤(南袞)·이장곤(李長坤)·김세필(金世弼) 등 대부분 당대에 시로써 명성을 떨쳤거나 무오·갑자사화에 연루된 인물들에 집중되어 있다. 특히 이행·박은·정희량은 홍언충의 절친한 벗들로서 이들과의 교유시가 상당량 전해지고 있다.

홍언충은 젊어서부터 뛰어난 문재로 명성이 있었다. 정희량은 홍언충이 '17세 때 지은 〈병상구부(病顙駒賦)〉가 이미 당대에 명성이 있었다.'고 언급했으며,[5] 김우굉(金宇宏)은 홍언충이 '문장에 있어서 천부적인 자질이 많다.'[6]고 했고, 권별(權鼈)은 홍언충이 '시로써 세상에 이름을 떨쳤는데 문장은 그의 아버지 보다 낫다.'[7]고 하였다. 또한, 정희량은 '박은과 함께 홍언충의 시재(詩才)를 언급하면서 소식과 황정견 이후 그 명성에 유일하게 화답할 수 있는 사람'이라 하였다.[8] 권두경(權斗經)은 홍언충이 '일찍이 과거에 급제하여 문단을 장악했는데 한때 예원(藝苑)의 평가가 홍언충·이행·박은·정희량을 연산조 시가사걸(詩家四杰)이라 한다.'[9]라고 하였다. 이러한 선인들

---

5) 鄭希良, 〈師友錄〉, 『虛庵先生續集』 권3, 『韓國文集叢刊』 18, 73면. "洪彦忠, 字直卿號寓庵, 文匡公虛白之子. 文科, 湖堂, 校理. 十七以病顙駒賦名於時."

6) 金宇宏, 〈跋文〉, 『寓菴先生文集』 권4, 국립중앙도서관 소장본, 85면. "學之曾幾何年, 而其文章乃如是. 蓋得力於天資者多也."

7) 權鼈, 〈洪彦忠〉, 「本朝」, 『海東雜錄』 권1. "以詩鳴世, …, 稱文章勝於其父."

8) 鄭希良, 〈寄直卿仲說〉, 『虛庵先生續集』 권1, 『韓國文集叢刊』 18, 21면. "李杜死已久, 作者惟蘇黃. 馳騁元豐間, 諸老誰敢當. …邇來寂無聞, 百鳥徒爾狂. 二子和其聲, 淸響含宮商. …."

9) 權斗經, 〈寓菴先生文集序〉, 『蒼雪齋集』 권12, 『韓國文集叢刊』 169, 218면. "先生早擢

의 평가는 홍언충의 시가 당대 최고의 반열에 있었음을 시사하는 것
이라 할 수 있다. 특히 박은과 홍언충의 한시가 소식과 황정견의 명
성에 화답할 수 있다는 말은 홍언충의 한시가 송시풍에 일정한 성취
가 있었다는 뜻으로, 조선 전기 송시풍과 관련하여 홍언충의 한시를
논의할 여지가 있음을 시사하고 있는 것이다. 이에 상응하듯, 홍언충
의 한시는 선집이나 시화집, 역사서 등에 다수 등재되어 있는데,『속
동문선』에는 〈적중방택지(謫中訪擇之)〉·〈기택지(寄擇之)〉·〈우사서회
(寓舍書會)〉·〈좌찬역(佐贊驛)〉·〈유귤도(遊橘島)〉·〈과고령(過高靈)〉·
〈유곡역관(幽谷驛館)〉·〈갑자세여적진안현사장유불측자자분필사의
고인자만이명지(甲子歲, 予謫眞安縣, 事將有不側者, 自分必死, 擬古人自
挽而銘之)〉 등 10여 수가 대거 실려 있으며,『해동잡록(海東雜錄)』·『패
관잡기(稗官雜記)』·『신증동국여지승람(新增東國輿地勝覽)』·『연려실
기술(燃藜室記述)』 등에도 시적 성취도가 높은 시들이 중복적으로 실
려 있다.

한편, 홍언충은 절행(節行)으로도 유명하였다. 이행은 홍언충이
'도를 곧게 하여 아배(兒輩)들에게 굽히지 않아 고상한 이름이 후대
사람들과 함께 한다.'[10]라고 했고, 이긍익(李肯翊)은 '불행히도 일찍
죽었지만 연산군을 위해 절의를 지킨 인물'이며[11], 이익(李瀷)은 '가
능성 없는 옛 군주를 위해 영화를 버리고 불우하게 산 진정한 충신으

高科掉帙詞場, 一時藝苑之評, 與朴挹翠誾李容齋荇鄭虛菴希良, 並稱爲詩家四杰."

10) 李荇,〈直卿將返嶺南舊居, 詩以寄之 二首〉,『容齋先生集』권3,『韓國文集叢刊』20,
　　381면. "平生不耐簿書叢, 投劾歸來四壁空. 直道寧爲兒輩屈, 高名自有後人公."

11) 李肯翊,〈燕山朝節臣〉,「燕山君故事本末」,『燃藜室記述』, 경문사, 1976, 492면. "不
　　幸早卒, 爲廢朝守節之人, 惟寓菴而已."

로서 중국의 정군(鄭君)·예양(豫讓), 고려의 야은(冶隱)·사육신(死六臣)과 함께 홍언충의 이름을 거론'[12]하였다. 권별은 '기개와 절의가 있다.'[13]고 하였으며, 『기묘록속집(己卯錄續集)』에서는 '박은·이행과 함께 홍언충을 당대의 선사(善士)'[14]로 파악하고 있다.

  이상의 평가들은 홍언충의 삶과 문학이 우리문학사에서 차지하는 비중이 크다는 것을 의미한다. 그럼에도 아직까지 홍언충을 다룬 논문은 없는 실정이다. 홍언충의 문학이 지금까지 조명 받지 못한 이유는 조선 전기 한시연구가 송시풍과 당시풍에 집중하여 홍언충의 한시가 상대적으로 주목을 덜 받았기 때문이거니와 한편으로는 연산조라는 암울한 시대상황 속에서 홍언충이 36세라는 짧은 생애를 살았던 탓에 그의 내면의식을 명징하게 파악하기 쉽지 않았기 때문으로 보인다. 홍언충의 의식은 연산군대라는 암울한 상황 속에서 지속적인 출사와 언관으로서의 직간의 행보, 갑자사화로 인한 아버지 홍귀달의 교수형, 자신을 비롯한 네 형제의 유배, 박은·정희량·이행 등 벗들의 죽음과 유배, 군주에 대한 신하로서의 의리[委質之義] 등이 복잡하게 얽혀 있는 셈이다. 그러나 홍언충의 시를 면밀히 검토해 보면, 에둘러진 표현 속에 관류하는 주된 의식을 포착할 수가 있다. 이 글에서는 홍언충의 시세계의 특징을 밝히기 위한 기반으로서 홍언충

---

12) 李瀷, 〈項王忠臣〉, 「經史門」, 『星湖僿說』, 경인서림, 1967, 399면. "其人猶有所未可知, 至於天下歸漢, 人心大定, 無復餘望, 猶守舊君之戀, 舍榮就辱, 坎坷終身而不辭者, 方可謂明白痛快之忠臣, 如此者, 惟鄭君一人. 鄭君則漢相當時之先也, …與智氏之豫讓, …又如我東麗亡之而有冶隱, 莊陵之遜而有六臣, 燕山之廢而有㝢菴洪彦忠, 皆不負其心者也."

13) 權鼈, 〈洪彦忠〉, 「本朝」, 『海東雜錄』 권1. "…又有氣節…."

14) 미상, 〈南袞傳〉, 「禍媒」, 『己卯錄續集』. "其所與游, 如洪彦忠朴誾李荇, 皆一時善士."

의 자아인식과 현실대응자세를 밝혀 보고자 한다. 이러한 연구는 조
선 전기 사대부의 정신사를 점검하는 데 일조할 것으로 기대된다.

홍언충 문집에 현재 남아있는 작품들은 시 253제 418수, 부 2편,
제문 1편이다. 시체별로는 칠언절구 227수, 칠언율시 94수, 오언절
구 13수, 오언율시 59수, 칠언고시 7수, 오언고시 15수, 사언고시 1
수, 육언시 1수로, 칠언시가 압도적이라 할 수 있다. 이 글이 텍스트
로 정한 『우암선생문집(寓菴先生文集)』은 임진왜란 때 일실된 초간본
에 〈부계홍씨세계(缶溪洪氏世系)〉, 권두경의 〈서문〉, 홍상민의 〈발
문〉을 붙이고 〈봉안시제문(奉安時祭文)〉·〈건암서원향축문(建品書院
享祝文)〉·〈묘갈(墓碣)〉 등 제현들과의 수창시를 부록으로 엮어 4권 2
책으로 만든 판본이다. 이 판본을 텍스트로 선정한 이유는 가장 많은
시문이 실려 있을 뿐만 아니라 서문과 발문 및 제현들의 수창시가 함
께 실려 있어서 홍언충 문학을 입체적으로 파악하기에 적당하기 때
문이다.

2. 불운의 '병상구', 그 시적 형상화

홍언충의 시를 읽어보면 그의 시에는 애상감을 주조로 하는 시들
이 많이 나타난다. 그 애상감은 현실과의 부침 속에 현실에 대한 불
만, 시인의 회재불우, 빈천한 삶, 가족들에 대한 걱정과 미안함 등을
토로하는 시들을 통해서 형성되지만, 무엇보다도 그 기저에는 태어
날 때부터 자신의 운명이 불운(不運)했기 때문에 곤궁한 삶을 살게
되었다는 의식이 깊게 자리 잡고 있다.

옛날 내가 천명을 받던 처음에	昔我降命初
그해는 뱀띠 해였지(癸巳年, 1473)	其年歲在蛇
지독한 추위, 여러 용들 갇히게 하였고	窮陰閉群龍
얼음과 눈 때문에 숨고 막히게 되었네	氷雪仍藏遮
내 인생, 어찌 하늘이 준 것이 아니리오	我生豈非天
이 곤액 어찌할 수가 없구나	此厄無如何
천둥과 비는 봄을 핍박해 오게 하고	雷雨逼春序
천기는 운행되느라 저대로 시끄럽네	天機行自譁
금계는 해를 향해 울고	金鷄向日鳴
거리에는 둥둥 북을 울리며 지나간다	鼕鼕街鼓撾
은색 깃발 몇 가닥 살쩍 머리에 들어왔다가	銀幡歸幾鬢
부는 바람 속에 나부끼는구나	獵獵風中斜
새해라 사물의 뜻 왕성한데	新年物意王
나를 돌아보니 오히려 어그러져 있네	顧我猶蹉跎
다만, 담백한 말을 가지고	惟將冷淡語
애오라지 함께 사는 사람에게 자랑할 뿐	聊與同舍誇

〈感懷示同寓−감회를 함께 우거하는 사람에게 보이다〉[15]

1504년 갑자사화가 일어났다. 갑자사화는 연산군의 생모 폐비 윤씨가 폐위, 사사된 사실을 알게 된 연산군이 임사홍과 결탁하여 훈구파와 사림파를 일망타진한 사건이다. 그런데, 갑자사화는 홍언충 개인적으로는 한 집안이 몰락하게 되는 결과를 초래하였다. 당시, 홍귀달의 4남 홍언국의 딸이 연산군의 후궁으로 예궐(詣闕)하게 되어 있었는데 홍귀달은 손녀딸이 병이 있다는 이유로 예궐을 미루었고, 연

---

15) 洪彦忠, 『寓菴先生文集』 권3, 국립중앙도서관 소장본, 37면.

산군은 홍귀달이 일부러 예궐을 꺼린다고 하여 임금을 능멸했다는 죄를 씌웠던 것이다. 이로 인해 홍귀달은 교수형[絞刑]을 당했고 홍언충을 비롯한 네 형제들은 유배를 가게 되었다.

이 시는 홍언충이 갑자사화로 진안현(眞安縣)에 유배되었다가 다시 거제도(巨濟島)로 이배된 뒤에 지은 듯하다. 홍언충은 새해를 맞아 자신의 삶을 되짚어 보았다. 세상은 새해를 맞아 천기가 순행하여 막 봄으로 접어들고 있었다. 거리에는 새해를 만끽하는 사람들로 북적대며 북을 울리며 지나간다. 그러나 시인은 무기력하게 방안에 있을 뿐이다. 새해가 왔음에도 그가 무기력한 이유는 자신의 삶이 어그러져 새로운 희망이 없었기 때문이다.

홍언충은 자신의 삶이 어디서부터 잘못되었는지를 곰곰이 생각해 보았다. 그것은 다름 아닌 자신이 천명을 받고 태어나는 처음부터 이미 불운의 운명은 시작된 것이었다. 홍언충이 태어나던 그해는 1473년 뱀띠 해로서 그 많은 달 중에 하필이면 음기가 가장 왕성한 섣달이었다. 세상은 혹독한 추위에 얼음과 눈으로 덮여 있었고 상서로운 양의 기운은 모두 숨었기에 시인은 결국 궁음(窮陰)의 기운을 받고 세상에 태어나게 되었던 것이다. 궁음의 기운은 그에게 곤액을 주었으니 갑자사화로 자신은 물론 한 집안이 쑥대밭이 되었고 현재 자신은 영영 돌아올 수 없는[16] 유배지에 놓이게 된 것이다. 그러기에 희망 없는 그는 유배지에서 단지 담백한 시만 지어 동료에게 자랑할 뿐이었다.

---

16) 「10년 10월 22일」, 『燕山君日記』. "洪彦忠等及李克培·克增·克堪·克墩·克均等, 子子孫孫, 並逐邊裔, 永不復還."

　　홍언충의 불운한 운명은 태어날 때부터 허약한 체질과 그로 인해
자신을 끊임없이 괴롭혔던 질병으로 나타났다.[17] 이는 홍언충의 시
를 살펴보면 상당량의 시들이 자신의 병을 읊고 있다는 것을 통해서
도 확인할 수 있다. 예컨대 '병으로 봄 석 달 동안 밖에 나가는 것을
겁낸다'[18], '중년에 병들어 누운 날이 많아 스스로 애석해하니, 누가
오늘 또 떠도는 나를 가련히 여길까'[19], '병이 많아 술을 오래도록 멀
리했다'[20], '병이 들어 술을 마실 수 없다'[21], '백년 인생 병들어 몸
이 먼저 늙었으니 양 귀밑머리 세어 형님께 부끄럽다'[22], '장맛비에
병까지 안았으니 하늘이 어찌 이토록 나를 궁하게 하는가'[23], '궁한
병으로 어찌 모름지기 내 재주를 남들에게 말하랴'[24], '병 때문에 열

---

17) 홍언국의 묘갈명에 보면 홍언충이 '일찍부터 병에 걸렸다.'는 언급이 있고, 김우굉의
　　발문에 '16세에 처음 학문을 시작'했다는 말로 보아 홍언충이 선천적으로 심각한 병
　　을 안고 태어난 것으로 볼 수 있다. 洪彦國, 〈墓碣〉, 「附錄」, 『寓菴先生文集』 권4,
　　국립중앙도서관 소장본, 58면. "公夙嬰羸瘵, 戊辰春疾轉革, 三月初七日乃終" 金宇
　　宏, 〈跋文〉, 「부록」, 『寓菴先生文集』 권4, 국립중앙도서관 소장본, 87면. "年十六始
　　學,…."

18) 洪彦忠, 〈二句極佳, 但恨不見其全, 輒依來韻, 賦一絶錄呈.〉, 『寓菴先生文集』 권1, 국
　　립중앙도서관 소장본, 38면. "病怯靑春九十日, 何無車馬到閑門."

19) 洪彦忠, 〈次擇之韻〉, 『寓菴先生文集』 권2, 국립중앙도서관 소장본, 102면. "自惜中年
　　多臥病, 誰憐今日更飄逢."

20) 洪彦忠, 〈和奉散隱〉, 『寓菴先生文集』 권1, 국립중앙도서관 소장본, 41면. "多病鷗夷
　　久疏斥, 聊將茗椀洗春眠."

21) 洪彦忠, 〈戲奉明仲李堨〉, 『寓菴先生文集』 권3, 국립중앙도서관 소장본, 12면. "病後
　　肝腸不能酒, 春初衣被尙餘寒."

22) 洪彦忠, 〈君美兄家, 次百源韻, 漫書不復竄改.〉, 『寓菴先生文集』 권2, 국립중앙도서
　　관 소장본, 105면. "百年臥病身先老, 兩鬢霜毛更愧兄."

23) 洪彦忠, 〈次强哉韻〉, 『寓菴先生文集』 권2, 국립중앙도서관 소장본, 59면. "汪淋兼抱
　　病, 天豈使吾窮."

24) 洪彦忠, 〈贈巨濟儒李鄂〉, 『寓菴先生文集』 권3, 국립중앙도서관 소장본, 36면. "窮病

흘을 누워 있었다'25), '남은 인생 병들어 누웠기에 강호에서 살기를
헤아려본다'26), '이 인생에서 가장 아픈 곳은 병들어 처부모의 상여
도 따라갈 수 없다는 것이다'27) 등이 그것이다. 박은은 홍언충의 거
처를 방문하고는 '이 노인네 아무도 사랑하지 않지만, 몸은 여전히
병과 싸우고 있네, 반년 동안 온통 누워만 있었으니 파리한 몰골 사
람을 놀라게 한다'28)라고 하여 홍언충의 병이 심각했음을 언급하기
도 하였다.

　　실제로 홍언충은 환로생활 중에 병으로 인해 관직을 두 번이나 그
만둔 적이 있었다. 1498년 질정관으로 중국에 다녀온 뒤 이조좌랑에
임명되었으나 병으로 사임했고29), 1502년에는 병으로 관직을 그만
두고 고향으로 돌아가야 했다.30) 또한 그는 병으로 36세라는 짧은
생을 마감했으니 홍언충에게 질병은 현실적 불만을 토로할 때 관용
적으로 읊조리는 푸념이 아니라 그의 운명을 결정지은 심각한 것이
었다.

　　何須更說才, 天涯聊喜笑談開."

25) 洪彦忠, 〈書懷〉, 『寓菴先生文集』 권3, 국립중앙도서관 소장본, 24면. "因病臥經旬,
　　忽出爲人事."

26) 洪彦忠, 〈將歸京, 寄叔達〉, 『寓菴先生文集』 권3, 국립중앙도서관 소장본, 42면. "餘
　　生仍臥病, 準擬此江村."

27) 洪彦忠, 〈挽妻父母〉, 『寓菴先生文集』 권3, 국립중앙도서관 소장본, 44면. "最是此生
　　沈痛處, 臥病不得隨輀車."

28) 朴誾, 〈昨訪直卿還敍懷一律〉, 「附錄」, 『寓菴先生文集』 권4, 국립중앙도서관 소장본,
　　71면. "此老無人愛, 身猶與病爭. 半年渾得臥, 瘦骨儘堪驚."

29) 洪彦國, 〈墓碣〉, 「附錄」, 『寓菴先生文集』 권4, 국립중앙도서관 소장본, 58면. "戊午
　　秋而質正官朝京師, 還授副修撰轉吏曹佐郞, 有疾而辭."

30) 洪彦忠, 〈壬戌春, 病罷歸鄕〉, 『寓菴先生文集』 권3, 국립중앙도서관 소장본, 16면.
　　"天與窮途任留滯, 對妻聊盡□壺春."

십 년간 임금님 보필했으나 병이 안을 공격하니　　十年湯鼎病攻中
서울의 봄 경치 눈에 텅 비게 되었네　　　　　　京洛春光到眼空
하늘 끝에 떠돌며 다시 의지할 데 없으니　　　　流落天涯更無賴
한번 바람 불면 성 가득한 꽃들 다 떨어지리　　滿城花盡一番風
〈寄諸兄弟2-여러 형제들에게 부침〉[31]

이 시는 홍언충이 병으로 인해 정치현실을 떠나야 하는 아쉬움을 시화한 것이다. '탕정(湯鼎)'은 홍언충의 정치적 꿈을 말한 것이다. 그는 출사하여 이윤(伊尹)처럼 재상이 되어 임금을 보좌하는 현신(賢臣)이 되고자 하였다. 그러나 벼슬살이를 한 지 10여 년 남짓, 병이 몸을 공격하여 그는 하는 수 없이 서울을 떠나게 된 것이다. 병으로 인해 정치적 포부를 상실한 시인은 의지할 곳 없는 몸이 되어 떠도는 신세가 되었다. 서울을 쉽게 떠날 수 없었던 시인은 한 줄기 바람이 불고나면 다 지고 말 서울의 봄 경치를 아쉬워하며 발길을 머뭇거리고 있다. 이상과 같이 홍언충에게 병은 타고난 불운으로서 그의 삶을 제한하는 심각한 요인이었다고 할 수 있다.

그런데 질병이라는 불운과는 달리 홍언충에게는 태어나면서부터 축복받은 것이 있었으니 천부적인 문재였다. 17세의 어린 나이에 〈병상구부(病顙駒賦)〉를 지어 당대에 시명(詩名)을 날린 것도 그러하거니와, '나이 16세 때 처음 학문을 배워 19세에 사마시에 합격하고 23세에 대과에 급제했으니 배운 것이 몇 년인데 문장이 이와 같았는가'[32]라는 김우굉의 언급, 홍언국의 '나이 겨우 약관에 학문이 크게

---

31) 洪彦忠, 『寓菴先生文集』 권2, 국립중앙도서관 소장본, 94면.
32) 金宇宏, 〈跋文〉, 「附錄」, 『寓菴先生文集』 권4, 국립중앙도서관 소장본, 85면. "年十

진전되어 문사는 깊고 넓으며 청건(淸建)하다.'33), 정희량의 '20세에
재명(才名)이 나서… 조화옹의 화로를 잡고서 도연명과 사령운을 주
물해 낸다.'34), 이행의 '홍언충의 문장이 청산유수처럼 영원할 것'35)
이라는 언급, 또 '중국 사신을 맞이하는 통군정에서 홍언충이 기생에
게 시를 지어 주자 정사룡과 이희보가 거짓으로 취한 척하고 다시는
시를 짓지 못했던'36) 일화, 32세 때 지은 자만시(自挽詩)가 당대에 이
미 회자되었던37) 사실 등은 홍언충의 천부적인 문재를 가늠하기에
충분하다 할 것이다.

　홍언충 자신도 여러 시들을 통해서 문재에 대해 강한 자부심을 드
러내고 있다. '삶은 우활했지만 문자를 전공했고'38), '얻은 시구는 응

六始學, 十九中連榜, 二十三登龍門. 三十六終. 學之曾幾何年, 而其文章乃如是. 蓋其
得於天資者多也."

33) 洪彦國, 〈墓碣〉, 「附錄」, 『寓菴先生文集』 권4, 국립중앙도서관 소장본, 60면. "年才
弱冠學問大進, 文辭汪汪淸建."

34) 鄭希良, 〈有懷 十三首-3〉, 「附錄」, 『寓菴先生文集』 권4, 국립중앙도서관 소장본,
67면. "我愛洪崖子, 骨秀神仙伯. 才名二十年, 出語驚世俗. 斯人接古派, 大江合西北.
學道在崇深, 文氣去浮薄. 手持造化爐, 陶謝可鑄出." 부록에는 제목이 〈懷寓菴〉으로
되어 있으나 『虛庵先生遺集』에는 〈有懷〉로 되어 있으므로 『虛庵先生遺集』에 따라
제목을 바로 잡음.

35) 李荇, 〈墓祭文〉, 「附錄」, 『寓菴先生文集』 권4, 국립중앙도서관 소장본, 76면. "八月
初吉, 日將西唾. 荇來覓杯, 直卿之墳. 日月幾何, 梓木連雲. 靑山灣漪, 正如君文. 一哭
而退, 幽明之分."

36) 李鐘殷·鄭珉 공편, 『松溪漫錄』, 『韓國歷代詩話類編』, 아세아문화사, 1988, 237면.
"嘗天使之來也, 湖陰·安分·寓菴開酒統軍亭, 亂酌吟詩, 寓菴醉贈一絶妓生曰, 舞愛鬚
紅袖, 歌憐斂翠眉, 湖陰·安分佯醉, 不復下筆."

37) 洪彦國, 〈墓碣〉, 「附錄」, 『寓菴先生文集』 권4, 국립중앙도서관 소장본, 61면. "寓菴所
著詩文與自挽行于世."

38) 洪彦忠, 〈自挽〉, 『寓菴先生文集』 권2, 국립중앙도서관 소장본, 75면. "半生迂拙, 文
字之攻."

당 자랑하여 만호(萬戶) 관직을 가볍게 여긴다'[39], '옛날 서울에서 현
인들과 함께 있을 때 봄바람에 담소하며 무지개 같은 문장을 토해냈
다'[40], '내 삶은 조금도 힘쓰지 않았지만, 문장은 모름지기 만고토록
봄을 보게 된다'[41] 등이 그것이다.

　정희량의 다음의 평가는 홍언충의 시적 성취를 실감나게 해 준다
고 할 수 있다.

이백과 두보가 죽은 지 이미 오래	李杜死已久
작자는 오직 소식과 황정견뿐	作者惟蘇黃
원풍 연간을 내달렸으니	馳聘元豐間
여러 노인들 누가 감당할 수 있었으리	諸老誰敢當
호흡하며 무지개를 토해내듯	噓吸吐虹霓
찬란하게 문장을 만들어내는구나	粲爛成文章
하늘이 아끼고 땅이 감춰둔 신비로움을	天慳與地祕
파헤쳐 털끝도 모두 드러내었네	披露呈毫芒
해와 달도 업신여길까 두려워했고	日月畏陵暴
물과 바다도 드날리는 것에 곤란해 하였네	河海困簸揚
비유하면, 기산의 봉황이	比如岐山鳳
깍깍 높은 산등성이에서 우는 것과 같도다	噦噦呼高岡
한 번 울면 30년	一鳴三十秋
후세까지 그 이름 더욱 장구하리라	後世名愈長

39) 洪彦忠, 〈無題〉, 『寓菴先生文集』 권1, 국립중앙도서관 소장본, 57면. "停杯一笑千秋
　　意, 得句應誇萬戶輕."
40) 洪彦忠, 〈有感書懷寄友〉, 『寓菴先生文集』 권3, 국립중앙도서관 소장본, 49면. "昔與
　　群賢共洛中, 春風談笑吐長虹."
41) 洪彦忠, 〈贈友人四絕-4〉, 『寓菴先生文集』 권2, 국립중앙도서관 소장본, 89면. "生涯
　　不辦一丘費, 文字須看萬古春."

근래에 적막하여 시명이 들리지 않았더니	邇來寂無聞
온갖 새들 단지 미친 듯이 날뛰고 있네	百鳥徒爾狂
두 사람만이 그 소리에 화답하였으니	二子和其聲
맑은 울림으로 궁상의 음률을 머금었다네	淸響含宮商
홍언충은 기가 우뚝하여	洪崖氣磊落
벽처럼 우뚝 서서 하늘을 문지르네	壁立摩蒼蒼
때때로 마음대로 성내고 기뻐하기도 하니	有時肆怒嬉
온갖 구멍들 무너지는 소리 시끄럽기도 하구나	萬竅喧崩磤
기허 괴물들 또한 매우 두려워했으니	夔魖亦破膽
여러 괴이함들 모두 꺾여 숨어버렸네	衆怪皆摧藏
취한 붓 비바람과 뒤섞이니	醉墨雜風雨
천둥번개는 또 어찌 그리도 빛나던지	雷電何煒煌
박은은 외로운 목을 늘어뜨리고	仲說引孤吭
대나무 계수나무 향을 씹고 있구나	咀嚼筠桂香

………

〈寄直卿仲說-홍언충과 박은에게 부치다〉[42]

일찍이 정희량은 친구들의 인품과 문재를 품평하기 좋아하여 박은·
김인로·홍언충·이행·남곤 등 13인에 대해서 각각 읊은 적이 있었
다.[43] 인용된 부분은 정희량이 홍언충과 박은에 대해서 집약적으로
읊은 것으로 홍언충의 뛰어난 문재를 확인할 수 있다.

정희량은 지금까지 최고의 시인으로 당대(唐代)에는 이백과 두보,
송대(宋代)에는 소식과 황정견을 손꼽았다. 그 이후 최근까지 시명(詩
名)이 들리는 사람이 없어 문학의 전국시대를 맞이하였고, 온갖 시인

---

42) 鄭希良,『虛庵先生續集』권1,『韓國文集叢刊』18, 21면.
43) 鄭希良의〈有懷, 十三首〉시에는 한 수에 한 명씩에 대해서 읊고 있다.

들은 너도 나도 자신들의 문재를 미친 듯이 자랑하고 있었다. 그런데, 이들을 한 번에 쓸어버리고 소식과 황정견의 뒤를 이을 만한 시인이 나왔으니[二子和其聲] 바로 홍언충과 박은이라는 것이다. '두 사람만이 그 소리에 화답하였으니[二子和其聲]'에 천착해 본다면, 홍언충과 박은의 시적 지향은 소식(蘇軾)과 황정견(黃庭堅)에 밀착되었다고 할 수 있을 것이다. 그는 소·황이 은미하고 구석진 것을 파헤쳐 천지조화의 비밀을 드러내고, 해와 달도 업신여길만한 필치로 거침없이 시를 토해내듯, 우뚝한 기를 바탕으로 호방한 시구를 자유자재로 구사하고 있었던 것이다. 이러한 홍언충의 시적 경향은 조선 전기 시단에서 송시풍(강서시풍)과 연관하여 설명할 수 있을 법하다. 그가 해동강서시파로 알려진 이행·박은 등과 연산조 시가사걸(詩家四杰)로 병칭된다는 점, 이들과 절친해서 교유시를 많이 남기고 있다는 점, 홍언충의 시에서 소식 시구의 차용과 변용이 자주 등장하고[44], 진사도의 문집을 읽었다는 점[45] 등은 이러한 것을 시사하기 때문이다. 특히, 홍언충의 송시(강서시풍)지향은 19구 이하의 내용을 참조해 볼 때 기건(氣建)함[46]에 있었다고 할 수 있을 듯하다.

---

44) 예를 들면 다음과 같다. 〈昨日坐中, 見鄭公風采~〉(권1, 36면)시에서 '使君今是鄭康成'은 소식 〈書軒〉 시의 '使君疑是鄭康成'을, 〈次東坡韻, 送希剛二首〉(권1, 42면)의 '我似麛牛踏一方'은, 소식 〈送芝上人游盧山〉 시의 "團團如麛牛, 步步踏陳迹."을, 〈贈 淳夫二絶〉(권2, 111면)의 '襄陽絶憶皺眉生'은 '又不見雪中騎驢孟浩然, 皺眉吟詩肩聳 山.'을 차용 또는 변용함.

45) 洪彦忠, 〈寄公碩〉, 『寓菴先生文集』 권2, 국립중앙도서관 소장본, 103면. 서문에 진사도의 문집인 후산집을 읽었다고 진술하고 있음. ("서문: 偶閱后山集, 見其示子詩, 可謂異世同懷. 三嘆之餘, 步韻錄呈, 想君亦有此念也.) '陳三固剛腸, 詩句雜悲哂. 乃 知天性均, 今古寢未穩."

46) 嚴羽, 〈答出繼叔答出繼叔臨安吳景僊書〉, 『滄浪詩話』. "坡·谷諸公之詩, 如米元章之

　이상과 같이 홍언충은 태어나면서부터 질병이라는 불운과 천부적인 문재라는 축복을 동시에 지니고 있었다. 이러한 양면성은 홍언충으로 하여금 자신을 불운한 병상구(病廂駒)로 인식하게 하였다.

남쪽의 작은 고을	維南炎之下邑兮
이곳은 예로부터 변방지역이었네	是三代之荒服
장기 먹은 땅은 어둑어둑 안개도 많아	瘴地昏昏其多霧兮
진실로 도깨비가 사는 집이리라	固魍魅之所宅
북쪽 사람들이 듣고는 얼굴을 찌푸리니	北人聞之而嚬蹙兮 5
죽을 죄가 아니면 그 누가 살 수 있으리오	非死罪其孰居
아, 슬프도다. 마구간의 병든 말	竊悲夫廐中之病駒
어찌하여 버려지고 꺾여졌는가	胡斥棄而摧沮
어찌 시원하게 높고 크지 못하여	豈不枵然高大兮
힘은 수레를 끌 수 없는가	力不能勝其車輿 10
구유와 마판에 엎드려 귀를 늘어뜨리고 있으니	伏皁櫪而垂耳兮
여러 말들 함께 대오 갖추길 부끄러워하네	衆馬且羞與爲伍
만약 하루아침에 때를 만나면	忽若遇於一朝兮
의기가 얼마나 씩씩할까	顧意氣之何武
사통팔달의 대로에 올라 마음껏 내달리니	登康莊而馳騖兮 15
기주 북쪽의 수많은 말들 텅 비게 하리라	空冀北之千群
장차 월 땅에서 꼴을 먹고 연 땅에서 털을 고르니	將越秣而燕刷兮
만 리의 속세를 앞질러 달린다네	軼萬里之埃氛
아, 통하고 막히는 데에는 운수가 있으니	噫通塞之有數兮

字, 雖筆力勁健, 終有子路事夫子時氣象. 盛唐諸公之詩, 如顏魯公書, 旣筆力雄壯, 又氣象渾厚, 其不同如此." 진백해, 『당시학의 이해』, 이종진 옮김, 사람과 책, 2001, 72~73면 참조.

멍하니 놀라서 탄식하는구나	怳驚駭而嘆息 20
나는 생명에 어려움이 많아	余生命之多難兮
헤아릴 수 없는 화난에 직면해 있네	阽危禍於不測
아, 이름은 무너지고 자리는 엎어져	嗟名頹而位仆兮
오랫동안 수레가 구덩이에 빠져 구속 되었다네	長坎軻而拘束
동정호의 험난한 물결을 항해하고	航洞庭之驚波兮 25
창오의 참담한 구름과 함께하네	予蒼梧之愁雲
초나라 월나라 사이에서 외롭게 갇혀있어	爲孤囚於楚越兮
중원과 단절되어 어긋나서 헤어졌네	絶中原而睽分
당나라 영정(永貞) 연간이 되자	當永貞之改元兮
황제의 위엄을 근심케 한다고 다시 쫓겨났으니	惕皇威而再逐 30
아, 사마의 천하고 낮은 직책으로	嗟司馬之賤卑兮
억지로 얼굴을 숙이고 직분을 받드는구나	强低顏以奉職
일찍이 세월이 얼마나 흘렀는가	曾日月之幾何兮
지금 10년이니 다시 회복하지 못하리라	至今十年其未復
상하 사방을 분주히 내달리고자	欲奔走於上下四方兮 35
장차 폐백을 가지고 의심을 풀고자 했네	將取質而解疑
구의산에 가서 순임금께 울부짖으나	叫虞舜於九疑兮
순임금의 순수(巡狩) 수레는 아득히 멀어지고	六龍杳其遠而
회계산에서 우임금을 찾아가나	訪神禹於會稽兮
벼슬아치들 천년 동안 막혀 있어 갈 수가 없구나	衣冠堙兮千秋 40
멱라수에서 삼려대부를 찾아갔으나	求三閭於汨羅兮
혼이 흩어져 거둘 수가 없었네	魂離散而不收
하늘의 문을 밀치고 들어가 황제를 뵈니	排閶闔而見帝兮
황제 또한 멍하여 아는 바가 없구나	帝亦茫茫而無所知
두루 돌아다녀도 얻지 못하여	歷周流而不得兮 45
무함을 불러 나를 위해 점치게 하니	要巫咸爲余占之

말하기를, "비괘와 태괘가 서로 밀어서　　　　　　曰否泰之相推兮

항상 한번 가면 한 번 오니　　　　　　　　　　恒一往而一來

혹, 앞에서 슬펐으면 뒤에는 기쁘고　　　　　　或先悲而後喜兮

혹, 옛날에 막혔으면 지금은 열리고　　　　　　或昔閉而今開 50

인간사 반복되고 소장하는 것을 관찰해 보니　　觀人事之反復消長兮

봄가을, 낮밤이 이어져서 바뀌는 것과 같고　　猶春秋晝夜之代易

저 사람 때를 만나면 그대는 불행하니　　　　彼逢時而子否兮

비록 성인의 지혜가 있은 들 무슨 이익이 되리오　雖聖智而何益

희귀함을 행하는 것이 용 잡는 재주보다 귀하고　履稀貴於屠龍兮 55

허수아비 만든 것, 수레 깎은 것보다 높게 치네　作俑高於斲輪

저 시세가 그러하여　　　　　　　　　　　伊時勢之則然兮

서로 밀고 변하여 어지럽게 섞이니　　　　　互推變而紛綸

그대 우선 편안히 하고 고요하게 기다리오　　子姑安而靜俟兮

대저 점치는 것을 어찌 쓰겠는가"라고 하네　夫何用乎卜爲 60

내 그 말을 듣고 홀연히 깨달아　　　　　　余聞言而忽悟兮

앞서 했던 생각 잘못된 것임을 알겠다네　　知前慮之爲非

우환에 처해도 항상 편안히 하고　　　　　處憂患而常泰兮

만나는 대로 따라가면 모두 알맞게 되리라　隨所遇而皆適

천명을 알고서 원망하지 않으면　　　　　知天命而不怨兮 65

오랑캐 땅에 살아도 고향처럼 여기리라　履蠻貊猶故國

애오라지 묵묵히 거처하며 때를 기다리면　聊默處而待之兮

거의 사물에 부러움이 없으리라　　　　　庶無羨於爾物

〈病羸駒賦－병상구부〉47)

위의 부는 홍언충이 17세 때 지어 당대에 시명을 날렸던 〈병상구

47) 洪彦忠, 『寓菴先生文集』 권1, 국립중앙도서관 소장본, 15면.

부(病贏駒賦)〉이다. 굴원의 〈이소(離騷)〉 형식에 유종원의 〈기폐답(起
廢答)〉에 나오는 병상구 모티브를 차용하여 읊은 것이다. 병상구는
이마의 병이 걸린 말로서 천리마의 재능을 가지고 있지만 병으로 인
해 쓰이지 못하고 마구간에 버려진 존재이다.

유종원의 〈기폐답〉은 유종원이 영주사마로 좌천되었을 때, 자사
의 취임식에 참석하고 돌아와 영주의 노인·청년들과의 문답을 적은
글이다. 이 글의 주된 내용은 영주의 노인·청년들이 앉은뱅이 스님
과 이마에 병든 말이 쓸모없이 버려졌다가 때를 만나 다시 쓰이게 되
었는데, 학식과 인품이 풍부한 사마께서는 아직까지 버려져 있으니
앉은뱅이 스님과 병상구가 때를 만난 것만도 못하다는 질문에, 유종
원이 자신이 폐해진 원인은 앉은뱅이 스님과 병상구와는 달리 자신
의 덕이 부족하고 지금의 조정에는 훌륭한 인재들이 많기 때문이라
며, 자신이 기용되는 것은 덕을 쌓는 데 달려있다고 답한 내용이다.

홍언충은 이 부에서 〈기폐답〉에 나오는 앉은뱅이 스님과 유종원의
생각은 탈각시키고 병상구에만 초점을 맞춰 시화하고 있다. 즉, 당시
유종원의 불우한 상황을 차용하고는 있지만─당나라 순종이 즉위하
고 유종원이 다시 쫓겨났다든가, 10년을 영주에서 살았고, 사마의 직
책을 가진 것 등─ 그 실제 내용은 홍언충 자신의 입장과 시각으로
재구성하고 있다는 것이다.

〈병상구부〉의 핵심 내용은 천리마의 기질을 지닌 말이 이마에 병
이 들었기 때문에 애초부터 마구간에 버려졌다는 것, 만약 특별한 때
를 한번 만나게 되면 천리마의 능력을 발휘할 수 있다는 것, 그런데
천리마의 기질을 펼칠 수 있는 특별한 때는 자신의 노력 여하에 달려
있는 것이 아니라 하늘의 명(命)에 의해 결정된다는 것이다. 그럼

〈병상구부〉의 내용을 구체적으로 살펴보도록 하겠다.

위의 부는 크게 두 부분으로 나눌 수 있다. 1구에서 18구까지는 전반부, 19구에서 68구까지는 후반부이다. 전반부는 다시 1구에서 6구까지는 병상구가 위치한 공간을, 7구에서 18구까지는 버려진 병상구와 병상구의 잠재된 천리마 능력을 읊고 있다. 병상구는 서울에서 떨어진 남쪽 변방지역, 보잘것없고 낙후된 곳에 살고 있으며, 천리마의 능력을 갖추고도 병 때문에 버려진 존재이다. 그러나 특별한 기회가 온다면 병상구는 사통팔달의 도로를 내달려 기주 지역의 양마(良馬)들을 쓸어버릴 수 있는 뛰어난 능력을 가지고 있다.

후반부(19~68구)는 병상구의 기폐(버려진 곳에서 기용되는 것)를 바탕으로 하여 출사 후의 기폐 문제로까지 확장한 것이다. 홍언충은 유종원의 좌천된 상황을 끌어들였지만, 결국 기용은 사람의 노력 여하에 달린 것이 아니라 하늘의 명에 의해서 결정된다는 견해를 보여주고 있다. 이러한 운명론적인 태도는 덕을 닦으면 폐(廢)에서 벗어날 수 있다는 유종원의 생각과 다르며 홍언충의 독특한 시각이라 할 수 있다.

그렇다면 홍언충은 왜 병상구를 초점으로 기폐답의 의론을 비틀어서 〈병사구부〉를 지었던 것인가. 병상구는 바로 홍언충 자신을 비유한 것이기 때문이다. 병상구는 천리마로서 재능을 펼치다가 좌절된 존재가 아니라 애초부터 이마에 병이 든 것으로 인해 재능 자체를 펼치지 못한 천리마이다. 이 점은 홍언충의 생애와 매우 흡사하다. 앞서 살폈듯이, 홍언충은 태어나면서부터 병을 지닌 불운한 존재였지만, 천부적인 문재라는 축복을 지니고 태어났다. 따라서 병과 천리마의 능력을 동시에 지닌 병상구는 병과 천부적인 문재를 동시에 지닌

홍언충 자신을 빗대기에 충분했던 것이다. 이러한 양면성은 홍언충
으로 하여금 자신을 더욱 불운한 존재로 인식하게 했던 듯하다. 왜냐
하면 병든 몸에 뛰어난 문재가 없었더라면 자신의 운명을 받아들이
고 살아가면 그뿐이었지만, 병든 몸에 뛰어난 문재를 주었기 때문에
재야에서도 재도권 내에서도 완벽하게 살아갈 수 없었던 것이다. 즉,
은거를 하자니 뛰어난 문재가 걸리고 출사를 하자니 병이 벼슬길을
막았던 셈이다.

  다만, 병상구가 능력을 발휘하기 위해서는 하늘의 새로운 명이 있
어야 한다. 그러므로 홍언충은 〈병상구부〉에서 병과 문재를 동시에
안고서 문재를 발휘하게 해줄 천명을 기다리고 있었던 것이다. 홍언
충의 이러한 운명론적인 시각은 다른 시들을 통해서도 드러나는데,
모든 것을 하늘의 명에 맡기려고 하는 신명의식(信命意識)을[48] 통해
서도 확인되고 있다. 〈기폐답〉에서 정치적 좌절로 좌천된 유종원이
자신의 기용이 덕을 닦는 여하에 달려있다고 말한 것과 달리, 홍언충
이 자신의 기용이 하늘의 명에 달려있다며 운명론적 태도를 취한 이
유도 바로 여기에 있었던 것이다.

  요컨대, 이 시의 병상구는 남쪽 보잘것없는 변방 경상도 함창(咸
昌)에서 병든 몸과 뛰어난 문재를 동시에 지니고 자신의 능력을 발휘

---

48) 홍언충, 〈幽谷驛館〉,『寓菴先生文集』권1, 국립중앙도서관 소장본, 67면. "此行未料
  生還日, 萬事悠悠只付天." 洪彦忠, 〈佐贊驛〉,『寓菴先生文集』권2, 국립중앙도서관
  소장본, 81면. "斷蓬隨風去不息, 客子信命行都迷." 홍언충, 〈樂生道中〉,『寓菴先生文
  集』권2, 국립중앙도서관 소장본, 81면. "十年都付命, 一飽亦關天." 홍언충, 〈送兄〉,
  『寓菴先生文集』권2, 국립중앙도서관 소장본, 82면. "巡歸慰謁先墳下, 有命丁寧莫我
  憂." 홍언충, 〈星山道中〉,『寓菴先生文集』권2, 국립중앙도서관 소장본, 90면. "愧非
  聖者棲棲甚, 終付天公事事虛." 홍언충, 〈次擇之韻〉,『寓菴先生文集』권2, 국립중앙
  도서관 소장본, 100면. "誰將弱力纜風船, 出處元知更繫天."

할 천명(天命)을 기다리고 있었던 홍언충이라 할 수 있을 것이다.

3. '부열위한'의 현실, '화광동진'의 현실대응

홍언충의 말대라면 그는 하늘의 명을 받아 1495년 문과에 급제하여 승문원 부정자로 환로생활을 처음 시작하였다. 이듬해에는 문재를 인정받아 호당에서 사가독서를 하는 특혜를 누린다. 문집이 연차별로 되어 있지 않아 정확한 연대는 알 수 없으나, 문집의 편차상 앞쪽에 위치하고 내용상 출사 초기라고 여겨지는 시들에서 홍언충은 현실에 대해 긍정적인 의식을 드러내고 있었다. 예컨대, 중국으로 사신가는 친구를 보내는 시에서 중국 조정을 오색구름이 감도는 태평성대로 묘사하고 신문물을 접해 올 친구를 다시 만날 기대감에 부풀어 있거나49) 고향 동생 김사형이 과거에 합격한 뒤 고향으로 돌아갈 때 그의 앞날이 탄탄대로처럼 열리게 될 것이라는 기대감50) 등을 표출하는 시들로, 앞으로의 현실이 결코 부정적이지 않다는 것을 의미하고 있다.

다음의 시는 홍언충이 현실에 거는 기대감을 표출한 것이라 할 수 있다.

---

49) 洪彦忠, 〈奉贈赴燕友2〉, 『寓菴先生文集』 권1, 국립중앙도서관 소장본, 21면. "居庸城闕五雲中, 萬國車書此會同. 弘治太平今九載, 高皇遺法戒三風. 衣冠絡繹連東夏, 玉帛聯翩走漢宮. 遙想天元日早, 朝回爭看醉黃封."

50) 洪彦忠, 〈送金士衡登第還鄕〉, 『寓菴先生文集』 권1, 국립중앙도서관 소장본, 22면. "…俯取科第爲親歡. 乃知吾鄕之士, 自今日益盛, 飄纓紆組袞袞登金鑾."

성 가득 복사꽃, 오얏꽃 봄을 말아 돌아가고　　　滿城桃李捲春歸
동서로 늘어진 푸른 나무는 대궐을 가두었네　　　綠樹東西鎖禁闈
신선의 음악은 천자의 수레를 따라 끊어지니　　　仙樂已隨龍馭斷
봄바람은 번갈아 불고 물시계 소리 희미해지네　　天風吹遞漏聲微
난간에 기댄 시인은 시흥을 탐하는데　　　　　　倚欄詞客耽詩興
동산에 돌아오며 우는 까마귀 석양빛을 둘렀네　　返苑啼鴉帶晚暉
언젠가는 백관들 조정에서 조회할 때　　　　　　何日百官朝象魏
남훈가 울리는 대궐에서 태평성대를 보리라　　　南薰深殿見垂衣

〈承文院感懷−승문원에서 감회를 적다〉[51]

　유미주의적 경향을 보이는 이 시는, 홍언충이 1495년 22세 때 승문원 부정자로 있을 때 지은 것이다. 늦봄 시인은 대궐 난간에 기대어 시흥에 젖어 있다. 그가 한가롭게 시를 읊조릴 수 있는 것은 지금의 시대가 태평성대이기 때문이다. 붉은 복사꽃, 흰 오얏꽃이 어우러져 흐드러지게 핀 궁궐, 그곳을 행차하는 임금님의 수레와 바람에 따라 은은하게 멀어지는 음악 소리, 물시계 소리, 이것은 흡사 선계의 모습을 방불케 한다. 저녁이 되자 노을빛을 두르고 집으로 돌아오는 동산의 까마귀, 어느 것 하나 바쁜 것 없이 한가롭다. 시인은 앞으로 조정이 순임금 시대처럼 남훈가가 울려 퍼질 태평성대가 되리라고 기대하고 있다.

　이렇듯 홍언충이 출사초기 보여주는 현실에 대한 긍정적 묘사는 뛰어난 문재를 바탕으로 막 출사한 젊은 관료의 자신감과 기대감의 표출이라 할 수 있을 것이다. 그러나 그러한 기대감도 3년 남짓 1498

51) 洪彦忠, 『寓菴先生文集』 권1, 국립중앙도서관 소장본, 23면.

년 무오사화를 전후로 지어진 시에는 문재가 쓰이지 못함으로 인한 회재불우, 현실에 대한 비판, 관직생활에의 회의, 은거지향 등을 나타내는 시들이 현저히 증가한다.[52] 이는 즉위 초기와는 달리 연산군의 사치와 향락·훈구파와 사림파의 갈등·궁중파와 부중파·사림파의 갈등 등 정치적 불안이 요인으로 작용한 듯하다.

　다음의 시는 영수장(靈壽杖)을 소재로 하여 권력의 핵심부에 있는 자들이 정권을 농단하는 현실을 풍자한 것이다.

강남의 아름다운 재목	惟江南之美材
영수라는 아름다운 나무가 있었네	有靈壽之佳木
성긴 가지 섞이고 동그란 마디가 있고	紛疏枝而朣節
완연히 그 모습은 기수가의 대나무를 닮았구나	宛形肖於淇竹
천 번의 서리와 백 번의 우레를 안고	抱千霜與百霆
줄기는 늙을수록 더욱 곧도다	幹愈老而愈直
이에 공수가 한번 돌아다보고	乃一顧乎工倕
연무 속에 깊이 뿌리박힌 것을 베어내었네	斫深根於煙霧
재단해 지팡이 만들면 자연 그대로에 합치되니	裁爲杖兮合自然
처음부터 장인의 손을 번거롭게 하지 않았네	初不煩於匠手
노쇠한 이를 부축하고 병도 물리칠 수 있어	能扶衰而却疾
장안의 늙은이들 내달리게 하는구나	走長安之皓叟
강 중앙에 있는 도죽을 천하게 여기며	賤江心之桃竹
전지의 붉은 등나무를 비루하게 여기네	陋滇池之赤藤
보배로 왕의 창고에 실어 들어갈 수 있으니	合珍輸於王府

---

52) 정확한 창작시기를 알 수는 없지만, 정희량이 귀양을 갔던 무오사화 이후 이러한 의식들이 증가하고 있다.

어찌 보통사람들이 기댈 수 있겠는가	豈尋常之可憑
받아서 간직한 지 얼마나 되었던가	受言藏兮幾日
공자의 먼 후손으로부터 왔도다	來闕里之雲仍
총애가 어찌 주석 술통에 고작 그치리오	寵豈止於錫卣
귀한 재화의 열배에 해당된다네	當十陪乎百朋
앞 조정의 덕 있는 연로한 자를 생각해 보니	念先朝之宿德
큰 집을 지탱할 수 있을 듯하였네	庶大廈之可支
그 연로한 신하를 지탱하고자 했으니	扶桑榆之晩景
애오라지 하루아침에 임금께서 내려주셨지	聊一朝而貺之
어찌 선생은 한 나라에서 영수장을 짚고서	何先生杖於國兮
일찍이 안위를 고려하지 않는가	曾不慮夫安危
아, 어린 임금이 자리에 있고	嗟幼君之在位
또 큰 간신들 침을 흘리며 턱을 늘어뜨리고 있네	復大姦之朶頤
지금의 형세가 근심스럽고 위태롭더니	勢憂疑而岌岌
나랏일이 이미 잘못되었음을 알았다네	知國事之已非
선생의 재주와 덕을 개탄하노니	慨先生之才德兮
또한 앉아서 보기만 하고 구함이 없구나	亦坐視而莫之救
도리어 음탕하고 아첨하는 자들 도와 이뤄주니	反狐媚而助成
또 시위소찬하는 자에게도 무슨 면목이 있으리	又何顏於尸素
넘어지고 위태로운 자들을 부축하지 못하니	不扶顚而持危
어찌 이 지팡이에게 부끄럽지 않으리오	寧不愧於玆杖
인간들 저 나무만도 못한데	人不如乎彼木
장차 저 지팡이를 어찌 쓰겠는가	將焉用夫彼相

〈靈壽杖賦-영수장부〉53)

---

53) 洪彦忠, 『寓菴先生文集』권1, 국립중앙도서관 소장본, 17면.

  영수장은 한(漢)나라 때 태사였던 공광(孔光)에게 임금이 조회도 나오지 말라고 하며 내려준 지팡이로, 임금이 덕이 있는 연로자를 존숭한다는 뜻에서 하사한 것이다. 앞부분은 영수장의 재목감에 대해서 언급하고 있다. 영수장은 타고날 때부터 지팡이가 될 재목을 갖춘 나무이다. 줄기는 성기고 마디는 달 모양으로 둥글어 자르기만 해도 그 자체로 지팡이가 될 수 있다. 하물며 천하의 장인인 공수가 손을 봤으니 명품의 지팡이가 된 것이다. 그러기에 영수장은 일반 사람들이 짚는 지팡이의 재목인 도죽이나 붉은 등나무를 비천하게 여기고, 진귀한 보물이 되어 임금의 창고에 보관될 수 있었다. 임금의 창고에 보관된 영수장은 자신에게 몸을 의탁할 덕 있는 신하를 기다리고 있었다.

  때마침, 앞 조정부터 덕이 있어서 나라를 지탱할 수 있다고 여겨졌던 훈신(勳臣)이 있었으니, 임금은 하루아침에 그에게 영수장을 내려주었다. 당시 정치상황은 위로는 어린 군주가 있었고 아래로는 사리사욕을 채우는 간신들이 침을 흘리며 턱을 늘어뜨리고 있는 형상으로, 정치는 이미 그릇된 방향으로 접어들고 있었다. 시인은 영수장을 받은 신하가 잘못된 정치를 바로잡아 줄 것이라 기대하고 있었다. 그런데 영수장을 받은 신하는 그런 기대와는 달리 나라의 안위는 안중에도 없고 도리어 음탕하고 아첨하는 자들을 도와서 그들의 목적을 이뤄 주고 있었던 것이다. 그러므로 시인은 조정의 큰 어른으로서 나라에 보탬이 될 것이라고 뽑은 이 늙은 신하가 차라리 시위소찬(尸位素餐)하는 무리들만도 못하다고 개탄하고 있는 것이다. 개탄을 금치 못한 시인은 지팡이만도 못한 인간이 어찌 그 지팡이를 짚을 수 있겠느냐며 강개한 어조를 늙은 신하를 비판하고 있는 것이다. 결국 위의 시는 어린 군주를 보필해야 할 권력의 핵심부에 있는 신하가 도리어 간신들과 모의하여 정권을 농단하고 있는 현실을 드러낸 것이다. 이는 18세의 어린 나이에 왕위에 올랐던 연산군대의 정치현실을 우의한 것이라 할 수 있을 것이다.

권력의 핵심부가 사리사욕에 눈이 어두워 정치를 잘못된 방향으로 이끌어가는 당대의 정치상황은 이하 관료들로 하여금 절조라고는 찾아볼 수 없게 만들었다. 그들은 자신들의 이익에 따라 서로 붙좇아 다닐 뿐이었다.

송백의 푸르름 세한 연후에 안다는 것	松柏知歲寒
공자 이후에는 적막해졌네	寂寞宣尼後
지음은 진실로 만날 수 없고	賞音實難遇
복사꽃 오얏꽃들 서로 따르며 섞이는구나	桃李因雜糅
주인은 기호가 남달라	主人嗜好異
천년에 때때로 한 번 있을 사람	千年時一有
높고 우뚝함은 때때로 꺾일 때가 있지만	高亭有時摧
그 이름은 천지와 함께 오래가리라	名與天地久

〈寄擇之3-택지에게-〉[54]

이 시는 총 7수의 연작시 중 세 번째 시로서, 홍언충이 유배 온 이행의 강직한 절조를 칭송하고 그렇게 살지 못하는 관료들을 우회적으로 비판한 것이다.

지금 세상에는 도무지 절조라고는 찾아볼 수 없다. 1, 2구는 공자

---

54) 洪彦忠, 『寓菴先生文集』 권3, 국립중앙도서관소장본, 33면.

가 송백의 절조를 언급한 이후 아득한 세월이 흐른 지금에, 그런 절
조를 보여주는 사람이 없을 뿐 아니라 그런 말조차 무색해졌다는 의
미이다. 2구의 진술은 지금에 그런 절조가 진실로 있냐 없냐의 사실
관계를 떠나 이행의 절조가 그만큼 값지다는 것을 강조한 것이다. 이
행의 절조는 갑자사화 당시 연산군의 생모인 폐비 윤 씨의 복위를 끝
까지 반대한 것에 해당된다. 이로 말미암아 그와 함께 폐비 윤 씨의
복위를 반대했던 권달수는 참형을 당했고 이행은 겨우 목숨을 건져
유배를 살고 있는 것이다. 그러므로 이행의 절조는 죽음도 두려워하
지 않는 강직한 것이었다.

　3구와 4구는 현실의 세태를 반영한 것이다. 앞 시에서, 태평성대
에 대한 희망을 드러내는 데 차용되었던 복사꽃과 오얏꽃은 이 시에
와서 송백과 비교되어 권력에 붙좇아 다니는 지조 없는 무리들로 비
유되었다. 특히, 3구의 '지음을 만나기 어렵다'는 언급은 복사꽃·오
얏꽃들의 세상에서 자신과 뜻을 같이할 수 있는 사람을 만나기 어렵
다는 의미로, 그 이면에는 그러한 무리들과 결코 함께하지 않겠다는
홍언충의 절조가 함축되어 있다. 5구의 남다른 기호[嗜好異]는 〈기택
지(寄擇之)〉 시 네 번째 수의 '세상 사람들 막 따뜻한 데 붙지만 우리
그대는 오히려 싸늘함을 지키고 있네'[55]라는 구절과 함께 세상의 따
뜻함에 빌붙지[附熱] 않는 이행의 절조를 말한다. '지금 높고 우뚝함
은 꺾였지만 그 이름만은 오래간다'는 것은 이행이 유배지에서 죽음
을 기다리고 있는 상황이지만, 그 절조만은 역사에 길이 남는다는 말

---

55) 洪彦忠, 〈寄擇之〉, 『寓菴先生文集』 권3, 국립중앙도서관 소장본, 34면. "世人方附熱,
　　吾子猶守冷."

이다. 결국 이 시는 이행의 절조를 칭송하는 데 초점이 놓여있지만
자신들의 이익을 위해 권력층에 붙좇아 다니는 염량세태의 현실을
보여준다고 할 수 있다.

　다음의 시는 따뜻하면 붙고 차면 떨어지는 부열위한(附熱違寒)의
정치현실을 집약적으로 보여주는 것이다.

세상인심 따뜻하면 붙고 차면 교묘하게 어기니	時情附熱巧違寒
백옥명주를 보고 칼을 어루만지며 노려보네	白璧明珠按劍看
우리 무리들은 정작 탄솔함이 많은데	吾黨正緣多坦率
인간들 그 어찌 걸핏하면 죄를 걸려하는가	人間其柰動機關
광문의 관직은 싸늘하여 늘 꾸짖음을 만났고	廣文官冷長遭罵
원헌의 집은 가난하여 늘 기쁨이 드물다네	原憲家貧每鮮歡
앉아서 생각하노니, 안개비 내리는 강남땅에서	坐憶江南煙雨裏
가을바람 불 때 농어회 소반에 잔뜩 쌓고자 하네	秋風鱸鱠欲堆盤

〈次友人寄韻－친구가 붙인 운에 차운하다〉56)

　지금의 세상인심은 득의하여 따뜻해진 사람에게는 조금도 망설임
없이 붙고 영락하여 싸늘해진 사람에게는 교묘한 방법을 써서 멀어
진다. 게다가 백벽(白璧)과 명주(明珠)처럼 빛나는 재능을 가진 사람
들은 늘 질투와 제거의 대상이 되기 십상이다.

　그렇기 때문에 이러한 세상에 동조하지 않았던 시인을 비롯해 뜻
을 함께하는 사람들은 늘 모략에 걸려 죄를 받게 되는 상황인 것이
다. 3구의 '탄솔(坦率)'은 홍언충이 정치현실에서 보여준 행보를 반영

---

56) 洪彦忠, 『寓菴先生文集』 권1, 국립중앙도서관 소장본, 52면.

한 시어로 대표적으로 박은과 함께 연산군의 잘못을 직언한 응지 상소를 올렸던 일57)을 예로 들 수 있을 것이다. 홍언국이 지은 묘갈문을 보면 "공은 천성이 탄솔하여 법도를 따르지 않았다."58)고 하였는데, 거슬릴 것 없이 직언을 감행했던 홍언충을 떠올릴 수 있는 것이다.

5, 6구는 홍언충과 그의 당의[吾黨]의 입장을 구체적으로 빗댄 것이라 할 수 있다. 광문의 관직은 당(唐)나라 현종(玄宗)이 시·서·화에 능한 정건(鄭虔)의 재질을 아껴 광문관을 설치하고 그를 박사로임명한 것에서 유래하는 것으로, 당시 홍언충과 뜻을 함께한 사람들이 근무했던 언관의 기능을 담당한 홍문관을 의미한다고 볼 수 있다. 따라서 '싸늘하다(冷)'라는 표현은 〈기택지(寄擇之)〉 시에서 '세상 사람들 막 따뜻한 데 붙는데[世人方附熱], 우리 그대 아직도 싸늘함을지키고 있네[吾子猶守冷]'를 통해서 짐작할 수 있듯이 홍언충과 그의당이 훈구파들과 함께하지 않았기 때문에 탄압을 당하는 상황이라할 수 있을 것이다. 이는 사초(史草) 문제가 직접적인 계기가 되어 유자광·이극돈이 중심이 되어 일으킨 무오사화와 관련이 있을 듯하다. 6구의 '가난한 원헌은 기쁜 날이 드물다'는 표현은『논어』「태백」에"나라에 도가 있을 때 가난하고 천한 것은 부끄럽고, 나라에 도가 없는데 부유하고 귀한 것은 부끄럽다[邦有道, 貧且賤焉, 恥也. 邦無道,

---

57) 洪汝河,〈呈牧伯文〉,「附錄」,『寓菴先生文集』권4, 국립중앙도서관 소장본, 80면. "嘗在湖堂, 同朴誾應旨封章, 陳燕山闕失. 燕山主大怒幾陷不測, 竟被逮於甲子之禍, 度必不免, 自撰墓銘而行."

58) 洪彦國,〈墓碣〉,「附錄」,『寓菴先生文集』권4, 국립중앙도서관 소장본, 60면. "公天性坦率, 不循規矱."

富且貴焉, 恥也.]"는 것을 염두에 둔 표현으로, 홍언충과 그의 당이 무도(無道)한 세상에 동조하지 않고 가난 속에서 자신의 도를 지키면서 세상을 질시(疾視)하는 것을 빗댄 것이라 하겠다. 결국, 시인은 무도한 현실을 벗어나 고향으로 돌아가기를 생각하고 있는 것이다.

이상에서 살폈듯이, 홍언충이 인식한 당대는 훈구관료들에 의해 독점되는 세계로서 권력의 핵심부에서부터 이하 하급 관료에 이르기까지 자신들의 이익을 위해 염량세태를 일삼는 '부열위한(附熱違寒)'의 현실이었다고 할 수 있었다. 홍언충은 부열위한의 현실 속에서 현실을 비판하기도 자신의 절조를 드러내기도 하였다. 여의치 않자 한편으로 현실을 떠나 귀거래를 생각해 보기도 하였다.

> 삼일간 휴가를 냈으나 한가로움 느끼지 못해 　　三日偸閑未覺閑
> 오늘 아침 허리와 다리 아직도 감각이 없네 　　今朝腰脚尚痺頑
> 명예 좇은 건 물고기가 미끼 탐한 것뿐 아니라 　　趨名不啻魚貪餌
> 험난함에 부딪친 건 사슴이 산을 달린 것과 어찌 다르리오
> 　　　　　　　　　　　　　　　　　　　　觸險何殊鹿走山
> 남쪽 고향은 꿈속으로 들어오고 　　　　　南陌柴桑長入夢
> 조정의 흙먼지는 얼굴을 시들게 하는구나 　　東華塵土欲彫顔
> 어느 때, 창강 가에서 늙어가며 　　　　　何時送老滄江上
> 늙도록 푸른 물에서 낚시하며 생을 마칠까 　　垂白終年釣碧灣
> 　　　　　　　　　　　　　〈偶吟一律－우연히 읊다〉[59]

시인은 삼일간의 휴가를 내어 집으로 돌아왔으나 여전히 허리와

---

59) 洪彦忠, 『寓菴先生文集』 권1, 국립중앙도서관 소장본, 27면.

다리에는 감각이 없었다. 평생 질병으로 시달렸던 그가 병으로 휴가를 낸 것이다. 그는 자신의 벼슬길에 대해서 생각해 보았다. 그것은 물고기가 먹이를 좇아 미끼를 탐한 것과 같았고 사슴이 산에서 내려와 험난함에 부딪힌 격이었다. 물고기가 분수를 거슬러 미끼를 탐하면 낚싯대에 걸리게 되고 사슴이 산을 내달리면 푸줏간에 오를 운명이 되는 것이다. 이 구절은 결국 병상구와 관련된 것으로 명예를 추구하기 위해 행한 시인의 출사가 분수에 맞지 않았다는 비유이다. 즉, 병상구로 태어난 시인이 물고기나 사슴의 본성처럼 은거해야 할 분수를 어기고 문재를 바탕으로 출사를 했기 때문에 빚어진 결과였다는 것이다. 결국 암울한 정치현실 속에서 그의 문재는 쓸모가 없었고[60] 병마저 심해지자 그는 이제 현실을 떠나 산림에 은거하기를 희망하고 있는 것이다.

그런데 홍언충은 위와 같은 귀거래 의식을 보이면서도 실행에 옮기지 않고 1495년부터 1504년 갑자사화로 유배를 가기 전까지 10여 년간 연산조에서 지속적으로 출사를 하였다. 그 이유는 무엇인가.

그것은 홍언충만의 독특한 현실대응자세가 있었기 때문이다.

> 비단을 자른들 어찌 이처럼 기이하랴　　　　　剪綵能爲似許奇
> 얼음 구슬 이어 놓은 늙은 규룡의 가지들　　　氷珠點綴老虯枝
> 응당 알리라, (그대) 날마다 그윽한 경치 탐하고　知應日日耽幽賞
> 서호 처사의 시는 읽지 않는다는 것을　　　　　不讀西湖處士詩
> 〈次君美兄韻三首2-군미형 운에 차운하다〉[61]

---

60) 洪彦忠, 〈次淳夫韻〉, 『寓菴先生文集』 권1, 국립중앙도서관 소장본, 31면. "謾將詩句輕千戶, 未覺雕蟲是小兒."

평생 이 꽃의 기이함 감상하는 것 사랑했으니　　　平生愛賞此花奇
일찍이 강남 눈 속에 핀 가지를 보았지　　　　　曾見江南雪裏枝
서울에선 이 꽃이 있을 줄 몰랐는데　　　　　　未省京城能有此
주인은 응당 병든 나에게 시를 요구하겠지　　　主人應要病夫詩
　　　　　　〈次君美兄韻三首3-군미형 운에 차운하다〉[62]

세상에 이수재와 짝할 사람 없는데　　　　　　海外無雙李秀才
명성을 들었으나 웃는 얼굴을 보지 못했네　　　聞名不見已眉開
서울 먼지 아래에서 만나자　　　　　　　　　相逢京洛塵埃底
눈 속에 피길 재촉하는 찬 매화를 보고 한 번 웃네　一笑寒梅雪裏催
　　　　　　〈贈巨濟儒李鶚-거제 유생 이악에게 주다〉[63]

　홍언충은 매화를 무척 좋아하였다. 그가 매화를 좋아하는 이유는 매화가 하늘로부터 부여받은 고결함과 꼿꼿함을 가지고 세속에 물들지 않았기 때문이다.[64]

　위의 시들에서 주목되는 점은 매화를 좋아하는 홍언충의 독특한 시각을 읽을 수 있다는 것이다. 첫 번째 시는 서울에 함께 있는 홍언충의 형 홍언방의 집에 핀 매화를 생각하며 지은 것이다. 형의 집에 핀 매화는 비단을 잘라 놓은 듯 기이하고 얼음처럼 맑다. 그런데, 홍언방은 그런 매화의 고결한 모습은 감상하지만 임포의 시는 읽지 않

61) 洪彦忠,『寓菴先生文集』권1, 국립중앙도서관 소장본, 29면.
62) 洪彦忠,『寓菴先生文集』권1, 국립중앙도서관 소장본, 29면.
63) 洪彦忠,『寓菴先生文集』권3, 국립중앙도서관 소장본, 38면.
64) 매화의 고결함을 노래한 시들은 다음과 같다.〈次散隱瓶梅韻〉·〈次君美兄韻1〉·〈次淳夫題家君茅亭韻〉·〈次百源韻〉·〈散隱送梅花, 詩以報之〉·〈雨後步出溪上, 見梅折回, 挿瓶, 寄眞擇〉·〈春晩賦梅〉 등.

을 것이라고 한다. 두 번째 시는 홍언충이 기이해서 매우 좋아했던 매화가 강남의 산림에서만 그런 기이함을 간직하고 있는 줄 알았는데, 서울에서도 똑같이 그런 기이함을 간직하고 있어서 반가워한다는 내용이다. 그러기에, 강남의 매화를 대하듯 서울의 매화를 대하고 있는 홍언충에게 주인은 응당 시 짓기를 요구할 것이라는 추측이다. 세 번째 시는 거제도에서 보았던 유생 이악을 서울에서 다시 만나자 반가움을 표시한 내용이다. 이악은 바다 밖 거제도에서 아무도 대적할 수 없는 뛰어난 문재를 지니고 있었다. 그럼에도 그는 그곳에서 한 번도 웃은 적이 없었는데, 서울에 온 지금 눈 속에 핀 찬 매화를 보고 웃고 있는 것이다.

위의 세 시의 공통점은 매화가 모두 속세에서 핀 것이라는 점과 그럼에도 고결함을 그대로 간직하고 있다는 것이다. 첫 번째 시에서 '임포의 시를 읽지 않는다'는 것은 홍언방이 매화의 고결함은 취하되 임포처럼 은자의 삶은 살지 않는다는 의미이며, 두 번째 시에서 '주인이 자신에게 응당 시를 요구한다'는 것은 홍언충 또한 강남의 매화와 다를 바 없이 고결함을 간직한 속세의 매화를 사랑하여 시를 짓겠다는 것이며, 세 번째 시에서 '이악이 거제도에서는 웃지 않다가 서울에 핀 매화를 보고 웃었다'는 것은 이악이 거제도가 아닌 서울의 한복판에 핀 찬 매화[寒梅]처럼 자신도 무쌍(無雙)한 재주를 바탕으로 고결함을 간직한 채 살아보겠다는 의지를 보인 것으로 볼 수 있다. 결국, 위의 시들은 홍언충이 속세에서 고결하게 살아가는 매화를 긍정하고 좋아한다는 의미이다.

그렇다면 다음의 시를 통해 속세에 핀 매화가 구체적으로 의미하는 것이 무엇이며, 그것을 통해 홍언충이 말하고자 했던 것은 무엇인지 확인해 보고자 한다.

사물은 너무 깨끗한 것을 꺼려하니	物忌太皎潔
부서진 기왓장이 타고난 운수를 온전히 한다네	瓦礫數能全
매화는 빙설의 자태가 있으니	此兄氷雪姿
꼿꼿함은 하늘에서 얻은 것이네	耿介得之天
장기 낀 마을에서 서로 만나니	相逢瘴霧鄕
나를 맞이하여 문득 찬연히 웃는구나	迎我輒粲然
황홀하여 평생 동안 기뻐했는데	怳如平生歡
소매로 뜨니 내 어깨를 가볍게 두드리네	挹袂拍其肩
가련한 매화, 너무 외롭고 약한 듯하여	憐兄太孤偵
복사꽃과 아름답게 짝을 지어주었네	紅裙配嬋姸
오늘 아침 특별히 가냘프고 화가 나있어	今朝殊綽虐
얼굴색이 예전 같지 않구나	顔色不如前
접대부터 철석같은 마음으로	向來鐵石心
요염한 사물을 따라 옮긴 것을 부끄러워하였네	恥隨尤物遷
일찍이 들으니 유하혜의 화이불류	嘗聞士師和
백이의 편벽됨과 함께하지 않았다네	不類伯夷偏
벌거숭이 옆에 있어도 기뻐하며	怡然裸裎側
나의 어짊을 더럽힐 수 없다 하였지	未浼於吾賢
형이 비록 스스로 깨끗하고 깨끗하나	兄雖自皓皓
이 물건은 바야흐로 자리에 올랐다네	此物方登筵
우선 섞여 화광동진하여	且可混光塵
세상의 어여쁨을 취해야만 하리라	以取時世憐
내 말이 진실로 맞는가 맞지 않는가	吾言眞可否
탄식하니, 눈물 줄줄 흘러내리네	嘆息淚如湔

〈賦梅花桃花同揷一甁-매화와 복사꽃을 병에 함께 꽂고서 짓다〉[65]

위의 시는 크게 두 부분으로 나눠진다. 1~14구까지는 전반부로 고향에서 매화와의 만남을 15~24구까지는 후반부로 매화를 상대로 홍언충의 현실대응자세를 피력한 것이다.

전반부는 매화의 고결함에 초점을 맞춘 것이다. 어느 날 서울에서 고향으로 돌아온 시인은 매화를 만났다. 그 매화는 예전부터 시인이 좋아했던 것으로 변함없는 빙설의 자태를 갖추고 꼿꼿하게 살아가고 있었다. 매화 또한 시인을 보고 변함없이 기쁘게 맞이하였고 시인도 황홀하여 그 향기에 흠뻑 취하였다. 그런데 오늘따라 매화가 너무나 외롭고 약하게 보여 화려한 복사꽃과 짝을 지어 한 병에다 꽂아 두었다. 다음 날 보니 매화는 더욱 수척해지고 화가 나 있었다. 이것은 매화가 속세의 상징물인 복사꽃과 하룻밤을 지내게 되자, 그간 굳게 지켜온 고결함을 잃었다고 생각했기 때문이다.

후반부는 매화의 그러한 삶의 태도를 두고 홍언충이 강개한 어조로 매화에게 가르침을 준 것이다. 매화의 삶은 백이처럼 더러운 속세를 떠나 자신의 고결함만을 지키는 것이라 할 수 있다. 그런데 시인이 보기에 그것은 너무나 편벽된 것으로 자신의 깨끗함은 유지할 수 있으나 현실에 아무런 보탬도 되지 못하는 것이었다. 시인이 중요하게 생각하는 삶은 혼자만의 고결함을 지키는 것이 아니라 현실과 함께하는 고결함인 것이다. 즉, 매화의 정신을 산림뿐만이 아니라 속세에서 섞여 살면서 똑같이 유지하는 것이다.

홍언충은 그러한 삶의 표본으로 유하혜의 화이불류(和而不流)를 제시하였다. 유하혜의 화이불류는 세속과 함께하되 자신의 도를 곧게

---

65) 洪彦忠, 『寓菴先生文集』 권2, 국립중앙도서관 소장본, 93면.

세워 세속에 휩쓸리지 않는 것이다. 따라서 매화에게 '우선 섞여 화
광동진[且可混光塵]하라'는 말은 유하혜가 사사(士師)가 되어 세 번이
나 쫓겨나면서도 더러운 현실을 외면하지 않고 '도를 곧게 하여 사람
을 섬겼던[直道而事人]'[66] 것처럼, 매화도 세상과 섞여 살아가면서
고결한 빛을 내면에 감춘 채 세속에 휩쓸리지 않는 화광동진[67]의 삶
을 살라는 가르침인 것이다. 앞의 시에서 홍언충이 속세에 핀 매화를
보고 기뻐했던 것이나, '내 말이 맞는가 그렇지 않는가'를 부르짖으
며 강개한 모습으로 눈물을 흘리는 모습은, 바로 그가 화광동진의 삶
을 살았음을 우회적으로 드러낸 것이라 할 수 있다. 사실, 전반부에
외롭고 약한 듯 보이는 매화를 복사꽃과 짝 지어준 것은 홍언충이 화
광동진하는 자신의 삶을 매화에게 이해시키려 했던 의도라 할 수 있
는 것이다.

　요컨대, 홍언충은 유하혜의 화이불류가 중심이 된 화광동진의 현
실대응자세를 견지하고 현실에 참여했다고 할 수 있다. 그가 가망 없
는 폭군 연산군의 곁을 떠나가지 않고 직간을 통해 계도하려고 했던
것도 바로 이러한 현실대응자세가 있었기 때문이다. 이행이 홍언충
에 대해서 '도를 곧게 해서 아배(兒輩)들에게 굽히지 않아 고상한 이

---

66) 「微子」, 『論語』. "柳下惠爲士師, 三黜. 人曰, "子未可以去乎. 曰, 直道而事人, 焉往而
　　不三黜. 枉道而事人, 何必去父母之邦." "子曰, 不降其志, 不辱其身, 伯夷叔齊與. 謂柳
　　下惠少連, 降志辱身矣, 言中倫, 行中慮, 其斯而已矣."
　　『孟子·公孫丑 上』 "柳下惠不羞汚君, 不卑小官, 進不隱賢, 必以其道, 遺佚而不怨, 阨
　　窮而不憫, 故曰爾爲爾, 我爲我, 雖袒裼裸裎於我側, 爾焉能浼我哉. 故由由然與之偕而
　　不自失焉, 援而止之而止, 是亦不屑去已."
67) 여기서 '화광동진'은 『노자』에 나오는 것이지만, 유하혜의 화이불류를 전제로 나온
　　것이므로 자신의 고결한 절조를 간직하면서 속세와 함께하는 화이불류의 의미라 할
　　수 있다.

름이 후대 사람들과 함께한다'라고 평가한 것은 바로 홍언충의 '화광
동진'의 현실대응자세를 집약한 말이 아니겠는가.

4. 맺음말

이 글은 우암(寓菴) 홍언충의 자아인식과 현실대응자세를 밝혀 홍
언충 문학의 본령을 파악하는 기틀을 마련하는 데에 목적을 두었다.
홍언충은 자신을 '병상구'로 인식하였다. 병상구는 이마에 병이 걸
린 말로서 태어날 때부터 신체적인 병과 천리를 내달릴 수 있는 준마
의 능력을 동시에 갖춘 말이다. 홍언충이 태어날 때부터 병이 있어
두 번씩이나 벼슬을 사퇴해야 했고 36세로 단명한 사실은 병상구에
서 병(病)에 초점이 놓인 것이며, 천부적인 문재가 있어 17세 때부터
시명을 드날리며 이행·박은·정희량과 함께 연산조 시가사걸(詩家四
杰)로 불린 사실은 병상구에서 구(駒)에 초점이 맞춰진 것이다. 병과
문재라는 양면성은 홍언충에게 자신의 운명이 불운하다는 인식을 낳
게 하였다. 병든 몸에 둔재였다면 출사하지 않고 은거하는 삶을 살아
갔을 터인데, 병든 몸에 뛰어난 문재를 주었기에 조용히도, 완벽한
존재로도 살아갈 수 없었던 것이다. 따라서 홍언충에게 병든 몸도 불
운이었지만 문재 또한 불운이었던 셈이다.
홍언충은 연산조의 정치현실을 '부열위한'의 세계로 인식하였다.
이 세계는 무오사화·갑자사화 이후 훈구관료들에 의해 주도되는 세
계로서 자신들의 영리를 위해서 따뜻하면 붙고 차면 떨어지는 염량
세태의 현실이었다. 홍언충은 이러한 현실을 비판하면서도 갑자사화

로 유배되기 전까지 지속적으로 출사하였는데, 이는 홍언충만의 독특한 현실대응자세가 있었기 때문이다.

　홍언충의 현실대응자세는 '부열위한'의 무도한 현실을 떠나 자신의 고결함만을 유지하는 유자 일반의 그것이 아니라, '부열위한'의 현실 속에서 함께 살아가는 '화광동진'의 그것이었다. 이 '화광동진'은 『노자』에 나오는 이상적인 인격 형태를 말하는 듯싶지만, 그 실상은 유하혜의 '화이불류'가 중심을 이루고 있다. 즉, 홍언충은 '부열위한'의 세계에 섞여서 살아가지만 자신의 도를 곧게 간직하면서 세상에 휩쓸리지 않고 현실적 포부를 실현하고자 했던 것이다. 홍언충이 매화를 복사꽃과 짝지어 주자 불편해 하는 매화를 꾸짖고 진세에 피어있는 매화를 예찬한 시는 홍언충의 이러한 현실대응자세를 집약적으로 보여준다고 할 수 있다. 이행이 홍언충에 대해 '도를 곧게 해서 아배들에게 굽히지 않아 고상한 이름이 후대 사람들과 함께한다'는 평가는 바로 홍언충의 '화광동진'의 현실대응자세를 말함이 아니겠는가.

현실의 풍랑에 표류하는
불안한 지식인

최수성(1487~1521)

1. 머리말

이 글은 사화기(士禍期) 지식인의 한 사람인 원정(猿亭) 최수성(崔壽城)의 삶과 내면의식을 밝히는 데에 목적을 둔다.

최수성은 김굉필(金宏弼)의 문인으로 조광조(趙光祖)·김정(金淨) 등과 동문수학했던 사림파 인물이다.[1] 일찍이 김굉필은 기묘년의 인재들 가운데 최수성을 첫 번째로 꼽았으니,[2] 최수성은 기묘사류들 사이에서 유명하여 그가 평택 진위에서 서울로 올라오면 가는 곳마다 명사(名士)들이 폭주하여 문 앞이 타고 온 말들로 가득했다고 한다.[3]

1) 宋徵殷, 〈行狀〉, 『猿亭遺稿』, 『臨瀛世稿』 권3, 국립중앙도서관 소장본, 108면. "受學于寒暄金先生之門, 與金冲庵, 趙靜庵相友善, 探討墳典, 講劘道義, 問學日進, 遂成大儒."

2) 元弘履, 〈建院疏〉, 『猿亭遺稿』, 『臨瀛世稿』 권3, 국립중앙도서관 소장본, 114면. "金宏弼論己卯人才之盛, 必以崔壽城爲第一."

3) 趙翼, 〈禹處士傳〉, 「雜著」, 『浦渚集』 권23, 『韓國文集叢刊』 85, 416면. "崔猿亭者, 振威人, 有名己卯士類間, 諸名士欲官之, 不肯, 終不敢强以仕. 每到京, 名士輻湊, 所

또한 조광조는 조정 일에 대하여 진퇴를 결정할 때 반드시 최수성의 말을 들었는데, 이로 인해 남곤(南袞)은 최수성이 비록 산림지사(山林 之士)지만, 조광조가 나라를 그르치게 된 근본 원인이 최수성이라고 지목하였다.4)

당시 최수성의 위상은 문학적·예술적 측면에서도 상당했던 듯하 다. 최수성은 시·서·화에 모두 뛰어나 이 세상에는 비할 데가 없는 기이한 재주라는 평가를 받았다.5) 특히 그의 한시는 이백·두보와 이름을 나란히 한다는 평가를 들었는데,6) 최수성의 시풍이 표일(飄 逸)하다고 평가받았던 것은7) 청신(淸新)과 표일(飄逸)을 대표로 하는 이백의 시풍을 최수성이 어느 정도 성취하고 있었음을 방증하는 것 이라 하겠다. 한편, 최수성을 주인공으로 한 한문소설 〈최원정화풍 남태설(崔猿亭畵風南台說)〉은 현대 연구자에 의해 우리나라를 대표하 는 야담계 소설 중의 하나로 주목받고 있다.8) 이렇듯 최수성의 전기

至鞍馬墳門."

4) 宋徵殷,〈贈領議政猿亭崔公行狀〉,「行狀」『約軒集』권14,『韓國文集叢刊』164, 178 면. "及己卯禍作, 袞爲推官, 請並推公曰, 趙光祖等, 以崔某爲善士, 仰若山斗, 朝廷進 退必決, 崔某名雖林下之士, 光祖誤國之根, 皆由於某."

5) 李肯翊,〈畵家〉,「文藝典故」,『燃藜室記述』권14. "崔壽城, 號猿亭(詳中宗己卯)善詩 書畵."
   李廷馨,〈儒士〉,『知退堂集』권13,『韓國文集叢刊』58, 218면. "崔壽峸, 字可鎭, 號猿 亭. …… 作詩飄逸, 且善書畵, 眞絶代奇才也."

6) 宋穉圭,〈報恩屏山書院, 圃隱靜菴兩先生腏享時, 並告五先生文.〉,『剛齋集』권7,『韓 國文集叢刊』271, 151면. "…… 刖又猿老, 李杜齊名, 縱警敗船, 旋罹黨籍, 所守者義, 視死如歸. ……"

7) 安璐,〈崔壽峸傳〉,「己卯錄補遺」下,『大東野乘』. "…… 年十九, 逃世遠遊, 遍觀名山 水, 作詩飄逸……"

8) 박희병,『韓國漢文小說 校合句解』, 소명출판사, 2005, 926~937면.

가 소설로까지 창작되었다는 점도 최수성의 인물적 위상이 높다는 것을 시사한다고 하겠다. 이상, 최수성에 대한 위와 같은 평가들은 그의 시세계를 고구할 필요성을 부여한다고 할 수 있다.

우리 문학사에서 조선 전기 한시사를 다룰 때 주로 논의되는 것은 관각문학과 사림파 문학, 송시풍과 당시풍 문학 등이라 할 수 있다. 특히 이 시기 사림파 문학은 주로 김종직·김굉필·김정 등 도학파 문학에 논의가 집중되어 제도권 내의 사림파 문학에만 국한된 감이 없지 않다. 최수성은 당대 사림파의 핵심 인물로서 학문적·문학적 명성이 높았지만 제도권에 진입하지 않는 채 당대의 현실을 응시한 지식인이다. 그는 김굉필의 수제자로서[9] 도학에 잠심하여 의리를 깊이 알았으며[10] 제도권 밖에서 현실의 무게를 감당하려 하였다. 따라서 최수성의 삶과 내면의식을 살펴보는 일은 사림파 문학의 또 다른 측면을 엿볼 수 있다는 점에서 의의가 있다고 판단된다.

지금까지 최수성에 관한 연구는 없는 실정이다. 다만, 『임영세고 (臨瀛世稿)』의 번역집이 출간되어 최수성을 비롯한 강릉 최씨 인물들의 문학을 검토하는 데 일조하고 있다. 한시 번역의 경우, 가끔 오류가 보이는 것이 아쉽지만 덧붙인 해제는 최수성의 생애 전반을 소개하고 있어 최수성에 대해 개괄적으로 이해하는 데 도움을 준다.[11] 한편 박희병은 최수성을 주인공으로 한 한문소설 〈최원정화풍남태설〉

---

9) 元弘履, 〈建院疏〉, 『猿亭遺稿』, 『臨瀛世稿』 권3, 국립중앙도서관 소장본, 116면. "金宏弼論己卯人才之盛, 必以崔壽城爲第一."

10) 元弘履, 〈建院疏〉, 『猿亭遺稿』, 『臨瀛世稿』 권3, 국립중앙도서관 소장본, 116면. "先正臣李珥曰, 崔壽城以處士, 隱入山林, 潛心道學, 深知義理, 不求名利."

11) 임도식, 「임영세고 해제」, 『향토고전번역총서』 1, 사단법인 율곡학회, 2009.

에 대해 표점(標點)과 교석(校釋)을 가하여 〈최원정화풍남태설〉을 우리나라 야담계 소설로 자리매김한 의의가 있다.12)

최수성의 문집은 『원정유고(猿亭遺稿)』로 『임영세고(臨瀛世稿)』 권3에 실려 있다. 『원정유고』에는 최수성의 한시작품 17수와 최수성의 삶의 궤적을 추적할 수 있는 〈행장〉·〈유사〉·〈건원통문〉·〈건원소〉·〈병산서원 봉안축문〉 등이 수록되어 있다.

2. 최수성의 삶과 '풍랑'의 현실

이 장에서는 최수성의 전기적 사실을 바탕으로 그의 삶과 현실인식을 살펴보고, 이를 통해 3장의 논의를 풀어나가는 발판이 되고자 한다.

최수성은 자가 가진(可鎭)이며 호는 원정(猿亭)·북해거사(北海居士)·경호산인(鏡湖散人)이다. 본관은 강릉(江陵)으로 신라 때 승상을 지낸 최항(崔恒)의 후예이다. 고려에 이르러 최필달(崔必達)이 관직이 좌정승에 이르렀고, 최필달의 손자 최한주(崔漢柱)는 정당문학이었으며 이후 최씨 집안은 벼슬이 누대까지 이어지게 되었다. 조선조에 들어와서는 최안린(崔安隣)이 병조판서를 맡았으니 곧 최수성의 고조할아버지가 된다. 증조부 최치운(崔致雲)은 이조판서로서 세종 때 명신이며 조부 최응현(崔應賢)은 대사헌을 역임했다. 아버지 최세효(崔世孝)는 생원으로 효행과 절조로 세상에서 중하게 여겨졌으며, 승지 최철

---

12) 박희병, 『韓國漢文小說 校合句解』, 소명출판사, 2005, 926~937면.

관(崔哲寬)의 딸에게 장가들었다.[13)]

최수성은 어려서부터 지기(志氣)가 고매(高邁)하고 총명함이 남보다 뛰어나 8, 9세에 아름다운 시구를 지을 줄 알았다.[14)] 13세 때에는 어머니의 상을 당하여 한결같이 예법에 따라 절차를 행하였으며 아버지를 섬길 때에도 유순하게 명을 따랐다. 아버지의 상을 당해서는 3년을 하루같이 예에 넘치도록 시묘살이를 하였는데, 이로 인해 마을사람들이 감화를 받기도 하였다.[15)]

최수성의 성품은 뇌락불기(磊落不羈)[16)]하다는 평가를 받는다. 홍유손(洪裕孫)이 어린 최수성을 보고 "세상 밖의 인물이니 마땅히 구렁에 두어야 한다."[17)]라고 한 것도 최수성이 기질적으로 세속을 벗어난 성향이 있었음을 홍유손이 간파한 것이라 할 수 있다.

최수성의 학문은 김굉필로부터 수제자라는 평가를 받을 정도로 뛰

---

13) 宋徵殷, 〈贈領議政猿亭崔公行狀〉, 「行狀」, 『約軒集』 권14, 『韓國文集叢刊』 164, 178면. "公諱壽峸, 字可鎭, 號猿亭, 一號北海居士, 又號鏡湖散人. 本江陵人, 新羅丞相諱恒之後. 至高麗, 有諱必達, 官至左政丞, 孫諱漢柱, 政堂文學, 蟬嫣累世, 世襲珪組. 入我朝, 有諱安隣, 官兵曹判書, 卽公高祖也. 曾祖諱致雲, 吏曹判書, 爲世宗朝名臣. 祖諱應賢, 大司憲. 考諱世孝, 生員, 以孝行節操, 見重於世. 娶承旨崔哲寬女."

14) 미상, 〈遺事〉, 『猿亭遺稿』, 『臨瀛世稿』 권3, 국립중앙도서관 소장본, 120면. "成化丁未生, 自少志氣高邁, 聰明絶人, 八九歲知屬佳句." 최수성은 7세 때 한시를 지었다고 하는데 이를 소개하면 다음과 같다. 崔壽峸, 〈見野穀爛熟〉, 『猿亭遺稿』, 『臨瀛世稿』 권3, 국립중앙도서관 소장본, 101면. "黃濃大野穀, 紅老遠林楓.(公七歲作)."

15) 宋徵殷, 〈贈領議政猿亭崔公行狀〉, 「行狀」, 『約軒集』 권14, 『韓國文集叢刊』 164, 178면. "十三丁內艱, 服喪一遵禮制, 朝夕饋奠, 必親自備物. 事嚴親, 柔婉承順, 一以養志爲事. 及奉諱啜粥廬墓, 毁瘠踰禮, 三年如一日, 鄕人皆化之."

16) '뇌락불기'는 성격이 시원시원하여 얽매임이 없는 것을 말함. 李睟光, 〈詩禍〉, 「文章部」, 『芝峯類說』 권14. "崔壽峸江陵人, 號猿亭, 性磊落不羈."

17) 미상, 〈遺事〉, 『猿亭遺稿』, 『臨瀛世稿』 권3, 국립중앙도서관 소장본, 120면. "洪裕孫見之曰, 此兒風塵外物, 宜置之溝壑中."

어났다. 그러나 끝내 출사하지 않고 산수를 떠돌아다니며 은거의 삶을 선택하게 되었는데, 이는 최수성의 기질적인 측면이 우선적으로 영향을 끼친 것이 아닌가 짐작된다. 다음 인용문을 보자.

상을 마치자, 과거 공부를 달갑게 여기지 않고 한훤당 김굉필 선생의 문하에서 수학하였는데 충암 김정, 정암 조광조 등과 서로 우애가 좋았다. 경전의 의미를 깊이 찾고 토론하며 도의를 강론하니 학문이 날로 진보하여 마침내 큰 선비가 되었다. 제현들이 혹 벼슬길에 나아가기를 권했지만 끝내 절조를 고치지 않았다. 평소에 산수에 흥취가 있어서 열반산·두타산에서 두루 노닐었고, 혹은 지리산·속리산·가야산 등 여러 명산에 들어가 넉넉히 놀며 배회하면서 스스로 즐거워하였다.[18]

위의 인용문은 최수성이 부친의 삼년상을 마친 뒤 한원당 김굉필의 문하에 들어가 수학할 때의 일을 적은 것이다. 최수성은 당대의 대표적인 학자였던 김굉필의 문하에서 조광조·김정과 동문수학하였고 그들과 남다른 우정을 쌓았다. 최수성은 경전의 의미를 깊이 탐색하고 도의를 강론하여 마침내 대학자로 성장하게 되었다. 앞서 김굉필이 최수성을 수제자로 평가했던 것과 일맥상통하는 부분이라 하겠다. 최수성은 뛰어난 학문으로 인해 여러 현인들에 의해 출사하라는 권유를 자주 받게 되지만 끝내 출사를 하지 않고 명산을 찾아 떠돌아다니며 은거하는 삶을 선택하였다. 이는 홍유손이 언급했듯이 최수

---

18) 宋徵殷, 〈贈領議政猿亭崔公行狀〉, 「行狀」, 『約軒集』 권14, 『韓國文集叢刊』 164, 178면. "服闋, 不屑爲擧業, 受學于寒暄金先生之門, 與金沖庵, 趙靜庵相友善. 探討墳典, 講劘道義, 問學日進, 遂成大儒, 諸賢或勸就仕, 終不改操. 雅有山水之趣, 遍遊涅盤頭陀, 或入智異俗離伽倻諸名山, 優游徜徉以自娛."

성의 기질적인 측면이 작용한 결과라고 할 수 있지만, "여러 현인들
이 혹 벼슬길에 나아가기를 권했지만 끝내 절조를 고치지 않았다."라
는 언급에 주목해 볼 때 또 다른 현실적 문제가 있었던 것이 아닌가
추정해 볼 수 있다. 이에 대한 단서를 다음 인용문을 통해서 확인해
보자.

> 이보다 앞서 노천 김식이 하루는 정암·충암 여러 사람들과 모여서
> 이야기를 하고 있었는데, 공이 밖에서부터 와서 오랫동안 서서 읍하지
> 않고 말하기를, "내 술 한 그릇 마셨으면 하네."라고 하였다. 곧바로 술
> 을 주니 쭉 들이키고는 말하기를, "내가 부서진 배[敗船]를 탔다가 회오
> 리바람[颶風]을 만나 거의 빠져 죽을 뻔하여 마음이 매우 두려웠는데
> 지금 술을 마시자 풀렸네." 하고는 인사도 하지 않은 채 훌쩍 떠나버리
> 니 자리에 있던 사람들이 매우 괴이하게 여겼다. 정암이 말하기를, "부
> 서진 배[敗船]의 비유는 우리들을 가리킨 것인데 다만 제군들이 몰랐을
> 뿐이네."라고 하였다. 얼마 안 있어 사화가 일어나니 그 말이 과연 증험
> 되었다.[19)]

위의 인용문은 기묘사화(1519)가 일어나기 직전의 상황으로 최수
성의 현실인식과 사림파의 처지를 잘 보여주는 것이라 할 수 있다.
최수성은 밖에서 갑자기 뛰어 들어와 자신이 '부서진 배를 탔다가 회
오리바람을 만나 죽다가 살아났다'며 술 한 잔을 얻어먹고는 인사도

---

19) 宋徵殷, 〈贈領議政猿亭崔公行狀〉, 「行狀」, 『約軒集』 권14, 『韓國文集叢刊』 164, 178
면. "先是, 金老泉湜, 一日, 與靜庵沖庵諸人會話, 公自外至, 長立不揖曰, '可飮我一器
酒.' 卽與之, 快飮浮白曰, '吾乘敗船, 値颶風幾溺死, 心甚怖悸, 今飮酒釋然矣.' 不辭徑
去, 座中甚怪之. 靜庵曰, '敗船之喩, 指吾輩也, 顧諸君不知耳.' 未久禍作, 其言果驗.

없이 이내 자리를 떠났다. 아래 조광조의 언급을 참조해 보면, 최수성이 말한 '부서진 배'와 '회오리바람'은 당대 사림파의 처지와 정치현실을 비유한 것임을 짐작할 수 있다. 즉, 조광조가 '패선의 비유는 우리들을 가리킨 것이다'라고 했듯이, '부서진 배'는 기묘사화 직전 훈구파와 갈등하면서 출구전략을 모색하지 못하던 사림파의 위태로운 처지라고 할 수 있는 것이다. 이러한 시각은 최수성이 숙부 최세절(崔世節)에게 벼슬을 그만두라고 권했던 것으로 인해 남곤에게 취조를 받을 때 '사림들이 화합하지 못해 조정에 화가 생길 것이 두려워서 숙부에게 벼슬을 그만두라고 했을 뿐이다.'[20]라고 언급한 것을 통해서도 확인된다. 반면 '회오리바람'은 훈구파로 상정할 수 있다. 사림파로 비유된 '부서진 배'를 침몰시키는 원인이 '회오리바람'이 된다는 점에서 사림파와 대척적인 위치에 있던 훈구파로 볼 수 있기 때문이다. 결국 회오리바람이 불어 풍랑이 일렁이는 강은 위험천만한 당대의 정치현실을 빗댄 것이라 할 수 있을 것이다.

최수성은 당대의 현실을 풍랑이 이는 강으로 인식했기 때문에 여러 현인들의 권유에도 불구하고 출사하지 않고 명산을 떠돌며 은거하는 삶을 선택했던 것이다. 이것은 최수성이 유자의 출처관에 입각하여 현실에서 도가 행해지지 않자 치인(治人)의 삶을 잠시 보류하고 수기(修己)의 삶을 선택한 것이라고 볼 수 있다.

다음 시를 통해 최수성이 출사하지 않았던 이유를 구체적으로 알아보자.

---

20) 李廷馨, 〈儒士〉, 「黃兎記事」 下, 『知退堂集』 권13, 『韓國文集叢刊』 58, 218면. "袞爲祀連獄推官, 請竝推公, 供曰, 士林不和, 恐生禍朝廷, 故語叔令辭官退休而已."

40년 동안 북극성을 바라며	四十年來望北星
맑은 위수에서의 낚시질, 부질없이 정만 많았네	垂綸淸渭謾多情
요임금 세상 갑자기 저무니 세상은 어둡고	堯天忽暮乾坤暗
순임금의 해 이어서 가라앉으니 우주가 어둡네	舜日隨沈宇宙暝
병든 학은 날고자 해도 날개가 꺾였고	病鶴欲飛摧羽翼
큰 고래 물을 뿜으려 해도 큰 바다는 말랐다네	長鯨將噴渴滄溟
아득한 대지에서 어느 곳에 투숙할까	茫茫大地投何處
황혼에 홀로 서서 달이 밝기를 기다리네	獨立黃昏待月明

〈臨命詩－죽음에 임박해서〉21)

위의 시는 최수성의 현실인식을 드러냄과 동시에 뛰어난 재능에도 불구하고 그가 출사를 하지 않았던 이유를 밝힌 것이라 할 수 있다. 1, 2구는 최수성이 죽음에 임박해서 자신의 40여 년 인생을 되돌아 본 것이다. 지난 40년간 그는 북극성이 자리를 잡으면 뭇별들이 북극성을 향하듯, 덕치를 펼치는 군주가 나타나기를 기다리며 강태공처럼 은거를 하였다. 그러나 그것은 끝내 이루어질 수 없는 헛된 꿈에 불과했고 시인은 쓸데없이 마음만 허비한 꼴이 된 것이다.

3, 4구는 현실인식을 드러낸 것이다. 지금의 세상은 요순의 태평성대가 연속으로 사라진 암흑의 시대라고 할 수 있다. 그러기에 뛰어난 재능을 갖춘 시인은 능력을 펼칠 수가 없다. 시인은 날개 꺾인 병든 학의 신세며, 물을 뿜고자 하나 바닷물이 없는 큰 고래와 같은 신세가 된 것이다.(5, 6구).

7, 8구는 암담한 현실에서 어찌할 바를 모르는 시인의 모습을 담

---

21) 崔壽峸, 『猿亭遺稿』, 『臨瀛世稿』 권3, 국립중앙도서관 소장본, 104면.

아낸 것이다. 아득히 넓은 이 대지에 시인이 안주할 곳은 아무 데도
없다. 요순의 시대가 사라진 암담한 현실을 견디며 성군이 나타나기
를 기다렸지만 결국 부질없는 짓이 되었기 때문이다. 갈 곳 없는 시
인은 이제 황혼녘에 서서 무작정 달을 기다리고 있다. 혹, 달이 뜨면
이 어둠이 사라지고 밝은 세상이 도래할지 모르기 때문이다.

위의 시는 최수성이 뛰어난 재능에도 불구하고 출사하지 않았던
이유가 암담한 현실 때문이었음을 밝힌 것이라 할 수 있다. 다음의
인용문 역시 부정(不正)한 정치 현실을 보여준다는 점에서 같은 맥락
으로 읽을 수 있다.

> 신사년(1521) 남곤이 송사련의 추관이 되었는데 화가 공에게까지 미
> 쳤다. 공초(供招) 중에 '군자는 배척받고 소인은 뜻을 얻으므로 숙부에
> 게 물러나기를 권장했고, 배운 바는 오직 충군, 효친일 뿐이다'라는 말
> 이 있다. 형을 집행할 때에 남곤이 묻기를 "그대는 어찌 청절고사로서
> 탐욕스럽고 비루한 한급(韓汲)의 집에 장가들었는가?"라고 하자 공이
> 대답하기를 "돌아가신 부친께서 한씨 집안과 정혼하였기에 부친이 돌
> 아가신 뒤에 부득이 부친의 명을 따랐을 뿐이다. 하물며 탐욕스럽고 비
> 루한 것이 한가(韓家)뿐만이 아니라 온 세상이 모두 한급(韓汲)인데 어
> 찌 꼭 가려서 장가들어야 하겠는가?"라고 하였다.[22]

위의 인용문은 신사년 남곤이 최수성을 추국할 때의 일화이다. 남

---

22) 미상, 〈遺事〉, 『猿亭遺稿』, 『臨瀛世稿』 권3, 국립중앙도서관 소장본, 121면. "辛巳,
　衮爲祀連推官, 禍及公. 供辭中, '有君子被斥小人得志, 故勵叔父休退, 而所學惟忠君
　孝親'之語. 臨刑, 衮問曰, '君何以淸節高士, 娶貪鄙韓汲之家耶.' 公對曰, '亡父生時,
　定婚於韓家, 父沒不得已從父命. 況貪鄙不獨韓家, 擧世皆韓汲, 何必擇娶也.'"

곤은 최수성이 청절고사(淸節高士)라는 명성에 어울리지 않게 탐욕스
럽고 비루한 한급의 사위가 되었으니 청절고사는 허울뿐이라며 그를
비난하였다. 이에 최수성은 한급의 집안과 혼인한 이유는 돌아가신
부친의 명이었기에 어길 수 없었고, 또 온 세상이 모두 한급과 같이
탐욕스럽고 비루한 사람들인데 굳이 가려서 혼인할 필요가 있겠느냐
며 목소리를 높이고 있는 것이다. 이를 통해 최수성이 당대의 현실
을 부정(不正)한 것으로 인식했음을 알 수 있는 것이다.

　다음은 최수성이 숙부 최세절에게 정계 은퇴를 권유하면서 지어준
시이다. 이 점에서 이 시는 최수성의 은거 이유로서 현실인식을 분명
하게 보여준다고 할 수 있다.

> 석양녘 푸른 강물 위에 　　　　　　　　　 日暮蒼江上
> 날은 춥고 강물은 절로 물결 이네 　　　　 天寒水自波
> 외로운 배는 마땅히 일찍 정박해야 하니 　 孤舟宜早泊
> 풍랑이 밤에 응당 많아지기 때문이네 　　　 風浪夜應多
> 　　　　　　〈呈叔父參判公─숙부 참판공에게 보이다〉23)

　이 시는 『지봉유설』에 다음과 같은 창작배경이 전해진다. 기묘사
화 이후 최수성의 숙부 최세절이 승지가 되었는데 최수성이 최세절
에게 외직을 권고하는 편지와 함께 위의 시를 지어주었다. 최세절은
편지를 상부에 보고했고 결국 이 시가 빌미가 되어 최수성은 남곤에
의해 죽임을 당하게 된다.24)

---

23) 崔壽峸, 『猿亭遺稿』, 『臨瀛世稿』 권3, 국립중앙도서관 소장본, 103면.
24) 李睟光, 〈詩禍〉, 「文章部」, 『芝峯類說』 권14. "…… 己卯士禍後, 其叔父崔世節爲承

이상의 창작배경에 주목해 볼 때 위의 시는 당대의 현실을 우의한 것으로 볼 수 있다. 1, 2구는 정치 현실을 강물로 빗댄 것이다. 지금의 현실은 저물어가는 푸른 강물 위에 날은 춥고 물결이 일렁이기 시작하는 때이다. 여기서 해질녘이나 찬 하늘은 어두운 현실을 조성하는 시어들이라 할 수 있으며, 일렁이는 잔물결은 큰 물결을 일으키기 위한 전조로서 훈구파가 사림에게 가할 혹독한 탄압을 준비하는 단계라 할 수 있다.

3, 4구는 미래에 있을 상황을 빗댄 것이다. '외로운 배'는 훈구파를 의미하는 풍랑과 대비된다는 점에서 시인이 은퇴를 권유한 숙부 또는 사림파로 확장할 수 있을 것이다. 그러므로 3, 4구는 '곧 훈구파에 의해 위험한 현실이 닥칠 것이니 벼슬을 그만두라'는 의미인 것이다.

요컨대 최수성은 훈구파에 의해 탄압당하는 당대의 현실을 풍랑이 일렁이는 강과 같은 것으로 인식했다고 할 수 있다. 최수성이 출사가 아닌 은거를 선택한 이유가 바로 여기에 있었던 것이다.

최수성은 기묘사화가 일어난 이태 뒤 신사년에 남곤에 의해 추고(推考)를 당하였다. 이유는 조광조를 위시한 사림파가 최수성을 선사(善士)로 여겨 태산북두처럼 떠받들며 조정의 진퇴를 최수성의 말을 듣고 결정했기 때문에, 나라를 그르친 조광조의 모든 죄가 최수성으로부터 나왔다고 남곤이 판단했기 때문이다. 결국 이러한 죄목에 걸려 최수성은 1521년 10월 21일 극형에 처해져 생을 마감했으니 그의

旨, 公寄書與詩, 勸乞補外, 有憤慨之語. 其詩曰, … (위의 시 인용) … 世節以其書上告, 遂被訊而死. ……"

나이 35세였다.25)

3. 불안 심리와 떠도는 삶 : '기러기', '외로운 배'의 이미지

  2장에서 최수성의 생애와 현실인식에 대해서 살펴보았다. 최수성은 김굉필의 수제자이자 조광조·김정과 동문수학한 사림파로서 뛰어난 학문적·문학적 재능을 지니고 있었다. 그러나 최수성은 정치현실에 참여하지 않고 산수를 떠돌며 은거하는 삶을 살았다. 이는 최수성이 기질적으로 탈속적인 성향이 있었기 때문이기도 하지만, 남곤·심정·홍경주 등 훈구파에 의해 지배되는26) 암담한 현실 때문이었다. 최수성은 이러한 정치현실을 풍랑이 일렁이는 강으로, 정치현실 속 사림파의 처지를 '부서진 배'로 비유하였다. 이러한 현실인식으로 인해 최수성은 현실참여를 거부하고 은거의 삶을 살아가게 되는데, 이는 유자의 출처관에 입각하여 현실에서 도가 행해지 않자 치인(治人)의 삶을 잠시 보류하고 수기(修己)를 선택한 것이라 할 수 있었다.
  최수성은 도가 행해지지 않는 현실을 벗어나 은거하는 삶을 살아갔지만, 그의 마음은 늘 불안했던 것으로 보인다. 현재 남아있는 자료가 많지 않아 그 이유를 구체적으로 알 수 없지만 남곤이 최수성을

---

25) 宋徵殷,〈暗領議政猿亭崔公行狀〉,「行狀」,『約軒集』권14,『韓國文集叢刊』164, 178면. "及己卯禍作, 衰爲推官, 請並推公曰, 趙光祖等以崔某爲善士, 仰若山斗, 朝廷進退必決, 崔某名雖林下之士, 光祖誤國之根, 皆由於某. …… 呈奸羅織, 終竟極刑, 卽辛巳十月二十一日, 年僅三十五."

26) 사림파와 훈구파의 정치적 대립에 관해서는 이병휴,『朝鮮前期 士林派의 現實認識과 對應』, 일조각, 1999, 69~74면 참조.

취조할 때 산림지사지만 조광조가 나라를 그르치게 된 근본원인이 최수성이라고 지목했던 것, 최수성이 〈임명시(臨命詩)〉에서 도가 행해지는 시대를 기다리며 때가 되면 임금을 도와 덕치를 펼치겠다는 포부를 드러낸 것 등으로 볼 때, 최수성이 직접 정치현실에 참여하지는 않았지만 그의 학문적 명성과 사림파 내의 위상으로 인해 훈구파의 표적이 되었던 듯하다.

다음의 시는 그러한 정황을 짐작하게 하는 것이다. 최수성은 현실을 떠나왔지만 늘 현실과 연관되는 자신 때문에 복잡한 심리상태를 드러낸다.

> 늙은 원숭이 무리를 잃고   老猿失其群
> 해질 녘 외로운 뗏목 위에 있네   落日孤查上
> 꼿꼿이 앉아 고개 돌리지 않으니   兀坐首不回
> 생각건대, 천 봉우리의 메아리 소릴 듣는 것인가 想聽千峯響
>
> 〈題畫猿 – 원숭이 그림에 짓다〉[27]

위의 시는 『원정유고』와 『기아』에는 최수성의 작품으로 실려 있으나 『국조시산』에는 나식(羅湜)의 작품으로 소개되어 있다. 작자 문제가 남아있긴 하지만 일단 위의 작품이 최수성의 문집에 실려 있고 최수성이 원숭이를 좋아하여 평택 진위에 원정(猿亭)을 짓고 원숭이를 길렀다는 점, 최수성의 생애를 살펴볼 때 위의 시의 '무리를 잃은 원숭이'는 사림을 떠나온 작자 자신을 빗댄 것으로 볼 수 있다는 점에서 잠정적으로 최수성의 작품으로 보기로 한다.

---

27) 崔壽城, 『猿亭遺稿』, 『臨瀛世稿』 권3, 국립중앙도서관 소장본, 101면.

위의 시에서 주목해야 할 것은 그림 속 원숭이를 바라보는 최수성의 시각이다. 무리에서 떨어진 늙은 원숭이 한 마리가 해질녘 떠다니는 뗏목 위에 앉아 있다. 원숭이는 꼿꼿이 앉아 고개를 뒤로 돌리지 않는다. 뗏목은 육지를 떠나 강물 위에 떠 있다는 점에서 현실을 벗어난 공간을 의미한다. 원숭이는 등을 돌려 현실의 공간을 외면한 채, 꼿꼿이 앉아 자신만의 세계를 꿈꾸고 있는 것이다. 4구를 보면 늙은 원숭이가 꿈꾸는 공간이 무엇이지 짐작할 수 있다. 그 공간은 다름 아닌 메아리 소리가 울려나오는 천만봉우리로, 원숭이가 본성대로 살아갈 수 있는 공간이다.

위의 시에서 '무리를 잃은 늙은 원숭이'는 최수성 자신을 빗댄 것으로 볼 수 있다. 앞서 최수성이 사림파의 처지를 '부서진 배[敗船]'로, 자신을 부서진 배에서 빠져나온 사람으로 비유했던 것을 통해서 볼 때 이 시에서 '무리를 잃고 뗏목 위에 있는 늙은 원숭이'는 사림파의 현실참여에 동조하지 않고 산수를 홀로 떠도는 최수성으로 대응시킬 수 있기 때문이다. 이는 최수성의 다른 시들에서도 확인되는데 즉, 안주하지 못하고 떠도는 자신을 유독 '하나의 배[一舟]'·'외로운 배[孤舟]' 등 물 위에 홀로 떠 있는 배의 이미지를 써서 드러내고 있다는 것이다. 이런 점들을 감안해 보면 위의 시에서 원숭이는 사림에서 떨어져 나와 현실참여를 거부한 최수성 자신을 우의한 것으로 볼 수 있는 것이다.

주목해야 할 점은, 꼿꼿이 앉아서 억지로 뒤를 돌아보려 하지 않는 원숭이의 모습이다. 원숭이가 꼿꼿이 앉아 억지로 뒤를 돌아보려 하지 않는다는 것은 원숭이를 뒤돌아보게 하는 그 무엇이 있다는 것인데, 그것은 최수성에게는 정치현실이라 할 수 있을 것이다. 최수성은 사림파의 '부서진 배'에서 홀로 나와 뗏목을 타고 떠돌고 있지만 자신의 의도와는 달리 정치현실과 계속 연루되었던 것이다. 이러한 복잡한 내면심리를 시인은 꼿꼿이 서서 뒤를 뒤돌아보지 않는 원숭이의 이미지로 시화했던 것이다.

　최수성은 현실참여를 거부하고 산수를 유람하며 떠도는 삶을 살아갔지만 그의 마음은 살얼음판을 걷는 것처럼 늘 불안하였다. 훈구 관료들의 시선이 최수성을 향하고 있었기 때문이다.

옛 절에는 몇 안 되는 중이 남아 있고	古殿殘僧在
나뭇가지에는 저녁 경쇠소리 맑구나	林梢暮磬淸
창은 천리까지 통해서 다하고	窓通千里盡
담장은 뭇 산들을 누르면서 평평하네	墻壓衆山平
나무가 늙었으니 몇 해나 되었던고	木老知何歲
새 울음은 저대로 특별한 소리를 내는구나	禽呼自別聲
위험하구나, 세상의 그물에 걸릴까 근심하노니	艱難憂世綱
오늘 내 인생을 한하네	今日恨吾生

〈題萬義寺-만의사에서 짓다〉[28]

　위의 시는 은거의 삶 속에서도 안주하지 못하고 불안한 심리를 드러내고 있는 최수성의 내면을 보여주는 것이다. 최수성은 현실을 벗어나 산수를 떠돌다 만의사에 도착하였다. 만의사는 지금의 경기도 화성시 무봉산(舞鳳山)에 있는 절로서 최수성이 살았던 평택 진위와는 그리 멀지 않다.

　시인은 이 시에서 자신과 달리 불변의 삶을 살아가는 자연의 모습

---

28) 崔壽峸, 『猿亭遺稿』, 『臨瀛世稿』 권3, 국립중앙도서관 소장본, 101면.

에 주목한다. 만의사는 몇 안 되는 중들이 남아 있긴 하지만, 여전히 옛 모습 그대로이며 경쇠소리가 맑게 울리고 있다. 창 앞은 확 트여 천리 먼 곳까지 바라볼 수 있고, 높은 곳에 위치한 절은 담장이 뭇 산들을 짓누르며 평평하게 쭉 이어진 듯하다. 몇 년을 살았을지 모르는 늙은 나무는 제 수명을 누리며 살아가고 있고 새들은 인간들의 존재 여부와 상관없이 저대로 지저귀고 있다.

그런데 이와는 달리 시인은 그 예전 평온하게 만의사를 찾았던 때와는 달리 위험에 처해 떠돌아다니는 신세이다. 그는 현실을 버리고 산수를 찾아 떠도는 몸으로 살아가고 있지만, 인간들이 쳐 놓은 그물에 걸릴까 늘 걱정해야 할 판이다. 불안한 삶을 살아갈 수밖에 없는 시인은 결국 자신의 인생을 한탄하는 것으로 시를 마무리한다. 요컨대, 이 시는 훈구파의 표적이 되어 늘 불안하게 살아야 했던 최수성의 내면 심리를 드러낸 것이라 할 수 있다.

다음의 시는 기러기의 이미지를 통해서 최수성의 불안 심리를 드러낸 것이다.

서리 내린 가을 강은 거울 같은 표면을 열었고	霜落秋江鏡面開
기러기 무리들 하늘 끝에서 한가롭게 돌아오네	羣飛天末等閒廻
양지를 찾아 따르는 건 곡식 구하려는 것 아니고	隨陽不是謀粱去
물가를 따르는 건 응당 주살 피할 줄 알기 때문	遵渚應知避弋來
단풍나무의 저녁구름에 울음은 끊겼다 이어졌다	紅樹暮雲聲斷續
푸른 물결의 새벽달에 기러기 그림자 배회하네	碧波殘月影徘徊
울 때는 밤에 장안 가까이 가지 말라	啼時莫近長安夜
온갖 집들 다듬이질 너 때문에 재촉하니	萬戶搗衣爲爾催

〈鴈字詩-기러기 행렬〉29)

1, 2구는 가을날 남쪽을 찾아가는 기러기의 모습이다. 서리가 내리자 기러기는 따뜻한 남쪽을 찾아 내려가고 있다. 그들의 모습은 매우 한가롭게 보인다.

3, 4구는 기러기를 통해 시인의 내면심리를 빗댄 것이다. 기러기는 양지를 따라갔다가 물가를 따라 갔다가 하면서 먹이를 찾는 습성이 있다. 그런데 3, 4구의 기러기는 양지를 따르는 되 곡식을 구하는 것이 아니며, 물가를 따르는 것도 주살을 피하기 위함이라고 한다. 기러기에 대한 이러한 시각은 현실을 거부하고 떠도는 삶을 살아가지만 늘 불안해하는 시인의 심리에서 비롯된 것이다. 즉 3구의 '양지'는 최수성이 진위에서 은거했다가 가끔씩 올라오는 서울을[30], 4구의 '물가'는 최수성이 떠돌아다니는 은거지를 비유한 것이다. 그는 3, 4구를 통해서 자신이 서울로 가끔씩 오지만 그것이 기러기가 곡식을 구하듯 정치적 목적이 있어서가 아니며, 산수를 떠돌며 사는 것이 청절고사라는 허명을 얻어[31] 정치적 목적을 달성하기 위한 것이 아님을 토로하고 있는 것이다. 그가 원하는 것은 오직 훈구파의 위해(危害)에서 벗어나는 것뿐이었다.

7, 8구는 현실적 공간으로 돌아가지 않겠다는 시인의 다짐이다. '울 때는 장안의 밤 근처에 가지마라 너 때문에 온갖 집들이 겨울옷을 만들게 되리라'는 것은 표면적으로 음력 9월경 서리가 내려 기러

---

29) 崔壽峸, 『猿亭遺稿』, 『臨瀛世稿』 권3, 국립중앙도서관 소장본, 102면.

30) 趙翼, 〈禹處士傳〉, 「雜著」, 『浦渚集』 권23, 『韓國文集叢刊』 85, 416면. "崔猿亭者, 振威人, 有名己卯士類間, 諸名士欲官之, 不肯, 終不敢强以仕. 每到京, 名士輻湊, 所至鞍馬塡門."

31) 미상, 〈遺事〉, 『猿亭遺稿』, 『臨瀛世稿』 권3, 국립중앙도서관 소장본, 121면. "裵問曰, '君何以淸節高士, 娶貪鄙韓汲之家耶.'"

기가 남쪽으로 날아갈 때면 사람들이 겨울이 옴을 깨닫고 겨울옷을
만들게 된다는 의미이다. 그러나 앞 구절들이 시인 자신을 우의한 것
으로 볼 수 있기 때문에 7, 8구 역시 시인에 대한 우의로 볼 수 있다.
즉, 기묘사류들 사이에 명성이 있는 자신이 서울로 오게 된다면 큰
사건을 일으키는 원인이 될 수 있기에[32], 그런 빌미를 만들지 않겠
다는 다짐인 것이다.

　이상과 같이 최수성은 현실을 벗어나 은거의 삶을 살고 있었지만
훈구파들에 의해 정치적인 위해(危害)가 언제 닥칠지 모른다는 생각
으로 늘 불안해하고 있었다. 이러한 불안 심리는 최수성으로 하여금
자신은 세상 어디에도 안주할 수 없는 존재로 인식하게 하였다. 이는
안개 속을 헤매는 하나의 배[一舟], 정박할 곳이 없는 외로운 배[孤
舟]의 이미지로 형상화되고 있었다.

　아래의 세 시는 안주하지 못하는 최수성의 내면을 잘 보여주는 것
이다.

인정은 세상에 따라 변하지만　　　　　　人情隨世變

언덕은 물결을 좇지 않네　　　　　　　　岸不逐波流

가랑비 맞으며 강가에 서니　　　　　　　細雨江邊立

안개 속에 하나의 배가 헤매고 있네　　　煙中迷一舟

〈渡驪江－여강을 건너며〉[33]

---

32) 趙翼, 〈禹處士傳〉, 「雜著」, 『浦渚集』 권23, 『韓國文集叢刊』 85, 416면. "崔猿亭者,
　　振威人, 有名己卯士類間. 諸名士欲官之, 不肯, 終不敢强以仕. 每到京, 名士輻湊, 所
　　至鞍馬塡門."
33) 崔壽峸, 『猿亭遺稿』, 『臨瀛世稿』 권3, 국립중앙도서관 소장본, 102면.

새는 무너진 담장을 엿보고　　　　　　　　鳥窺頹垣穴
사람은 해질녘 샘물을 기르네　　　　　　　人汲夕陽泉
산수로 집을 삼는 나그네는　　　　　　　　山水爲家客
내가 살 세상은 어느 곳이런가　　　　　　乾坤何處邊
　　　　　　　　　　　　　　〈途中－길 가는 도중에〉[34]

물과 못은 어룡의 나라　　　　　　　　　　水澤魚龍國
산림은 새들의 집　　　　　　　　　　　　山林鳥獸家
외로운 배 밝은 달 아래의 나그네　　　　　孤舟明月客
어느 곳이 내 생애 붙일 곳인가　　　　　　何處是生涯
　　　　　　　　　　　　　　〈自詠－스스로 읊조리다〉[35]

　첫 번째 시는 염량세태를 따르지 않아 안주하지 못하고 떠도는 삶을 살아가는 시인의 모습을 '하나의 배[一舟]'로 빗댄 것이다. 세상의 인심은 따뜻하고 찬 것에 따라 변하지만, 언덕이 우뚝 서서 물결을 쫓아가지 않듯이 시인은 세상의 염량세태를 따르지 않았다. 3, 4구는 염량세태를 따르지 않은 결과를 밝힌 것이다. 시인은 염량세태를 따르지 않았던 탓에 산수를 헤매며 어디에도 안주하지 못하는 일주(一舟)의 신세가 된 것이다. 안개 속을 헤매는 일주가 안주할 곳을 찾는 것은 불가능에 가깝다.
　두 번째 시 역시 안주하지 못하는 시인의 모습이다. 새들은 어두워지자 잠들 곳을 찾아 담장을 엿보고 사람들은 저녁이 되자 제각기 물을 길러서 자신의 집으로 돌아간다. 그러나 산수를 떠도는 시인은 돌

---

34) 崔壽峸, 『猿亭遺稿』, 『臨瀛世稿』 권3, 국립중앙도서관 소장본, 103면.
35) 崔壽峸, 『猿亭遺稿』, 『臨瀛世稿』 권3, 국립중앙도서관 소장본, 102면.

아갈 집이 없다. 이 넓은 세상에 시인은 자신의 인생을 붙일 공간이 없는 것이다.

세 번째 시는 시인의 떠도는 삶을 외로운 배[孤舟]로 빗대어 극도로 표출하였다. 한갓 미물인 어룡들도 물과 못을 집으로 삼고 살아가고 있으며 새들은 산림을 집으로 가지고 살아간다. 그러나 외로운 배에서 떠도는 삶을 살아가는 시인은 어느 곳도 자신의 인생을 붙일 공간이 없다. 풍랑의 현실을 벗어나 산수를 찾아 은거를 하고 있지만 은거마저도 제대로 할 수 없는 신세였던 것이다.

3장의 내용을 요약하면 다음과 같다. 최수성은 현실참여를 거부하고 산수를 유람하며 은거하는 삶을 선택했지만 그의 마음은 살얼음판을 걷는 것처럼 늘 불안하였다. 이는 남곤이 지적했던 것처럼, 최수성 자신은 정치현실에 직접 참여한 적이 없었지만 학문적 명성과 인물적 위상으로 인해 간접적으로 참여한 것이 되어 훈구관료들의 표적이 되었기 때문이다. 최수성은 이로 인한 불안한 심리상태를 주살을 피해 다니는 기러기[鴈]의 이미지로 시화했으며 현실과 자연, 세상 그 어디에도 안주할 수 없는 떠돌이 신세를 '하나의 배[一舟]', '외로운 배[孤舟]'의 이미지로 시화하고 있다.

4. 맺음말

이 글은 사화기 지식인의 한 사람인 원정 최수성의 삶과 내면 의식을 밝히는 데에 목적을 두었다. 이를 위해 2장에서는 최수성의 생애와 현실인식을, 3장에서는 2장을 바탕으로 최수성의 내면의식을 살

펴보았다. 최수성은 김굉필의 제자이자 조광조·김정과 동문수학한
사림파로서 뛰어난 학문적·문학적 재능을 지니고 있었다. 그러나 최
수성은 정치현실에 참여하지 않고 산수를 떠돌며 은거하는 삶을 선
택하였다. 이는 최수성이 기질적으로 탈속적인 성향이 있었기 때문
이기도 하지만, 남곤·심정·홍경주 등 훈구파에 의해 지배되는 암울
한 정치현실 때문이었다. 최수성은 이러한 정치현실을 풍랑이 일렁
이는 강으로 비유하였고, 정치현실 속의 사림파의 처지를 강물 위에
떠 있는 부서진 배[敗船]로 비유하였다. 이러한 현실인식으로 인해
최수성은 현실참여를 거부하고 은거의 삶을 살아가게 되는데, 이는
도가 행해지지 않으면 치인(治人)의 삶을 보류하고 수기(修己)의 삶을
선택하는 유자의 출처관에 입각한 것이었다고 할 수 있다.

　최수성은 현실참여를 거부하고 산수를 유람하며 은거의 삶을 살아
갔지만 그의 마음은 살얼음판을 걷는 것처럼 늘 불안하였다. 이는 남
곤이 지적했던 것처럼 최수성 자신은 직접 정치현실에 참여하지 않
았지만 그의 학문적 위상과 인물적 명성으로 인하여 훈구관료들의
표적이 되었기 때문이다. 최수성은 이러한 불안한 심리를 주살을 피
해 다니는 '기러기[鴈]'의 이미지로 시화했으며, 현실과 자연 그 어디
에도 안주할 수 없는 떠도는 신세를 '하나의 배[一舟]', '외로운 배[孤
舟]'의 이미지로 드러내고 있었다.

불선의 현실,
초광 접여로 은거하다

성수침(1493~1564)

1. 머리말

　이 글은 청송(聽松) 성수침(成守琛)의 시세계를 살펴보는 데 목적을 둔다. 성수침은 우리에게 정치적으로나 문학적으로 그리 잘 알려져 있는 인물은 아니다. 그러나 조광조(趙光祖)의 문인이며 우계(牛溪) 성혼(成渾)의 아버지로 성혼에게 조광조의 도맥을 전수한[1] 도학자로 알려져 있다. 뿐만 아니라 서경덕(徐敬德)·조식(曺植)과 함께 학문과 재덕을 갖춘[2] 은자로서 명성이 높아 중종과 명종에 의해 수차례 징소(徵召)되기도 하였다.[3] 일찍이 남명 조식은 성수침의 은거지인 백

---

1) 宋時烈, 「栗谷牛溪二先生年譜序」, 『宋子大全』 권137, 『韓國文集叢刊』 112, 525면. "牛溪先生得靜庵之學於其考聽松先生, 則其授受之的, 門路之正, 可謂己卯之世嫡矣."

2) 「15년 8월 27일」, 『明宗實錄』 卷26, 『朝鮮王朝實錄』, 국사편찬위원회(http://www.history.go.kr/). "史臣曰, 成守琛, 今世之逸民也, 才識德行實爲一代之推仰,….." 이하 『조선왕조실록』 원문과 번역문은 국사편찬위원회(http://www.history.go.kr/)에서 인용한 것임.

3) 중종 35년(1540), 명종 6년(1551), 명종 7년(1552), 명종 14년(1559), 명종 15년(1660)

악산을 방문하고 감응을 받아 은거를 선택하였으며4), 신잠(申潛)·상진(尙震)·임억령(林億齡)·조식(曺植)·이황(李滉)·성운(成運)·김인후(金麟厚)·송순(宋純)·송세형(宋世珩)·주세붕(周世鵬) 등 당대 저명인사들은 시를 지어 성수침의 은거를 예찬하였다.5)

조선시대 사대부들 중 학문과 재덕을 갖추고서 자신의 소신대로 평생을 은거한 인물은 손에 꼽을 정도일 것이다. 그만큼 현실을 중시하는 유교사회에서 세상을 등지고 살아간다는 것은 어려운 일이라 할 수 있다. 그럼에도 성수침은 평생을 은거로 일관하였고 학자로서, 은자로서 명망도 높았다. 따라서 성수침에 대한 연구는 일반 사대부들과 변별되는 지점을 보여줄 수 있다는 것과 당대 은자로 병칭되는 서경덕·조식 등과 함께 일사문학(逸士文學)의 실체를 밝히는 실마리를 제공한다는 점에서 의의가 있을 것이다.

현재까지 성수침에 대한 연구는 소략한 실정이다. 성교진이 성수침의 도학적 위치, 유일(遺逸) 사상 등을 개략적으로 소개6)하여 성수침의 학자적 면모를 드러낸 데 이어, 지승종이 〈청송집 해제(聽松集解題)〉를 통해 성수침의 생애와 작품 현황을 소개한 것7)이 전부이다.

에 유일로 천거되어 내자시주부(內資寺主簿)·예산현감(禮山縣監)·조지서사지(造紙署司紙) 등의 관직에 제수되었으나 모두 사양하였다.

4) 李珥, 〈隆慶六年壬申〉, 「經筵日記」, 『栗谷先生全書』 권29, 『韓國文集叢刊』 45, 130면. "正月, 處士曹植卒. 植字楗仲, 性耿介, 少業科擧, 而非其所樂. 一日於漢都訪成守琛, 守琛構屋白岳峰下, 謝絶世故. 植樂之, 遂歸鄕不仕. …"
「5년 1월 1일」, 『선조수정실록』. "嘗游漢都訪成守琛, 見其構屋白岳峯下, 謝絶世故, 遂與爲友, 歸鄕不仕. …"
5) 이상의 인물들은 성수침의 〈파산(坡山)〉 시에 차운하여 성수침의 은거를 찬양했음.
6) 성교진, 「聽松의 道學思想」, 『효대논문집』 34, 효성가톨릭대 논문집편찬위원회, 1987.
7) 지승종, 「청송집 해제」, 『남명학 연구』 9, 남명학연구소, 1999.

이상의 논의들은 성수침의 생애와 학자적 위상을 학계에 보고하여
성수침의 존재를 알렸다는 점에서 의의를 찾을 수 있다. 그러나 실제
작품 분석을 토대로 성수침의 삶과 시세계를 유기적으로 밝히는 데
에는 이르지 못한 듯하다.

따라서 이 글에서는 이상과 같은 문제의식을 토대로 선행연구를
기반으로 하되, 성수침을 이해하는 데 핵심 키워드인 은자적 삶에 초
점을 맞춰 논의를 진행하도록 하겠다. 2장에서는 은거의 계기로서
성수침의 현실인식과 지향한 은거의 성격을 밝힐 것이며, 3장에서는
은거 이후의 삶이 문학적으로 어떻게 형상화되고 있는지 검토해 보
도록 하겠다.

2. '불선'의 현실, '초일'의 은거

1519년, 그해는 성수침의 생애에서 결코 잊을 수 없는 한 해였다.
15세기, 김종직을 필두로 정계에 입성한 사림파는 이 무렵 조광조를
중심으로 지치(至治)의 도학사상이 중종의 힘을 받으면서 절정에 올
랐다. 그러나 사림파의 급진적인 개혁은 위훈삭제와 같은 과격하고
성급함으로 인해 훈구세력들의 반발을 불러일으켰고 마침내 1519년
남곤(南袞)·심정(沈貞)·홍경주(洪景舟) 등 훈구파에 의해 사림파가 화
를 당하게 되었으니 기묘사화가 일어난 것이다. 기묘사화로 조광조
는 사사되었고 나머지 중망 있는 사림들은 유배를 가거나 파직을 당
하였다.[8]

조광조는 성수침의 스승이었다. 이 당시 성수침은 동생 성수종(成

守琮)과 함께 조광조의 문하에서 수학하고 있었는데 그는 문하생들 가운데 장래가 촉망되는 유능한 인재였다.[9] 그러므로 조광조의 죽음은 성수침의 삶에 결정적인 영향을 미치게 되었던 것이다.

> (성수침은) 용모와 말 기운이 평범하면서도 두텁고 너그러우면서도 느릿했으므로 바라보면 덕을 갖춘 군자임을 알 수 있었다. 절조 있는 효우와 순실한 덕은 세상에 우뚝했으므로 조정과 민간에서 그를 우러러보았고, 어진이나 어리석은 자나 할 것 없이 모두 그를 태산북두와 같이 보았다. 젊었을 때 과거업에 독실한 마음을 지니고 당세에 뜻을 두었는데 기묘년에 선한 사람들이 일망타진당하는 것을 보고 마침내 다시는 명예를 구하지 않고 모친을 봉양하며 파평산 밑에서 뜻을 길렀다.[10]

성수침은 기묘사화가 일어나던 해 27세로 출사하기 전이었다. 성수침의 학문은 22세 때 부친의 장례에 효행이 드러나자 성균관 유생들이 그를 조정에 천거하려 했으나 학문에 힘쓰는 선비를 일찍 세상에 알리면 안 된다는 상진(尚震)의 만류가 있을 정도로 이미 널리 알려져 있었다. 상진의 말대로 성수침은 동생 성수종과 함께 조광조의 문하에서 명성을 떨치며 재능을 인정받았다.[11] 따라서 그는 일찍부

---

8) 기묘사화에 대해서는 이병휴, 『조선전기 사림파의 현실인식과 대응』, 일조각, 1999, 33~34면 참조.
9) 〈18년 12월 16일〉, 『明宗實錄』 卷29. "兄弟同遊趙光祖門下, 俱有重名."
10) 〈21년 7월 19일〉, 『明宗實錄』 卷33. "其容貌辭氣, 平厚寬緩, 望之, 知其爲成德君子. 其孝友之節, 純實之德, 卓卓一世, 朝野仰之, 人無賢愚, 如視泰山北斗. 少也, 篤志科業, 有意當世, 己卯見善類網打, 遂不復求名, 侍奉母夫人, 養志於坡平山下."
11) 〈18년 12월 16일〉, 『明宗實錄』 卷29. "兄弟同遊趙光祖門下, 俱有重名."

터 경세에의 포부를 지니고 과거(科擧)에 뜻을 두고 조광조의 지치주
의(至治主義)에 동참할 생각을 가지고 있었다. 그런데, 1519년 기묘사
화가 일어나 스승 조광조를 비롯한 중망 있는 사람들이 일망타진을
당하게 된 것이다. 그 결과 성수침은 기묘사화 후 권신들이 주도하는
정국하에서는 더 이상 사림으로서 정치적 삶이 불가능하다는 것을
깨닫고 과감하게 은거를 선택했던 것이다. 요컨대 기묘사화는 성수
침의 삶을 출(出)에서 처(處)로 전환하게 만든 결정적인 계기가 되었
다고 할 수 있다.

다음의 시는 성수침이 은거의 계기를 밝힌 것이다.

> 나 또한 종래에 세상과 어그러지자   我亦從來與世違
> 흔연히 한번 웃고 속세 경영할 계획 던져버렸지   欣然一笑擲塵機
> 이 마음 만약 총명하게 분별할 수 있다면   此心若識能通辨
> 산림에서 늙어 죽는 것, 꼭 잘못된 것은 아니리   老死山林未必非
> 〈山居雜詠29−산에 거처하며〉[12]

성수침은 경세에의 포부를 지니고 있었다[塵機]. 그러나 기묘사화
가 일어나자 이러한 꿈들은 물거품이 되었고 자신의 뜻과 세상이 어
그러졌다고 판단한 그는 세상을 한번 비웃고 과감히 은거를 선택하
였다. 여기서 '일소(一笑)'는 현실에 대한 풍자의 의미와 함께 미련 없
이 감행된 성수침의 은거를 함축한 시어라 할 수 있다. 성수침의 은
거는 '세상과 어그러졌다[與世違]'에서 밝히고 있듯이, 세상에 그 원
인이 있다는 것이 중요하다. 즉, 조광조를 중심으로 펼쳐졌던 희망의

---

12) 成守琛, 『聽松先生集』 卷1, 『坡山世稿』, 아세아출판사, 1980, 4면.

세계에서 기묘사화 이후 남곤·심정·홍경주의 기묘삼간(己卯三姦), 다시 심정과 이항(李沆) 등 권신들에 의해 주도되는 암울한 세계로의 전환이 원인이 되었던 것이다. 이 당시 사림들의 상황은 사림들이 '광조(光祖)의 여습(餘習)'으로 치부되었으며 기묘사림에 의해 제기된 개혁들이 대부분 원점으로 돌아갈 만큼 암담하였던 것이다.[13]

3, 4구의 의미는 시인의 은거가 현실에 대한 정확한 판단하에 은거할 수밖에 없는 상황에서 이루어졌다는 점과 한편으로 은거할 수밖에 없는 자신의 마음을 이해한다면 다른 사람들도 은거하는 것이 나쁘지 않다는 권고의 뜻을 내포하고 있는 것이다.

성수침은 당대의 현실을 고려가 패망하던 때와 별반 차이가 없는 암울한 세상으로까지 인식하였다.

맑은 서리에 나뭇잎 지자 눈 가득 가을	木落霜淸滿目秋
잠잠히 옛일 생각하니 사람을 슬프게 하네	默思前事使人愁
의관과 저택들 지금 어디에 있는가	衣冠第宅今安在
풍우 치는 빈산엔 담비만 한 언덕	風雨空山貉一丘

〈松都懷古2-송도에서 옛일을 생각하며〉[14]

가을 서리 내린 쓸쓸한 어느 날, 성수침은 고려의 도읍이었던 송도에 와서 감회에 젖었다. 금구무결(金甌無缺)[15]의 대가(大家)였던 고려

---

13) 이병휴, 『조선전기 사림파의 현실인식과 대응』, 일조각, 1999, 34~36면 참조.
14) 成守琛, 『聽松先生集』 卷1, 『坡山世稿』, 아세아출판사, 1980, 4면.
15) 成守琛, 〈松都懷古-1〉, 『聽松先生集』 卷1, 『坡山世稿』, 아세아출판사, 1980, 4면. "麗代金甌屬大家, 人亡事去我悲嗟. 當時王業憑誰問, 一疊松山倚暮霞." 금구무결(金甌無缺)은 흠집이 전혀 없는 황금 사발로 외침을 받은 적 없는 튼튼한 국가를 말함.

의 융성했던 왕업은 온데간데없고 이제는 빈 터만이 남아 사람을 슬
프게 한다. 융성했던 관리들, 대저택들은 지금 어디로 간 것일까.

　마지막 구는 자신이 살고 있는 현실에 대한 성수침의 강한 비판이
담겨져 있다. '맥일구(貉一丘)'는 한(漢)나라 양운(楊惲)이 진(秦)나라
가 패망한 원인이 소인들을 등용해 충신들을 주살했기 때문이라며
한나라의 현실도 그와 같다고 비판한 고사이다. 담비[貉]는 여우와
비슷하게 생긴 짐승으로 악인(惡人)으로 비유된다. 따라서 담비가 송
도의 언덕에 가득하다는 것은 진나라를 패망하게 했던 그런 악인들
이 고려 때도 여전히 가득하다는 의미이다. 그런데 이는 성수침이 살
고 있는 현실 또한 고려 때와 비슷하다고 비판한 것으로 볼 수 있다.
고려의 패망이 권문세족들의 농간에 있었듯이 지금의 정국도 기묘사
화 이후 정권을 장악한 권신들에 의해 주도되고 있는 실정이니, 예나
지금이나 똑같이 악인들이 판치고 있는 꼴인 것이다. 성수침은 이러
한 현실을 '풍우 치는 빈 산'으로 어둡게 묘사하여 암울한 상황 속에
놓인 자신의 어지러운 심리 상태를 드러내고 있는 것이다.

　다음의 시는 좀 더 구체적인 현실인식을 보여준다고 할 수 있다.

높구나, 은둔자여	高哉隱遁人
물외에서 그윽한 곳 찾기를 좋아하네	物外尋幽好
아, 세상 사람들은	嗚呼世上人
악착같고 경박하고 급함이 많구나	齷齪多浮躁
어깨를 구부리며 웃는 말로 아첨을 하고	脅肩諂笑語
비굴한 얼굴로 참람된 호칭 붙이기를 달게 여기네	奴顔甘竊號
밖으로는 곧은 척, 안으로는 교묘한 속임수	外直內巧詐
신념을 바꾸기는 손바닥을 뒤집는 듯	變化翻覆手

귀신도 헤아릴 수 없으니	鬼神莫窺測
빠르기는 메아리 같네	捷疾如響報
다투어 권귀한 자들을 섬기다가	低昂事權貴
늙도록 때를 얻지 못하면	白首不得遇
분분하게 이득을 다투어 취하고	紛紛競取利
경중을 따지고 또 안으로 돌아보네	輕重復內顧
스스로 묶고 또 스스로 묶어	自繩且自縛
몸이 잘못되는 것을 알지 못하네	不知身所誤
선한 자가 비록 선이라고 해도	善者雖云善
불선한 자가 헤아리지 않는구나	不善不可數
군자는 세상에 처함에	君子處人世
외물의 유혹에 넘어가지 않는 것을 귀하게 여기네	所貴無外誘
공맹이 일컬은 것이 아니면	孔孟非其稱
복록은 응당 받지를 않네	斗祿應不受
어찌하여 물역에 이끌리어	奈何牽物役
업신여김을 당하며 애태우며 힘들어 하는가	屑屑困陵暴

〈述懷八十韻－회포를 읊다〉[16]

　　지금의 세상에는 경박한 무리들이 악착같이 자신들의 이익만을 추구하고 있다. 자신들의 이익을 위해서라면 비굴한 얼굴로 높은 자들에게 참람된 존호 붙이기를 마다하지 않는다. 겉으로는 곧은 척하며 속으로는 온갖 권모술수로 더러운 짓을 자행한다. 자신의 신념을 바꾸기가 손바닥 뒤집는 듯 쉽게 하고, 그 빠르기는 메아리가 돌아오는 것처럼 빨라 귀신도 헤아릴 수 없다. 또한 권귀한 자들을 섬기다가

---

16) 成守琛, 『聽松先生集』 卷1, 『坡山世稿』, 아세아출판사, 1980, 5면.

끝내 뜻을 얻지 못하면 마음속으로 경중을 따져보고 이익을 위해 과감하게 서로를 배신한다.

　더더욱 심각한 것은 지금의 세상은 선(善)과 불선(不善)을 구별할 수 없다는 것이다. 선한 자가 선이라고 하여도 불선한 권신들이 위에서 이를 받아들이지 않는다. 따라서 세상은 공맹(孔孟)의 도(道)가 실행되지 않으며 불선한 자들에 의해 불선한 방향으로 세상사가 진행되는 암담한 현실인 것이다.

　이러한 불선한 세상에서 성수침이 자신의 고결함을 지키기 위해 선택한 삶은 은거였다. 그런데 성수침의 은거는 도가 행해지면 다시 출사하는 유교적 출처관을 담보로 하는 은거가 아니라 세상을 완전히 등지는 초일(楚逸)의 은거였다.

아 나는 병이 깊고	吁嗟我沈綿
근력은 날로 쇠하네	筋力日衰耗
살쩍머리 새치를 뽑고	鬢髮抽二毛
모습은 바싹 마른 것으로 변했구나	形容易枯槁
혈혈단신 뜻을 얻지 못하고	孑孑不得意
홀로 앉았으니 마음은 탄식하고 애달프네	獨坐心歎悼
고상하고 한가함은 초나라 은사를 생각하고	高閒思楚逸
담박함은 요조장을 노래 부르네	淡泊歌窈窕
방일한 뜻 구속함이 없어	放志不拘檢
몸을 빼어 그윽한 계획을 섬기네	脫身事幽討
수레를 몰아 장안을 출발하여	驅車發長安
파산의 길에서 수레를 쉬었네	息駕坡山路

　　　　　　　　　　　　　　　〈述懷八十韻−회포를 읊다〉[17]

성수침은 백악산에서 파산(坡山)[18]으로 완전히 은거하던 날, 자신
의 삶을 돌아보고 감회에 젖었다. 성수침이 지향하는 은자의 세계는
초나라 은사[楚逸]의 고결하고 한가함[高閒] 속에서 담박한 요조(窈
窕)장[19]을 노래하는 것이었다.

초일(楚逸)은 『논어』 「미자(微子)」편에 나오는 초광(楚狂) 접여(接
輿)이다. 접여는 방성(方城)에서 밭을 갈고 있었는데 초나라 군주가
사신을 시켜 하남(河南) 지역을 다스리게 하자 거절하고 성명을 바꾸
고 아내와 함께 방성을 떠난 은자이다. 접여가 초왕의 부름[微召]에
도 출사하지 않았던 이유는 당대(當代)가 덕(德)이 쇠해 더 이상 덕이
회복될 수 없는 세상임을 깨달았기 때문이다.[20] 덕이 없는 세상에
출사하는 것은 의(義)를 버리는 것이요, 그렇다고 군주의 근처인 방
성에 있으면서 군주의 부름에 응하지 않는 것은 불충(不忠)이기 때문
이다. 따라서 접여는 방성을 떠나 은거를 선택했던 것이다.[21]

성수침의 은거는 접여의 '고상하고 한가함[高閒]'을 추구한다. 지
금의 세상은 덕이 더 이상 회복될 수 없는 불선한 세상이다. 이러한
세상에서 성수침은 1차로 백악산에 은거하였는데, 중종(中宗)과 명종

---

17) 成守琛, 『聽松先生集』 卷1, 『坡山世稿』, 아세아출판사, 1980, 6면.

18) 파산(坡山): 경기도 파주(坡州)임.

19) 요조(窈窕)장: 『시경(詩經)』의 〈관저(關雎)〉장을 말함.

20) 「微子」, 『論語』. "楚狂接輿歌而過孔子曰, 鳳兮鳳兮, 何德之衰, 往者不可諫, 來者猶可
追, 已而已而, 今之從政者殆而, 孔子下, 欲與之言, 趨而辟之, 不得與之言."

21) 〈楚狂接輿〉, 「楚逸民傳」, 『尙史』 卷61. "楚狂接輿耕于方城, 楚王使者, 造門曰, 大王
使臣, 奉金百鎰, 願請先生治河南, 接輿笑而不應, 使者去, 妻從市來曰, 先生少而爲義,
豈將老而遺之哉, 門外車軼, 何其深也, 接輿曰, 王使使者, 欲使我治河南, 妻曰, 許之
乎, 曰, 未也, 妻曰, 君使不從非忠也, 從之是遺義也, 不如去之, 乃夫負釜甑, 妻戴織
器, 變易姓字, 莫知其所之."

(明宗)에 의해 여러 번 부름을 받았던[徵召] 것이다. 그러나 불선한 자들이 횡행하는 조정에 출사하게 되면 의(義)를 해치게 되고 임금의 부름에 응하지 않으면 불충(不忠)이 되기 때문에 성수침은 접여가 방성을 떠났던 것처럼 말을 몰아 파산(坡山)으로 완전히 은거를 하게 된 것이다.

이상을 정리하면 다음과 같다. 성수침은 기묘사화 이후 권신들에 의해 주도되는 세상을 도가 실행될 수 없는 불선한 현실로 인식하였고, 불선한 현실과 타협하지 않고 의를 지키면서 충을 잃지 않으려는 마음에서 초광 접여의 은거를 선택하였던 것이다. 성수침의 은자적 삶은 두 번째 은거지인 파산에서 극도로 표출되고 있다.

3. 고결한 삶과 '청은'의 시세계

성수침은 27세(1519) 때부터 백악산에서 은거한 뒤 파산(坡山)에 재차 은거하여 72세로 생을 마감할 때까지 평생 동안 은자의 삶을 살았다. 특히 파산에서의 은거는 군주에 대해 충을 잃지 않으면서 은자적 삶으로 일이관지(一以貫之)하려는 성수침의 확고한 의지를 보여주는 것이라 할 수 있다.

성수침의 이러한 삶의 궤적은 그에 대한 평가를 통해서도 확인되는 바, 일민(逸民)과 청절(清節)이 그것이다. 전자가 성수침의 전반적인 삶에 주목한 것이라면 후자는 그러한 삶 속에 응축된 성수침의 정신지향이라 할 수 있다.

다음의 기록들을 통해 당대 사람들이 성수침을 바라보는 시각을 읽을 수 있다.

> 성수침은 효행이 뛰어나고 학문은 경서와 사서에 널리 통달했으며 이록에 마음을 두지 않고 조용히 살면서 스스로 도를 즐겼으니 비록, 옛날의 일민에 비교하더라도 부끄러울 것이 없습니다.[22]

> 일사는 숨어 살면서 남이 알까 걱정하지만 그 청절은 충분히 세상에 모범이 되며 풍속을 닦게 합니다. 오늘날의 성수침과 조식이 그러한 사람들입니다.[23]

위의 두 인용문은 명종 〈6년〉과 〈14년〉조의 기록으로 첫 번째 인용문은 경기감사가 성수침을 유일(遺逸)로 천거한 내용이고, 두 번째 인용문은 유생 배익겸(裵益謙)이 올린 상소의 일부분이다. 성수침을 평가하는 기준은 일민(逸民)과 청절(淸節)이다. 성수침의 은거는 단순한 은거가 아니라 학문과 재덕을 갖추고서 출사할 수 있음에도 출사하지 않는 일민의 그것인 것이다. 그래서 은자 성수침의 가치는 옛날의 은사와 비교해도 손색이 없다는 것이다. 다음으로 청절은 성수침이 은거의 삶을 살아가면서 추구한 정신 지향이라 할 수 있다. 성수침의 청절은 자신에게만 한정되는 것이 아니라 세상의 모범이 되고 속세 사람들을 정화시키는 역할을 할 만큼 높은 것이다. 따라서 조식과 함께 성수침을 당대 최고의 일사(逸士)로 꼽고 있는 것이다.

---

22) 〈6년 12월 21일〉, 『明宗實錄』 卷12. "守琛, 孝行卓異, 學通經史, 不以利祿爲心, 閑居自樂, 雖方古之逸民, 足以無愧云"

23) 〈14년 12월 1일〉, 『明宗實錄』 卷25. "逸士幽居, 忠人之知己, 而其淸節, 足以範世礪俗, 在當今則成守琛曺植其人也."

성수침의 일민의 삶과 청절의 정신지향은 2차 은거지인 파산에서 극도로 표출된다.24) 파산은 백악산의 청송당과는 달리 주륜의 먼지가 이르지 않는 곳이며25)『시경』요조장의 담박함과 자유로운 삶이 보장되는 맑고 깨끗한 청은(淸隱)의 공간이다.26)

성수침의 막역지우27) 임억령(1496~1568)은 파산의 은거지를 다음과 같이 묘사하고 있다.

적막한 황촌에 은둔한 소미성	寂寞荒村隱少微
쓸쓸한 돌길은 사립문에 닿아 있네	蕭條石逕接柴扉
몸은 흐르는 물과 함께 속세를 빠져나오고	身同流水世間出
꿈에 흰 갈매기가 되어 강물 위를 날아오르네	夢作白鷗江上飛
산이 나그네 창을 에워싸니 구름이 자리로 스며들고	山擁客窓雲入座
비가 서탑으로 내리치니 낙엽이 휘장을 때리네	雨侵書榻葉投幃
표연히 다시 관직을 떠날 계획 세우노니	飄然又作抽簪計

24) 이는 성수침이 파산에 은거한 뒤 어머니를 뵈러 적성에 나갈 때를 제외하고 한 번도 파산골짜기를 벗어난 적이 없다는 일화를 통해서도 짐작할 수 있음. 李珥, 〈行狀〉, 「附錄」,『聽松先生集』권2,『坡山世稿』, 아세아출판사, 1980, 9면. "先生有聘家舊業, 在坡平山下牛溪之側, 卜居其中, 扁其堂曰竹雨, 以爲終焉之計. 以母夫人故不敢歸也. 其弟知先生意, 求換積城縣, 先生始居于牛溪, 時甲辰秋九月也. 自是, 母夫人或在積城, 或就牛溪, 先生親省之外, 不出谷口."

25) 成守琛, 〈山居雜詠10〉,『聽松先生集』권1,『坡山世稿』, 아세아출판사, 1980, 3면. "朱轂風塵飛不到, 一區山水眼中開."

26) 成守琛, 〈山居雜詠9〉,『聽松先生集』권1,『坡山世稿』, 아세아출판사, 1980, 3면. "點檢生涯嗟已老, 老來身事淡於僧." 成守琛, 〈山居雜詠12〉,『聽松先生集』권1,『坡山世稿』, 아세아출판사, 1980, 3면. "白鷗與我同心契, 隨意淸瀾自在遊." 成守琛, 〈山居雜詠19〉,『聽松先生集』卷1,『坡山世稿』, 아세아출판사, 1980, 4면. "目擊忘言先一笑, 白頭相對淡生涯." "小葺茅茨倚石根, 一身行事淡無煩."

27) 林億齡, 「年譜」,『石川集』권5, 여강출판사, 1989, 398면. "與成守琛·守琮兄弟, 遂爲莫逆之交."

흙먼지가 흰옷을 물들일 수 없기 때문이네   塵土無由染素衣
                                               〈用企村韻, 送聽松還山
                         -기촌 운을 써서 산으로 돌아가는 청송을 보내며〉[28]

위의 시는 성수침의 은자적 삶을 부러워하며 임억령 자신도 속세
를 벗어나 고결한 삶을 살아가고자 하는 지향을 드러내는 데 초점이
맞춰져 있지만, 소미성·백구·구름·높은 위치에 있는 나그네 창·서
창을 내리치는 싸늘한 가을비 등을 통해 파산의 청은한 공간을 보여
준다고 할 수 있다.

수련은 파평산 아래 우계현에 위치한 성수침의 초당을 가리킨다.
돌길을 따라 들어가면 사립문이 나온다. 그곳은 '적막한 황촌'에서
알 수 있듯이 속세와 절연된 공간으로 적막할 정도로 고요하다. 함련
은 '물처럼 세속을 빠져 나오고', '꿈에 갈매기가 되어 강 위를 훨훨
날아오르듯' 청송당을 떠나 파산으로 돌아가 고결한 삶을 살아가는
성수침의 정신을 시사한 것이다. 경련과 미련은 '앉은 자리로 스며드
는 구름', '서탑으로 내리치는 비와 낙엽'을 통해 청은한 공간을 구체
적이며 생동감 있게 제시한 것으로, 그 공간을 상상하는 임억령도 성
수침의 은자적 삶에 동화된 정신을 보여주고 있는 것이다.

그윽한 처소 간략하니 누가 방문하리오   幽棲簡略誰相問
다만 스님이 있어 나를 찾아오네   只有山人訪我來
주곡의 먼지 날아 이르지 못하는 곳   朱轂風塵飛不到
한 구역의 산수 눈앞에 열렸구나   一區山水眼中開
                                     〈山居雜詠10-산에 거처하며〉[29]

28) 林億齡, 『石川集』권3, 여강출판사, 1989, 193면.

성수침의 은거지는 파산의 깊은 산속에 있다. 그러기에 속세 관리들이 수레를 타고 찾아들지 못한다. 다만, 가끔씩 산승(山僧)이 방문할 뿐 이 공간은 속기(俗氣)가 전혀 없는 청은한 은거지로 오롯이 성수침의 소유이다.

이러한 공간에서 성수침은 담박하고 자유로운 삶을 살아가고 있다.

청려장 짚고서 돌아다니며	跋涉杖靑藜
빠른 걸음으로 구름 밖까지 가네	飛步抵雲表
내 멋대로 다 돌아보고는	恣意極遊巡
거처를 정해 장차 노년을 보내네	卜地將送老
파평산을 우러러 보고	仰見坡平山
아득한 평야를 굽어보고	俯瞰平野杳
풀을 베어 한 구역을 얻어	誅草得一區
바위에 시렁을 걸쳐 집을 지었네	架巖開戶牖
맑은 샘은 그윽한 구멍에서 펑펑 솟고	淸泉激潛竇
맑은 물은 좌우로 흐르네	瀏瀏流左右
앙상한 돌은 서로 섞여 여기 저기	瘦石爛相錯
큰 소나무는 구불구불 무리지어 있네	大松群夭矯
대나무 갈라 산의 샘물을 끌어들이고	剖竹引山泉
연못을 파서 한 이랑 밭을 열었네	鑿池開一畝
산꽃은 대낮에도 아양을 부리니	山花媚白晝
붉은색·자주색 각각 향기를 토해내네	紅紫各相吐
그윽한 새는 저물녘 갠 하늘을 날며	幽禽弄晚晴
친구 찾아 울며 서로 쫓아다니네	求友鳴相遂

〈述懷八十韻－회포를 읊다〉[30]

29) 成守琛, 『聽松先生集』 권1, 『坡山世稿』, 아세아출판사, 1980, 3면.

　　시인은 위로는 파평산을 우러러 보고 아래로는 평야를 굽어보는 공간에다 바위에 시렁을 걸쳐 초당을 완성하였다. 주변에는 맑은 샘물이 그윽한 구멍에서 흘러나오고 큰 소나무들이 구불구불 무리지어 있다. 그는 대나무를 쪼개 샘물을 받아 연못을 만들고 그 물로 밭을 경작하여 손수 수확해서 먹으며 살아간다. 대낮에는 산꽃들이 피어 향기를 뿜내고 비갠 뒤 산새들은 맑은 소리를 내며 짝을 지어 날아다닌다. 그곳은 시인의 자의(恣意)적인 삶을 보장해주며 은자[杖靑藜]로서 담박하고 자유로운 삶을 보장해주는 더 없이 살기 좋은 땅이다.

> 홀로 절름발이 나귀 타고 동쪽 언덕에 오르니　　　獨乘小蹇赴東阡
> 가난한 두 집이 물가에 있구나　　　　　　　　　　白屋雙扉一水邊
> 때에 맞게 밭 갈고 수확하여 모두 근본을 드러내니　耕穫得時俱著本
> 주진촌의 풍물이 과연 그대로 있네　　　　　　　　朱陳風物故依然
>
> 〈山居雜詠8-산에 거처하며〉[31]

　　성수침은 절름발이 나귀를 타고 한가하게 동쪽 언덕을 올랐다. 그곳에는 가난한 집 두 채가 물가에 있었으니, 그들은 봄이 되면 씨를 뿌리고 가을이 되면 수확하여 농사 때를 놓치지 않는 등 자연의 섭리대로 살아가는 사람들이다. 그러므로 한가롭고 평화롭기가 당대(唐代)의 주진촌에 상응할 만하였다. 2구의 두 채의 집은 깊은 산중에서 세상과 소통을 끊고 주씨(朱氏)와 진씨(陳氏)들이 대대로 혼인하여 순박하게 살았던 주진촌을 상징하는 것으로, 파산을 말한 것이다. 그러

---

30) 成守琛, 『聽松先生集』 권1, 『坡山世稿』, 아세아출판사, 1980, 6면.
31) 成守琛, 『聽松先生集』 권1, 『坡山世稿』, 아세아출판사, 1980, 3면.

므로 상인이 없고, 군대가 없고, 거기서 태어나서 거기서 죽고, 산 자는 먼 이별이 없고 죽은 자는 먼 장례가 없는 주진촌[32]과 같이 파산의 모습은 평화롭고 자유롭기만 하다. 그곳을 잔잔하게 응시하는 성수침 역시 한가하고 자유롭다.

아침이 오면 무엇으로 허기진 배를 채우리오 　　　朝來何以補衰腸
나복을 새로 찌면 먹을 만한 맛 　　　　　　　　蘿葍新蒸味可嘗
배부르면 휘파람 불고 귀찮으면 잠을 자고 　　　飽卽嘯歌慵卽睡
일어나 말없이 꽃향기를 맡네 　　　　　　　　　起來無語嗅花香

〈山居雜詠5-산에 거처하며〉[33]

늙어서 은거하기엔 깊은 숲 속이 마땅하니 　　　投老藏形宜伏隩
두건만 쓰고 이 가을 숲을 왕래한다네 　　　　幅巾來住此寒林
사립문 늘 닫혀 있어 오는 사람은 적고 　　　　柴門長閉來人少
사각 사각 내리는 산비에 낙엽은 깊어가네 　　山雨蕭蕭落葉深

〈山居雜詠2-산에 거처하며〉[34]

　시인은 나복으로 배를 채우고 배가 부르면 만족하여 휘파람을 분다. 그러다 잠이 오면 잠을 자고 깨서는 꽃향기를 맡는다. 자연의 순리대로 살아갈 뿐 시인의 마음속엔 어떠한 기심도 일어나지 않는다.
　속세와의 거리를 의미하는 닫힌 사립문. 사립문은 속세에서 찾아

---

32) 白居易, 〈朱陳村〉, 『白香山詩集』 권10. "徐州古豐縣, 有村曰朱陳. ……縣遠官事少, 山深人俗淳. 有財不行商, 有丁不入軍. 家家守村業, 頭白不出門. 生爲村之民, 死爲村 之塵. 田中老與幼, 相見何欣欣. 一村唯兩姓, 世世爲婚姻. ……."
33) 成守琛, 『聽松先生集』 권1, 『坡山世稿』, 아세아출판사, 1980, 3면.
34) 成守琛, 『聽松先生集』 권1, 『坡山世稿』, 아세아출판사, 1980, 3면.

오는 이가 없어 늘 닫힌 상태로 있다. 싸늘한 가을비에 낙엽은 떨어져 쌓이고 가을은 깊어가며 그렇게 한 해가 지나간다. 시인은 깊은 숲 속에서 두건만 쓴 간편한 차림으로 배회하며 거리낌 없이 살아간다. 이와 같은 즐거움은 자신을 지상의 신선으로,[35] 봉래궁에 와 있는 사람으로[36] 비유한 것에서 극치를 보여준다. 한편, 성수침은 청은(淸隱)한 공간에서 담박하고 자유롭게 살아가는 모습과 함께 불선(不善)의 현실과 타협하지 않고 자신의 고결함을 지키려고 하는 청절의 정신을 보여주기도 한다. 그것은 담박하고 자유롭게 살아가는 일민의 삶 속에 성수침이 지향하는 정신적 측면이라 할 수 있다.

　성수침은 자신의 청절한 정신을 드러내기 위해 대나무를 자주 차용한다. 그런데 성수침이 주로 시화(詩化)하는 대나무는 그냥 대나무가 아니라 속세에서 멀리 떨어진 깊은 산속에 위치하고 있으며, 겨울의 눈서리를 다 견뎌낸 파리한 대나무이다.

> 그대의 풍절 어여삐 여겨 깊은 골짝에 심었는데　　憐君風節栽幽谷
> 금년에는 병이 많아 가보는 것 게을러졌어라　　多病年來懶去看
> 산 늙은이가 아끼지 않는다고 말하지 말게　　莫道山翁無護惜
> 날 춥고 눈서리 내리면 가서 배회하리니　　天寒霜雪倚盤桓
> 　　　　　　　　　　　　　　〈詠竹-대나무를 읊다〉[37]

---

35) 成守琛, 〈訪隱士〉, 『聽松先生集』 卷1, 『坡山世稿』, 아세아출판사, 1980, 5면. "謝絶塵坌投物外, 此心閒處好山川. 松窓獨罷從容睡, 定是吾身地上仙."

36) 成守琛, 〈山居雜詠-18〉, 『聽松先生集』 권1, 『坡山世稿』, 아세아출판사, 1980, 3면. "午睡從容春正濃, 山風鏖枕夢還空. 日長無事支頤臥, 身在蓬萊第一宮."

37) 成守琛, 『聽松先生集』 권1, 『坡山世稿』, 아세아출판사, 1980, 5면.

성수침은 대나무의 풍모와 절조[風節]를 사랑하여 대나무를 속세와 멀리 떨어진 깊은 산골짜기에 심어 두었다. 그런 뒤 속기(俗氣)가 전혀 없는 대나무의 청절을 홀로 감상하길 좋아하였다. 하지만 올해부터 병이 많아져서 대나무를 찾아가는 일이 드물어졌다. 시인은 이제 아픈 몸을 이끌고서라도 하늘이 춥고 눈서리가 매서울 때 반드시 대나무를 찾아가겠노라고 약속을 한다. 이는 성수침이 추운 날씨를 겪고도 견정하게 버티고 있는 대나무의 청절을 사모하기 때문이다. 대나무의 청절을 사모하는 성수침의 정신 또한 대나무와 같이 극도의 청절을 지키고자 하는 정신지향이라 할 수 있을 것이다.

나아가 대나무는 성수침에게 은거적 삶의 표상으로서 역할을 한다.

청표함을 쏟아내니 진실로 나의 도　　　　　　　寫出淸標眞我道
인간 세상에 어찌 이런 파리한 신선이 있으랴　人間那有此癯仙
맑게 갠 창가에서 빙상의 얼굴을 조용히 대하니　晴窓靜對氷霜面
차가운 소리, 귓가에 있는 듯하네　　　　　　　鬖髿寒聲在耳邊

〈墨竹-흑죽〉[38]

대나무가 쏟아내는 맑은 모습[淸標]은 앞 시에서도 언급했듯이, 속세와 절연된 공간에서 눈서리를 견뎌낸 극도의 청절함이다. 3구의 '맑게 갠 창가에서 빙상의 얼굴을 조용히 대한다'는 것은 성수침이 대나무의 청표함을 자신도 함께 한다는 의미이다[寫出淸標眞我道]. 성수침이 추구하는 청표함이란 불선한 현실과 타협하지 않고 속세와 절연된 공간에서 자신의 청절을 지키며 살아가는 삶이라 할 수 있다.

---

38) 成守琛, 『聽松先生集』 권1, 『坡山世稿』, 아세아출판사, 1980, 4면.

죽우당에 한 줄기 대나무를 그려 놓으니 　　　　竹堂寫作一竿竹
파리한 모습 너울너울 속세의 먼지를 끊네 　　　瘦影婆娑絕點塵
모범을 대하니 속세 사람을 깨게 하니 　　　　相對儀刑醒俗子
바람과 이슬을 시켜 본성을 다르게 하지 말라 　莫教風露異天眞

〈山居雜詠26-산에 거처하며〉39)

　죽우당(竹雨堂)에 그려놓은 한 줄기 대나무는 청절을 지켜 파리하
다. 때문에 성수침의 속기(俗氣)를 끊어줄 수 있는 표상[儀刑]이 된
다. 그러므로 시인은 바람과 이슬을 내려 대나무를 살찌게 하지 말라
고 당부하고 있는 것이다.

　요컨대, 성수침의 시에 자주 차용되는 대나무는 속세에 대한 마음
을 끊고 고결하게 살아가려는 성수침의 정신을 시사하는 것이라 할
수 있다. 아울러 성수침은 굴원(屈原)의 이미지를 사용하여 청절의
정신을 드러내기도 한다.

백발 무료한데 병은 더욱 파리해지고 　　　　白髮無聊病轉嬰
이 몸은 한가한 정을 붙일 곳 없네 　　　　　此身無處寄閒情
소상장을 돌 항아리에 옮겨 심고 　　　　　　石盆移植瀟湘丈
창 앞에 남겨 두고 빗소리를 듣는다 　　　　留得窓前聽雨聲

〈山居雜詠25-산에 거처하며〉40)

　소상장은 소상강의 대나무로 일차적으로는 순임금이 남쪽 지방을
순행하다가 죽자 왕비인 아황과 여영의 눈물이 대나무에 떨어져 반

---

39) 成守琛, 『聽松先生集』 권1, 『坡山世稿』, 아세아출판사, 1980, 4면.
40) 成守琛, 『聽松先生集』 권1, 『坡山世稿』, 아세아출판사, 1980, 4면.

점이 생긴 반죽(斑竹)을 의미한다. 그러나 굴원이 자신의 처지를 아황과 여영에 빗대어 상부인(湘夫人)을 지었다는 점에서 반죽은 다시 굴원의 대나무로 볼 수 있다. 성수침은 소상강가의 대나무를 창가에 옮겨 심고 대나무의 바람소리를 듣고자 한다. 굴원의 대나무는 더러운 속세와 타협하지 않고 청절한 삶을 살아간 굴원의 정신을 시사한다. 따라서 그 바람 소리를 듣고자 하는 성수침의 정신 또한 굴원의 청절과 다르지 않다.

다음에 소개되는 〈파산(坡山)〉 시 역시 굴원의 이미지를 차용한 것이다.

파산의 아래는	坡山之下
휴식하고 멱을 감을 수 있네	可以休沐
옛 시내 맑고도 차니	古澗淸泠
내 갓끈을 여기서 씻을 수 있네	我纓斯濯
마시고 먹고	飮之食之
기쁨도 없고 근심도 없어라	無喜無憂
오묘하구나, 이 산이여	奧乎玆山
누가 나를 따라 놀 것인가	孰從我遊
	〈坡山－파산에서〉[41]

위의 시는 성수침의 청절의 정신을 집약적으로 드러냈다고 할 수 있다. 3, 4구의 '옛 시내 맑고 차니, 내 갓끈을 여기서 씻을 수 있네'는 이 시 전체를 관류하는 주제가 굴원의 〈어부사(漁父辭)〉의 주제와

---

41) 成守琛, 『聽松先生集』 권1, 『坡山世稿』, 아세아출판사, 1980, 7면.

같다는 것을 전제한다. 〈어부사〉는 굴원과 어부와의 대화를 통해 더러운 속세와 조금도 타협할 수 없다는 굴원의 청절의 정신에 초점을 맞춘 작품이다. 따라서 성수침은 굴원의 〈어부사〉의 이미지를 끌어와 현실과 격절된 공간인 파산에서 자신도 청절을 지키며 살아가겠다는 정신지향을 이 시를 통해 보여주고 있는 것이다. 그러기에 6구에 '근심도 없고 기쁨도 없다'고 하여 기심(機心)이 사라진 자신의 모습을 밝히고 있는 것이다.

성수침의 청절의 정신지향은 1552년 명종의 친정(親政)을 계기로 조정에서 성수침을 징소했을 때 끝까지 출사를 하지 않았던 사실과 동시대를 살았던 막역지우인 임억령이 성수침에 대해 "기산의 늙은이, 요임금의 음악을 들으려하지 않는다."[42], "머리에 본래 때가 없는데, 무엇하러 목욕하고. 두건에는 갓끈이 없는데, 무엇 때문에 빨려 하는가."[43]라고 읊은 시를 통해서도 확인할 수 있다.

요컨대, 성수침은 초광 접여의 은거를 지향하여 재출사 없는 완전한 은거를 선택했다고 할 수 있다. 성수침은 은거지인 파산에서 청절한 삶을 살아갔는데, 이는 현실과 동떨어진 곳에서 절조를 지키며 살아가는 대나무의 이미지나 굴원의 〈어부사〉 이미지를 통해서 확연히 드러나고 있었다.

---

42) 林億齡, 〈寄聽松〉, 『石川集』 권3, 여강출판사, 1989, 200면. "每恨箕山叟, 平生不事堯."
43) 林億齡, 〈次韻〉, 『石川集』 권1, 여강출판사, 1989, 7면. "髮本無垢, 何勞乎沐. 巾本無纓, 何事於濯. 有終身樂, 無一朝憂. 若比於古, 其逍遙遊."

4. 맺음말

이 글은 청송 성수침의 시세계를 살펴보는 데 목적을 두었다. 성수침은 평생 동안 은거하여 '일민(逸民)'과 '청절(淸節)'이라는 평가를 받았다. '일민'은 성수침 삶의 전반적인 행적에 주목한 것이고 '청절'은 그러한 삶 속에서 지향한 성수침의 정신을 시사하는 것이다.

2장에서는 성수침의 은거의 계기로서 현실인식과 은거의 성격을 밝혔다. 성수침이 인식한 당대의 현실은 기묘사화 이후 권신들에 의해서 정권이 농단되는 '불선(不善)'의 현실이었다. 성수침은 이러한 현실을 벗어나서 은거의 삶을 선택하였는바, 도가 행해지지 않으면 은거하고 도가 행해지면 다시 출사하는 일반 유자들의 은거가 아니라 세상을 완전히 등지는 초광(楚狂) 접여(接輿)의 은거였다. 성수침이 백악산에 은거한 뒤 중종과 명종의 징소를 받자 파산으로 재차 은거지를 옮긴 것도 초광 접여의 초일(楚逸)의 은거를 지향했기 때문이다.

3장에서는 성수침이 완전한 은거를 이룬 후 지향한 삶이 무엇인지를 살펴보았다. 성수침은 속세와 절연된 공간인 파산을 맑고 깨끗한 은거지[淸隱]로 인식하였고 그 공간에서 담박하고 자유로운 삶을 살아갔다고 할 수 있다. 그러한 삶 속에서 중심이 되었던 것은 불선한 현실과 결코 타협하지 않고 자신의 고결함을 지키겠다는 '청절'의 정신이다. 성수침의 청절의 정신은 현실과 동떨어진 공간에서 절조를 지키는 대나무의 이미지, 정치적 재기를 전제하지 않는 굴원의 〈어부사〉 이미지를 통해서 확연히 드러나고 있다.

조광조의 수제자,
돌밭에 서서 홀로 국화를 따다

성수종(1495~1533)

1. 머리말

이 글은 절효(節孝) 성수종(成守琮)의 생애와 시세계를 살펴보는 데에 목적을 둔다.

성수종은 우리에게 잘 알려진 인물이 아니다. 그러나 그는 일찍이 조광조(趙光祖)의 문하[1]에서 조광조의 수제자로 장래를 촉망받았으며[2], 학문과 행실로 자주 천거를 받아 1519년 가을, 마침내 현량과에 급제하였다.[3] 김안국이 쓴 묘지명에 성수종을 조선의 정이(程頤)

---

1) 趙光祖, 〈門生錄〉, 「附錄」, 『靜菴集』 권5, 『韓國文集叢刊』 22, 179면. "成守琮, 字叔玉號節孝堂. ……." 이하, 『坡山世稿』를 제외한 원문은 고전번역원 '한국고전종합DB(http:// db.itkc.or.kr/itkcdb/mainIndexIframe.jsp)'에서 제공한 원문을 원용했음. 단 자구의 출입이 있을 경우 수정함.
2) 權鼈, 〈成守琮〉, 「本朝」, 『海東雜錄』. "靜庵一見定交, 論當世人物, 必以公爲首."
3) 「정조 9년 2월 23일」, 『日省錄』, 민족문화추진회, 2006, 136면. "累登經行之薦, 又擢賢良之科……日夕講道, 盆造精微." 權鼈, 〈成守琮〉, 「本朝」, 『海東雜錄』. "有高才卓行, ……己卯秋登第."

로 비유한 것은 성수종의 학문적 위상을 가늠케 해주는 것이라 할 수
있다.4) 성수종의 행실은 부친의 상을 당했을 때 치상(治喪)의 예를
극진히 하여 인구에 회자된 효행에서 비롯되었지만, 효행이 성수종
을 평가하는 것으로 특화될 수 있었던 것은 부친의 사망 이후 성수종
이 졸할 때까지 20년간 변치 않고 매일 부친의 묘소를 참배한 것5)과
같이 배움을 이론에 그치지 않고 독실한 실천으로 옮겼기 때문이라
할 수 있다.

　성수종의 문장은 신쾌(新快)함을 숭상하여6) 분방(奔放)·횡일(橫逸)
하고, 시는 청건(淸健)·상아(尚雅)하다는 평가를 받는다.7) 기묘년 성
수종이 현량과의 대책문에서 시사(時事)를 극론할 때 조광조로부터
"성모(成某)가 아니면 능히 여기에 미칠 수 없다."8)라고 극찬을 받은
사실은 성수종의 문장이 독창성을 바탕으로 자신의 주관을 거침없이
쏟아냈기 때문일 것이다. 시 또한 현재 『청창연담』·『지봉유설』·

---

4) 「정조 9년 2월 23일」, 『日省錄』, 민족문화추진회, 2006, 135면. "守琮即先正臣文貞公
　守琛之弟, 早與其兄同事先正臣文正公趙光祖, 深得性理之源, 遠接濂洛之緖, ……其
　踐履之篤, 造詣之深, 當世比之以明道之伊川."
5) 金安國, 〈節孝成公墓誌銘〉, 『節孝先生遺稿(附)』 권4, 『坡山世稿』, 아세아문화사,
　1980, 31면. "孝友天至, 年十九, 丁思齋公憂, 廬于墓側, 哀毀盡禮, 三年啜饘粥, 不食
　菜果, 日三上食, 必哭盡哀, 皆躬執饌具, 雖滌拭之細, 不委倖僕, 晨起掃塋域, 焚香拜
　跪, 暮亦如之, 祁寒溽暑, 不廢免服, 家居, 每値忌日, 先期一旬齋素, 祭日哀慕悲哭,
　一如初喪, 朝夕必拜, 出入必告者二十年, 沒身不懈."
6) 미상, 〈遺事〉, 〈節孝成公墓誌銘〉, 『節孝先生遺稿(附)』 권4, 『坡山世稿』, 아세아문화
　사, 1980, 30면. "爲文尚新快, 不拘時俗規法."
7) 金安國, 〈節孝成公墓誌銘〉, 『節孝先生遺稿(附)』 권4, 『坡山世稿』, 아세아문화사,
　1980, 30면. "爲文不蹈襲前人畦徑, 自出機軸, 抽思奮筆, 泉湧而出, 奔放橫逸不可當,
　詩亦淸健尚雅."
8) 趙光祖, 〈事實〉, 『靜菴附錄』 권1, 『韓國文集叢刊』 22, 57면. "己卯秋, 對策殿庭, 極論
　時事, 靜菴與南袞同爲考官, 靜菴見守琮策, 驚歎曰, '非成某, 誰能及此'."

『대동시선』등의 시화집 및 시선집에 〈청송당만보(聽松堂晚步)〉·〈강촌서회(江村書懷)〉·〈독전한서(讀前漢書)〉등의 작품들이 소개되어 있고 "시를 보면 그 사람을 상상할 수 있다."[9]라는 평가를 받아 성수종의 삶의 태도가 그의 시에 적실하게 드러나고 있음을 밝히고 있다.

이상의 언급들은, 성수종의 삶과 문학이 우리 문학사에서 논의될 만한 가치가 있다는 것을 의미한다. 그럼에도 지금까지 성수종의 문학을 다룬 글은 없는 실정이다. 이 글은 이러한 문제의식하에 성수종의 생애와 시세계를 살펴보고자 한다.

특히 이 글에서 주목하고자 하는 것은 성수종이 당대의 현실을 바라본 시각과 그것을 기반으로 지향한 삶의 태도이다. 성수종은 사림파가 급속한 성장을 하는 중종 초 조광조의 문인으로 현량과에 급제하여 조광조의 개혁정치에 동참하려 했으나, 기묘사화로 인해 당고(黨錮)를 당해 정치적 삶이 차단되었던 인물이다. 따라서 성수종의 문학을 현실인식과 그에 대응한 삶의 태도를 초점으로 살펴보는 일은 성수종 문학을 이해하는 핵심이 될 것이다. 뿐만 아니라 조선 중기 기묘사림파의 현실대응자세를 이해하는 데에도 일조할 것으로 기대된다.

2. 성수종의 생애

성수종의 자는 숙옥(叔玉)이고 호는 절효(節孝)이다. 본관은 창녕

---

9) 申欽, 「晴窓軟談」, 『象村稿』권52, 『韓國文集叢刊』72, 341면. "成守琮, ……有一小絕曰, '數疊靑山落市邊, 屛城日暮散風煙. 幽居近懶人來少, 獨採黃花坐石田.' 詠之, 可想其人."

(昌寧)으로 증조부는 한성부윤 득식(得識)이며 조부는 증이조판서 충
달(忠達)이고 부친은 대사헌을 지낸 세순(世純)이다. 모친은 김극굴
(金克堀)의 딸이다. 성수종은 서울에서 4남 1녀 중 셋째로 태어났는
데, 첫째는 수근(守瑾), 둘째는 수침(守琛), 넷째는 수영(守瑛)이다. 특
히 둘째 형 성수침은 조광조의 문인으로 조식(曺植)과 함께 당대를
대표하는 은자로 명성이 높았다. 우계 성혼은 성수침의 아들이자 성
수종의 조카이다.

　성수종과 관련하여 주목되는 점은 성수종이 어려서부터 학문적 자
질이 남달랐다는 것이다.

　　(성수종의) 사람됨은 천부적인 자질이 영특하고 골기가 맑고 우뚝하
　였으며 흰 얼굴에 장신으로 보통 사람과 매우 달랐다. 어려서부터 책을
　읽을 줄 알았는데 곧 대의를 파악하고 지극히 바른 곳(핵심)으로 나아
　갔기에 각고의 노력을 기울이지 않고도 (학문이) 고명해졌다. 문장을
　지을 때는 앞 사람들의 법도를 답습하지 않고 스스로의 요점에서 나와
　생각을 펼쳐 붓을 떨치면 샘이 솟듯이 분방·횡일하게 되어 당할 수가
　없었다. 시 또한 맑고 강건하며 고상하고 우아하였다.[10]

　위의 인용문은 성수종의 뛰어난 학문적 자질을 보여주는 것이다.
성수종은 태어날 때부터 천부적인 영특함과 비범한 골상을 지니고
있었고 어려서부터 이미 책을 읽을 줄 알았다. 주목되는 점은, 그가

---

10) 金安國, 〈節孝成公墓誌銘〉, 『節孝先生遺稿(附)』 권4, 『坡山世稿』, 아세아문화사,
　　1980, 31면. "爲人天資英特, 骨氣淸聳, 白而長身, 逈異凡常. 自髫齓知讀書, 卽見大
　　意, 趨向甚正, 不自刻苦, 日就高明. 爲文不蹈襲前人畦徑, 自出機軸, 抽思奮筆, 泉湧
　　而出, 奔放橫逸不可當. 詩亦淸健尙雅."

또래의 여느 아이들과는 공부 방법이 달랐다는 것이다. 그는 단순한
암기 위주의 공부가 아니라 스스로 글의 대의를 파악한 뒤 그것을 바
탕으로 핵심을 공략해 나가는 공부 방법을 선택했던 것이다. 그러기
에 그의 학문은 각고의 노력을 기울이지 않아도 고명해질 수 있었다.
이러한 주체적인 학문태도는 문장에서도 드러나게 되었는데, 그는
문장을 지을 때 앞 사람들의 법도를 답습하지 않았고 자신의 주관을
바탕으로 독창적인 견해를 막힘없이 펼쳐냈던 것이다. 김안국이 묘
지명에서 성수종이 어려서 '생지(生知)'[11]라고 불렸다고 언급한 것도
그의 천부적인 학문적 자질을 말한 것이라 할 수 있다.

　성수종의 학문은 조광조를 스승으로 만나게 됨으로써 더욱 정밀해
질 수 있었다.

　　　성수종은 바로 선정신 문정공 성수침의 아우입니다. 일찍부터 그 형
　　과 함께 선정신 문정공 조광조를 스승으로 섬겨 성리의 근원을 깊이
　　체득하고 멀리로는 염락의 학통을 접했습니다. 조광조가 늘 당대의 선
　　비들을 평가할 때마다 첫머리에 성수종의 학문을 일컬었습니다. 그는
　　실천이 독실하고 (학문의) 조예가 깊었기에 당대에 명도의 이천으로 빗
　　대었습니다.[12]

─────────

11) 생지(生知): 즉, 생이지지(生而知之)로, 태어나면서부터 배우지 않고 저절로 아는
　　것을 말한다. 「정조 9년 2월 23일」, 『日省錄』, 민족문화추진회, 2006, 135면. "先正
　　臣文敬公金安國撰其墓文, 亦曰, 卓異之行, 得於天賦, 大道之要, 聞於賢師. 幼有生知
　　之稱, 長習天人之學, 此可見一代之宗師, 諸賢之定評也."
12) 「정조 9년 2월 23일」, 『日省錄』, 민족문화추진회, 2006, 136면. "守琮, 卽先正臣文貞
　　公守琛之弟. 早與其兄同事先正臣文正公趙光祖, 深得性理之源, 遠接濂洛之緒. 光祖
　　每評當世之士, 首稱守琮之學. 其踐履之篤, 造詣之深, 當世比之以明道之伊川."

성수종은 젊은 시절 조광조를 스승으로 섬기면서 성리학을 접하게
된다. 그는 조광조를 통해 성리학의 이치를 깊이 체득하는 한편, 주
렴계(周濂溪)·정호(程顥)·정이(程頤)의 학통까지 널리 섭렵하게 되었
던 것이다. 그러기에 성수종은 조광조의 문하에서 명성[重名]을 떨쳤
고,[13] 조광조는 당대의 인물을 평가할 때 성수종을 늘 첫 번째로 손
꼽았던 것이다. 당시 성수종의 학문적 위상은 당대 사람들이 그를 송
대의 정이에 빗댄 것을 통해서도 단적으로 확인된다. 호남의 사종(詞
宗)이었던 임억령(林億齡)이 성수종에 대해 "우뚝한 기남자로 세상 사
람들이 봉추라 한다."[14]라고 언급하였는데, 이것 역시 성수종의 비
범한 학문을 인정한 셈이라 하겠다.

성수종의 생애 중 또 하나 주목해야 할 점은 위의 인용문 마지막
부분에서도 드러나듯이 실천을 갖춘 독실한 행실이다. 성수종은 학
문을 이론에만 그치지 않고 배운 것을 반드시 실천에 옮겨서 뛰어난
행실로도 인정을 받았던 것이다. 이는 그가 현량과에 천거되어 합격
한 사실을 보더라도 증명될 수 있다. 당시 조광조는 개혁정치의 일환
으로 현량과를 실시하였다. 주지하다시피 현량과는 종래의 과거제가
이론에 치우친 문제점을 극복하고 학문과 덕행을 겸비한 관리를 선
출하고자 한 제도이다. 따라서 성수종이 현량과에 합격했다는 사실
은 성수종의 덕행이 그의 학문 못지않게 빛났음을 증명한다고 할 수
있다.

---

13) 「18년 12월 26일」, 『明宗實錄』. "兄弟同遊趙光祖門下, 俱有重名."
14) 林億齡, 〈大司憲成公碑銘〉, 「拾遺」, 『石川集』, 여강출판사, 1989, 202면. "成公姓也,
   世純名也, 太純字也, 昌寧人也. ……積善毓, 慶男四女一 守琛守琮尤賢也. ……守琮,
   磊磊奇男子也, 人稱鳳雛."

현재 남아있는 자료로 성수종의 뛰어난 행실을 보여주는 대표적인 예는 효행이다. 그런데 당시 사회에서 그다지 특화될 수 없었던 효행이 성수종을 평가하는 기준이 된 이유는 무엇 때문인가? 이는 김안국이 지은 성수종의 묘지명을 통해서 그 단서를 포착할 수 있다.

김안국은 묘지명에서 "(성수종)의 효성은 천성에서 나온 것이며, 19세 때 부친의 상을 당하자 형인 성수침과 함께 묘 곁에 오두막을 짓고 3년간 극진한 예를 다했고, 매번 기일(忌日)을 만날 때면 초상 때와 똑같이 슬퍼하였다. 또한 아침저녁으로 반드시 묘소에 참배하였고 출입할 때마다 반드시 고한 것이 20년이 되었으며 이것을 죽을 때까지 게을리 하지 않았다.[15]"라고 하였는데, 이로 볼 때 성수종의 효행은 당시 일반 사람들의 그것과는 차원이 다른 것임을 알 수 있는 것이다. 성수종은 형식적인 삼년상에 그치는 것이 아니라 배움을 토대로 진심에서 우러나오는 효행을 실천했던 것이다. 그러기에 그는 20년이란 세월 동안 부친의 묘소를 하루같이 참배할 수 있었던 것이다. 성수종의 효행이 당대의 모범이 될 수 있었던 것은 당시 성균관 유생들이 성수침과 함께 그를 조정에 상소하여 표창하고자[16] 한 사실을 통해서도 확인할 수 있다.

다음의 시는 『명종실록』에 실린 것으로 당대에 회자된 성수종의

---

15) 金安國, 〈節孝成公墓誌銘〉, 『節孝先生遺稿(附)』 권4, 『坡山世稿』, 아세아문화사, 1980, 31면. "孝友天至. 年十九, 丁思肅公憂, 廬于墓側, 哀毁盡禮. 三年啜饘粥, 不食菜果, 日三上食, 必哭盡哀. 皆躬執饌具, 雖滌拭之細, 不委僮僕. 晨起掃塋域, 焚香拜跪, 暮亦如之. 祁寒溽暑, 不廢免服. 家居, 每値忌日, 先期一旬齋素, 祭日哀慕悲哭, 一如初喪. 朝夕必拜, 出入必告者二十年, 沒身不懈."

16) 「18년 12월 26일」, 『明宗實錄』. "太學生將疏其孝行於朝. 領議政尙震, 兄弟同榻之友也, 時居上序, 止之曰, 某兄弟, 力學之士也. 將致遠, 不可使一善之名, 早聞於世."

효성을 짐작해볼 수 있다.

성씨 가문의 두 아들	成門有二子
효행은 아버지를 이었다네	孝行繼家君
죽을 마시며 행하는 정성, 해를 가로지르고	啜粥誠橫日
향 사르고 하는 통곡, 구름을 꿰뚫는구나	焚香哭徹雲
아침저녁으로 제사 지내며	禮神朝與夕
새벽과 황혼녘에 묘를 배알하였네	謁墓曉兼曛
한결같이 주자의 법제를 본받은 것	一法朱門制
오늘날 여기서 처음 들어보는구나	當今此始聞[17]

위의 시는 19세 때 부친의 묘에 시묘살이하던 성수침·성수종 형제
를 보고 지나가던 나그네가 지은 것이라 한다. 성수종은 형 성수침과
함께 부친의 상을 당하자 『주자가례』의 예법대로 상례를 다하였다.
그들은 형식적인 절차뿐만 아니라 아침저녁으로 부친의 묘소에 참배
하고 제사를 지내며 진심으로 슬퍼하였다. 그 정성은 해를 가로지르
고 구름을 꿰뚫을 만큼 지극한 것이었다.

그런데 성수종의 지극한 효행은 일시적인 것이 아니라 평생 동안
실천하는 그것이었다. 다음의 시는 성수종이 부친 사망 후 20년 뒤
에 지은 것이다.

파평의 숲에서 스무 번의 봄이 지나도록	坡平林木卄過春
긴 가지 휘지 말라고 야인들을 경계시켰네	勿拜長枝戒野人

---

17) 「18년 12월 26일」, 『明宗實錄』. "……遭父憂, 與弟守琮, 哀毁踰禮, 啜粥終喪. 有客過
其廬, 感其誠孝, 投詩而去, 其詩曰, ……(위의 시 인용)……."

묘소 가는 길, 해마다 부질없이 피눈물 쏟으니　　　　神道年年空血泣
굶주린 까마귀 시린 달빛은 예부터 서로 친했네　　　　飢烏寒兎舊相親
〈過先壟下-선친의 묘 아래를 지나가며〉[18]

어느 봄날, 시인은 여느 때와 마찬가지로 파주에 있는 선친의 묘를 찾아간다. 부친 성세순은 1514년에 졸했으니 시인이 파주에서 3년간 시묘살이를 한 것에서부터 벌써 20년이 되었던 것이다.

시인은 20년간 부친의 묘에 참배하였지만 올 때마다 부친 생각에 여전히 피눈물을 쏟는다. 4구의 '굶주린 까마귀[飢烏]'는 시인 자신을 비유한 것이라 할 수 있다. 반포조(反哺鳥)인 까마귀가 어미를 잃자 어미 곁을 떠나지 못하고 밤마다 슬피 울며 굶주렸던 것처럼, 부친이 돌아가신 지 20년이 지났지만 그는 아직까지 부친에 대한 그리움으로 매일 묘소를 찾아 슬퍼하고 있는 것이다. 그러기에 시인에게 4구의 '달빛[寒兎]'은 20년간 밤을 함께했던 것으로 시인에게는 옛날부터 친근한 것이었다.

이상에서 살펴보았듯이, 성수종은 학문과 덕행으로 당대에 이름이 높았다고 할 수 있다. 성수종의 이러한 학문과 덕행은 조광조가 정계의 주도권을 잡았던 시기, 현량과에 천거되어 마침내 급제하기에 이른다.

　　　조정암이 막 고인의 사업으로 스스로를 기약할 때 사림들이 그의 문하에서 많이 배출되었다. 성수종을 얻게 되자 크게 기이하게 여겼다. ……기묘년 가을, 궁궐에서 대책을 보여 시사를 극론할 때 정암과 남곤

---

18) 成守琮, 『節孝先生遺稿(附)』 권4, 『坡山世稿』, 아세아문화사, 1980, 28면.

이 함께 고시관이 되었다. 정암이 수종의 대책문을 보고는 놀라 감탄하면서 말하기를, "성모가 아니면 누가 여기에 미치겠는가?"라고 하자 남곤이 저지했으나 끝내 할 수 없었다. 방이 나오자 수종이 합격하였다.[19]

위의 인용문은 기묘년(1519) 가을, 성수종이 현량과에 응시하여 급제할 때의 상황을 말한 것이다. 조광조는 고인의 사업 즉, 요순(堯舜)의 지치(至治)를 재현하기 위해 개혁정치를 단행하였고 그 당시 조광조의 문하에서는 많은 제자들이 배출되었다. 성수종은 조광조 문하에서 장래가 촉망되는 대표적인 인물이었다. 따라서 그는 뛰어난 학문과 덕행을 바탕으로 1519년 가을, 현량과에 천거되어 대궐에서 치르는 대책(對策)시험을 보게 된 것이다. 당시 고시관은 각각 사림파와 훈구파의 대표 인물이었던 조광조와 남곤이었다. 조광조는 남곤의 저지에도 불구하고 성수종에게 합격점을 주었고 성수종은 마침내 대책시험을 통과하여 과거에 합격하게 된 것이다.

그러나 그 꿈도 잠시 훈구파와 사림파의 갈등은 그해 11월 기묘사화로 가시화되었으니, 성수종은 조광조의 당인(黨人)이라는 지목을 받아 과방(科榜)에서 이름이 삭제되고 정계에서 축출되었다.

정덕 기묘년 가을, 대책으로 급제를 하니, 식견이 있는 사람들은 인재를 얻은 것을 경사롭게 여겼다. 얼마 안 되어 사림의 화가 일어나자 조공(趙公)이 맨 먼저 불행함을 입었고 권력을 쥔 자들이 성군(成君)을

---

19) 趙光祖, 〈事實〉, 『靜菴附錄』권1, 『韓國文集叢刊』22, 57면. "趙靜菴, 方以古人事業自期, 士多出其門. 及得守琮, 大奇之. ……己卯秋, 對策殿庭, 極論時事, 靜菴與南袞同爲考官. 靜菴見守琮策, 驚歎曰, 非成某, 誰能及此, 袞欲沮, 竟不得. 榜出, 果守琮也."

그의 부류로 지목하여 방명(榜名)에서 삭제하고 내쫓았다.[20]

  15세기 김종직을 필두로 정계에 입성한 사림파는 이 무렵 조광조를 중심으로 지치(至治)의 도학사상이 중종의 힘을 받으면서 절정에 올랐다. 그러나 사림파의 급진적인 개혁은 위훈삭제·현량과 실시 등 과격하고 성급함으로 인하여 훈구세력들의 반발을 불러일으켰고 마침내 1519년 남곤·심정·홍경주(洪景舟) 등의 훈구파에 의해 사림파가 화를 당하게 되었으니, 기묘사화가 일어난 것이다. 기묘사화로 인해 조광조는 사사(賜死)되었고 나머지 명망 있는 사림들은 유배를 가거나 파직을 당하였다.[21]
  위의 인용문은 기묘사화로 인해 성수종의 삶이 출(出)에서 처(處)로 전환되었음을 밝힌 것이다. 성수종은 기묘사화가 일어나자 조광조의 당인(黨人)으로 지목되어 과방(科榜)에서 이름이 삭제되고 축출당하였다. 뿐만 아니라 양팽손의 〈기묘당금록〉에 성수종의 이름이 기재되어 있는 것으로 보아 성수종은 정치적인 삶을 지속할 수 없는 정치적 금고[黨錮]를 당한 것으로 보인다.[22] 이후 성수종은 어머님을 모시고 평생 은거를 하다가 38세를 일기로 생을 마감하였다.

---

20) 金安國, 〈節孝成公墓誌銘〉, 『節孝先生遺稿(附)』 권4, 『坡山世稿』, 아세아문화사, 1980, 31면. "正德己卯秋, 對策擢第, 識者慶得人. 未幾, 士林禍起, 趙公首被不幸, 當路者, 指君爲其類, 白削榜名而黜之.

21) 기묘사화에 대해서는 이병휴, 『조선 전기 사림파의 현실인식과 대응』, 일조각, 1999, 33~34면 참조.

22) 梁彭孫, 〈己卯黨禁錄〉, 「附錄」, 『學圃先生文集』 권9, 『韓國文集叢刊』 21, 239면. "趙光祖: 孝直. 號靜菴. 進文. 以都憲被謫于綾城, 尋賜死. 贈領議政. 諡文正. 漢陽人. ……成守琮: 叔玉. 號節孝. 是年科. 南袞以爲靜菴私啓奪, 諸公決罪, 解衣略杖者得輕. 昌寧人."

지금까지 성수종의 생애에서 주목할 만한 사실들을 중심으로 살펴보았다. 이를 요약하면 다음과 같다. 성수종은 젊은 시절 학문과 덕행으로 당대에 명성이 높았다. 성수종의 학문과 덕행은 그를 현량과에 천거하게 만드는 밑바탕이 되었고, 조광조가 집권하던 시기에 성수종은 현량과에 급제할 수 있었다. 그러나 몇 달 후 일어난 기묘사화로 인해 성수종은 조광조의 당인으로 지목되어 정치적인 금고를 당하게 되었으며 결국 은거의 삶으로 생을 마감하였다.

3. '당고'의 현실, '돌밭'·'국화'의 이미지

앞 장에서 살펴보았듯이 성수종의 생애는 일반적인 사대부의 그것과 다르다고 할 수 있을 것이다. 즉 젊어서 장래를 촉망받던 지식인이 20대 초반에 기묘사화로 인해 그 꿈이 좌절되었고 평생 동안 정치적인 금고를 당해 은거의 삶으로 생을 마감하였던 것이다. 이 장에서는 이러한 생애를 바탕으로 성수종이 당대를 어떻게 인식하였으며 그것을 통해 어떠한 삶을 살아갔는지 살펴보고자 한다.

먼저, 성수종의 현실인식과 관련해 주목되는 시들은 영사시(詠史詩)이다. 아래의 영사시는 한(漢)나라 개국에서부터 동한(東漢) 말까지의 중국 역사를 읊은 것이다. 주목할 점은 이 시가 단순히 중국의 역사를 읊은 것이 아니라 중국의 역사를 통해 성수종 당대의 현실을 우의(寓意)하고 있다는 것이다.

역사를 읽는 데 한서를 읽지 않으면　　　　　　　　讀史不讀漢

세상의 변화를 어찌 알 수 있으랴	世變安可得
나라를 열었으나 다시 덕이 없으니	創始更無德
내 마음 참혹한 슬픔이 많구나	我意多慘慽
개백정질하던 이들, 명성을 얻었으니	屠狗各成名
진나라의 습속 끊어지지 않았네	未絶秦家習
세대가 두 대를 지나가자	歷世過兩葉
젊은 사람들 길이 탄식하였네	年少長歡息
환제와 영제는 족히 성낼 것도 없고	桓靈不足怒
다만, 문제와 경제 때를 애석해 하였네	獨爲文景惜
임금과 신하들 행적을 펼칠 때	君臣布行跡
눈앞에서 흑백이 분간되었네	目中分黑白
동중서의 어짊을 생각하노니	猶思董氏賢
천인책을 세 번이나 올렸구나	三復天人策
아, 버리고 쓰지 않았으니	嗚呼棄不用
당대가 물역을 갖추게 되었네	當世俱物役

〈讀前漢書-전한서를 읽고〉[23]

성수종의 문집인 『절효선생유고』〈유사(遺事)〉에 보면, 성수종은 기묘사화 이후 '어머니를 봉양하며 집에 거처할 때 문을 닫아걸고 경서와 역사서를 탐독했다'[24]고 하였는데, 이 시는 아마도 성수종이 기묘사화 이후 정치적 금고[黨錮]를 당하고 나서 경서와 역사를 탐독할 때 지은 것으로 보인다.

성수종은 왜 그토록 역사서를 탐독한 것인가? 이는 1, 2구를 통해

---

23) 成守琮, 『節孝先生遺稿(附)』 권4, 『坡山世稿』, 아세아문화사, 1980, 28면.

24) 金安國, 〈遺事〉, 『節孝先生遺稿(附)』 권4, 『坡山世稿』, 아세아문화사, 1980, 32면. "守琮奉母居家, 常閉戶以書史, 自娛, 簞瓢屢空晏如也."

서 확인할 수 있다. 즉 '역사를 읽는 데『한서』를 읽지 않는다면, 어찌 세상의 변화를 알 수 있으리오.'라는 언급은 시인이 여러 역사책 중에서도 반드시『한서』를 읽어야만 세상 돌아가는 이치를 깨닫게 된다는 의미로서,『한서』가 시인에게 당대의 현실을 직시할 수 있는 시각을 갖게 해주었다는 것이라 할 수 있다. 따라서 성수종은 옛날의 역사를 통해 지금의 현실을 판단하고자 역사서를 탐독했던 것이다.

3, 4구 이하는『한서』를 읽고 난 시인의 소감을 읊은 것이다. 시인은『한서』를 읽은 뒤 참혹한 슬픔을 느낀다. 시인이 참혹한 슬픔을 느끼는 이유는 한나라의 개국을 주도한 세력들이 개백정질을 일삼던 미천한 자들이었기 때문에, 새롭게 나라를 열었지만 분서갱유로 유도(儒道)를 말살시킨 진(秦)나라와 다를 바가 없었기 때문이었다.

이는 다음의 시구들을 통해 구체적으로 제시된다. 개백정들이 주도한 한나라의 역사는 두 대가 지나면서부터 젊은 선비들이 탄식할 만한 일들이 일어나기 시작하였다. 즉, 동한(東漢)의 환제(桓帝)와 영제(靈帝) 때에 이르러 극치를 이루게 된 것이다. 환제와 영제 때는 주지하다시피 중국 역사에서 당고(黨錮)의 화(禍)가 일어난 시기이다. 당고의 화는 환제 9년과 영제 즉위년 두 차례 걸쳐 일어난 것으로, 이때 동한의 선비들이 몰살되었다는 말이 나올 정도로 유자(儒者)들을 학살한 사건이다.[25] 그러므로 시인은 환제와 영제 때는 성낼 가치조차도 없다며 강하게 비난하고 있는 것이다. 뿐만 아니라 문제와 경제 때도 시인은 탐탁지 않게 여긴다. 이유는 문제와 경제 때가 문

---

25) 이강범, 「동한말 당고의 화와 사대부 정신, 그리고 그 한계」, 『중국어문학논집』 34, 2005, 411면.

경지치(文景之治)라 하여 사회가 비교적 안정되었으나 역시 유자들을 등용하지 않았던 시기이기 때문이다.[26] 그러기에 태평성대는 인정할 수 있지만 유학자들을 배척한 사실에 대해서는 시인이 애석해하고 있는 것이다.

11구부터는 시상이 전환되는 부분이다. 시인은 『한서』를 살펴보고는 임금과 신하들이 행적을 펼칠 때 눈앞에서 어질고 어질지 못한 사람들을 분명하게 분간할 수 있었다고 말한다. 그 중에서 시인이 어질다고 생각한 사람은 천인책을 세 번을 올린 동중서이다. 동중서는 한나라 무제 때, 현량(賢良)으로서 천인합일설(天人合一說)·천인감응설(天人感應說)을 바탕으로 무제에게 세 번의 대책문을 올린 유학자이다. 시인은 동중서에 대한 긍정적 평가로 시상을 전환시키지만 끝내 버려지고 등용되지 못했다는 것으로서 다시 개탄을 이어나간다. 이 개탄은 유자가 버려진 한나라 현실에 대한 안타까움이라 할 수 있으며 이는 '오호(嗚呼)'라는 감탄사를 통해 극도로 표출되고 있다.

그런데 시인은 왜 한나라의 역사를 읽고 이토록 사무치게 슬퍼하는 것일까? 이는 한나라의 역사가 시인이 살고 있는 지금의 시대와 너무나도 흡사하기 때문이다. 즉, 한나라 때의 당고의 화는 중종대에 자신이 직접 겪었던 기묘사화에 대응될 수 있으며, 현량으로서 대책문을 올린 동중서는 요순시대의 지치를 표방하며 현량과를 설치하여 인재를 등용했던 조광조와 그에 동조했던 자신, 그리고 기묘사림파에 대응될 수 있기 때문이다. 결국 시인은 지금의 현실이 유도(儒道)

---

26) 이성지, 「董仲舒의 陽중심사상으로의 전환에 대한 고찰」, 경희대학교 박사학위논문, 2010, 14~15면.

를 펼칠 수 없었던 한나라 때의 당고의 현실과 다를 바 없다고 인식
했기 때문에 그토록 사무치게 슬퍼하고 있는 것이다.

　현실을 이렇게 판단한 성수종은 외부에 의해 금고를 당한 몸이었
지만, 그 스스로도 현실정치를 거부하기에 이른다. 왜냐하면 역사적
으로 볼 때 이러한 상황은 이후에도 달라질 게 없다는 사실을 그는
깨달았기 때문이다.

　이는 다음의 시를 통해서 확인할 수 있다.

나는 동한의 절의를 사랑하지만	我愛東漢節
동한의 선비는 사랑하지 않는다네	不愛東漢士
초년에 엄광이 있었으니	初年有臥客
동강에서 끝내 일어나지 않았네	桐江終不起
근원이 뒷날에까지 미쳐	根源及後日
학자들 모두 기절을 기르게 되었네	學者皆養氣
군자인들 누군들 죽지 않으려만	君子孰不死
경솔한 행동은 애초의 뜻이 아니라네	妄動非本志
여러 현인들 영강 연간에	群賢永康間
직언하여 부질없이 죽임을 당하였네	危言空見死
저 절조 차마 지키지 못한 자	彼操不忍者
신하 되어 또한 죽게 되었구나	爲臣亦沒齒
동한의 수도를 둘러보니	遊目漢東都
오직 신도자만 남아있네	獨有申屠子

〈讀後漢書-후한서를 읽고〉27)

----

27) 成守琮, 『節孝先生遺稿(附)』 권4, 『坡山世稿』, 아세아문화사, 1980, 28면.

동한의 절의는 후한의 광무제(光武帝)가 기절을 숭상하여 온 조정이 절의의 풍조를 이루게 된 것을 말한다. 그 절의는 광무제의 친구였던 엄광(嚴光)에서 비롯되었는데, 광무제가 엄광을 세 번씩이나 조정에 불렀지만 엄광은 끝내 동강에 은거하고 나오지 않았던 것이다. 그러한 기절이 후대까지 미쳐 엄광은 동한 선비들에게 절의의 표상이 된 것이다. 시인은 그런 엄광의 절의를 사랑한다.

시인은 동한의 절의를 사랑하지만 동한의 선비들은 사랑하지 않는다고 말한다. 그가 그렇게 생각하는 이유는 동한의 선비들이 엄광의 절의를 배웠지만 엄광처럼 행동하지 못한 것에 있었다. 그들은 처음에는 절의를 지켜 은거를 했지만 시대가 변했다고 생각하고는 절의를 지키지 못하고 다시 출사를 단행하게 되었다. 그 결과 환제의 영강 연간에 그들은 당고의 화를 당해 쓸데없는 죽음을 맞게 되었던 것이다. 11, 12구는 은거지사로 명성이 있었지만 끝까지 절의를 지키지 못하고 출사하여 헛되이 죽임을 맞이한 범방(范滂)과 같은 인물을 말한다. 결국 시인은 한나라 선비들이 섣불리 출사하는 경솔한 행동을 했기 때문에 그들을 사랑하지 않았던 것이다.

그런데 시인이 칭송하는 한나라 선비가 있었으니 신도반(申屠蟠)이다. 신도반은 학문이 뛰어났고 덕행으로도 널리 알려진 인물이다. 예컨대, 9세에 아버지 상을 당했을 때 슬퍼함이 예에 넘칠 정도였으며 10년간 술과 고기를 입에도 대지 않았으며 기일이 되면 삼일 동안 음식을 먹지 않았다고 한다. 그로 인해 신도반 역시 조정으로부터 수없이 많은 초빙을 받았다. 그러나 그는 끝내 출사하지 않고 세상과 인연을 끊고 절의를 지켰던 인물이다. 신도반이 끝내 출사하지 않은 것은 한나라가 근본적으로 바뀔 수 없는 나라임을 알았기 때문이다.28) 시인은 신도반의 삶을 인정하고 그만이 절의지사임을 밝히고 있는 것이다.

이 시는 기묘사화 이후 성수종의 삶의 지향을 말한다고 볼 수 있다. 마지막 두 구절 "동한의 수도를 둘러보니 오직 신도자만 남았구나."라는 언급은 성수종이 지향한 삶이 신도반의 그것에 있음을 시사하는 것이라 할 수 있다. 즉, 성수종은 지금의 현실이 근본적으로 변할 수 없는 것임을 깨닫고 신도반처럼 끝까지 은거하며 절의를 지키겠다는 의지인 것이다. 기묘사화로 사림들이 화를 당하고 훈구파가 정국을 주도하는 지금의 현실에서 향후 다소 정치적 상황이 나아지더라도 근본적으로 바뀌는 것은 무리이므로 그는 끝까지 현실을 거부하겠다는 태도를 취하고 있는 것이다. 이러한 깨달음은 성수종이 『한서』를 읽고 현실을 판단하는 시각이 생겼기 때문이다.

현실을 스스로 거부한 성수종에게 정치적 당고는 이제 그에게 의미가 있는 것이 아니었다. 그는 기묘사화로 인해 정치적 당고를 당했지만 은거의 삶 속에서 자신이 지향하는 가치를 추구하면 그뿐이었다.

> 성군(成君)은 편안히 여기고 개의치 않았으며 넉넉히 놀며 자적하고 서적을 읽는데 전심(專心)할 뿐이었다. 이로부터 세상에 뜻이 없어 임천에서 즐기려는 계획을 세웠으나 모부인을 모셔야하기 때문에 이룰 수 없었다. 평소에 담박하여 특별한 기호가 없었으며 일찍이 하나의 물

---

28) 范曄, 〈周黃徐姜申屠列傳〉, 「列傳」제43, 『後漢書』권83. "太學生爭慕其風, 以爲文學將興, 處士復用, 蠕蠕歎曰, '昔戰國之世, 處士橫議, 列國之王, 至爲擁篲先驅, 卒有阬儒燒書之禍, 今之謂矣'. 乃絶跡於梁碭之間."

건이라도 자기 소유로 축적한 적이 없었으며 뜻에 합당하지 않으면 비
록 하나의 털이라도 일찍이 취하지 않았다.29)

위의 인용문은 정치적 금고를 당한 뒤 성수종의 삶을 집약적으로
보여주는 것이다. 성수종은 과방에서 자신의 이름이 삭제되고 정계
에서 축출되었지만 개의치 않고 유유자적하며 학문에 전념했던 것이
다. 이는 앞에서 성수종이 경서와 역사서를 탐독했다는 언급과도 일
치하는 것으로, 성수종이 지향하는 삶이 학문을 탐구하며 은거에의
절조를 지키는 것에 있었음을 시사하는 것이라 할 수 있다.

은거 후의 성수종의 삶의 모습은 '돌밭[石田]'과 '국화[菊]'의 이미
지를 통해서 표출되고 있다.

한 자락 가을산은 시가지까지 내려앉았는데	一疊秋山落市邊
층층의 성에는 저물녘 바람에 안개 흩어지네	層城日暮散風煙
은자의 거처는 골짜기에 가까워 오는 이 드무니	幽居近壑來人少
홀로 국화를 따다가 돌밭에 앉았네	獨採黃花坐石田

〈聽松堂晚步 二首-청송당에서 저물녘 산보하며〉30)

이 시는 『청창연담』에 실린 것으로 신흠에 의해 "이 시를 읽으면
그 사람을 상상할 수 있다."라는 평가를 받은 작품이다.31) 여기서,

---

29) 金安國, 〈節孝成公墓誌銘〉, 『節孝先生遺稿(附)』 권4, 『坡山世稿』, 아세아문화사,
  1980, 31면. "君夷然不以介懷, 優游自適, 玩心書籍而已. 自此無意於世, 爲娛逸林泉
  計, 以侍母夫人, 未果遂. 平生澹泊無嗜好, 未嘗蓄一物爲己有, 有不合於意者, 雖一毫
  未嘗取."

30) 成守琮, 『節孝先生遺稿(附)』 권4, 『坡山世稿』, 아세아문화사, 1980, 28면.

31) 신흠, 「晴窓軟談」 下, 『象村稿』 권52, 『韓國文集叢刊』 72, 341면. "成守琮, 卽聽松先

상상할 수 있는 성수종의 모습은 4구의 '홀로 국화를 따다가 돌밭에 앉았네'에서 짐작되듯이, 정치적 금고를 당했지만 그에 개의치 않고 은거에의 절조를 지키며 한가롭게 살아가는 것이라 할 수 있다.

청송당은 기묘사화 이후 백악산 기슭에 청송당을 짓고 은거한 성수종의 형 성수침의 집이다. 이때 성수종도 함께 청송당에서 은거를 했다가 재차 파산으로 은거지를 옮긴 것으로 보인다. 백악산은 서울에 있는 것으로 그 주변에는 시장이 있다. 저물녘 층층의 성에는 바람에 안개가 흩어진다. 시인의 거처는 백악산에서 더 들어가 골짜기 안에 있다. 그러기에 서울이지만 골짜기 안으로 찾아오는 사람이 적고 시인은 그곳에서 한가롭게 산보를 할 수 있는 것이다. 시인은 층층의 성에서 저녁 안개가 올라오는 것을 한가롭게 바라보기도 하고 돌밭에서 홀로 국화를 따다가 돌밭에 앉아 쉬기도 한다.

여기서 주목되는 것은, 늦가을 돌밭에 핀 국화와 그것을 따는 시인의 행위이다. 돌밭에 핀 국화는 척박한 공간임에도 고고함을 잃지 않고 꼿꼿이 자신의 절조를 지켜가는 국화라 할 수 있다. 그런데 그것을 따는 시인의 행위는 무엇인가. 이는 돌밭에 핀 국화의 정신을 시인이 추구겠다는 의미로 볼 수 있다. 즉, 시인은 당고라는 척박한 현실에 처해있지만 국화처럼 고난 속에서도 좌절하지 않고 자신이 지향하는 삶을 흔들림 없이 추구하겠다는 의지의 표현인 것이다. 이는 결국 현실적 당고를 당한 시인이 그것에 개의치 않고 학문과 은거에의 절조를 지키겠다는 삶의 지향을 밝힌 것이라 할 수 있는 것이다.

生之弟也. 己卯名人, 早擢巍科, 被削閑居. 有一小絶曰, …(위의 시 인용)…詠之, 可想其人."

시인의 강인한 의지는 가을이라는 계절적 배경, 저녁나절의 시간적 배경, 그리고 안개를 흩어버리는 바람 등 시적 경계의 맑음을[32] 통해서도 적실하게 드러난다고 할 수 있을 것이다.

다음의 시 역시 성수종의 삶의 지향을 보여주는 것이다.

근교의 사람 거처에는 작은 오솔길 비스듬한데   負郭人居少逕斜
홀로 서리 온 뒤 돌 사이의 꽃을 찾아 나섰네   獨尋霜後石間花
가을바람 불자 끝없이 일어나는 은거의 마음   西風無限幽棲意
묵묵히 산골물가 모래에다 부질없이 쓰네   默默空書澗上沙
〈聽松堂晩步 二首－청송당에서 저물녘 산보하며〉[33]

성곽 너머에는 은자의 거처가 있고 작은 오솔길이 비스듬히 나 있다. 시인은 유독 서리가 내린 뒤 돌 사이에 홀로 피어있는 국화를 따러 나선다. 이 국화는 앞 시의 국화와 동일한 이미지로－척박한 돌밭－당고의 고난 속에서도 자신의 삶의 가치를 추구하려는 시인의 강렬한 의지를 빗댄 것이라 할 수 있다.

3, 4구는 그러한 의지를 구체적으로 표명한 것이다. 싸늘한 가을 바람이 불자 시인은 걷잡을 수 없이 은거에의 결심을 확고히 하게 되었고, 그러한 결심을 산골물가 모래에다 쓰고 있는 것이다. 산골물이 지나가면 지워져서 없어질 것이지만 시인은 은거에의 절조를 더욱 다잡기 위하여 부질없이 또 쓰고 있는 것이다.

---

32) 김연수, 「漢詩 風格 硏究」, 고려대학교 석사학위논문, 1996, 36~42면 참조. '淸의 風格을 이루는 작품 내적 요소의 공통적인 특성: 시적 경계의 맑음, 계절적으로는 가을, 시간은 저녁, 새벽, 경물로는 月, 雲, 水 등이 있음.'
33) 成守琮, 『節孝先生遺稿(附)』 권4, 『坡山世稿』, 아세아문화사, 1980, 28면.

다음의 시는 은거에의 의지를 표명할 필요조차도 없을 정도로 은자의 삶에 익숙해져 있는 시인의 모습을 담아낸 것이다.

작은 산은 앞에 있고 긴 강 뒤에 있으니   小山當面背長江
산비와 강물 소리 밤 창가에 떨어지네   山雨江聲落夜窓
아침이면 누워서 어부가 고기 줄 것 짐작하는데 朝來臥卜漁人惠
거적자리 걸어놓은 문 앞에 늙은 개가 짖네   破席門前吠老尨

〈江村書懷 五首-강촌에서 회포를 쓰다〉[34]

시인은 이미 은자의 생활에 인이 박혔다. 시인의 집 앞에는 작은 산이 있고 뒤에는 긴 강이 흐른다. 따라서 산에서 내리는 빗소리와 앞강의 물소리는 시인의 밤 창가에 떨어지듯 들려올 수 있었다. 시인은 아침이 와도 급할 것 없이 늦게까지 한가롭게 누워있으며 이웃집 어부가 가져올 고기를 생각한다. 때마침, 거적자리 걸어놓은 시인의 집에서는 개가 짖는다. 시인의 예상대로 어부가 고기를 가져온 것이다. 여기서 '파석(破席)'은 한나라 때 은자 진평(陳平)이 독서만 좋아하고 집안일을 돌보지 않아 가난해서 찢어진 자리로 만든 대문이다. 이를 통해 현실적 고난에도 개의치 않고 안빈낙도하며 은자의 삶을 살아가는 성수침의 모습을 상상해 볼 수 있는 것이다. 요컨대, 이 시는 한가로움 속에 은자로 살아가는 성수침의 모습을 극도로 표출했다고 할 수 있을 것이다.

----

34) 成守琛, 『節孝先生遺稿(附)』 권4, 『坡山世稿』, 아세아문화사, 1980, 29면.

4. 맺음말

이 글은 절효 성수종의 생애와 시세계를 살펴보는 데 목적을 두었다. 성수종은 젊은 시절부터 학문과 덕행으로 명성을 떨쳐 조선의 정이로 비유되었다. 조광조로부터는 당대 최고의 선비라는 극찬을 받았다. 성수종은 이러한 학문과 덕행을 바탕으로 24세 때 현량과에 대책문으로 급제하였다. 그러나 기묘사화로 인해 과방에서 이름이 삭제된 후 은거의 삶을 살아가게 된다.

성수종의 은거는 외부에 의한 정치적 금고[黨錮]가 원인이었지만, 그 또한 스스로 평생 현실참여를 거부하였다. 이는 성수종이 당대의 현실이 당고(黨錮)의 화(禍)가 일어났던 한(漢)나라의 현실과 다를 바가 없다고 판단했기 때문이다. 즉, 성수종은 기묘사화를 일으킨 주도세력에 의해 지배되는 암담한 현실이 앞으로도 변화될 기미가 없음을 깨닫고 평생 현실을 거부했던 것으로, 이는 한나라 신도반(申屠蟠)이 실행한 은거를 지향했다고 할 수 있다. 은거 후 성수종의 삶은 '돌밭[石田]'과 '국화[菊]'의 이미지를 통해서 집약되어 나타나는데, '돌밭'은 당고를 당한 고된 현실을, '국화'는 당고의 현실 속에서도 개의치 않고 학문탐구와 은거를 지켜나가는 성수종의 의지·절조를 빗댄 것이라 할 수 있었다.

오동나무는 말라 죽어도
억센 풀로 살아가리

엄 흔(1508~1543)

1. 머리말

이 글은 십성당 엄흔(嚴昕)의 시세계를 살펴보는 데에 목적을 둔다.

엄흔은 지금까지 우리 문학사에서 잘 알려진 인물은 아니다. 그러나 엄흔은 21세 때 이미 문과에 합격할 정도로 뛰어난 문재(文才)가 있었다. 출사 후에는 호당(湖堂)에 선발되어 사가독서를 한 것은 물론, 경기감사에게 내리는 교지를 지어 중종의 찬사를 받기도 하였다.[1] 1538년에는 시강관(侍講官)으로 『대학연의(大學衍義)』를 강론[2]

---

1) 洪春卿, 〈朝散大夫守弘文館典翰知製敎兼經筵侍講官, 春秋館編修官嚴公碣文〉, 「附錄」, 『十省堂集』, 『韓國文集叢刊』 32, 538면. "嘗應旨作敎京畿監司書以進, 上覽而歎美之."

2) 「33년 10월 11일」, 『中宗實錄』. "御朝講, 講大學衍義. 侍講官嚴昕臨文曰, '吳起, 列國之將帥也, ……'" 이하 『조선왕조실록』은 국사편찬위원회 (http://sillok.history.go.kr/main/main.jsp)에서 제공한 원문과 번역문을 참조함. 단, 번역에 이견이 있을 때 필자가 수정함.

했으며, 이듬해에는 중국 사신들과 접반사들이 주고받은 시문집인
『황화집(皇華集)』을 교정하는 데 참여하였다.[3] 그의 뛰어난 문재는
내직에 있을 때 부수찬·수찬·지제교·설서·전한·겸사서 등 관직이
대부분 학술을 담당하는 것을 두루 거쳤다는 점에서도 확인할 수 있
다. 허균이 30세 이전에 등과한 인재들을 나열하면서 엄흔을 "21세
이조좌랑이 되었다."[4]라고 특기한 점도 엄흔의 문재를 인정한 셈이
라 하겠다. 아울러 엄흔이 젊었을 때 윤차관으로 있었던 박소(朴紹)
가 엄흔을 불러다가 시를 짓게 하고 엄흔을 지기(知己)로 불렀다는
일화나,[5] 원접사 종사관으로 갔을 때 원접사 소세양(蘇世讓)이 엄흔·
최연(崔演)·임형수(林亨秀) 등의 종사관들 덕택으로 원접사의 임무를
무사히 마칠 수 있었다는 언급,[6] 엄흔이 관직에 있을 때 동료들이
그의 빼어난 문장을 논하며 훗날 문형을 잡을 사람으로 엄흔을 최우
선으로 꼽았다는 언급[7] 등도 엄흔의 뛰어난 문재를 방증하는 것이라

---

3) 「34년 5월 28일」, 『中宗實錄』. "伴送使蘇世讓, 復命後啓曰, '皇華集凡五卷, 皆已楷寫
   而來, 然錯誤處尚多. 御覽後還下, 則令從事官等(崔演, 嚴昕, 林亨秀,) 常仕于校書館,
   校正印出何如. ……."

4) 許筠, 〈早年達官者〉, 「惺翁識小錄」下, 『惺所覆瓿藁』 권24, 『韓國文集叢刊』 74, 348
   면. "今自二十以前科第, 三十以前高官, 四十以前公卿, 載之左方. 十四, 郭居完, 爲進
   士, 後登第, 官校理, 早卒. ……二十三, 嚴昕, 爲吏曹佐郎."

5) 朴東亮, 〈中宗〉, 「歷朝舊聞」 3, 『寄齋雜記』. "嚴舍人昕, 少有詩名. 王父爲輪次官, 必
   致昕製之, 連中進士及第. 王父在天曹時, 嚴已爲佐郎, 嚴常許王父爲知己云."

6) 蘇世讓, 〈送林判官, 赴會寧府〉, 『陽谷先生集』 권1, 『韓國文集叢刊』 권23, 311면. "余
   以迎送華, 薛兩詔使于江上, 子與崔演之, 嚴啓昭, 實從事焉, 周旋偵接, 免余過愆者,
   皆公等之力也."

7) 洪春卿, 〈朝散大夫守弘文館典翰知製教兼經筵侍講官, 春秋館編修官嚴公碣文〉, 「附錄」,
   『十省堂集』, 『韓國文集叢刊』 32, 538면. "……爲文典重簡古, 一時儕輩論文章之秀,
   宜爲後日典文衡者, 咸以公爲先登."

하겠다.

엄흔의 시는 '우아하고 전아하며 부드럽고 화려하고'[8), '고원(高遠)한 지취가 있다.'[9)는 평가를 받는다. 허균은 『국조시산』에서 엄흔의 〈차석천운(次石川韻)〉 시를 뽑고는 '기초어(氣超語)'라고[10) 평을 했는데, 이는 속세에 물들지 않는 엄흔의 고원한 지취(志趣)를 시를 통해 읽어낸 것이라 할 만하다.

이상의 언급들은 엄흔의 문학이 우리 문학사에서 충분히 논의될만한 가치가 있다는 것을 의미한다. 그러나 지금까지 엄흔의 문학을 단독으로 다룬 논문은 없는 실정이다. 엄흔에 대한 연구가 지금까지 없었던 이유는 이 시기 연구가 대부분 박상(朴祥)·소세양·송순(宋純)·이황(李滉)·임억령(林億齡) 등 유명한 인물들에만 집중되기도 하였거니와 엄흔이 35세로 단명하였기 때문에 위의 인물들에 비해 상대적으로 주목을 받지 못했기 때문이다. 또한 엄흔의 문집이 현재까지 번역되지 않았던 점도 하나의 원인이 될 것이다.

그러나 엄흔은 짧은 생애를 살았지만 동시대 뛰어난 인물들인 성세창(成世昌)·소세양·송순·임억령·최연·임형수 등과 문학적 교유를 맺고 있었으며, 허균을 비롯한 당대나 후대 문인들에게 문장과 인품에 대해서 찬사를 받고 있다. 특히 호남 시단의 사종(詞宗)으로 16세기 당풍(唐風)을 선도한 인물로 일컬어지는 임억령과는 당시(唐詩)

---

8) 李瀣, 〈誌銘〉, 「附錄」, 『十省堂集』, 『韓國文集叢刊』 32, 539면. "爲詩文雅健閎麗."
9) 洪春卿, 〈朝散大夫守弘文館典翰知製兼經筵侍講官, 春秋館編修官嚴公碣文〉, 「附錄」, 『十省堂集』, 『韓國文集叢刊』 32, 538면. "……爲文章跆有遠趣."
10) 嚴昕, 〈次石川韻〉, 『國朝詩刪』, 아세아문화사, 1980, 406면. "有底花飛急, 風光不貸人. 春歸殘夢裡, 家在大江濱. 酒薄難成醉, 更長未易晨. 猶餘輪寫處, 得句寄東隣. 評氣超語"

를 수창한 사실이[11] 확인되기도 하여 향후 엄흔에 대한 논의가 진전
된다면 16세기 당풍의 맥락을 짚어보는 데에도 일조할 것으로 기대
된다.

이 글은 이러한 문제의식 하에 엄흔의 시세계를 살펴보고자 한다.
이 글에서 특히 주목하는 점은 엄흔이 당대를 바라본 시각과 그것을
기반으로 지향한 삶의 태도이다. 엄흔은 젊은 시절 뛰어난 문재를 인
정받았지만, 훈구파의 거듭된 집권 속에 사림으로서 정치적 한계를
실감해야 했다. 특히 엄흔은 사림파의 재등용이 전혀 없었고 중앙정
부 구성에 있어서도 사림파들이 배제되었던 권신 김안로(金安老)의
집권기[12] 때 김안로의 미움을 받아 7년간 정치권에서 축출되어 환로
생활이 막히기도 하였다. 또한 사림의 서용이 이루어진 1538년에는
다시 정계에 복귀했으나 질병으로 인해 정치적 포부를 펼쳐보지도
못한 채 병사하였다. 따라서 이러한 점들을 염두에 두고 엄흔의 정치
적 삶과 현실에 대한 시각, 그에 대응한 삶의 태도를 살펴보는 일은
엄흔의 문학을 이해하는 핵심이 될 것이라 생각된다.

엄흔의 문집은 상, 하 2권과 부록으로 구성되어 있는데, 필간부(筆
諫賦)·상사사군이인부(上士事君以人賦)의 부(賦)가 2편, 차애추석사
(次哀秋夕辭)의 사(辭)가 1편, 의호조청행력전사전(擬戶曹請行力田科
箋)·의신라김유신하멸백제전(擬新羅金庾信賀滅百濟箋)의 전(箋)이 2편,
이상잠(履霜箴)의 잠(箴)이 1편, 무현금명(無絃琴銘)의 명(銘)이 1편, 누

11) 嚴昕, 〈呈大樹〉, 『十省堂集』 권下, 『韓國文集叢刊』 32, 527면. "多幸君居接我廬, 時時
步履到前除. 暫開村釀非新醞, 少摘園蔬當美魚. 共和唐詩爲別句, 長因海客得鄕書. 問
言陋巷何堪老, 答說簞瓢亦晏如."
12) 이병휴, 『조선전기 사림파의 현실인식과 대응』, 일조각, 1999, 383~384면 참조.

풍년송(豐豐年頌)의 송(頌)이 1편, 한유론사변(韓柳論史辨)의 변(辨)이 1편이며 한시가 317제 468수가 있다. 한시는 시체별로 오언고시 7수, 칠언고시 6수, 칠언절구 91수, 오언율시 119수, 칠언율시 245수이다.

2. 부정의 현실, '마른 오동나무'의 이미지

이 장에서는 엄흔의 정치적 삶을 간략히 소개하고 이를 토대로 엄흔이 당대를 바라본 시각을 파악해 보도록 하겠다.

엄흔은 본관이 영월(寧越), 자는 계소(啓昭), 호는 십성당(十省堂)이다. 할아버지는 현감을 지낸 회(誨)이며 아버지는 부장(部將)을 지낸 용화(用和)이다. 어머니는 김중성(金仲誠)의 딸이다.

엄흔은 1508년(중종 3) 3남 중 맏이로 지금의 서울 양천(陽川)에서 태어났다. 그는 1525년(중종 20) 사마시에 합격하고 1528년(중종 23) 21세의 나이로 문과에 급제하여 홍문관 정자[13]에서부터 환로생활을 시작하였다.

엄흔의 정치적 삶은 크게 세 시기로 나누어 볼 수 있다. 첫 번째 시기는, 21세 때 환로생활을 처음 시작하여 김안로에 의해 정계에서 축출 당하기 직전까지로 1528년(중종 23)부터 1531년(중종 26)까지이고, 두 번째 시기는 김안로가 집권하던 1532년(중종 27)부터 1538년(중종 33)까지이며, 세 번째 시기는 김안로가 정계에서 완전히 축출

---

13) 「23년 8월 12일」, 『중종실록』. "以黃孟獻爲知中樞府事……嚴昕爲弘文館正字."

된 뒤 엄흔이 정계에 복귀하여 풍질(風疾)로 사망하기 전 벼슬을 그만둘 때까지인 1539년(중종 34)부터 1542년(중종 37)이다. 엄흔의 정치적 삶에서 주목해야 할 점은 엄흔이 젊은 시절 뛰어난 문재를 지니고 있었음에도 훈구파의 집권으로 인해 그 재능을 펼치지 못했다는 점과 그러한 정치적 상황 속에서도 엄흔이 사림으로서 강직한 삶을 살았다는 것이다.

엄흔이 첫 번째 벼슬했던 시기는 기묘사화(1519)의 주역이었던 남곤(南袞)·심정(沈貞)·홍경주(洪景舟) 등 기묘삼간(己卯三奸)의 집권에 이어 다시 심정과 이항(李沆) 등에 의해서 정국이 주도되던 시기였다. 이 시기는 사림의 입지가 미약하였는데 당시 사림들은 '광조(光祖)의 여습(餘習)'으로 치부되었고 따라서 그들만의 입지를 구축할 수 없는 형편이었다. 뿐만 아니라 조광조가 중앙정계에서 축출된 이후 기묘사림에 의해서 제기되었던 개혁들이 대부분 원점으로 돌아가던 상황이었다.14) 이러한 정치적 상황 속에서 엄흔은 1528년부터 1531년까지 당시 사림의 주요 정계진출 경로였던 홍문관 저작15), 겸설서16), 홍문관 부수찬17), 사간원 정언18), 수찬19) 등 언관직을 주로

---

14) 이상의 내용은 이병휴, 『조선전기 사림파의 현실인식과 대응』, 일조각, 1999, 61면 참조. 이하 당시의 정치적 상황에 대해서는 특별한 언급이 없는 한 이 책의 내용을 정리했음.

15) 「23년 8월 18일」, 『中宗實錄』. "以金璇爲忠淸道觀察使, 柳潤德爲兵曹參知, 嚴昕爲弘文館著作."

16) 「24년 5월 15일」, 『中宗實錄』. "以金希說兼世子侍講院弼善, 柳世麟兼文學, 金致雲兼司書, 嚴昕兼說書."

17) 「25년 1월 5일」, 『中宗實錄』. "以金希說兼世子侍講院弼善, ……李任·嚴昕爲副修撰."

18) 「25년 5월 25일」, 『中宗實錄』. "以柳世麟·宋純爲持平, 周世鵬爲獻納, 金齊·嚴昕爲正言."

역임하였다. 이 시기 엄흔은 문재로 명성을 날렸는데 1530년(중종 25) 수찬으로 있을 때 임형수·최연·송인수 등과 함께 문재를 인정받아 호당에 선발되어 사가독서를 하는 영광을 누렸던 것이다.[20] 또한 사간원 정원으로 있을 때는 당시 훈구파의 핵심 인물이었던 이항이 청탁[奔競]의 죄를 저지르자 대사간 심언광(沈彦光) 등과 함께 이항을 치죄해야 한다고 강력하게 주장하여 언관으로서 강직한 면모를 드러내었다.

> 대사간 심언광, 사간 박수량, 장령 김희열, 지평 송인수, 이임, 정언 엄흔 등이 차자를 올리기를 …… '나라의 법이 분경을 엄하게 금지하고 범한 자는 번번이 다스리고 석방하지 않는 것은 청탁을 금하는 까닭입니다. 이항은 국가의 요직에 있으면서 언관에게 청탁을 하되 조금도 부끄러워하는 마음이 없으니, 바로 분경을 금지하는 법을 어긴 것이니 항이 죄가 있는 것입니다. ……그의 하찮은 재능은 조정에서 쓸 만한 그릇이 아니며, 도둑 같은 탐욕은 나라의 경제를 다스릴 경략이 있는 인물이 아닙니다. 하물며 그의 행적이 국법을 타락시켰으니 그 죄를 어찌 용서할 수 있겠습니까. 엎드려 원하건대 전하께서는 이항의 죄를 다스리시어 분경을 금지하는 것을 엄하게 하십시오. ……'[21]

---

19) 「25년 11월 14일」, 『中宗實錄』. "以張順孫爲吏曹判書, …… 蔡無斁爲正言, 嚴昕爲修撰."

20) 洪春卿, 〈朝散大夫守弘文館典翰知製教兼經筵侍講官, 春秋館編修官嚴公碣文〉, 「附錄」, 『十省堂集』, 『韓國文集叢刊』 32, 538면. "庚寅夏, 陞守修撰, 館中上章奏. …… 以公學有淵源, 爲文章蹄有遠趣, 自于上, 賜暇讀書于東湖之濱."

21) 「25년 7월 19일」, 『中宗實錄』. "大司諫沈彦光, 司諫朴守良, 掌令金希說, 持平宋麟壽, 李任, 正言嚴昕等上箚曰, …… 國典嚴奔競之禁, 犯者輒治之不釋者, 所以禁干請也. 沈居鈞軸之亞, 干請於言官, 略無羞惡之心, 是犯奔競之禁者, 沈也罪有在矣. …… 斗筲非廊廟之器, 穿窬非經濟之略. 況迹隳邦憲, 豈可容貸. 伏願殿下, 治李沈之罪, 以嚴

위의 인용문은 사림으로서 엄흔의 강직한 성품을 보여주는 것이라 할 수 있다. 이항은 훈구관료의 핵심 인물인 심정(沈貞)의 우익으로서 훈구세력의 구심점 역할을 하던 인물이었다.[22] 당시 이항은 자신의 권력을 믿고 농토와 주택을 점령하였으며 권력을 농단하여 뇌물을 받았다.[23] 이러한 의혹으로 인해 이항은 언관들에 의해 탄핵을 받았는데 이항은 이를 무마시키기 위해 언관들에게 청탁을 넣자 엄흔 등 사간원 간원들이 이항을 치죄해야 한다고 강력하게 주장했던 것이다. 위의 인용문은 사간원 정언으로서 엄흔이 직분에 충실했다는 점을 보여주지만, 그 이면에는 정권의 핵심인물에게도 굴하지 않는 엄흔의 강직한 면모를 엿볼 수 있다.

두 번째 시기는 1531년(중종 26)에서 1537년(중종 32)까지로 권신 김안로에 의해 정국이 주도되었던 시기이다. 김안로는 신씨복위상소(愼氏復位上疏) 당시 양시론(兩是論)에 입각하여 훈구파와 사림파 간의 관계조정에 나섰던 인물이지만, 이 시기에 들어 훈구파로 돌아서서 사림의 진출을 억제하고 탄압했던 인물이다.[24] 엄흔에게 이 시기는 정치적으로 가장 암울했던 시기라고 할 수 있다.

> 잠시 부수찬으로 옮겼다가 사간원 정언에 배수되어 성과로서 명성이 있었다. 이때 김안로가 외지에 귀양 가 있었는데 조정의 신료들이 그를 선발하여 동궁의 지위로 삼고자 하는 자들이 많았다. 공이 홀로 불가함

奔競之禁.”
22) 이병휴, 『朝鮮前期 士林派의 現實認識과 對應』, 일조각, 1999, 69면 참조.
23) 「25년 7월 19일」, 『中宗實錄』. “沇本以偏躁淺挾之資, 緣飾文字, 濫躋崇品, 廣占田宅, 招權納賂, 以肥其家.”
24) 이병휴, 『朝鮮前期 士林派의 現實認識과 對應』, 일조각, 1999, 68~69면 참조.

을 잡고 말하기를 "나와 안로가 일찍이 혼인으로 친척이 되어 그의 마음 씀씀이와 일을 행하는 것을 익숙히 들었으니 결단코 아름다운 선비가 아니다. 하물며 동궁으로 일국의 신하와 백성들이 함께 공경하는데 하필 이 사람으로 경중을 따지는가. 듣는 자들이 목을 움츠렸으나 공은 두려워하는 기색이 없었다. 수찬, 겸사서를 역임하고 이조좌랑이 되었는데, 김안로가 이미 뜻을 얻자 전의 일로 싫어하고 배척하였다. 공이 파직되어 양천의 선업에 거처한 것이 7년이었다.25)

위의 인용문은 엄흔이 정치적으로 금고(禁錮)를 당하게 된 배경을 보여주는 것이라 할 수 있다. 1531년(중종 26) 김안로는 남곤·심정의 탄핵을 받고 유배를 가있던 중, 아들 김희(金禧)가 중종의 부마인 점을 이용하여 재집권을 노리고 있었다. 이때, 엄흔은 김안로의 마음 씀씀이와 일을 행하는 것을 익히 알아보고는 그가 올바른 선비가 아니라는 이유를 들어 김안로의 정계 복귀를 강력하게 반대하였던 것이다. "듣는 자들이 목을 움츠렸으나 공은 두려워하는 기색이 없었다."는 언급은 앞의 인용문에서 보여준 엄흔의 강직한 성품을 직접적으로 묘사한 것이라 하겠다. 엄흔의 이러한 정치적 행보는 김안로에게 미움을 사게 되었고 결국 김안로가 남곤·심정을 축출하고 재집권에 성공하자 곧바로 축출당했던 것이다. 이로부터 김안로가 집권했던 7년 동안 엄흔의 환로생활은 막히게 되었다.

세 번째 시기는 1538년(중종 33)에서 1544년(중종 38)까지로 비공

---

25) 李瀷, 〈誌銘〉, 「附錄」, 『十省堂集』, 『韓國文集叢刊』32, 539면. "俄轉副修撰, 拜司諫院正言, 以擧職聞. 時金安老謫在外, 廷臣多欲汲引以爲東宮地者. 公獨執不可曰, 吾與安老嘗連姻, 熟聞其處心行事, 決非佳士也. 況東宮, 一國臣民所共仰戴, 何須此人以爲輕重耶. 聞者爲之蹙頸, 而公無懼色. 歷修撰兼司書, 爲吏曹佐郎, 安老旣得志, 用前嫌斥之, 公罷居陽川先業者七稔."

신계 훈구파가 집권한 시기이다. 이때부터 사림파는 다시 서용되기
시작하여 김안국(金安國)·김정국(金正國)·이언적(李彦迪)·신광한(申光
漢)·유인숙(柳仁淑) 등 사림들이 요직에 보임된다. 이 당시에는 기묘
사화 이후 폐지되었던 향약에 대한 논의도 조심스럽게 언급되었고,
39년에는 조광조의 복권이 논의될 정도로 사림들이 활발하게 정계에
진출한 시기였다. 하지만, 결국 훈구파에 의해 좌절되는 한계를 지닌
시기이기도 하다.[26] 이러한 긍정적 정계 분위기 속에서 엄흔 역시
1538년(중종 33) 김안로가 사사(賜死)된 후 서용되어 홍문관 전적·수
찬·교리·이조정랑에 임명되고 이듬해(1539) 원접사 소세양의 종사
관이 되어 중국 사신들을 접반하고 사인·장령·필선·전한[27] 등을
역임하게 된다. 그러나 1542년 풍질(風疾)에 걸려 체직되었고[28] 결
국 1543년 36세의 나이로 병사하였다.

　엄흔의 교유관계를 살펴보면 당대 호남 사림으로서 시명(詩名)이
높았던 임억령에서부터 소세양·송순·임형수·최연 등 문장이 뛰어
난 인물들과 주로 이루어지고 있다. 엄흔이 이들과의 교유를 통해 드
러내고 있는 의식들은 현실에 대한 부정적 인식 및 그로 인한 회재불
우의 정서, 정치현실에서의 절조, 문재에 대한 자부심 등이다. 특히,
임억령과는 교유가 매우 친밀했던 것으로 보인다. 현재『석천집』과
『십성당집』에 두 사람이 수창한 시가 상당량 실려 있으며 당시(唐詩)

26) 이병휴,『朝鮮前期 士林派의 現實認識과 對應』, 일조각, 1999, 35~36면 참조.
27) 「36년 6월 21일」,『중종실록』. "以李芑爲議政府右參贊, 禹孟善爲漢城府判尹, 嚴昕爲
　　弘文館典翰."
28) 「37년 3월 28일」,『중종실록』. "戊申/諫院啓曰, 病滿三十日罷職之法, 昭載國典, 而近
　　來廢弛, 故承文院參校嚴昕, 學官金璠, 尹世枕, 李遵仁, …… 請依法罷職. …… 答曰,
　　如啓."

를 함께 수창한 사실도29) 확인되고 있어 향후 진전된 논의가 이루어
진다면 16세기 당풍의 경로와 맥락을 이해하는 데 일정한 기여를 할
것으로 짐작된다.

이상에서 살펴보았듯이 엄흔이 살았던 시대는 훈구파들의 거듭된
집권 하에 사림들이 정치적인 한계를 실감했던 시기라 할 수 있다.
엄흔은 이러한 정치 상황 속에서 사림으로서 강직한 면모를 보여주
는 삶을 살았다. 이러한 강직한 면모는 훈구파와 갈등을 빚게 되었는
데, 특히 김안로 집권기에 7년간 정치적인 금고를 당한 것이 대표적
이다. 그렇다면 엄흔은 당대의 정치현실을 어떤 시각으로 바라보았
던 것일까. 다음 인용문을 통해서 확인해보자.

> 반나절 외로운 배에서 홀로 한가롭게 읊조리니　　　孤舟半日獨閑吟
> 더운 바람, 후덥지근한 더위의 침입을 받지 않네　　不受炎風溽暑侵
> 물가에 가서 인간 세상의 일을 말하지 말라　　　　臨水莫言人世事
> 헤엄치는 고기 또한 시비를 가리는 마음이 있으니　游魚亦有是非心
> 　　　　　　　　　　　　　　〈漢江舟中-한강 배 위에서〉30)

위의 시는 위정자들에 대한 시인의 부정적 시각을 비유적으로 보
여주는 것이다. 시인은 잠시 정치현실을 떠나 홀로 한강에 배를 띄웠
다. 그곳은 한여름에도 더운 바람과 축축한 습기가 이르지 않아 시인
에게 한가로움을 주고 시를 읊조리게 하는 공간이다. 시인은 물가에

---

29) 嚴昕, 〈呈大樹〉, 『十省堂集』 권下, 『韓國文集叢刊』 32, 527면. "共和唐詩爲別句, 長
　　因海客得鄕書."
30) 嚴昕, 『十省堂集』 권上, 『韓國文集叢刊』 32, 511면.

와서 인간사를 말하지 말라고 당부한다. 왜냐하면 인간사를 말하게
되면 물고기 또한 옳고 그름을 분별하는 마음이 있어서 인간세상의
시비를 가리느라 시끄럽기 때문이다. 4구는 미물인 물고기마저도 인
간사를 듣고 옳고 그름을 판별하느라 시끄럽다는 점을 들어, 지금의
정치현실이 위정자들끼리 시비곡직(是非曲直)을 가리느라 매우 혼란
스러운 상황임을 드러낸 것이라 하겠다.

그런데 사림으로서 이러한 정치현실은 엄흔에게 풍랑이 몰아치는
바다처럼 위태로운 공간으로 비춰줬다.

배가 급히 달리니 물결 빠른 것에 놀라지만	船急驚湍駛
나의 행보는 잠시도 머무를 수 없네	吾行不暫留
물의 흐름을 타고 애오라지 내버려 두련다	乘流聊放去
모래톱을 만나면 또 그치게 됨을 알기 때문	得坻且知休
세상일은 풍랑이 이는 바다	世事風翻海
떠다니는 인생은 물결이 만드는 거품	浮生浪打漚
누가 능히 끝까지 좇을 수 있으리오	誰能趁無限
부질없이 백년의 시름만 만드는구나	枉作百年愁

〈是日, 下楫灘-이날 배를 타고 여울을 내려가다〉[31]

이 시는 풍랑이 몰아치는 바다를 통해 엄흔이 처한 정치 현실을 빗
댄 것으로 보인다. 시인은 배를 타고 가다가 급한 여울을 만났다. 급
한 여울은 멋대로 흘러 시인의 행보를 잠시도 멈추지 못하게 한다.
시인은 급류를 벗어나고 싶지만 배를 조정한들 제어할 길이 없기에,

---

31) 嚴昕, 『十省堂集』 권上, 『韓國文集叢刊』 32, 501면.

물의 흐름에 따라 배를 내버려 두기로 한다. 그는 배가 모래톱을 만나게 되면 언젠가 멈추게 된다는 사실을 알기 때문이다. 다만, 급류를 빨리 통과하기를 바랄 뿐이다.

5~8구는 전반부를 통해 후반부를 일으킨 것으로, 급류를 정치현실에 배 위에 있는 자신을 부생(浮生)으로 확장한 것이다. 지금의 정치현실[世事]은 풍랑이 몰아치는 바다와 같고 그 위를 떠다니는 시인의 인생은 파도가 물거품을 만드는 것과 같다. 이는 훈구파의 집권하에 미약한 사림으로서 정치적 한계를 드러낸 것이라 할 수 있다. 즉, 훈구파가 집권하는 정치현실은 풍랑 이는 바다에서 배를 조정할 수 없듯 사림으로서 시인이 뜻을 펼칠 수 없는 위태로운 공간이며 그러한 공간 속에서 바쁘게 쏘다녀 본들 결국 물거품처럼 아무것도 이룰 수 없다는 의미이다.

7구와 8구는 위태로운 현실에 대한 시인의 우환을 드러낸 것이다. 시인은 위태로운 현실에서 아무것도 이룰 수 없다는 것을 알고 있지만, 그렇다고 현실을 저버리지 못한다. 그러므로 시인은 현실을 바라보며 '누가 능히 끝없이 좇을 수 있으리오, 부질없이 백년의 시름을 짓는구나'라고 하여 현실을 버려야 하지만 자신은 그렇게 할 수 없어 끝없이 근심하는 모습을 보이고 있는 것이다. 엄흔의 〈부김로요반(赴金老邀飯)〉 시를 보면 '세상 길은 풍파 칠 때에 염예퇴를 떠다니는 듯하고 사람들의 마음은 험난한 포사를 지나가는 듯하다'[32]라고 한 언급도 지금의 현실이 배를 타고 무사히 건너가기가 도저히 불가능한

---

32) 嚴昕, 〈赴金老邀飯〉, 『十省堂集』 권下, 『韓國文集叢刊』 32, 518면. "世路風波浮灔澦, 人情艱險過褒斜."

장강(長江) 구당협(瞿塘峽)의 염예퇴처럼 위태롭고, 인정(人情) 또한
포수와 사수 절벽에 나무를 걸어 만든 잔도(棧道)를 통과하는 것처럼
가파르고 위험하다는 심정을 드러낸 것이라 하겠다.

　이렇듯, 훈구파에 의해서 독점되는 위태로운 현실은 백성들의 삶
도 도탄(塗炭)에 빠지게 만들었다.

농가의 구월 말	農家九月末
매우 고생스러우니 이미 먹을 것이 없네	辛苦已無食
수확은 마치지도 않았는데	收穫未云竟
얼굴에는 항상 굶주린 기색이 있네	面有恒飢色
해를 마치도록 이 힘을 부지런히 했건만	卒歲勤此力
어느 때에 배부를 수 있으랴	能成幾時飽
현의 관리는 너그러움이 적어	縣官少推恕
세금 징수하는 데 교묘한 방법으로 번거롭게 하네	征斂煩多巧
오래 전에 나의 세금 다 냈다고 했지만	久謂我賦盡
문 밖에는 세금 독촉하는 관리가 있네	門外催稅吏
옛날에 살던 집인들 또 어찌 좋으랴	舊居復何好
해마다 이런 일 만나고 있으니	年年遭此事
광주리 메고 북쪽 산에 올라	荷筐登北山
눈을 쓸며 나무 열매를 거두네	掃雪收稼實
머리 돌려 저택을 바라보니	回頭望甲第
나의 굶어 죽은 유골을 아프게 하네	傷我飢死骨

〈憫農-농민들을 불쌍히 여기다〉[33]

33) 嚴昕, 『十省堂集』권上, 『韓國文集叢刊』32, 494면.

　이 시는 엄흔이 경기어사로 경기도 지방을 순찰할 때 지은 것이다. 음력 구월, 농민들은 수확하는 달이 되어도 배가 부르지 못한다. 농민들은 이미 세금을 다 내었건만 현의 관리들은 교묘한 방법으로 세금 거두기를 반복하기 때문이다. 그러므로 농민들에게 고향[舊居]은 이제 고향으로서 의미가 없다. 고향이라 한들 좋을 것 하나 없고 세금 독촉만 반복되기 때문이다. 결국 11, 12구의 의미는 농민들이 고향을 등지고 뿔뿔이 유랑하다가 죽게 된다는 미래적 상황을 암시적으로 드러냈다고 할 것이다.

　먹을 것이 없는 농민들은 산에 올라 눈 속에 묻힌 나무 열매를 따서 허기를 채운다. 그러다가 바라본 저 아래 저택들은 굶주린 농민들의 마음을 아프게 한다. 힘들게 농사지은 것은 농민들 자신들이건만 정작 배를 채우고 호사를 누리는 것은 위정자들이었기 때문이다.

　위의 시는 애민의식을 드러내는 전형적인 것이라 할 수 있다. 시인이 애민의식을 드러내는 것은 위정자들이 백성들의 삶은 돌보지 않고 자신들의 이익만을 위해 백성들을 핍박하고 있기 때문이다. 위정자들의 이러한 행태는 백성들의 삶에는 관심이 없고 시비곡직을 가리느라 정신이 없는 위태로운 정치현실에서 비롯된 것임을 짐작할 수 있는 것이다.

　이러한 정치현실은 엄흔에게 더 이상 태평성대를 기대할 수 없는 부정(不正)한 현실로 인식되기에 이른다.

(오동나무) 심은 것은 응당 뜻이 있으니	栽培應有意
정녕코 녹음 짙어 그늘을 만들기 위함이네	端爲綠成陰
바람과 서리의 핍박을 괴롭게 받고	苦被風霜迫

땅강아지와 개미의 침입을 어렵게 견디고 있네 　難堪螻蟻侵

쪼려고 하는 새들은 날아오고 　飛來求啄鳥

둥지를 잃은 새들은 지나가네 　過去失巢禽

지금 세상에는 내 마음 알아주는 이 적으니 　今世知音少

누가 순임금의 거문고를 만들 수 있을까 　誰裁舜殿琴

〈枯梧－마른 오동나무〉[34]

　이 시는 '풍상(風霜)'과 '누의(螻蟻)', '구탁조(求啄鳥)'로 비유된 악인들에 의해 주도되는 암담한 현실 때문에 도저히 태평성대를 기대할 수 없다는 시인의 현실인식을 보여주는 작품이다.

　시인은 예전에 오동나무 한 그루를 심어 놓았었다. 시인이 오동나무를 심은 이유는 오동나무가 무성하게 자라나 사람들에게 그늘을 제공하고 줄기로는 순임금의 거문고를 만들기 위함이었다. 그러나 오동나무는 말라 죽게 되었다. 오동나무가 말라 죽은 이유는 바람과 서리가 오동나무의 잎을 시들게 했고, 땅강아지와 개미들이 땅을 파고 들어가 뿌리를 파헤쳤기 때문이다. 결국, 말라버린 오동나무에는 오동나무를 쪼기 좋아하는 새들만이 모여들게 되었고 정작 오동나무에 둥지를 틀어야 새들은 그냥 지나쳐 버렸다.

　6구의 '둥지 잃은 새'는 봉황이라 할 수 있다. 왜냐하면 봉황은 태평성대가 되면 출현한다는 새로서 대나무 열매를 양식으로 하고 오동나무에 둥지를 틀기 때문이다.[35] 그렇다면 1구에서 시인이 '오동

---

34) 嚴昕, 『十省堂集』 권上, 『韓國文集叢刊』 32, 496면.

35) 「微子」, 『論語』, "楚狂接輿歌而過孔子曰, 鳳兮鳳兮, 何德之衰. 往者不可諫, 來者猶可追. 已而已而, 今之從政者殆而. 孔子下, 欲與之言. 趨而辟之, 不得與之言. 朱子注: "鳳, 有道則見, 無道則隱."

나무를 심은 뜻'은 바로 무성한 오동나무에 봉황이 날아와 둥지를 틀 게 하기 위한 것으로서 요순시대와 같은 태평성대를 만들어 보겠다 는 시인의 정치적 포부라 할 수 있다. 그런데 심어놓은 오동나무에 둥지를 틀어야 할 봉황은 지나가고 구탁조들만 들끓는 상황이니 지 금의 시대는 태평스럽지 못하다는 것을 의미한다. 이는 풍상과 누의 가 오동나무를 말라죽게 함으로써 초래한 결과이다. 따라서 풍상과 누의는 태평성대를 만들어 보려는 시인의 포부를 방해하는 존재라 할 수 있으며, 당시의 정치적 상황으로 미뤄 볼 때 사림과 대립했던 훈구관료들로 볼 수 있을 것이다. 보다 엄흔 개인적 입장에서 천착해 본다면 엄흔의 정치적 삶을 차단시킨 김안로 같은 인물을 빗댄 것으 로도 볼 수 있을 것이다. 결국, 지금의 세상은 풍상(風霜)·누의(螻蟻)· 구탁조(求啄鳥)와 같은 무리들에 의해서 주도되는 부정(不正)의 세계 인 것이다.

7구, 8구는 부정의 세계에서 시인과 함께 태평성대를 만들어 갈 지기(知己)가 없음을 개탄한 것이다. '순전금(舜殿琴)'은 순임금이 태 평성대를 열고 백성들과 함께 즐기며 연주했던 오동나무로 만든 오 현금(五弦琴)이다. 시인은 혼란한 현실 속에서도 순임금의 남훈곡이 울려 퍼지는 태평성대를 만들어 보고자 하지만, 시인의 뜻을 알아주 는 지기가 없다. 다만, 오동나무를 훼손하는 '풍상'·'누의'·'구탁조' 만이 들끓고 있을 뿐이다.

이상, 엄흔이 당대를 바라본 시각을 살펴보았다. 엄흔은 당대의 정치현실을 시비곡직을 가리느라 혼란스럽고, 풍랑이 몰아치는 바다 와 같은 위태로운 것으로 인식하였다. 이러한 정치현실은 백성들의 삶을 도탄에 빠지게 했으며 거시적으로는 태평성대를 도저히 기대할 수 없는 부정의 현실이었다고 할 수 있다.

3. 세한의 절조, '억센 풀', '뜰의 소나무'의 이미지

2장에서 살펴보았듯이, 엄흔은 당대의 정치현실을 부정(不正)의 현실로 최종 인식하였다. 유자의 삶의 태도를 수신과 치인이라는 두 가지 측면에서 볼 때, 유자는 세상에 도가 행해지면 출사하여 자신의 정치적 포부를 펼치고 도가 행해지지 않으면 은거하여 수신하는 것이 일반적이다. 그렇다면 엄흔은 어떤 태도를 지녔던 것일까?

다음의 시는 고상한 선비[高士]의 출처(出處)를 비판한 것으로, 이를 통해 엄흔의 출처를 짐작해 볼 수 있다.

높은 달은 고상한 선비와 같아	高月如高士
출처의 마음도 함께 가지고 있네	兼存出處心
잠시 구름이 흩어졌다 모이는 것에 따라	暫因雲聚散
능히 세상에서 나왔다 들어갔다 하는 것을 배우네	能學世浮沈
달이 숨는 것은 한스럽지 않으나	不恨孤輪隱
오직 천하가 어두워지는 것을 근심한다네	惟愁萬國陰
뜰 가운데에 홀로 서서	中庭成獨立
슬퍼하다가 깊은 밤까지 이르렀네	惆悵到更深

〈雲月, 示演之1-구름과 달, 연지에게 보이다〉[36]

---

36) 嚴昕, 『十省堂集』 권上, 『韓國文集叢刊』 32, 497면.

이 시는 달이 구름 속에서 나왔다가 들어갔다 하는 모습을 통해 고상한 선비의 출처관을 비판하는 데 초점이 놓여있다. 이 시에서 독특한 점은 문학에서 달이 일반적으로 무심(無心)의 경지를 읊거나 군주에 대한 그리움을 시화할 때 사용되는 것과는 달리, 여기서는 달의 기회적인 모습에 주목하고 있다는 점이다.

1, 2구는 높이 뜬 달은 고상한 선비와 출처를 함께 한다는 전제에서 출발하였다. 3, 4구는 높이 뜬 달의 출처를 구체적으로 밝힌 것이다. 달은 구름이 모였다가 흩어졌다가 하는 것에 따라 출처를 달리한다. 즉, 구름이 모여 있으면 달은 숨고 구름이 흩어지면 달은 나타난다. 그런데 달의 이러한 출처는 고사의 출처와 같다고 했으므로 이를 인간세상의 모습으로 치환해 보면 구름이 모이는 것은 세상에 도가 행해지지 않는 부정한 현실을, 구름이 흩어지는 것은 세상에 도가 행해지는 태평스런 현실을 의미한다고 볼 수 있다. 따라서 달이 구름이 모이고 흩어짐에 따라 숨고 나타남을 반복하듯, 고상한 선비도 도의 행(行)·불행(不行)에 따라 출처를 달리한다는 말이다.

5, 6구는 표면적으로 달의 출처에 대한 시인의 비판의식을 드러낸 것이지만, 이면적으로는 고상한 선비의 출처를 비판한 것이라 할 수 있다. 시인은 구름이 나왔을 때 달이 숨는 것에 대해서 한스럽게 여기지 않는다고 한다. 다만, 그가 걱정하는 것은 천하가 구름으로 뒤덮여 어둠 속에 빠지는 것이다. 즉, 달이 숨고 나타나는 것은 달의 의지이므로 시인이 어찌할 수 없지만, 세상이 어둡게 된다는 것이 근심스럽다는 것이다. 이로 볼 때, 이 두 구는 어두운 세상을 밝게 비춰야 할 달이 세상을 외면하듯, 세상을 구제할 책임이 있는 고사가 부정한 현실을 외면하고 홀로 명철보신(明哲保身)하는 태도를 비판한

것이라 볼 수 있는 것이다.

7, 8구는 시인의 출처가 달과 고상한 선비의 그것과 다름으로써 생기는 시인의 근심을 말한다. 시인은 달이나 고상한 선비처럼 구름이 모이거나 세상이 옳지 못할 때 세상을 외면하면 그만이지만, 시인은 그렇게 하지 못한다. 그는 어떻게든 부정한 세상을 구해 보려고 하기 때문이다. 그러기에 고사가 외면한 현실을 걱정하며 밤늦도록 잠을 이루지 못하며 뜰 가운데를 서성이고 있는 것이다. 결국 이 시는 부정한 세상을 구제해야 할 책임이 있는 고사가 현실을 외면하고 명철보신만 일삼는 행태를 비판한 것이라 할 수 있다.

다음의 시 역시 고사의 출처를 비판한 것이다.

공중에 뜬 구름은 자태가 있는데	浮空雲有態
하늘을 돌아다니는 달은 무심하구나	輾碧月無心
갑자기 밝은 때에 나왔다가	忽自明時出
다시 어두운 곳을 따라 숨어버리네	還從暗處沈
만약 나타났다 숨었다 할 줄을 안다면	如能知顯晦
겸하여 구름이 걷히고 나타나는 것도 알리라	兼亦識晴陰
앉아서 인간의 일을 계산해 보니	坐算人間事
끝없는 한만 더욱 깊어지네	悠悠恨轉深

〈雲月, 示演之2-구름과 달, 연지에게 보이다〉[37]

이 시는 앞의 시의 연작시라는 점을 염두에 두고 살펴볼 필요가 있다. 따라서 2구의 무심(無心)은 첫 번째 시와 연관 지어볼 때 표면적으로는 어두운 세상을 밝게 비추지 않는 달의 무책임한 마음이며 이면적으로는 어두운 현실을 외면하는 고상한 선비의 무책임한 태도라 할 수 있다.

하늘에는 구름이 떠서 자태를 뽐내고 있다. 구름은 세상을 어둡게 하는 존재이다. 그러나 달은 무관심하다. 구름이 세상을 어둡게 하든 말든 달은 구름에 따라 순응해 살면 그뿐인 것이다. 그러기에 구름이 걷히면 달은 갑자기 나오고 구름이 모이면 다시 사라지기를 반복한다. 여기서 '갑자기[忽]'는 기회적인 삶을 살아가는 달의 모습을 강조한 표현이라 할 수 있다.

5, 6구는 달에 대한 시인의 직접적인 비판을 통해 고사를 우회적으로 비판한 것이다. 달이 나타났다가 숨어야 할 때를 안다면, 구름이 걷히고 나올 때도 알 것이니 밝게 비춰서 아예 구름이 못 나오게 해야 할 것이지만, 달은 그렇게 하지 않고 있는 것이다. 이것은 고사가 무도(無道)한 자들이 나타났다가 사라졌다가 할 때마다 은거와 출사를 반복했는지라, 무도한 자들이 나타날 때를 누구보다 잘 알고 있으므로 무도한 자들이 아예 나타나지 못하도록 할 수 있는데 그렇게 하지 않고 자신의 명철보신만 일삼는다는 비판인 것이다.

7, 8구는, 3~6구까지의 달이 나타났다[顯], 숨었다[晦] 하는 것과 구름이 개였다[晴], 어두웠다[陰] 하는 것을 바탕으로 인간사를 헤아려 본 것이다. 즉, 시인이 생각한 인간사도 달과 구름의 현회(顯晦)·청음(晴陰)과 다를 바가 없다는 것이다. 그러기에 시인은 부정한 세상에 고사가 숨어버린 현실을 바라보며 끝없는 한(恨)을 토로하고 있는 것이다. 요컨대, 이 시는 부정의 현실을 외면하고 명철보신하는 고상한 선비를 달을 통해 우회적으로 비판한 것이라 할 수 있다.

그렇다면 엄흔은 기회적인 고사(高士)와는 달리 부정한 현실 속에서 어떠한 삶을 살아가고자 했던 것일까. 다음의 시를 통해 이를 확인해 볼 수 있다.

봄 되자 온갖 풀들 땅을 뒤덮고	當春百草蓋地皮
앞 다투어 봄날을 향해 어찌 그리도 활짝 피었나	競向艶陽何紛披
푸른 빛 모이고 엉겨서 온통 한 가지 색이니	攢靑凝碧渾一色
굳세고 곧은 절조 누가 구별할 수 있으랴	貞操直節誰能知
가을바람 싸늘하게 하루 저녁에 불어오니	涼飇蕭瑟一夕至
가지 꺾이고 잎 시들어 다시 남은 것이 없구나	枝摧葉萎無復遺
뜰 앞에 하나의 풀 우뚝 서서 그 모습 고치지 않으니	庭前一草立不改
고상한 절조가 풍상을 맞았다고 즐겨 옮기겠는가	高操肯被風霜移
비록 흔들어도 나를 흔들지는 못하고	縱有震凌不我撓
영락에 초연하여 쇠한 모습으로 변하지 않으리라	超然搖落無變衰
돌아보니 여러 풀들 모두 부끄러움 머금었는데	回看衆草摠含羞
하물며 수양버들과 봄날을 다투겠는가	況與蒲柳爭天時
세한에 얼음 어는 날이 없다면	不有歲寒凝冱日
바람을 업신여기는 자태, 아는 사람이 없으리	無人識得凌風姿
예로부터 굳세고 억센 풀은 저대로 늦게 시드니	從來勁草自後凋
봄바람에 온갖 풀들아 속이지 말거라	春風百卉休相欺

〈疾風知勁草-질풍에 억센 풀을 알리라〉[38]

이 시는 억센 풀[勁草]에 대한 찬미를 통해 시인이 지향하는 삶을 드러낸 것이다. 봄이 오자 온갖 풀들은 서로 뒤엉켜 녹음을 띠며 활

---

38) 嚴昕, 『十省堂集』 권上, 『韓國文集叢刊』 32, 494면.

짝 꽃을 피웠다. 그런 까닭에 세한의 곧은 절조를 지닌 억센 풀을 사람들은 다른 풀들과 구별하지 못한다. 어느 날 저녁 가을바람이 불어오니 모든 풀들은 가지가 꺾이고 잎은 시들어 남은 것이 없었다. 하지만 억센 풀만은 우뚝이 서서 변함없이 푸름을 유지하고 있었다.

가을이 지나 겨울이 되자 바람이 불고 된서리가 내리쳤지만 시인의 뜰 앞에 있는 억센 풀은 꼿꼿이 서서 그 모습을 바꾸지 않았다. 도리어 '비록 흔들어도 나를 흔들지 못하고 영락(零落)에 초연하여 쇠한 모습으로 변하지 않으리'라며 억센 풀은 고상한 절조[高操]를 다시 한 번 다짐한다. 그러니 수양버들 따위와 봄날의 한철 자태를 다투겠는가.

5~8구는 시인이 봄철에만 만개한 온갖 꽃들과 억센 풀[勁草]을 비교하여 억센 풀을 찬미한 것이다. 온갖 꽃들은 봄 한철이 전부인양 활짝 피어 사람들의 눈을 속이고 있고 억센 풀은 가을과 겨울이 오기 전까지 그 진가를 인정받지 못한다. 하지만 섣달이 되어 세한의 얼음이 닥쳐오자 온갖 꽃들은 시들어 떨어졌지만 억센 풀은 꼿꼿하게 남아 바람을 업신여기며 고상한 절조를 보여주고 있다는 것이다.

이 시에서 주목해야 할 것은 7구의 '뜰 앞[庭前]'이다. '뜰 앞'은 시인의 주거 공간인 마당으로서 시인과 동일시되는 공간이다. 따라서 '뜰 앞'에 억센 풀이 있다는 것은 시인 자신이 부정한 현실 속에서 억센 풀처럼 고상한 절조를 견지하며 살아가고 있다 것을 강조한 것으로 볼 수 있는 것이다. 그러기에 8구에서 '봄바람에 온갖 풀들아 속이지 말거라' 하며 자신을 억센 풀과 동일시하여 온갖 풀들을 꾸짖고 있는 것이다.

다음의 시는 엄흔의 삶의 지향을 구체적으로 보여주는 것이다.

손수 심은 푸른 소나무 이미 열 길이 되었으니　　手種靑松已十尋

정원 가운데 홀로 우뚝하여 정작 무성도 하구나　　庭中獨立正森森

홀로 우뚝이 솟았으니

저대로 하늘을 찌르는 기세가 있고　　　　　　　孤高自有參天勢

아래로 서려 있으니 땅을 덮는 그늘을 갖추었네　盤屈兼多蓋地陰

대들보 되어 어느 때 큰 집을 지탱하리오　　　　樑棟他時扶大廈

눈과 서리 내리는 지금에 곧은 마음을 알 수 있구나　雪霜今日見貞心

어진 마을에서 한번 잃으면 다시 만나기 어려우니　良村一失逢難再

어지럽게 땅강아지·개미 보내 침입하게 말게 하라　莫遣紛紛螻蟻侵

〈庭松, 示演之－뜰의 소나무, 연지에게 보이다〉[39]

이 시는 뜰에 심은 소나무를 통해서 시인의 정치적 포부와 삶의 지향을 밝힌 것이라 할 수 있다

시인은 예전에 자신의 정원에 손수 푸른 소나무를 심었었다. 그 푸른 소나무는 지금 열 길이 넘었고 정원 한가운데서 우뚝함과 무성함을 자랑하고 있다. 뿐만 아니라 아래로는 가지가 서려 있어 사람들에게 그늘을 제공해 준다. 여기서 주목되는 것은 우뚝함과 무성함을 자랑하는 소나무가 시인이 직접 자신의 뜰에 심은 것이라는 점이다. 이는 앞 시에서 억센 풀이 시인의 뜰에 있었던 것으로 인해 시인과 동일시되었듯이, 뜰의 푸른 소나무 역시 시인과 동일시됨을 드러내기 위한 의도라 할 수 있다.

5, 6구는 푸른 소나무가 큰 집을 지탱할 재목으로 성장했고 눈과 서리가 내리는 세한의 계절에도 변함없이 무성하다는 점을 들어 시

인의 정치적 포부와 지향한 삶의 태도를 밝힌 것이다. 대들보[樑棟]
는 시인이 나라를 지탱할 만한 역량을 갖추었다는 의미이며 눈과 서
리가 내리는 겨울에 곧은 마음[貞心]을 알 수 있다는 것은 시인이 부
정한 현실 속에서 절조를 지키며 살겠다는 의지를 암시한 것이라 할
수 있다.

7, 8구는 푸른 소나무를 훼손하는 땅강아지[螻]와 개미[蟻]에 대한
우려를 드러낸 것이다. 즉, 대들보로 쓰기 위해 심어놓은 푸른 소나
무에 땅강아지와 개미들이 와서 뿌리를 훼손하고 있다. 이는 시인의
재능과 변함없는 절조를 훼손하는 무리들을 땅강아지와 개미에 빗댄
것으로, 정치현실 속에서 시인의 정치적 포부를 좌절시키는 김안로
를 위시한 훈구파 세력들을 의미한다고 할 수 있을 것이다.

요컨대, 이 시는 뜰의 소나무를 통해서 부정한 현실 속에서도 굴하
지 않고 자신의 재능을 바탕으로 절조의 삶을 살아가겠다는 엄흔의
정치적 포부와 삶의 지향을 밝힌 것이라 할 수 있다.

4. 맺음말

이 글은 십성당 엄흔의 시세계를 살펴보는 데 목적을 두었다. 이
글에서 특히 주목한 점은 엄흔의 현실인식과 이를 바탕으로 지향한
삶의 태도이다. 엄흔은 당대의 현실을 부정(不正)한 것으로 인식하였
다. 이는 훈구파에 의해 독점되는 세계로서 시비곡직(是非曲直)을 가
리느라 시끄러운 세상, 풍랑 이는 바다, 풍상(風霜), 누의(螻蟻), 구탁
조(求啄鳥) 등에 의해 오동나무가 말라 죽는 태평스럽지 못한 세상이

었다고 할 수 있었다.

　엄흔은 부정한 현실 속에서 고상한 선비[高士]와 같이 명철보신하는 출처를 택하지 않았다. 그가 지향한 삶의 태도는 부정의 현실을 외면하지 않고 그러한 현실 속에서 자신의 재능을 바탕으로 세한의 절조를 지키며 세상을 구제하는 것이었다. 엄흔이 구름이 모이면 사라지고 구름이 걷히면 나타나는 달을 비판하고 세한에도 꺾이지 않고 꿋꿋이 서 있는 억센 풀[勁草]과 풍상(風霜) 속에서도 우뚝함과 무성함을 자랑하는 뜰의 소나무[庭松]를 찬미한 것은 억센 풀과 뜰의 소나무처럼 살아가겠다는 엄흔의 삶의 지향이었던 것이다.

2부

그래도 나의 길을 가리라

시비 벗어난 동서 분당에
나도 속세를 벗어나려네

신응시(1532~1585)

1. 머리말

이 글은 백록(白麓) 신응시(辛應時)의 삶과 시세계를 살펴보는 데
목적을 둔다.

신응시는 16세 때 알성시에 합격할 정도로 일찍부터 재명(才名)이
있었다. 출사 후에는 호당에서 사가독서를 한 것은 물론, 정시(庭試)
에서 무려 일곱 번이나 장원[1]을 차지하여 문재(文才)를 인정받았다.
모친상을 당했을 때는『주자대전』가운데서 예(禮)를 논한 글들만을
모아서『주문문례(朱門問禮)』라는 책을 간행[2]하기도 하였다. 그의
뛰어난 문재는 외직을 제외하고 내직에 있을 때 대부분 경연관, 홍문
관 부수찬·수찬, 대사성, 부제학 등 학문을 담당하는 청요직을 두루

---

1) 「18년 1월 1일」,『선조수정실록』. "早有才名… …庭試文士七度居魁, 賜暇湖堂."
2) 박세채, 〈弘文館副提學贈吏曹判書辛公神道碑銘〉,『南溪集』권20,『韓國文集叢刊』
142, 476면. "庚午冬丁內艱, 哀悼踰禮, 饋奠之暇, 哀取朱子大全論禮語爲一書.日曰朱
門問禮."

거친 것을 통해서도 확인된다. 송시열이 신응시를 두고 '이이(李珥)·
성혼(成渾)과 재주가 버금가는 형세'[3]라고 평가한 것도 바로 이러한
이유에서이다.

신응시는 문장에도 뛰어났다. 그의 문장은 당대에 이미 회자되었
으며[4], 사조(詞藻)가 공교롭고[5] 청준(淸俊)[6]하다는 평가를 받았다.
예컨대, 무진년(1568) 박순의 종사관이 되어 중국 사신을 접반할 때
중국 사신 구희직(歐希稷)으로부터 '해동(海東)의 위인(偉人)이요 귀국
(貴國)의 보배'라는 극찬을 받은 것[7]과 호당에서 서경덕을 추모하여
지은 〈화담유감(花潭有感)〉 시가 명종의 심금을 울려 명종으로 하여
금 즉시 서경덕의 관직을 추증하게 했던 사실[8] 등은 신응시의 문장
이 당대에 널리 알려졌음을 짐작케 한다고 할 수 있겠다. 후대의 문

---

3) 宋時烈, 〈白麓遺稿序〉, 『白麓遺稿』, 『韓國文集叢刊』 41, 385면. "然則雖未知公必與牛
栗二先生相爲伯仲, 而其在思松諸老間, 則又未知其必爲優劣也. 此非後生懸度之言,
乃諸老先生之論然也."

4) 宋時烈, 〈白麓遺稿序〉, 『白麓遺稿』, 『韓國文集叢刊』 41, 385면. "公之詞藻, 固已膾炙
於人."

5) 「18년 1월 1일」, 『선조수정실록』. "弘文館副提學辛應時卒. ……工於詞藻, 早有才名."

6) 具思孟, 〈祭辛白麓文〉, 『八谷集』 권3, 『韓國文集叢刊』 40, 511면. "惟器局之凝峻,
復文章之淸俊."

7) 朴彌周, 〈副提學贈吏曹判書白麓辛公墓誌銘〉, 『黎湖先生文集』 권28, 『韓國文集叢刊』
197, 61면. "戊辰, 太監張朝行人歐希稷來, 公以從事官隨遠接使思菴朴公淳, 迎詔龍
灣. 歐公奇公儀表, 目屬之曰, 眞海東偉人, 王國之寶也. 及還, 見公別詩, 益依依不能
別."

8) 「22년 1월 3일」, 『명종실록』. "近日成守琛之贈爵, 予知其歿, 故特命之. 而徐敬德事,
則未之覺矣. 今觀書堂月課, 弘文館副修撰辛應時憶花潭處士徐敬德做詩曰, '五冠山下
花潭上, 簞食平生樂我貧. 吾道罔窮先有覺, 淸時不幸逸爲民. 故都當日欽高士, 黃壤如
今閟德人. 報道幽明褒贈遍, 佇聞朽骨職恩淪.' 則徐敬德與成守琛竝數云. 爵贈之典,
獨不可闕也. 議于四大臣."

인들 또한 신응시의 시를 높이 평가하고 있는데 『국조시산(國朝詩刪)』[9), 『송계만록(松溪漫錄)』[10), 『오산설림(五山說林)』[11), 『지봉유설(芝峯類說)』[12), 『서포만필(西浦漫筆)』[13) 등의 시선집이나 시화집에 신응시의 〈봉사강릉유감(奉祀康陵有感)〉, 〈별구천사희직(別歐天使希稷)〉, 〈송차경숙부고성(送車敬叔赴高城)〉, 〈차청천판상운(次菁川板上韻)〉, 〈기성야음(騎省夜吟)〉, 〈해당화하두견제응제(海常花下杜鵑啼應製)〉, 〈순회세자만사(順懷世子挽詞)〉, 〈부용당(芙蓉堂)〉 등의 시들이 다수 실려 있는 것도 이를 방증한다.

이상을 통해서 볼 때 신응시의 문학이 우리 문학사에서 충분히 논의될만한 가치가 있다는 것을 알 수 있다. 그럼에도 지금까지 신응시의 문학을 다룬 논문은 없는 실정이다. 다만, 성봉현이 『조선왕조실록』 및 〈신도비명〉, 〈행장〉 등을 대상으로 신응시의 가계를 대전 회덕지역 인물들과 연관하여 살피고 생애를 언급한 정도가 전부이

---

9) 許筠, 「七言律詩」, 『國朝詩刪』, 아세아문화사, 1980, 541면. "城東松檜欝崔嵬, 一十年來奉祀來. 天外白雲長入望, 崗頭金粟殷成堆. 龍墀畫接思前席, 螰衛宵嚴憶屝陪. 白首唧恩猶未死, 瓣香燒罷淚盈腮."

10) 權應仁, 『松溪漫錄』, 『大東野乘』. "學士辛應時別歐天使希稷詩, 一札恩綸降帝宮, 九天旌節駐瀛蓬. 照人快覩瓊林秀, 落紙渾驚玉筋工. 海國夢魂長北極, 楚江煙雨又東風. 還朝便作南歸計, 黃鵠何曾顧囊虫. 甚好. 歐公, 乃楚人也."

11) 車天輅, 『五山說林』, 『大東野乘』. "吾先君, 作宰高城, 申公應時送別詩, '高城爲郡古, 邑里太蕭條. 西望山皆骨, 東臨海不潮. 丹砂招葛老, 鳧舄送王喬. 桂笏吟詩處, 兼無簿領囂.'"

12) 李晬光, 〈東詩〉, 「文章部」, 『芝峯類說』 권13. "申監司應時, 有詩名, 嘗作高城詩曰, '西望山皆骨, 東臨海不潮.' 菁川詩曰, '溪橋多臥石, 山店盡依楓.' 爲兵郎詩曰, '時平軍國無虞事, 騎省郞官夜讀書.' 又宜祖大王亮陰時, 應製杜鵑詩曰, '吾王方在疚, 莫近上林栖.' 順懷世子挽詞, '金華已作傷心地, 玉漏猶傳問寢晨.' 時以爲佳."

13) 金萬重, 「詩話」, 『西浦漫筆』. "辛應時芙蓉堂詩, 金梭織柳晚鶯呼, 驚起西廂客夢孤. 一晨荷堂山雨過, 午看銀竹變明珠."

다.[14] 이 논문은 그동안 주목받지 못했던 신응시의 존재를 학계에 보고한 의의가 있다.

이 글은 이상과 같은 문제의식을 토대로 신응시 문학 전반을 파악하는 작업의 일환으로서 생애의 특징적인 부분을 살펴보고 그의 시 세계가 어떠한 양상으로 나타나는지 살펴보도록 하겠다.

신응시의 시문은 임진왜란 때 대부분 유실되어 현재 남아있는 작품들은 선조 연간에 지어진 것들이 대부분이다. 신응시의 시는 총 226제 265수이며 부 1편, 과문(科文) 2편, 제문 1편이 있다. 시체별로는 오언절구 13제 13수, 칠언절구 92제 120수, 오언율시 41제 44수, 칠언율시 74제 82수, 오언배율 3제 3수, 칠언배율 3제 3수가 있다. 이 글이 텍스트로 정한 『백록유고』는 1660년 신응시의 손자인 신희계(辛希季)가 간행한 초간본에 습유·행장·신도비명·제문 등과 신응시의 아들 신경진(辛慶晉)의 시문을 합쳐서 엮은 중간본이다.

2. 신응시 문학의 형성배경

신응시의 자는 군망(君望), 호는 백록(白麓), 본관은 영월(寧月)이다. 아버지는 황해도 은율 현감을 지낸 신보상(辛輔商)이다. 신응시 집안의 세거지는 경기도 장단·배천·연안 일대인데, 신응시가 진사시에 응시할 때 거주지가 경(京)으로 기록되어 있고, 그의 집이 백악

---

14) 성봉현, 「대전의 역사와 인물―백록 신응시의 가계와 생애」, 『대전문화』 제11호, 2002.

산 기슭에 있었다는 기록으로 볼 때 신응시의 거주지는 서울이었던 것으로 짐작된다.[15)]

신응시의 생애를 살펴볼 때 주목해야 할 대목은 신응시의 뛰어난 문재(文才)이다.

공은 가정 임진년 생이다. 태어나면서부터 자질이 특출하여 6세에 글을 읽을 줄 알았고 글을 지으면 사람들을 놀라게 하였다. …… 16세 (1547년, 명종 2)에 명종께서 알성시로 선비를 뽑을 때 공이 지은 글이 합격했으나 당시 고관으로 있던 좌상 안현이 공이 지은 것임을 알아보고는 즉시 붓으로 끌어당겨 소매 속에 넣으면서 "이 사람은 큰 그릇이니 소년등과는 불행하다."라고 하였다.[16)]

홍문관 부제학 신응시가 졸하였다. 응시의 자는 군망이고 호는 백록이다. 응시는 풍채가 빼어나고 밝았으며 도량이 준매하였고, 문장이 공교로워 일찍부터 재명이 있었다. ……정시에 일곱 번이나 장원하였으며 호당에서 사가독서를 하였고 예문관 응교를 겸임하였다.[17)]

첫 번째 언급은 신응시가 천부적인 문재를 지니고 있었음을 보여주는 것이다. 그는 6세 때부터 책을 읽을 줄 알았고 시를 지어 사람

15) 성봉현, 「대전의 역사와 인물-백록 신응시의 가계와 생애」, 『대전문화』 제11호, 2002, 220면.
16) 송시열, 〈白麓辛公行狀〉, 『宋子大全』 권206, 『韓國文集叢刊』 115, 10면. "公以嘉靖壬辰生, 生而秀異, 六歲知讀書, 作句已能驚人, 年十六, 明廟謁聖取士, 公所製入格, 時安左相玹爲考官, 知爲公作, 卽以筆句之, 納諸袖曰, 此人大器, 少年登科是不幸也."
17) 「선조 18년 1월 1일」, 『선조수정실록』, "弘文館副提學辛應時卒, 應時字君望, 號白麓, 應時風神秀朗, 器局峻邁, 工於詞藻, 早有才名. ……庭試文士七度居魁, 賜暇湖堂, 兼帶藝文應敎."

들을 놀라게 할 만큼 재능이 뛰어났다. 그런 까닭에 16세 때 과거에 합격했던 것이다. 당시 좌의정으로 있던 안현(安玹)이 신응시가 장차 크게 될 인물임을 간파하고 소년등과를 막았다는 일화는 어린 시절부터 탁월했던 신응시의 문재를 함축한 것이라 할 수 있다.

두 번째 인용문은 신응시가 관직 생활을 한 이후부터 뛰어난 문재를 발휘한 이력들을 보여준 것이다. 신응시는 1552년(명종 7) 진사시에 합격하고 1559년(명종 14)에 문과에 급제하여 승문원 권지부정자로 관직 생활을 시작하였다. 그는 안현의 기대를 저버리지 않고 관직 생활 중에 문장으로서 두각을 드러낸다. 즉, 호당에 선발되어 사가독서를 하였으며 정시(庭試)에서 일곱 번이나 수석을 차지하는 영광을 누렸던 것이다. 특히 명종 연간에는 신응시의 관직이 외직으로 나가는 일 없이 홍문관 부수찬, 사헌부 지평, 홍문관 수찬, 지제교 등을 역임하였는데 학술과 관련된 이 같은 관직 현황은 신응시의 문재가 바탕이 되었다고 할 수 있다.

그런데 신응시의 뛰어난 문재는 문예취향이 있었던 명종[18]의 인정을 받음으로서 더욱 빛을 발휘하게 되었다. 예컨대, 신응시는 명종의 명에 의해 과거시험장의 모습을 그린 병풍에 시를 짓는 영광을 누렸고[19], 36세(1563년, 명종 22) 때는 서경덕을 추모하는 〈화담유감〉 시를 지어 명종으로 하여금 즉시 서경덕의 관직을 추증하게 만들었

---

18) 명종의 문예취향에 대해서는 박은숙, 『고경명 시 연구』, 집문당, 1999 참조.

19) 「19년, 6월 11일」, 『명종실록』. "辛巳. 傳曰, 洪暹尹春年鄭惟吉……李山海李後白奇大升辛應時, 牌招可也. ……洪暹等詣闕後, 上以科擧等事, 圖形二十三幅分下, 仍傳曰, 我國重科擧, 故前年盡成此圖, 欲書詩文而未果, 今始下于卿等矣. 七言律二首製述, 各以手筆, 書于紈上, 又於末端, 書具銜, 奉敎製進."

던 것이다.[20)]

그럼 〈화담유감〉 시를 소개해 보면 다음과 같다.

오관산 아래, 화담 가에서	五冠山下花潭上
평생 동안 대그릇의 밥으로 나의 가난을 즐겼네	簞食平生樂我貧
이 도가 전해지자 먼저 깨달았으나	斯道有傳先有覺
태평성대에 불행히도 일민이 되었다네	淸時不幸逸爲民
그 당시 개경에는 고결한 선비를 공경했는데	故都當日欽高士
저승은 어느 해에 덕 있는 사람을 숨겼다네	黃壤何年閟德人
이승과 저승에 포상함을 두루 알리니	報道幽明襃奬遍
우두커니 썩은 몸에 성은이 무젖는 것을 바라보네	佇看朽骨聖恩淪

〈花潭有感−화담에서 느낌이 있어서〉[21)]

위의 시는 서경덕의 학자적 면모와 은자로서의 덕을 찬미한 것이
다. 서경덕은 오관산 아래 화담 가에서 평생 안빈낙도하였다. 그는
조선에 유도(儒道)가 전해지자 선각자로서 학문을 수양하여 고사(高
士)로 존경받았으나 불행히도 유도를 정치현실에서 시행하지 못하고
일민(逸民)으로 생을 마감하였다. 그러나 서경덕 사후에 명종의 은택
으로 그의 학문과 은일이 표창을 받게 되었다는 내용이다.

이 시는 뛰어난 학자임에도 당대에 진가를 발휘하지 못했던 서경

---

20) 「22년, 1월 3일」, 『명종실록』. "近日成守琛之贈爵, 予知其歿, 故特命之. 而徐敬德事,
則未之覺矣. 今觀書堂月課, 弘文館副修撰辛應時憶花潭處士徐敬德做詩曰, '五冠山下
花潭上, 簞食平生樂我貧. 吾道罔際先有覺, 淸時不幸逸爲民. 故都當日欽高士, 黃壤如
今閟德人. 報道幽明襃贈遍, 佇聞朽骨職恩淪. 則徐敬德與成守琛竝數云. 爵贈之典, 獨
不可闕也. 議于四大臣."

21) 辛應時, 『白麓遺稿』, 『韓國文集叢刊』 41, 409면.

덕에 대한 안타까움과 서경덕 사후에 뛰어난 학자에게 은택을 베푼
명종의 덕을 칭송한 것이라 할 수 있다.

　다음의 시는 신응시가 명종 22년 병조좌랑으로 있을 때 지은 것
이다.

　　　　종소리 울리니 금마문 처음으로 닫히고　　　　　　鍾動金門下鑰初
　　　　뜰에는 가을비 내리는 소리 사각사각 들리네　　　　一庭寒雨聽疏疏
　　　　태평성대라 병조에는 근심스런 일이 없으니　　　　時平軍國無虞事
　　　　병조 낭관은 밤에 글을 읽는다　　　　　　　　　　騎省郎官夜讀書
　　　　　　　　　　　　　　　　　〈騎省夜吟−병조에서 밤에 읊다〉22)

　이 시는 시인이 명종대를 지극히 태평성대로 인식하고 있음을 드
러낸 것이다. 시인은 병조에서 숙직을 하게 되었다. 종소리와 함께
성문이 닫히고 대궐은 고요하다. 때마침, 대궐 뜰에는 가을비가 사각
사각 내리고 시인은 고요 속에 빗소리를 들으며 한가롭게 독서를 즐
긴다. 시인이 병조 낭관이라는 낮은 직책임에도 한가롭게 독서를 즐
길 수 있었던 것은 지금의 시대가 태평성대이기에 병조에서 특별히
할 일이 없기 때문이다. 신응시가 명종대를 태평성대로 인식하는 것
은 나라에 특별한 우환이 없고, 앞서 살폈듯이 신응시가 자신의 문재
를 명종에게 인정받아 마음껏 펼칠 수 있었기 때문이다.

　요컨대, 이상의 언급들은 신응시의 문재가 뛰어났다는 사실과 그
것이 명종을 만남으로써 빛을 발휘하게 되었다는 것을 밝힌 것이라
하겠다.

---

22) 辛應時, 『白麓遺稿』, 『韓國文集叢刊』 41, 389면.

신응시는 선조 연간에 이조 정랑, 동부승지, 전라도 관찰사, 대사
성, 연안부사(延安府使), 광주목사(光州牧使), 대사간, 부제학 등을 역
임하게 된다. 그런데, 선조 연간에 주목할 만한 사실은 신응시가 선
조 7년 이전까지는 관직이 계속 승진하고 내직에 주로 있었지만, 7년
이후부터는 파직을 당하기도 하고 지방관으로 나가는 경우가 많았다
는 점이다. 예컨대, 1574년(선조 7) 동인(東人)의 중진이었던 박근원
의 동생 박신원과 관련하여 시사(時事)를 비판했다가 파직된 일23),
1576년(선조 9)에는 백악산 기슭에 있는 자신의 집 담장에 산의 돌을
옮겨 놓아 고신 3등급이 깎였던 일24) 등이 그것이다. 또한 이 시기
전후로 신응시가 전라도 관찰사(1575), 연안부사(1577~1580), 광주
목사(1580~1583) 등 지방관으로 자주 나가게 되는데, 이것은 선조대
의 정치상황과 밀접한 관련이 있을 것으로 짐작된다. 선조 7년 이후
부터는 동인과 서인 간의 갈등이 본격화되던 시기이다. 당시 정철·
성혼 등과 절친했던 신응시가 정치적으로 서인의 입장에 섰던 것은
어렵지 않게 짐작할 수 있다. 1576년에 신응시가 정철·구봉령 등과
함께 김효원을 소인이라고 몹시 배척했다는 언급,25) 1584년 동인인
김우옹이 정철을 비난하자 신응시가 선조에게 김우옹의 잘못을 강력
하게 진언했던 일이나26) 신응시가 박순·정철·이이·박응남·김계휘

---

23) 「7년, 7월 1일」, 『선조수정실록』. "左副承旨鄭芝衍右副承旨辛應時, 以言事罷. 時,
     吏曹參判朴謹元門戶勢盛, 其弟愼元曾爲守令, 恬恃貪饕, 聲聞狼藉, 朝廷皆知之."

24) 「9년, 2월 26일」, 『선조실록』. "庚寅, 辛應時家在白岳山下, 移石于墻邊, 發覺, 上遣中
     使摘奸, 臺諫亦論劾, 奪告身三等, 上及士論, 或以爲無忌憚而惡之."

25) 「9년 2월 1일」, 『선조수정실록』. "鄭澈具鳳齡辛應時等, 皆以孝元爲小人, 欲深斥之."

26) 「17년 5월 1일」, 『선조수정실록』. "大司諫辛應時上箚, 略曰, …… 澈, 剛介嫉惡, 不容
     人過, 見忌於人, 素矣. 近者特蒙恩奬, 至許以淸忠耿直, 其爲所憚, 比前益甚, 而宇顒

등과 결탁하여 심의겸의 당으로 조정을 어지럽혔다고 양사의 탄핵을
받은 사실27) 등은 이러한 정황을 잘 보여준다. 결국 선조 연간에 신
응시가 외직으로 자주 나갔던 것은 서인계에 속했던 그의 정치적 입
장과 관련이 있다고 볼 수 있을 듯하다.

　다음은 『선조수정실록』에 기록된 신응시의 졸기를 통해 선조 연
간 신응시의 정치적 입장을 짐작해 보도록 하겠다.

　　　임금이 처음 정사를 맡았을 때 여러 현자들과 함께 조정에 나아갔는
　　데 오랫동안 경연에 입시하면서 일에 따라 옳은 것을 취하고 그릇된
　　것을 버려 보필함이 매우 많았으니 임금 또한 중하게 여겼다. 만년에
　　사림의 논의가 분열되었을 때 비록 선배로서 심의겸의 당이라고 배척
　　당했으나 논의가 평정하고 한쪽으로 치우치는 사심이 없었다.28)

　위의 기사는 신응시가 선조 초기에 옳고 그름을 판별하여 선조를
올바르게 보필하였다는 것과 생애 후반부에 사림의 분열로 인해 정
치적으로 배척되었다는 내용이다. 여기서 주목되는 것은 명종대와는
달리 선조대로 접어들면서 신응시가 정치적으로 곤경에 처하게 되었
다는 점이다. 이는 당시 동인이 득세하던 시기에 신응시가 서인 심의
겸의 당으로 분류되어 동인과 정치적 갈등을 빚게 되어 배척되었기

　之見, 爲澈益偏故也. ……惜乎. 宇顒之言, 不幸近之也."
27) 「17년 8월 18일」, 『선조수정실록』. "於是論列朴淳鄭澈李珥朴應男金繼輝尹斗壽尹根
　　壽朴漸李海壽辛應時等, 與義謙結爲死生之交, 聲勢相倚, 淆亂朝政, 如成渾亦受其籠
　　絡."
28) 「18년 1월 1일」, 『선조수정실록』. "當上初政, 與群賢彙征, 久在經幄, 隨事獻替, 裨益
　　弘多, 上亦重之. 晩見士論携貳, 雖以先輩見斥爲沈黨, 論議平正, 絶去倚着之私."

때문이라 하겠다. 신응시가 명종대를 태평성대로 인식했던 것과는
달리 선조 이후부터 졸하기 전까지 대부분 외직을 전전하다가 생을
마감했던 사실은 이러한 정치적 배경에서 기인한다고 볼 수 있을 것
이다.

3. 혼탁한 현실과 탈속의 시세계

『백록유고』해제에서도 밝히고 있듯이 신응시의 시를 검토해 보
면 대부분 선조 연간에 창작된 것들로 호남 어사·전라도 관찰사·연
안부사·광주목사 등 외직을 전전할 때 지은 것임을 알 수 있다.이는
임진왜란을 겪으면서 유고(遺稿)가 유실되는 과정에서[29] 공교롭게도
후반기 시들만이 남은 것으로 추정된다. 이 장에서는 현전하는 시들
을 대상으로 신응시의 시세계를 살펴보도록 하겠다.

1) 혼탁한 현실과 명종에 대한 그리움

신응시의 시를 검토해 보면 다음과 같은 특징들을 포착할 수 있다.
첫째, 스님과의 교유시가 압도적으로 많고, 둘째, 자연 경물을 읊고
자연 속에 귀의하고자 하는 소망을 드러낸 시들이 많으며, 셋째, 지
방관으로서 바쁜 공무에 괴로워하는 시들이 많다는 것이다. 그런데
이러한 시들의 기저에는 정치현실에 대한 신응시의 부정적인 인식이
짙게 깔려 있다.

---

29) 정필용, 〈해제〉, 『백록유고』, 『한국문집총간』 41 참조.

열 길 먼지 속 서울에서 다행히 몸을 빼내어	京塵十丈幸抽身
호수가의 절로 스님을 찾아 좋은 인연을 맺었네	湖寺尋僧結好因
가장 한스러운 건, 골백번 변하는 부질없는 세상의 모습	
	百變生憎浮世態
담박하게 상대하며 나의 진을 드러내리라	澹然相對露吾眞

〈贈岑上人-잠상인에게〉30)

　시인에게 지금의 현실은 혼탁한 먼지 속과 같다. 그가 현실을 혼탁
하다고 판단하는 근거는 현실이 일정함이 없이 이해득실에 따라 골
백번 번복하기 때문이다. 그런 세상에 진저리가 쳐진 시인은 이제 도
성을 빠져나와 절을 찾아간다. 절은 먼지 속의 서울과는 달리 담박하
여 시인의 진(眞)을 드러낼 수 있는 청정한 공간이기 때문이다. 1구의
'열 길[十丈]'은 혼탁한 서울에 대해 느끼는 시인의 환멸의 깊이를
'몸을 빼내어[抽]'는 혼탁한 서울을 조금도 주저 없이 벗어나고자 하
는 시인의 행위를 강조한 것이라 할 수 있다.

　다음의 시 역시 혼탁한 현실의 한 가지 모습으로, 시비곡직을 가릴
수 없는 세상에 초점이 놓인 작품이다.

집은 강남의 대숲 마을에 있으니	家在江南篁竹村
아침·저녁 가랑비 오락가락하는 것 익숙하게 보았네	慣看煙雨變朝昏
종이 위에 옮겨놓자 바야흐로 좋다는 걸 알겠으니	移來紙上方知好
진실과 거짓의 인간세상 다시는 논하지 않네	眞贋人間不復論

〈題畫竹-대나무 그림에 쓰다〉31)

30) 辛應時, 『白麓遺稿』, 『韓國文集叢刊』 41, 397면.
31) 辛應時, 『白麓遺稿』, 『韓國文集叢刊』 41, 399면.

   시인은 대숲이 우거진 강남 마을에 위치한 한 채의 집을 주시한다.
거기에는 아침, 저녁으로 가랑비가 내렸다 그쳤다를 반복한다. 시인
은 그 모습을 그림으로 옮겨놓고 매우 흡족해한다. 그곳은 자신이 위
치한 인간세상과 달리 인위적인 모습이 없기 때문이다. 즉, 자신이
살고 있는 인간세상은 진실을 거짓이라 하고 거짓을 진실이라 하며
시비곡직을 가릴 수 없는 혼탁한 세상이지만, 강남의 마을은 비가 오
면 오는 대로 그치면 그치는 대로 자연의 순리대로 살아가는 공간이
기 때문이다. 이 시는 동서갈등으로 인해 서로의 주장만을 고집하는
당대의 현실을 우회적으로 비판한 것이라 할 수 있다.
   이렇듯, 당대 현실에 대한 부정적인 시각은 그 옛날 자신의 재능을
인정해주고 아껴주었던 명종에 대한 그리움으로 전이된다.

성 동쪽 소나무·회나무 울창하게 뻗었는데	城東松檜鬱崔嵬
십 년 만에야 사당에 제사 드리러 왔네	一十年來奉祀來
하늘 끝 흰 구름은 길이 눈에 들어오는데	天外白雲長入望
언덕 머리의 패물과 곡식 헛되이 쌓여 있구나	崗頭金粟謾成堆
궁궐에서는 낮에 접견할 때 앞자리 차지했던 일 생각나고	
	龍墀晝接思前席
상여 잡고는 밤에 엄숙히 임금님 모셨던 일 기억나네	蜃衛宵嚴憶扈陪
늙은이는 은혜 입고도 아직 죽지 못했으니	白首啣恩猶未死
판향을 사르고 나자 눈물 뺨에 가득하네	瓣香燒罷淚盈腮

〈奉祀康陵有感－강릉에 제사 지내고 느낌이 있어서〉[32]

32) 辛應時, 『白麓遺稿』, 『韓國文集叢刊』 41, 405면.

강릉은 명종의 능으로 현재 도봉구 공릉동에 있다. 시인은 지금에야 명종의 능을 찾아 제사를 드렸으니 명종이 승하한 지 10년(1577)만이었다. 무덤 주위의 소나무·회나무는 십 년을 묵어 울창하게 자라나 있었고 제사를 지내는 능 앞에는 패물과 곡식들이 가득 싸여 있었다. 그러나 명종이 없는 지금, 모든 것이 의미가 없는 것이었다.

시인은 잠시 명종을 모시고 총애를 받았던 시절로 돌아갔다. 시인은 명종이 궁궐에 계실 때 자신을 하루 세 번씩 불렀는데 그럴 때마다 항상 맨 앞자리를 차지하는 총애를 입었던 것이다. 명종의 상여가 나갈 때는 밤늦도록 명종의 상여를 엄히 따르며 옆에서 모셨던 일을 생각하였다. 지금 생각하니 명종의 은혜가 자신에게 이토록 지극했건만 시인은 아직까지 죽지 못해 명종의 곁을 모시지 못하고 있었던 것이다. 명종에 대한 시인의 회한은 향을 사르자 눈물이 되어 흘러내리고 있었다.

이 시는 명종의 능에 제사를 지내고 명종의 은혜를 생각한 것이지만 10년이 지난 현재에도 여전히 명종을 그리워하고 있다는 점에서 선조대에 재능을 인정받지 못하는 신응시의 회재불우를 우회적으로 표출했다고 할 수 있을 것이다.

2) 관직생활에 대한 염증과 탈속 추구

앞에서 살폈듯이 신응시는 선조대의 현실을 혼탁하다고 인식하였다. 이러한 인식은 신응시로 하여금 관직생활에 염증을 느끼게 한 듯하다. 선조 이후 신응시가 지은 시들을 보면 지방관으로서 겪는 괴로움을 토로한 시들이 자주 나타나기 때문이다. 특히 그에게 관직은 바쁜 공무로 인해 자신을 힘들게 하는 걸림돌이었다.

<blockquote>
비가 층층의 성곽을 누르니 저녁 종소리 은은하고 　雨壓層城隱暮鍾
외로운 촛불 켜진 나그네 침상에서 마음은 복잡하네 　客牀孤燭意重重
내일 아침 다시 관서의 길을 밟아야 하니 　　　　　明朝更踏關西路
마을의 여관, 산의 다리 이것은 옛날 밟았던 자취 　野店山橋是舊蹤
〈開城府太平館-개성부 태평관에서〉[33]
</blockquote>

　이 시의 주된 정조는 쓸쓸함이다. 이 쓸쓸함은 '비[雨]', 저녁 종[暮
鍾], '외로운 촛불[孤燭]' 등의 시어들을 통해서 형성된 것이다. 시인
은 개성의 태평관에서 하루를 머무르고 다시 공무를 맡으러 관서지
방으로 떠나야 한다. 저물녘에 투숙한 태평관에는 비가 추적추적 내
리고 빗속에 저녁 종소리도 들릴 듯 말 듯 은은하다.

　홀로 침상을 지키는 시인의 마음은 복잡하다. 어설픈 날씨 속에 내
일이면 또다시 공무를 수행하기 위해 북쪽으로 떠나야하기 때문이
다. 4구의 '옛 발자취[舊蹤]'는 시인에게 관서 지방으로의 공무수행
이 이번이 처음이 아님을 나타낸 동시에 같은 일을 반복해야 하는 공
무의 지루함을 암시한 것이다. 공무수행은 그에게 관서 길에 매번 만
나게 되는 여관이나 산의 다리처럼 새롭거나 흥미롭지 않다.

<blockquote>
한가함을 틈타 문서를 집어던지고 　　乘閑揮簿領
벗을 끌고서 억지로 누대에 올랐네 　　拉友强登樓
강도의 나무는 아득히 보이고 　　　　杳靄江都樹
</blockquote>

---

33) 辛應時, 『白麓遺稿』, 『韓國文集叢刊』 41, 397면.

각포의 배는 희미하게 보이네	依微角浦舟
저물녘 붉은 꽃 감상하니 마음이 기쁘고	賞心紅舊晚
가을 든 벽오동을 보니 처량한 생각이 드네	涼思碧梧秋
문득 동쪽으로 돌아가는 나그네를 부러워하니	却羡東歸客
나는 지금 바다 모퉁이에 체류하고 있기 때문	吾今滯海陬

〈聚遠亭, 次板韻與虞卿

─취원정에서 판상운에 차운하여 우경에게 주다〉[34]

각포(角浦)는 황해도 연안(延安) 지역에 있으니 이 시는 신응시가 1577년 연안부사로 있을 때 지은 듯하다.

시인은 한가한 틈을 타서 복잡한 공무에서 잠시 벗어났다. 답답했던 그는 다짜고짜 자신을 방문한 친구 우경을 이끌고 취원정에 올랐다. 1구의 '집어던지고[揮]'는 지긋지긋한 공무에서 벗어난 시인의 해방감을 함축한다. 관아를 빠져 나와 누대에 오르자 강도의 나무들이 아득히 보이고 먼 포구에 있는 배들도 흐릿하게 시야에 들어온다. 오랜만에 느껴보는 한가로움이다. 시인은 그동안 바쁜 사무로 꽃 경치를 감상할 틈이 없었다. 하지만 뒤늦게라도 남은 꽃들을 보자 기쁘기 한량이 없었다. 그것도 잠시, 가을이 든 오동나무를 보자 시인은 처량한 생각이 든다. 친구는 내일 서울로 돌아갈 것이지만 자신은 여전히 연안에 홀로 남아 또 한 해를 넘겨야 하기 때문이다.

지방관으로 있으면서 공무수행의 괴로움을 토로한 신응시는 현실을 벗어나 자연 속에서 살고자 하는 소망을 드러내기도 한다.

---

34) 辛應時, 『白麓遺稿』, 『韓國文集叢刊』 41, 400면.

호숫가 동서쪽에 옛날에 거처를 정해두고　　　　湖上東西舊卜居
스님 만날 때마다 매번 이것이 내 집이라 말했네　逢僧每道是吾廬
10년이 되어도 은거할 계획 이루지 못했으니　　　十年未遂菟裘計
강가의 새들과 꽃들은 나를 몹시 비웃으리라　　　江鳥江花笑殺予
〈贈僧-스님에게 주다〉35)

　신응시는 예전부터 속세를 떠날 계획을 세워놓고 있었다. 그래서 미리 호수 동서쪽에 은거지를 마련하고 스님에게 곧 돌아올 것이라 약속했었다. 신응시가 마련한 은거지는 강의 새들과 꽃들이 무성한 속세와는 떨어진 공간이다. 그러나 그는 매번 스님을 만날 때마다 오두막으로 은거하겠다는 약속만 하고 실행에 옮기지 못하고 있었다. 물새와 꽃들과 오두막 역시 10년째 시인을 기다리고 있는 실정이다. 4구의 '몹시 비웃으리라[笑殺]'는 과감하게 속세를 떠나 은거하지 못하는 시인 자신에 대한 자괴감의 표출이라 할 수 있을 것이다.
　속세를 벗어나 자연에 살고 싶어 하는 신응시의 삶의 지향은 스님의 한가로운 삶을 동경하는 것을 통해서도 표출된다.

만약 우리들과 비교하면 자네가 오히려 어지니　若方吾輩爾猶賢
하나는 공명의 굴레, 하나는 선의 굴레를 썼네　一縛名韁一縛禪
한가롭고 바쁨을 가지고 같고 다름을 비교하지 말게　莫把閑忙較同異
죽방에서 애오라지 낮잠이나 즐기려네　　　　　竹房聊寄午時眠
〈贈竹管上人-죽관 상인에게〉36)

---

35) 辛應時, 『白麓遺稿』, 『韓國文集叢刊』 41, 392면.
36) 辛應時, 『白麓遺稿』, 『韓國文集叢刊』 41, 390면.

시인은 분명 자신의 삶이 스님의 삶보다 못하다는 것을 알고 있다. 그러나 그는 스님처럼 살아가지 못하고 있다. 못난 시인의 삶은 공명(功名)을 찾아 바삐 쏘다니는 것이며, 스님의 어진 삶은 모든 것을 내려놓고 자연에서 한가롭게 살아가는 것이라 할 수 있다.

3, 4구에서 현실적 삶을 내려놓지 못한 시인은 오히려 스님에게 호언장담을 한다. 자신의 마음은 죽방에 있는 스님과 다를 바 없으니 바쁘고 한가로움을 굳이 따질 필요가 없다는 것이다. 이는 스님의 삶을 부러워하는 시인의 반어적 표현이라 할 수 있다. 사실, 시인이 선방을 찾은 자체가 이미 스님의 삶을 동경한 것이며, 죽방에서 무심한 듯 낮잠을 즐기려는 태도 역시 스님처럼 살지 못하는 시인의 삶을 해학적으로 포장한 것으로 보이기 때문이다.

한 쌍의 홰나무 아래 앉아서 생각하니	坐憶雙槐下
맑은 물은 푸른 이끼를 침범 했으리라	淸流浸碧苔
속인들 발자취 붙일 수 없으니	塵蹤未可着
응당 야승만이 왔다네	只合野僧來

〈次雪岊僧軸韻, 遙奉雙溪主人
－설은 스님 시축 운에 차운하여 멀리서 쌍계주인에게 올리다〉[37]

이 시는 쌍계사 주지스님의 탈속적 경지를 흠모한 것이라 할 수 있다. 1구는 시인이 위치한 공간을 의미한다. 홰나무가 시사하듯, 일장춘몽 같은 현실에서 시인은 여전히 속세의 욕망을 버리지 못한 채 살아가고 있다. 그러나 깨고 나면 허무한 꿈에 불과하다는 것을 알고

---

37) 辛應時, 『白麓遺稿』, 『韓國文集叢刊』 41, 389면.

있기에, 푸른 이끼에 맑은 시냇물이 젖어드는 청정한 쌍계사를 생각하고 있는 것이다. 쌍계주인의 탈속적 경지는 속세의 발길이 아예 절로 들어오지 못하게 야승을 시인에게 보냈다는 언급을 통해서 짐작할 수 있다.

요컨대, 이 시는 쌍계사의 탈속적 경계에 대한 흠모를 통해 자연에 귀의하고 싶은 시인의 지향을 시화한 것이라 할 수 있다.

한 쌍의 새 흰 신   一雙新白鞋
호승이 멀리서 부쳤다네   胡僧遠相寄
이 신을 신고서 편안히 돌아가고자 하니   穿此欲安歸
붉은 단풍 든 가을 산 속으로   秋山紅葉裡

〈廣德寺僧送白鞋, 謝贈
−광덕사 스님이 흰 가죽신을 보냈기에 사례로 주다〉[38]

광덕사는 천안에 있는 절이다. 시인이 광덕사 스님과 인연을 맺을 수 있었던 것은 신응시의 두 번째 부인이 회덕에 사는 송응서(宋應瑞)의 딸이었기 때문에 그곳을 방문하여 만남이 이루어졌던 듯하다.[39]

3, 4구는 속세를 벗어난 맑은 공간에서 한가로움을 추구하고자 하는 시인의 정신지향을 드러낸 것이다. 시인은 이제 스님이 보내준 흰 가죽신을 신고 편안한 마음으로 광덕사를 찾아가고자 한다. 흰 가죽신은 속세의 모든 것을 깨끗이 털어버린 시인의 탈속적 정신을 시사한다.

---

38) 辛應時, 『白麓遺稿』, 『韓國文集叢刊』 41, 389면.
39) 성봉현, 「대전의 역사와 인물−백록 신응시의 가계와 생애」, 『대전문화』 제11호, 2002, 220면.

요컨대, 이 시는 단풍이 붉게 물든 가을날, 광덕사를 찾아가고자 하는 시인의 모습을 통해서 탈속적인 삶을 지향하는 시인의 정신을 읽을 수 있다.

4. 맺음말

이 글은 백록 신응시의 삶과 시세계를 살펴보는 데에 목적을 두었다. 이를 위해 신응시의 생애에서 주목할 만한 기록들을 중심으로 삶의 전반을 살펴보았고 이를 토대로 신응시의 현실인식과 삶의 지향을 살펴보았다.

신응시의 생애에서 주목할 만한 사실은 그가 천부적인 문재를 지니고 있었다는 사실이다. 신응시는 6세 때 시를 지어 사람들을 놀라게 했고 16세 때 알성시에 급제했으며 출사 후에는 일곱 번이나 정시에서 장원을 차지하였다. 뿐만 아니라 그의 시는『국조시산』,『송계만록』,『오산설림』『지봉유설』,『서포만필』등의 시선집이나 시화집에 다수 실려 있는데, 이를 통해서도 신응시의 높은 시적 성취를 가늠해 볼 수 있다. 신응시의 뛰어난 문재는 출사 전반기 문예취향이 있었던 명종에게 인정을 받음으로써 극대화되었다. 그러나 선조 7년 이후부터 동인과 서인간의 갈등이 본격화되자 정치적인 문제로 인해 그는 재능을 펼치지 못하고 외직을 전전하다가 생을 마감하게 되었다.

신응시의 유고는 임진왜란 때 대부분 유실되어 현재 남아 있는 시들은 선조 연간에 지어진 것들이 주를 이룬다. 신응시의 시를 일별해

보면 스님과의 교유시가 압도적으로 많으며, 자연 경물을 읊고 자연
속에 귀의하고자 하는 소망을 다룬 시들, 지방관으로서 바쁜 공무에
괴로워하는 심정을 읊은 시들이 많다는 것이다. 이를 토대로 도출한
신응시의 시세계는 '혼탁한 현실과 명종에 대한 그리움', '관직에 대
한 염증과 탈속 추구'라는 주제로 파악될 수 있었다.

죄를 안고 태어난 떠돌이,
장생불사를 꿈꾸다

정 작(1533~1603)

1. 머리말

이 글은 고옥(古玉) 정작(鄭碏)의 삶과 시세계를 밝히는 데 목적을 둔다. 정작은 청한자(淸寒子) 김시습(金時習) - 허암(虛庵) 정희량(鄭希良) - 승(僧) 대주(大珠) - 북창(北窓) 정렴(鄭石+廉)으로 이어지는 조선 시대 단학파 도맥의[1] 자장 속에서 정초(鄭礎)·정렴(鄭石+廉)과 함께 정씨일문(鄭氏一門)의 도교 전통을 이룬 인물로 평가받는다.[2] 뿐만 아니라 의술이 뛰어나 1596년 유의(儒醫)로서『동의보감』편찬에 참여했으며[3] 초서와 예서를 잘 쓴다는 평가를 받는다.[4]

1) 양은용,「新出『丹學指南』과 北窓鄭石+廉의 養生思想」,『도교의 한국적 수용과 전이』, 아세아문화사, 1994, 376면.

2) 양은용,「古玉 鄭碏의 道教學」,『도교문화연구』제15집, 한국도교문화학회, 2001, 211면.

3) 李廷龜,〈東醫寶鑑序〉,『月沙集』권39,『韓國文集叢刊』70, 143면. "浚退與儒醫鄭碏 太醫楊禮壽金應鐸李命源鄭禮男等, 設局撰集, 略成肯綮."

4) 朴世采,〈內資主簿鄭公墓表〉,『南溪先生朴文純公文續集』권22,『韓國文集叢刊』142,

　정작은 우리나라 도교사에서 주목받는 인물지만5) 문학사에서는
아직까지 조명을 받지 못하고 있다. 이는 도교와 관련하여 철학분야
에서 정작을 먼저 부각시켰기 때문에 문학적인 측면이 간과된 경향
이 있는 듯하다. 게다가 정작의 생애를 일관되게 고찰할 만한 구체적
인 자료의 부족 또한 일정한 영향을 끼친 것으로 짐작된다.6)

　정작의 문학적 위상은 도교적 위상 못치 않게 높다고 할 수 있다.
정작의 문학에 대한 다음의 평가들은 이를 방증한다. 허균은『국조
시산』에서 정작의 시 4편7)을 뽑고서 "세상에서 절창이라고 일컫는
다."8)라고 하며 "시어가 귀신이 도왔다."9)는 비(批)와 평(評)을 내리
고 있다. 장유(張維)는 "고옥이 시를 매주 잘 다스렸는데 성조가 청원
(淸遠)하여 때때로 당나라 사람의 풍치(風致)가 있다."10)고 했으며,
권응인(權應仁)은『송계만록』에서 정작의 〈송이금사수종(送李琴師守
種)〉 시의 함련 "친구 멀리 떠날 행색이 있으니, 늙은이는 이 봄날 좋
은 회포가 없네.[故人千里有行色, 老子一春無好懷.]"를 인용하고는 "만

　502면. "……然公素善聲詩工草隷, 閒中進士試, 旁通醫方風鑑諸術……."
5) 정작의 도교학에 대해서 단독으로 다룬 양은용(2001)의 논의가 있고, 그 밖에 조선시
　대 도교와 관련하여 언급할 때 정작이 자주 언급되고 있다.
6) 정작의 생애를 개괄적으로 파악할 수 있는 것으로 朴世采의 〈內資主簿鄭公墓表〉가
　있지만 내용이 소략하여 생애를 구체적으로 살피기에는 한계가 있다.
7) 『국조시산』에 실린 정작 시 4편의 제목은 다음과 같다. 〈重陽〉, 〈甲午中元〉, 〈檜岩道
　中〉, 〈送琴師李鍾之平壤〉.
8) 許筠, 〈鄭碏〉, 「七言絶句」, 『國朝詩刪』 권2, 아세아문화사, 1980, 337면. "重陽, 世人
　最愛重陽節, 未必重陽引興長. 若對黃花傾白酒, 九秋無日不重陽. 【批世所稱絶佳者.】"
9) 許筠, 〈鄭碏〉, 「七言律詩」, 『國朝詩刪』 권5, 아세아문화사, 1980, 540면. "檜岩道中,
　匹馬十年西復東, 維楊今日又秋風. 山如圖畵白雲外, 【評語有神助】路入招提紅樹中."
10) 張維, 〈北窓古玉集序〉, 『谿谷先生集』 권6, 『한국문집총간』 92, 108면. "古玉頗治詩,
　聲調淸遠, 時有唐人風致."

당의 시체를 깊이 얻었다."[11]고 극찬하였다. 윤신지(尹新之) 또한 "고
옥이 시율에 있어서 노련하고 음이 청원하여 당나라 명가에 가까우
니 근세 시인들이 스스로 한 걸음 양보해야 한다."[12]라며 정작의 시
적 성취를 당시(唐詩)의 측면에서 높이 인정하였다. 한편, 선조는 '정
작의 〈문자규(聞子規)〉 시 한 연을 외우고 아름다운 작품이라며 감탄
한 뒤 맹인 악사[瞽師] 장순명에게 전편을 외우게 하고 직접 벽에 받
아 적기도 하였다.[13] 이 일화는 정작의 시가 임금에게 알려질 만큼
당대에 크게 유행했었음을 방증하는 것이라 하겠다.

　　이상의 평가들로 볼 때 정작의 한시는 우리 문학사에서 충분히 논
의될 만한 가치가 있다고 판단된다. 그럼에도 지금까지 정작의 한시
를 단독으로 다룬 연구는 없는 실정이다. 다만, 철학분야에서 정작의
도교학에 주목한 연구가 있는바, 정작이 연단일사(鍊丹逸士)로서 삶
을 살았고, 도교사적으로 북창 정렴과 수암 박지화(朴枝華)의 도맥을
계승했다는 점을 밝히고 있다. 이 연구를 좀 더 구체적으로 소개해보
면 2장에서 정작과 관련된 여러 자료들을 검토하고 있고, 3장에서는
생애와 관련된 자료들을 제시하면서 생애와 교유인물들을 정리했으
며, 4장에서는 정작의 연단일사적(鍊丹逸士的) 삶과 정렴·박지화의
수련도교의 계승자로서 정작의 도교학을 언급하고 있다.[14]

---

11) 權應仁, 『松溪漫錄』上, 『大東野乘』. "鄭上舍碏, 送友人, 故人千里有行色, 老子一春無
　　好懷. 深得晚唐體."
12) 尹新之, 〈北窓古玉集序〉, 『玄洲集』권11, 『韓國文集叢刊續集』20, 411면. "至於古玉,
　　老於詩律, 音韻清遠, 逼唐名家, 近世詩人, 自當讓一頭矣."
13) 洪萬宗, 「小華詩評」, 『洪萬宗全集』下, 태학사, 1980, 93면. "張瞽師順命, 嘗召禁中,
　　宣廟問, 汝近往何處. 對曰流寓海西矣. 宣廟曰, 聞鄭碏近在海州, 此人嗜酒, 其能得飲
　　否. 仍誦梨花古寺月一聯曰, 佳作, 恨不見全篇. 汝或記否. 順命誦之, 御筆卽書壁."

이 연구는 『북창고옥집(北窓古玉集)』을 비롯한 정작 관련 여러 자료들을 포괄적으로 소개하여 정작의 삶과 도교학을 개괄적으로 이해하는 데 도움을 주었다는 의의가 있다. 다만, 단편적인 자료 제시 및 분석에 그쳐 정작의 삶과 도교학의 관계를 유기적인 맥락하에 설명하지 못한 아쉬움이 있다.

이 글은 이상과 같은 문제의식하에 정작의 한시세계에 주목해 보고자 한다. 특히 이 글에서 초점으로 하고자 하는 것은 정작의 삶과 시세계와의 유기성이다. 주지하다시피 정작의 부친 정순붕(鄭順朋)은 이기(李芑)·정언각(鄭彦慤)·임백령(林百齡) 등과 함께 을사사화를 주도한 인물로서 권력의 핵심부에 있었으나 선조대에 들어와서 을사사화의 원흉으로 지목되어 삭탈관작을 당한 인물이다. 그런 집안의 자제로서 정작의 도교에의 경도를 어떻게 설명할 수 있으며 그러한 삶이 시세계에서 어떤 특징으로 나타나는지 탐색해 보고자 하는 것이다.

이 글의 진행순서는 다음과 같다. 2장에서는 정작의 시세계를 파악하는 기저단계로서 생애를 구체적으로 살펴보겠다. 3장에서는 생애를 토대로 시세계의 특징적인 국면을 밝혀보도록 하겠다.

2. 정작의 생애

현재까지 정작의 생애를 개괄적으로 살필 수 있는 자료는 박세채

---

14) 양은용, 「고옥 정작의 도교학」, 『도교문화연구』 제15집, 한국도교문화학회, 2001.

가 지은 〈내자주부정공묘표(內資主簿鄭公墓表)〉이다. 그러나 이 묘표 또한 매우 소략하여 정작의 생애를 구체적으로 파악하기에는 한계가 있다. 따라서 이 장에서는 박세채가 지은 〈내자주부정공묘표〉를 중심으로 하되, 『조선왕조실록』, 『기언』, 『대동야승』, 『기년편고』, 『국조인물지』, 『청야만집』 등 여러 사료들에 보이는 정작 관련 기록을 참조하여 정작의 생애를 파악해 보도록 하겠다.

　정작의 자는 군경(君敬) 호는 고옥(古玉)이다. 그는 1533년(중종 28) 6월 21일에 태어났다. 그의 선대는 충남(忠南) 온양(溫陽) 사람으로 고려 때 상서를 지낸 정보천(鄭普天)의 후예이다.[15] 증조부 정충기(鄭忠基)는 예종과 성종 연간에 교리를 지냈으며 조부 정탁(鄭鐸)은 헌납을 지냈고 아버지 정순붕(鄭順朋)은 중종·인종·명종 세 군주를 섬기며 우의정까지 역임하였다. 어머니는 양녕대군의 증손녀로[16] 봉양수(鳳陽守) 이종남(李終南)의 딸이다.[17] 이로 볼 때 정작의 집안은 증조부대로부터 정치적으로 두각을 드러내다가 아버지대에 이르러 현달하게 된 가문이라 할 수 있다.

　정작은 타고난 성품이 고요하고 담박했으며 욕심이 적고 늘 세상을 벗어나려는 경향이 있었다고 한다.[18] 어려서부터 맏형인 정렴과

---

15) 朴世采, 〈內資主簿鄭公墓表〉, 『南溪先生朴文純公文續集』 권22, 『韓國文集叢刊』 142, 502면. "公諱碏, 字君敬. 其先溫陽人, 高麗尙書普天之後. ……以嘉靖二十二年六月二十一日生."

16) 許穆, 〈鄭北窓〉, 「淸士列傳」, 『記言』 권11, 『韓國文集叢刊』 98, 72면. 鄭北窓은 정작의 伯兄이다. "我睿宗成宗間, 有校理忠基, 獻納鐸, 連二世得顯仕. 鐸生順朋, 事中宗仁宗明宗, 最貴用. 母太宗長王子讓寧大君禔之曾孫也."

17) 朴世采, 〈內資主簿鄭公墓表〉, 『南溪先生朴文純公文續集』 권22, 『韓國文集叢刊』 142, 502면. "母李氏鳳陽守終南之女."

18) 朴世采, 〈內資主簿鄭公墓表〉, 『南溪先生朴文純公文續集』 권22, 『韓國文集叢刊』 142,

스승이었던 박지화를 따라 금강산에 들어가 도가의 서적을 읽고 금
단수련법을 시험하였으며,[19] 중년에는 아내를 잃은 뒤 종신토록 홀
아비로 살면서 여색을 가까이하지 않았고, 술을 매우 좋아하여 늘 만
취해서 집으로 돌아왔다고 한다.[20] 이상의 기록들은 정작이 천성적
으로 탈속적인 성향이 있었고 도교에 조예가 깊었던 정렴과 박지화
의 영향 아래 도교에 경도되었음을 시사하는 것이라 할 수 있다. 허
목의 「청사열전(淸士列傳)」[21]을 보면 도교에 조예가 깊었던 다섯 인
물로 김시습·정희량·정렴·정두와 함께 정작을 포함시킨 것도 이러
한 연유에서인 듯하다.

　　다음 인용문을 통해서 도교에 경도된 정작을 만나볼 수 있다.

> 　　한 가문에 세 명의 특이한 사람이 태어났다. 북창 정렴, 고옥 정작
> 형제는 이미 수련법이 심오하였다. 그 사촌형 계헌 정초는 젊어서 대과
> 에 급제하여 화려한 벼슬을 두루 지내다가 병으로 사양하고 두문불출
> 하고는 금단(金丹)의 비법을 정밀하게 연구하였다.[22]

502면. "公天姿恬澹寡欲, 常有超然出塵之趣, 然其平生倫彝言行, 自不違於道理, 人皆
敬之."
19) 成海應, 〈慶延皮坊隱者趙晟鄭碏弟砠……〉, 「逸民傳」, 『研經齋全集』 권53, 『韓國文
集叢刊』 275, 93면. "少從其兄碏及守菴朴枝華, 入楓嶽, 讀道家書, 試金丹修鍊法."
20) 鄭弘溟, 〈70칙〉, 「畸翁漫筆」, 『韓國文集叢刊』 87, 197면. "鄭古玉碏, 成石田輅, 皆年
四十喪耦, 不再娶, 不近女色, 終身鰥居棲息, 有似入定僧. 惟酷嗜麴糵, 沈酣度日. 古
玉周流城市相知間, 不醉無歸."
21) 許穆, 〈鄭古玉〉, 「淸士列傳」, 『記言』 권11, 『韓國文集叢刊』 98, 73면. "[鄭古玉, 北窓
先生之弟碏, 字君敬, 別號古玉, 少北窓二十七歲, 好淸淨, 入金剛山, ……."
22) 李德懋, 「耳目口心書二」, 『靑莊館全書』 권49. "一門生三異人. 鄭北窓碏古玉碏兄弟,
旣深修鍊之術. 其堂兄桂軒礎, 少闡大科, 歷敭華貫, 謝病杜門, 研精金丹之秘."

위의 인용문은 정씨 집안의 특이한 세 사람의 이야기로 곧 정초 (1495~1539)·정렴(1506~1549)·정작을 말한다. 세 사람이 특이하다 고 거론되는 이유는 사대부 집안에서 세 명씩이나 도교의 금단술을 연마했기 때문이다. 당시 사대부 집안에서 이러한 도교 취향은 매우 특이한 일이 아닐 수 없었다. 특히 정작의 맏형 정렴은 내단 수련서 인『용호비결』을 저술한 것으로 알려져 있으며,23) 정작의 사촌형인 정초는 인용문에서 보듯 두문불출하고 금단술을 정밀하게 연구할 정 도로 내공이 깊었다. 정작 역시 수련법이 심오한 경지에 도달했던 것 으로 기록하고 있다. 그런데 정작이 도교에 경도될 수 있었던 것은 정초·정렴 등 집안의 도교적 분위기 때문으로도 보인다. 세 사람의 연령 차이를 고려해 보면 정초 – 정렴 – 정작 순으로 정작이 심오한 도교의 수련법을 터득하게 된 것은 정초와 정렴의 영향으로 볼 수 있 기 때문이다. 정씨 집안의 이 같은 도교적 분위기와 그로인한 도교에 의 경도는 후대에도 계속되고 있는데, 정지승(鄭之升)·정두경(鄭斗 卿)·정돈시(鄭敦始) 등 정씨 집안에 도교에 경도된 인물들이 다수 배 출되고 있는 것이다.24)

정작의 생애에서 또 하나 주목해야 할 점은 정작의 문학적 재능이 다.『국조시산』에 정작의 시 4편이 수록되어 있는 것을 비롯하여 선 조가 정작의 〈문자규(文字規)〉 시에 감탄하여 손수 벽에 가사를 받아 적었다 는 것, 장유와 윤신지가 정작의 시를 당풍의 높은 경지에 올랐다고

---

23) 양은용, 「고옥 정작의 도교학」,『도교문화연구』제15집, 한국도교문화학회, 2001, 211면.
24) 양은용, 「新出 丹學指南과北窓鄭磏의養生思想」,『도교의 한국적 수용과 전이』, 아세 아문화사, 1994, 375면.

평가한 점 등은 전술한 바와 같다. 그 외에도 조정에서 시를 뽑을 때 정렴과 정작의 시가 선별 대상이 되자 대제학 유근(柳根)이 정작의 시를 뽑고 정렴의 시는 음률이 없다고 하여 버린 일화,[25] 정작의 시가 중국에까지 알려져 〈우락정우음(憂樂亭偶吟)〉 시가 왕사정(王士禎)의 『지북우담(池北偶談)』[26]과 오명제(吳明濟)의 『명시종(明詩綜)』[27]에 실린 사실 등은 정작의 뛰어난 문학적 재능을 의미하는 것이라 할 수 있다.

다음의 시를 통해 젊은 시절 뛰어난 정작의 시재(詩才)를 감상할 수 있다.

해질녘 어둠과 안개 합치고	日暮暝煙合
아득히 산 너머에는 또 산	蒼茫山外山
묻노니, 절은 어디에 있는가	招提問何處
종소리 푸른 산 사이에 고요하네	鍾定翠微間

〈次北窓兄韻－북창형 운에 차운하다〉[28]

25) 許筠, 〈鄭碏〉, 「七言絶句」, 『國朝詩刪』 권3, 아세아문화사, 1980, 337면. "重陽, 주석: '向者朝廷開局, 選東方詩, 是時有以礒碏此詩, 言大提學柳根取碏詩, 而舍礒詩, 以爲無律.'"

26) 王士禎, 「朝鮮採風錄」, 『池北偶談』 권18. "鄭碏詩, 遠遠沙上人, 初疑雙白鷺. 臨風忽橫笛, 廖亮江天暮."

27) 吳明濟, 〈鄭碏〉, 「朝鮮」 下, 『明詩綜』 권59. "鄭碏, 聞笛, 迢迢沙上人, 初疑雙白鷺. 忽聞橫笛音, 寥亮江天暮."

28) 鄭碏, 『北窓古玉集』 乾, 국립중앙도서관 소장본, 125면. 이 글의 텍스트는 1785년 정창순(鄭昌順)이 정렴과 정작의 시문을 모아 건(乾)권으로 만들고, 정적(鄭䃌), 정담(鄭𢹂), 정현(鄭晛), 정지승(鄭之升), 정회(鄭晦)의 시문을 모아 곤(坤)권으로 간행한 『북창고옥집(北窓古玉集)』으로 한다.

위의 시는 정작이 1547년 15세 때 정렴·박지화와 함께 봉은사로 향하던 중 정렴의 시에 차운한 것이다. 홍만종은『시평보유』에서 정렴·박지화·정작의 시 가운데 정렴의 시가 당시(唐詩)에 가장 가깝다는 평을 내리고 있다.[29] 그러나 15세의 어린 정작이 스무 살 이상 나이가 많은 정렴과 박지화를 상대로 대등하게 차운시를 지었다는 사실 자체만으로도 그의 뛰어난 시재를 가늠해 볼 수 있는 것이다.

시인은 해질녘 봉은사를 찾아간다. 먼 산에는 안개가 짙고 그 안개는 저무는 날과 함께 어둑어둑하다. 아득히 이어지는 산과 산들. 시인은 순간 은은하게 들려오는 종소리를 듣고 산속 깊은 곳에 절이 있음을 깨닫는다. 종소리를 들은 시인의 마음에는 탈속의 기운을 느끼게 된다. 시인이 찾아가는 봉은사는 속세와는 아득히 떨어진 청정한 공간에 있기 때문이다. 위의 시는 해질녘·절·은은한 종소리 등 고요하고 깨끗한 이미지를 사용해 탈속적인 시적 경계를 성공적으로 시화했다고 할 만하다.

정작은 명종 7년(1552) 20세의 나이로 진사시에 합격하게 된다.[30] 25세 때에는 성균관에 있었던 것이 확인된다.[31] 그런데 정작은 대과

---

29) 洪萬宗, 『詩評補遺』, 『韓國詩話類編』, 아세아 문화사, 509면. "鄭磏北窓, 溫陽人, 縣監. 嘗携其弟古玉硏, 朴守庵枝華, 向奉恩寺, 舟中作詩曰, 孤烟生古渡, 落日下遙山. 一棹歸來晚, 招提杳藹間. ……古玉次之曰, 日暮暝煙合, 蒼茫山外山. 招提問何處, 鍾定磬微間." 정작의 〈凌虛亭〉 시의 자주(自註)를 보면 "昔在丁未秋, 余隨伯氏, 將向奉恩, 泊舟于此, 各占五絶, 于今二十年也."라고 되어 있어 위의 시가 정미년(1547)에 지은 것임을 알 수 있다.

30) 「鄭碏」, 한국역대인물종합정보시스템(http://people.aks.ac.kr/index.aks) 참조.

31) 〈12년 7월 27일〉, 『명종실록』. "時人皆曰, 進士李嶼鄭碏鄭淹柳縝等所作, 其實尹天民以年少輕邪之人, 與李嶼鄭碏有不協之嫌, 自作此歌, 楊言於衆曰, 李嶼鄭碏等之所作也. 士習之偸, 一至於此. 閔箕所啓, 其亦有聞于此也."

에 합격한 기록인 문과방목에 이름이 없는 것으로 보아 진사시까지
만 합격했거나 대과에는 응시하지 않았던 것으로 짐작된다. 현재 정
작의 관직 이력을 객관적으로 확인할 수 있는 자료가 부족하여 자세
히는 알 수 없지만, 박세채가 지은 〈내자주부정공묘표(內資主簿鄭公
墓表)〉를 보면 정작이 간간이 낮은 관직에 근무했던 것이 확인된다.

> 그러나 공은 평소 성음과 시를 잘하였고 초서와 예서가 공교로웠다.
> 중간에 진사시에 합격하였고, 의방, 풍감 여러 기술을 두루 통달했는데
> 이따금씩 영험이 많았다. 조정에서 그것을 듣고 동몽교수 겸 혜민서교
> 수로 선발하였고 내자시 주부로 승진시켰다. 임진·정유난 이후에는
> 해주목장의 감목관을 지냈다. 사람들이 또 이르기를 정작은 관직을 하
> 찮게 여기지 않는 풍도가 있다고 하였다.[32]

위의 인용문은 진사시 합격 이후 정작의 관직 이력을 보여주는 것
이다. 정작은 가창·한시·서예·의술·관상학·기타 잡학에 두루 통
달하였다. 이로 인해 조정에서는 정작의 재능을 인정하고 동몽교수
겸 혜민서 교수·내자시 주부·해주목장의 감목관 등의 관직에 임명
하였다. 그런데 정작이 이러한 낮은 관직에도 종사했다는 것은 앞서
살폈듯이 탈속적인 성향을 지녔고 도교에 경도되었던 인물임을 감안
해 볼 때 선뜻 이해가지 않는 부분이라 할 수 있다. 기존 연구에서는
정작의 이러한 행보를 사대부 사회를 떠나지 않으면서 연단 수련을

---

32) 朴世采, 〈內資主簿鄭公墓表〉, 『南溪先生朴文純公文續集』 권22, 『韓國文集叢刊』
142, 502면. "然公素善聲詩工草隷. 間中進士試, 旁通醫方風鑑諸術, 往往多奇驗. 朝
廷聞之, 選督童蒙教兼惠民署教授, 陞主內資寺簿. 壬丁亂後, 監海州牧場. 人又謂有不
卑小官之風焉."

행한 정씨 일문의 도교 수련의 특징으로 파악하고 있다.[33] 정초가
정랑 벼슬을 지냈고[34] 정렴이 과천 현감을 지냈던[35] 것과 같은 맥락
에서 설명될 수 있다는 것이다. 그러나 정작이 대과에 응시한 기록이
보이지 않고, 중앙관직이 아니라 품계가 낮은 관직들을 전전했던 것
은 또 다른 이유가 있었던 것으로 짐작된다. 이에 대해서는 3장에서
구체적으로 살펴보도록 하겠다.

　다음의 인용문은 40세 이후 정작의 삶을 집약적으로 보여주는 것
이라 할 수 있다.

　　고옥 정작, 석전 성로는 모두 나이 40세에 상처를 하고 다시 장가들
　지 않았고 여색을 가까이 하지 않았다. 종신토록 홀아비로 살았는데 입
　정한 스님과 같았다. 오직 술을 매우 좋아해서 깊이 취해서 날을 보냈
　다. 고옥이 시장의 서로 아는 사람들을 두루 돌아다니며 취하지 않으면
　돌아오지 않았다. 그가 스스로 읊은 것이 있는데 "산림과 성곽 둘 다
　의지할 수 없으니, 아침에 나가 항상 저녁에 취해서 돌아오네." 하고
　하였으니 아마도 실제의 자취인 것이다.[36]

　위의 인용문의 요점은 정작이 산림과 성곽 어디에도 안주하지 못

33) 양은용, 「고옥 정작의 도교학」, 『도교문화연구』 제15집, 한국도교문화학회, 2001,
　　211면.
34) 「鄭礎」, 한국역대인물종합정보시스템(http://people.aks.ac.kr/index.aks) 참조.
35) 「鄭磏」, 한국역대인물종합정보시스템(http://people.aks.ac.kr/index.aks) 참조.
36) 鄭弘溟, 〈鄭古玉碏成石田輅能斷難制之大慾而不能超出醉鄉之外〉, 「漫迹」, 『畸庵集續
　　錄』 권12, 『韓國文集叢刊』 87, 197면. "鄭古玉碏, 成石田輅, 皆年四十喪耦, 不再娶,
　　不近女色, 終身鰥居棲息. 有似入定僧, 惟酷嗜麴蘖, 沈酣度日. 古玉周流城市相知間,
　　不醉無歸. 其自詠有云, 山林城郭兩無依, 朝出常常暮醉歸, 蓋實迹也."

하는 삶을 살았다는 것이다. 정작은 마흔 살에 상처를 한 뒤 다시는 장가를 들지 않았다. 이는 정작의 탈속적인 성향이나 도교 취향이 여색에 대한 무관심으로 작용한 것으로 볼 수 있을 듯하다. 다만, 정작은 술을 좋아하여 매일 취하도록 마셨고 그것으로 세월을 보냈던 것이다. 이어지는 인용시는 정작이 술을 마신 이유이자 40세경 정작의 삶의 궤적을 짐작하게 해준다고 할 수 있다. 즉 "산림과 성곽 둘 다 의지할 수 없으니, 아침에 나가 항상 저녁에 취해서 돌아오네."라는 것인데 여기서 산림과 성곽은 도교 수련과 낮은 관직에 있었던 정작의 삶으로 비춰볼 때, 산림은 현실을 벗어난 수련의 공간, 성곽은 현실의 공간을 비유한 것으로 상정할 수 있을 듯하다. 중요한 점은 정작이 두 공간 어디에도 안주하지 못하고 떠돌이 삶을 살았다는 것이다. 마지막 부분의 '아마도 실제 자취'라는 정홍명의 언급은 정작의 떠돌이 삶이 그의 실제 모습이었음을 밝혀준 것이라 하겠다. 정홍명의 부친이 정철(鄭澈)이었고 정철의 친구가 정작이라는 점으로[37] 볼 때 정홍명의 언급은 그가 직접 목도했거나 부친 정철을 통해서 들었을 개연성이 크기 때문에 신빙성이 높다고 할 수 있을 것이다.

　1596년, 평소 의학에 관심이 있었던 선조는 허준에게 제가(諸家)들의 의서를 모아서 집성하라는 명을 내린다. 이때 정작은 유의(儒醫)로서 허준의 『동의보감』 편찬에 함께 참여하게 된다. 그러나 1597년 다시 정유재란이 일어나자 다른 의원들과 마찬가지로 뿔뿔이 흩어지게 되었다.[38]

37) 黃赫, 〈鄭古玉挽〉, 『獨石集』, 『韓國文集叢刊續集』 7, 212면. "……公名谷口也, 家學北窓漸. 弟畜高而順, 朋知鄭季涵. ……."
38) 李廷龜, 〈東醫寶鑑序〉, 『月沙集』 권39, 『韓國文集叢刊』 70, 143면. "我昭敬大王以理

박세채의 〈내자주부정공묘표(內資主簿鄭公墓表)〉를 보면 정작의 만
년의 삶이 어떠했는지 확인할 수 있다. 그에 의하면, 정작은 만년에
음주를 좋아하여 오직 술 마시는 것으로 일삼았는데 술에 취하면 큰
소리로 노래를 불렀으며 그 소리는 청월(淸越)하였다고 한다. 그가
술을 마시는 이유에 대해서는 술에 의탁해서 세상을 피하려는 의도
가 있었다고 언급하고 있다. 박세채의 묘표의 내용도 앞서『기옹만
필』에서 언급한 내용들과 크게 다르지 않다고 할 수 있다. 결국 박세
채의 기록도 정작의 삶이 한 곳에 안주하지 못하고 떠돌아다니는 것
이었음을 밝히고 있는 것이다. 이후 정작은 1603년 7월 20일 바닷가
한 거처에서 병 없이 앉은 상태로 세상을 떠났다고 한다. 향년 71세
였다.[39]

정작은 부인 이 씨(李氏) 사이에 아들은 없고 딸을 한 명을 두었다.
딸은 선교랑 채충익(蔡忠益)에게 시집가서 4남 3녀를 낳았는데 첫째
는 채형후(蔡亨後)로 군수이고, 둘째는 채영후(蔡榮後)로 현감이며,
셋째는 채정후(蔡鄭後)로 진사이며, 막내는 채홍후(蔡弘後)이다.[40]

정작의 교유는 정렴·박지화를 비롯하여 성혼(成渾)·이의건(李義

身之法, 推濟衆之仁, 留心醫學, 軫念民瘼. 嘗於丙申年間, 召太醫臣許浚, 教曰, '近見
中朝方書, 皆是抄集, 庸瑣不足觀. 爾宜裒聚諸方, 輯成一書.'……浚退與儒醫鄭碏太醫
楊禮壽金應鐸李命源鄭禮男等, 設局撰集, 略成肯綮. 値丁酉之亂, 諸醫星散, 事遂寢."

39) 朴世采, 〈內資主簿鄭公墓表〉,『南溪先生朴文純公文續集』권22,『韓國文集叢刊』
142, 502면. "晚而喜飮酒, 專事麴蘗, 醉後或放歌, 音調淸越, 終不爲酒困. 蓋有託而逃
之者云. 萬曆三十一年癸卯七月二十日, 在海寅無疾而逝, 壽七十有一. 人又異之."

40) 朴世采, 〈內資主簿鄭公墓表〉,『南溪先生朴文純公文續集』권22,『韓國文集叢刊』
142, 502면. "配李氏龍川君壽閣之女, 亦國姓也. 無子, 生一女, 適宜教郎蔡忠益, 生四
男三女. 男則亨後郡守, 榮後縣監, 鄭後進士, 弘後, 其曰鄭後者, 蓋公所名, 仍托以蒸
嘗焉."

健)과 친분이 매우 두터웠으며,[41] 윤두수(尹斗壽)·유민(柳珉) 등과는
동갑계 모임으로[42] 빈번한 만남을 가졌을 것으로 짐작된다. 그 외에
문집에 등장하는 인물들은 고경명(高敬命)·고인후(高因厚)·남사고(南
師古)·한백겸(韓百謙)·남언경(南彦經)·권필(權韠)·윤근수(尹根壽)·이
호민(李好閔)·이안눌(李安訥) 등이 있는데, 특히 권필·이안눌·윤근
수·이호민은 당시 문장가로서 명망이 높았던 터라 이들과는 문학적
교유가 이루어졌을 것으로 추정된다.[43] 이상에서 살펴보았듯이, 정
작의 교유는 대체로 저명한 문인·학자·정치가 등의 인물들과 박지
화·남사고 등과 같은 도가적 인물들, 유민과 같은 의원에 이르기까
지 폭넓고 다양하게 이루어졌다고 할 수 있다.

　이상, 정작의 생애를 살펴보았다. 정작의 생애에서 주목되는 점은
정작이 천성적으로 탈속적인 성향이 있었고, 정렴·박지화의 영향,
집안의 도교적 분위기로 인해 젊은 시절부터 도교에 경도되었다는
것이다. 또 하나는 뛰어난 문학적 재능이 있었다는 것이다. 『국조시
산』에 정작의 한시가 4편이나 수록된 것을 비롯하여 각종 시화와 중
국의 선집에까지 정작의 시가 실려 있다는 것, 선조가 직접 정작의
시를 베낀 사실 등은 이를 의미한다고 하겠다. 그럼에도 정작은 20
세에 진사시에 합격한 이후 낮은 관직을 전전하며 떠돌아다녔다. 이

---

41) 朴世采, 〈內資主簿鄭公墓表〉, 『南溪先生朴文純公文續集』 권22, 『韓國文集叢刊』 142,
　　502면. "公交游頗廣, 未嘗論人過失, 最與牛溪成先生, 李峒隱義健慕好特篤."

42) 尹斗壽, 〈丙申暮春上已, 與峒隱李宜仲古玉鄭君敬醫士柳珉修同甲楔會于三淸洞, 有
　　感而作.〉, 『梧陰遺稿』 권2, 『韓國文集叢刊』 41, 534면.

43) 李植, 〈禮曹判書 贈左贊成東嶽李公行狀〉, 「別集」, 『澤堂集』 권9, 『韓國文集叢刊』 88,
　　424면. "……歸京師, 與鄭古玉權石洲輩, 觴詠湖山間, 先輩詞宗月汀五峯諸公, 皆造門
　　爲忘年交."

러한 정작의 삶은 산림과 현실 어디에도 안주하지 못하는 떠돌이 삶
이었다고 할 수 있을 것이다.

3. '부생'의 삶과 '장생불사'에의 꿈

　정작의 시를 면밀히 검토해보면 크게 세 가지 주제가 포착된다. 첫
째는 한 곳에 안주하지 못하고 표박(漂泊)·부생(浮生)하는 삶의 모습
이고, 둘째는 인생 자체가 덧없고 허무하다는 인생무상의식이며, 셋
째는 도교에 경도된 모습 및 장생불사를 꿈꾸는 것이다. 그런데 이
세 주제들은 정작의 삶과 유기적으로 연결되어 나타난다. 이 장에서
는 이를 중심으로 정작의 시세계가 어떤 특징을 보이는지 살펴보도
록 하겠다.

1) '집안의 누'와 '부생'의 삶

　2장에서 살펴보았듯이 정작의 생애에서 주목되는 것은 정작이 천
성적으로 탈속적인 성향이 있었고, 정렴과 박지화의 영향, 집안의 도
교적 분위기로 인해 일찍부터 도교에 경도되었다는 것이다. 또한 뛰
어난 시재와 의방·풍감 등 다양한 학문에도 능통했음을 확인할 수
있었다. 정작은 이 같은 재능을 토대로 비교적 이른 나이인 20세에
진사시에 합격하여 성균관에 들어간다. 하지만 대과 시험에 응시한
기록이 보이지 않으며 다만, 동몽교수 겸 혜민서 교수나 내자시 주
부, 해주목장의 감목관 등 낮은 관직을 역임한 기록만이 확인된다.

이는 그의 집안의 정치적 입지나 위상으로 볼 때 쉽게 이해할 수 없는 부분이라 생각된다. 주지하듯 정작의 부친 정순붕은 윤원형의 소윤파에 가담하여 을사사화를 일으킨 주역으로 벼슬이 우의정에까지 오른 인물이다. 당시 출셋길이 보장된 권신의 자제로서 탈속적 성향과 도교 취향만으로 대과를 포기하고 산림과 현실 사이를 떠돌아다녔다는 정작의 삶은 쉽게 이해가 되지 않기 때문이다. 만약 정작이 탈속적 성향과 도교적 취향 때문에 떠돌이 삶을 선택했다면 애초부터 세상을 완전히 등지고 은둔의 삶을 선택했을 법한데, 그는 낮은 관직들을 역임했다는 것이다. 이는 분명 특별한 이유가 있었던 것으로 보인다. 이에 대한 단서를 다음 인용문을 통해서 찾아보도록 하겠다.

　　전 좌랑 정작이 졸하였다. 정작의 자는 군경이고 호는 고옥으로 정순붕의 아들이며 정렴의 동생이다. 풍채가 맑고 광달하며 재주와 식견이 뛰어났다. 시는 성당을 숭상했고 또 초서와 예서에 공교로웠으며, 의약과 상감(賞鑑)의 재주에도 두루 통달하였다. 스스로 집안의 누(累) 때문에 공명을 집어던지고 술에 의탁하여 먼 지방으로 떠돌아다녔으니 사람들은 주선(酒仙)이라 일컫는다. 이때에 이르러 졸하였는데 향년은 71세이고 유고(遺稿)가 세상에 전한다.[44]

　위의 인용문은 『선조수정실록』에 실린 정작의 졸기(卒記)이다. 정작의 생애와 관련하여 대부분의 내용들은 2장에서 언급한 내용과 유

---

44) 「36년 7월 1일」, 『선조수정실록』. "前佐郞鄭碏卒. 碏字君敬, 號古玉, 順朋之子, 而磏之弟也. 風韻淸曠, 才識儁逸. 詩尙盛唐, 又工草隷, 旁通醫藥賞鑑之技. 自以家世之累, 遺棄功名, 托以麴蘖, 浮遊於遐外, 人稱酒仙. 至是卒, 年七十一, 有遺稿行於世."

사하다고 할 수 있다. 그런데 졸기에서 주목해야 할 점은 정작이 '집안의 누[家世之累] 때문에 공명을 집어 던지고 먼 지방으로 떠돌아다녔다'는 구절이다. 이 기록대로라면 정작이 떠돌이 삶을 선택하게 된 계기가 천성적인 측면이나 도교적 취향이 직접적인 원인이 아니라 '집안의 누[家世之累]'가 직접적인 원인이 되었다는 것이다. 여기서 '가세지루'는 정씨 집안이 남들에게 끼친 폐·죄를 의미한다.

> (을사사화 당시) 아버지가 고변할 때를 당하여 힘써 간했으나 듣지 않았다. 그것으로 인해 크게 거슬리게 되어 용서받지 못하였다. 또 동생이 해치려 하여 밖에 은거했는데 과천 청계산과 양주 괘라리에 많이 있었다.[45]

> 집안의 죄과(罪過)에 연루되어 몸은 세상을 버리고 마침내 술에 의탁하면서 도피하였다. 그러나 공은 젊어서부터 백씨 및 수암 박지화를 따라 배우면서 금단(金丹)의 비밀스러운 요결(要訣)을 통달하였다. 중년에 상처(喪妻)한 뒤로는 다시 장가들지 않고 30여 년 동안 금욕생활로 장수를 누리다가 생을 마쳤으므로 사람들이 그를 주선(酒仙)이라고 일컬었다.[46]

첫 번째 인용문은 『연려실기술』에 실린 것으로 을사사화 당시 정순붕과 정렴 부자의 불화에 관한 기록이다. 정순붕은 당시 임백령·

45) 李肯翊, 〈鄭磏附鄭䃟〉, 「遺逸」, 『燃藜室記述』 권11. "……當其父上變之時, 力諫不聽. 因以大竹不見容. 又爲其弟圖害, 屛處于外, 多在果川淸溪山, 楊州掛蘿里."
46) 張維, 〈古玉兩先生詩集序〉, 『谿谷先生集』 권6, 『韓國文集叢刊』 92, 108면. "坐家累, 身與世交相棄, 遂託於麴蘗以逃焉. 然公少從伯氏及守庵朴枝華學, 通金丹祕要. 中歲喪偶, 不復娶, 斷慾三十餘年, 以老壽終, 人稱爲酒仙焉."

정언각 등과 모의하여 대윤과 사림들에게 해를 가하려 했는데 정렴이 이를 반대했던 것이다. 정순붕은 정렴의 말을 듣지 않았고 그로 인해 부자간에 갈등이 생기자 정순붕은 정렴을 미워하게 되었던 것이다. 이후 을사사화에 적극적으로 가담한 정렴의 동생 정현(鄭礥)이 정렴을 해치려 하자 정렴은 과천의 청계산과 양주 괘라리(掛蘿里) 등지에 자주 은거를 했다는 것이다.

두 번째 인용문은 장유가 지은 〈고옥양선생시집서〉 중에서 정작과 관련된 부분으로 『선조수정실록』의 정작 졸기와 내용이 일맥상통한다. 정작이 세상을 버리고 술에 의탁한 원인은 '좌가루(坐家累)' 즉 '집안의 누'에 연좌되었기 때문이라는 것이다. 이로부터 정작은 형인 정렴과 스승 박지화를 따라다니며 금단비법에 통달했고 상처한 뒤에는 더욱 금욕적인 생활을 했다는 것이다.

두 인용문을 통해 알 수 있는 것은 정작이 젊어서부터 정렴을 따라다니면서 도교에 경도되었던 것은 사실이지만 세상을 등지게 된 결정적인 원인은 '집안의 누[家世之累]'였다는 것이다. 첫 번째 인용문에서 정렴이 과천 청계산이나 양주 괘라리 등지에 은거하게 된 직접적인 원인은 을사사화 그 자체라고 할 수 있다. 정렴은 을사사화 당시 부친과 뜻이 맞지 않아 의견 마찰이 있었고 그로 인해 세상을 등지게 된 것으로 이해할 수 있다. 그런데, 정작의 경우는 을사사화 자체가 원인이 아니라 '집안의 누'가 원인인 것이다. 즉 정씨 집안의 죄과(罪過)가 드러나게 되면서 그것에 연좌되어 세상을 등지게 되었다는 것이다. 을사사화를 주도한 세력들의 죄과가 드러나던 시기는 그들에 대한 비판이 거세지고 주동자의 처벌이 이루어지던 선조대로 추정할 수 있다. 이러한 점은 실제 정작의 행적을 통해서도 확인된다.

정렴이 1545년 을사사화 이후 세상을 등진 것과는 달리 정작은 1552년에 진사시에 응시하여 2등으로 합격했으며 1557년(명종 12)에는 성균관에 있었던 것이 확인된다. 따라서 명종 때까지 정작이 진사시를 보고 성균관에 들어갔다는 사실은 그가 정치현실에 대한 지향이 있었다는 것으로 이해할 수 있다. 그런데 1567년 선조가 즉위하자 을사사화를 주도했던 이기·정순붕·임백령에 대한 비판이 거세게 일어나기 시작했고,[47] 1570년(선조 3)에는 결국 정순붕과 임백령의 삭탈관직이 이루어지게 된 것이다.

> 대신과 삼사가 을사인의 신원(伸寃) 문제를 연계(連啓)하여 멈추지 않았다. 상이 사정전에 나아가 삼공·좌우찬성·좌우참찬·육경·삼사의 장관을 불러서 어떻게 처분할 지 논의하여 비로소 정순붕과 임백령의 관작을 삭탈하였다.[48]

위의 인용문은 을사사화 때 피화된 사람들의 신원문제와 맞물려 을사사화를 일으킨 주동자의 처벌이 이뤄진 사실을 밝힌 것이다. 선조는 삼공·좌우찬성·좌우참찬·육경·삼사의 장관들을 불러 논의한 뒤 정순붕과 임백령의 관작을 삭탈했던 것이다. 이 무렵부터 정작은 '집안의 누[家世之累]' 때문에 공명의 길에서 '표박(漂泊)'·'부생(浮生)'하는 삶으로 전환된 듯하다. 이와 관련하여 2장에서 살핀 『기옹만필』의 내용을 상기할 필요가 있다. 정홍명이 정작의 시 구절 '산림과 성

---

47) 「즉위년 11월 19일」, 『선조실록』. "黨附李芑鄭順朋林百齡之徒, 構成大禍, 盡陷士類於不測之地, 此乃近代大不幸之事也."
48) 「3년 8월 1일」, 『선조수정실록』 4권. "大臣三司連啓乙巳伸寃事不止, 上御思政殿, 命召三公左右贊成參贊六卿三司長官, 吝議處分, 始削奪鄭順朋林百齡官爵."

곽 모두 의지할 곳 없으니 아침에 나갔다가 항상 취해서 돌아오네'를
언급하고는 정작의 실제 발자취라고 했는데, 그 당시 정작의 나이가
40세라고 했으므로 선조 즉위년 전후의 정작의 나이와 비슷하기 때
문이다. 따라서 정씨 집안의 죄과로 인해 공명의 길이 좌절된 정작은
표박·부생하는 삶을 살아가게 된 것으로 보인다.

필마로 십 년 동안 서에서 또 동으로　　　　　匹馬十年西復東

양주는 오늘 또 가을바람이 불고 있네　　　　維楊今日又秋風

그림 같은 산은 흰 구름 밖에 있고　　　　　　山如圖畵白雲外

절로 난 길은 단풍나무 속에 있구나　　　　　路入招提紅樹中

상수에서 어찌 반드시 굴원을 조문하리오　　湘浦何須弔屈子

녹문산에서 방공(龐公)을 찾는 일을 끝내 헤아려보리라　鹿門終擬問龐公

은둔과 경세제민은 각각 천성이니　　　　　　隱淪經濟各天性

나도 처음엔 밭가는 시골 늙은이가 아니었다네　我亦初非田舍翁

〈維楊道中−유양으로 가는 길에〉[49]

　위의 시는 정처 없이 떠도는 정작의 삶을 잘 보여준다고 할 수 있
다. 시인은 오늘도 서에서 동으로 홀로 떠돌다가 다시 유양으로 오게
되었다. 이렇게 떠돌아다닌 세월도 올해로써 10년째 되는 셈이었다.
유양은 경기도 양주(楊洲)의 별칭이니 정작의 은거지가 있던 곳으로
추정된다. 왜냐하면 정작의 맏형 정렴의 은거지가 양주 괘라리였기
때문에 정렴을 따라 연단술을 연마했던 정작이 자신의 은거지로 삼
았을 개연성이 크기 때문이다. 뿐만 아니라 정작의 묘소가 현재 양주

49) 鄭碏, 『北窓古玉集』 乾, 국립중앙도서관 소장본, 66면.

시 주내면 북산리에 있고 『양주군지』에 정작을 양주의 인물로 기록하고 기이한 행적을 전하고 있는 것으로 보아 그렇게 볼 수 있기 때문이다.[50]

함련은 양주로 가는 도중의 풍경을 읊은 것이다. 아득히 흰 구름 밖에는 그림 같은 산이 있고 그 가운데의 단풍나무 사이로는 한줄기 길이 절을 향해 뻗어 있다. 이곳은 속세와 단절된 공간으로 시인의 목적지임을 짐작케 한다. 허균은 3구에 대해서 '말이 귀신의 도움이 있었다(語有神助)'라는 평을 내리고 있으니, 더 이상 좋은 표현을 찾을 수 없을 정도로 시어를 잘 구사했다는 의미일 것이다.

경련은 정작이 추구하는 삶을 밝힌 것이다. 5구에 "상수에서 굴원을 어찌 반드시 조문하겠는가?"라는 것은 자신의 인생 역경이 굴원과 비슷하지만, 결코 굴원처럼 억울함을 토로하며 군주가 불러주기를 기다리는 삶을 살지 않겠다는 의지인 것이다. 시인이 추구하는 삶은 바로 방덕공과 같은 삶이라 할 수 있다. 즉, "녹문산에서 방공(龐公)을 찾는 일을 끝내 헤아려보리라"라는 언급은 형주 자사 유표(劉表)의 간곡한 부탁에도 가족들을 데리고 녹문산에 은거하여 약초를 캐며 살았던 방덕공의 은거를 시인이 지향한다는 뜻이다.

미련은 자신이 과거에 지향했던 삶을 밝힘으로써, 현재의 삶이 자의에 의한 것이 아니라 어쩔 수 없는 선택에 의한 것이었음을 반증한 것이다. 시인은 7구에서 은거의 삶과 경세제민의 삶을 동시에 제시한다. 그런 뒤 8구를 통해 자신이 애초에 지향했던 삶은 전사옹이 아니었다고 언급한다. 이는 현재의 모습인 전사옹이 과거부터 지향한

---

50) 양주군지편찬위원회, 〈鄭䃟〉, 『楊州郡誌』, 삼성인쇄주식회사, 1978, 1114면.

삶이 아니라는 것으로, 시인이 애초에 추구한 삶은 두 천성 중에 전사옹에 상반되는 경세제민의 그것이었다는 것이다. 결국 정작이 경세제민에서 전사옹으로 삶을 전환하게 된 것은 부친 정순붕으로 인한 집안의 죄과 때문이었다는 말인 것이다. 허균이 『국조시산』에서 7구 아래에 '비분하여 가엾게 여길만하다(悲憤可憐)'라고 비(批)를 단 것도 정작의 이러한 삶을 허균이 이해하고 있었기 때문일 것이다.

> 정월 초하루 양주로 가는 길　　　元日維楊路
> 쓸쓸히 병든 나그네의 마음　　　蕭條病客心
> 외로운 마을엔 한 마리 개가 짖고　　孤村一犬吠
> 석양녘엔 두 세 산봉우리 그늘이 졌네　落照數峯陰
> 일이 지나가자 온통 꿈만 같은데　　事去渾如夢
> 봄이 돌아오자 단지 읊조릴 뿐　　春回秖費吟
> 남은 인생 떠다니는 것에 맡기리니　殘生任飄泊
> 감히 지음이 적은 것을 한하겠는가　敢恨少知音
> 　　　　　　　　　　〈元日-정월 초하루〉[51]

이 시 역시 정처 없이 떠돌 수밖에 없는 시인의 처지를 잘 보여준다고 할 수 있다. 정월 초하루가 되자 쓸쓸하고 병든 시인은 다시 은거지인 양주로 찾아든다. 함련은 양주 마을의 쓸쓸한 풍경이다. 외로운 마을에는 개 한 마리가 짖고 있고, 해는 막 넘어가려 하여 두세 개의 산봉우리는 어둑해지고 있다. 시인의 신세와 맞물려 마을 풍경은 쓸쓸하기 짝이 없다.

---

51) 鄭碏, 『北窓古玉集』乾, 국립중앙도서관 소장본, 55면.

경련은 시인을 떠돌게 만든 사건을 의미한다. 5구의 '지나간 일'은 해결할 수 없고 그저 시로만 시름을 풀 수 있는(6구) 그런 일이다. 그 '일'의 성격은 미련을 통해 확인된다. 즉, 그 '일'이 일어나자 시인은 떠도는 삶[漂泊]을 살게 되었고, 시인을 외면하는 친구들도 탓할 수 없게 만든 그런 일이다(8구). 결국 5구의 일은 표박하는 시인의 삶을 당연한 결과라고 받아들일 수밖에 없게 만든 사건으로, 을사사화로 인해 발생한 정씨 집안의 죄과인 것이다. 집안의 죄는 시인의 삶을 꿈을 꾸듯 갑자기 낙척하게 만들었던 것이다.

정작의 표박하는 삶은 부생(浮生)으로 확장되어 나타난다. '부생'은 안주할 거처 없이 떠돌아다니는 뜨내기 인생을 의미한다.

흥교사는 앞 조정의 절	興敎前朝寺
2년에 세 번을 왔었지	兩年三度來
산은 텅 비고 저녁 종소리 아득한데	山空暮鍾遠
달이 밝고 가을 소리 슬프구나	月白秋聲哀
부질없는 세상에 몸이 얽매이게 되었고	浮世身爲累
길이 막혔으니 늙음이 또 재촉하는구나	窮途老更催
선방에서 하룻밤을 빌렸으니	禪房借一宿
속세를 달리는 것보다 훨씬 나으리라	强勝走塵埃

〈興敎寺夜坐-흥교사에 밤에 앉아서〉[52]

위의 시는 떠도는 삶으로 인해 하루라도 빨리 속세를 벗어나고 싶은 심정을 읊은 것이다. 흥교사는 고려시대의 사찰로 시인이 2년에

---

52) 鄭碏, 『北窓古玉集』 乾, 국립중앙도서관 소장본, 56~57면.

세 번 정도 들렀던 곳이다. 시인은 텅 빈 산과 종소리 아득히 들려오는 달밤에 홀로 앉아 가을이 오는 소리를 구슬프게 듣고 있다.

경련은 시인의 현재 처지를 말한 것이다. 현재 시인은 부질없는 세상[浮世]에 얽매인 몸인지라 늘 정처 없이 떠돌아다닌다. 게다가 인생의 진로마저 꽉 틀어 막혀 시름만 하다가 흰머리만 늘어가는 신세인 것이다.

미련은 홍교사에서 하룻밤을 묵고 있는 시인의 소감이다. 시인은 하루라도 속세를 벗어나 절간에 잠시 묵고 있는 이 순간이 속세에서의 떠돌이 삶보다 훨씬 좋다는 것을 절실히 깨닫고 있다. 그는 떠돌이 삶을 그만두고 싶었던 것이다.

2) '인생무상'과 '장생불사'에의 꿈

3-1절에서 떠돌이 삶을 살아가는 정작을 확인할 수 있었다. 떠돌이 삶은 부친 정순붕이 초래한 '집안의 누[家世之累]'가 원인이었다. 그로 인해 정처 없이 떠돌던 정작은 결국 인생은 모든 게 덧없다는 인생무상을 느끼게 된다.

칠 년 남북으로 다니며 풍진에 곤란했는데	七年南北困風塵
늘그막에 호숫가의 밭을 향해 늙은 몸을 붙여 사네	晚向湖田寄老身
나그네의 마음은 이미 아름다운 절기에도 흥이 없는데	
	客意已無佳節興
꾀꼬리 울음소리는 홀연히 고향의 봄과 같구나	鸎聲忽似故園春
오후의 연못가 집에는 생황과 노래 소리 자지러지고	五侯池館笙歌咽
도성거리 안개 속 꽃에는 수놓은 비단들이 새롭구나	九陌煙花錦繡新

번화한 곳으로 머리 돌려보니 모두 꿈이 되었으니   回首繁華摠成夢
흰머리 늙은이는 죽고 사는 문제로 다시 마음이 아프다네

白頭存沒更傷神
〈金村聞鸎-금촌에서 꾀꼬리 소리를 듣고서〉53)

시인은 7년간 남북으로 떠돌며 세파에 괴롭다가 늘그막에 금촌 호
숫가에 밭을 마련하고 늙은 몸을 의탁하게 되었다. 세파에 지친 시인
은 이제 봄이 와도 흥이 나지 않는다. 그러나 홀연히 들려오는 꾀꼬
리 울음소리를 듣고 시인은 그 옛날 번성했던 고향의 봄 속으로 돌아
간다.

함련은 과거 번성했던 시인의 고향 모습이다. 5구의 오후(五侯)는
한(漢)나라 성제(成帝) 때 왕실의 외척으로 같은 날 제후에 봉해진 왕
담(王譚)·왕상(王商)·왕립(王立)·왕근(王根)·왕봉시(王逢時)로서 권귀
(權貴)했던 시인의 집안을 빗댄 것이다. 그들의 집에서는 연일 풍악
소리가 자지러질 듯 흘러나오고 봄날 도성의 대로변에는 화려하게
차려입고 꽃구경을 나선 여인들로 붐빈다.

미련에 와서 시인은 과거에서 다시 현재로 돌아온다. 과거에서 현
재로 돌아오자 시인은 화려했던 고향의 모습이 결국 일장춘몽임을
깨닫게 된다. 경련에서 제시한 권귀한 집안과 꽃구경으로 붐비던 도
성거리의 모습은 과거 공신의 자제로서 화려했던 시인의 삶과 다름
아니다. 이는 꾀꼬리 소리를 듣고 돌아간 과거가 시인의 고향이며,
미련에서 화려했던 일장춘몽과 대비되어 낙척한 모습으로 돌아온 늙
은이가 바로 시인이기 때문이다. 요컨대 이 시는 정작의 화려했던 과

---

53) 鄭礎, 『北窓古玉集』 乾, 국립중앙도서관 소장본, 73~74면.

거와 낙척한 현재를 대비하여 인생무상을 효과적으로 시화했다고 할
만하다.

정작은 이 무렵 인간이 죽고 사는 문제에 직면하게 되면 결국 죽음
에 이를 수밖에 없다는 삶의 허무를 절실히 깨달은 것으로 보인다.
그로 인해 그는 유한한 인간사를 극복하기 위해 도교서를 읽고[54] 연
단술을 연마[55]하였다. 그 과정에서 때로는 기술이 없어 연단에 실패
하기도 하고,[56] 단약 재료를 빌리기도 하였으며[57] 실제로 단약을 복
용하기도 하였다.[58] 물론 정작이 도교에 경도되어 연단술을 연마한
것은 젊은 시절 정렴과 박지화를 따라다니면서 그들에게 영향 받은
것에서 기인한다. 그러나 중년 이후의 도교 수련은 정작이 인생무상
을 절실히 깨달은 마음에서 이뤄진 것으로 보인다.

다음의 시는 중년 이후 정작이 스승 박지화를 모시고 우이동 뒷고
개에 올라가서 지은 것이다.[59]

54) 鄭碏, 〈讀道書〉, 『北窓古玉集』 乾, 국립중앙도서관 소장본, 86. "平生壁立無長物,
   況值經年喪亂餘. 老病如今猶怕死, 枕中惟貯鍊丹書.

55) 鄭碏, 〈病餘言志〉, 『北窓古玉集』 乾, 국립중앙도서관 소장본, 69. "書生身世儘悠悠,
   晩向城東寄臥遊. 雪已滿顚丹未就, 家徒立壁醉難謀……"

56) 鄭碏, 〈寄韓柳川浚謙乞丹材二首〉, 『北窓古玉集』 乾, 국립중앙도서관 소장본, 71면.
   "還丹無術變星星, 任運冥心養性靈……"

57) 鄭碏, 〈書懷憑寄苔樣父子三首〉, 『北窓古玉集』 乾, 국립중앙도서관 소장본, 131면
   "……此時肯借丹材否, 却恐殘年藥易枯."

58) 黃赫, 〈鄭古玉挽〉, 『獨石集』, 『韓國文集叢刊續集』 7, 212면. "……形容迷海曲, 服食
   老江潭. ……"

59) 이 시는 49세 때 지은 것으로 짐작된다. 49세 때 지은 〈漫吟〉 시 뒤쪽에 있기 때문이
   다. 〈漫吟〉는 다음과 같다. "山林城郭兩無依, 朝出棲棲暮獨歸. 因病一句深閉戶, 方知
   四十九年非."

해지자 물은 쉼 없이 흘러갈 때	日落水流無歇時
언덕에 홀로 서니 남은 슬픔이 있구나	丘原獨立有餘悲
청컨대, 남북으로 올망졸망 늘어선 무덤들을 보시오	請看南北纍纍塚
이것이 다 선생께서 도를 배우는 밑천입니다	盡是先生學道資

〈陪守菴登牛耳後嶺−수암을 모시고 우이동 뒷고개에 올라서〉[60]

이 시의 주제는 인생무상이다. 시인은 해가 지고 계곡물이 끊임없
이 흐를 때 언덕에 홀로 서서 끝없는 슬픔에 잠긴다. 그 이유는 남북
으로 쭉 늘어선 무덤 때문이다. 아등바등 살아본들 결국 죽고 마는
인간사의 무상함. 시인은 그 슬픔을 진심으로 느끼고 있는 것이다.

4구는 스승 박지화가 추구하는 도의 핵심을 말한 것이다. 시인은
올망졸망 늘어선 무덤들을 보고 '이것이 다 선생께서 도를 배우는 밑
천입니다'라고 한다. 스승 박지화가 추구하는 도의 요체는 안타까운
죽음들을 밑천 삼아 유한한 인간사를 극복하고 장생불사(長生不死)
할 수 있는 방법을 터득하는 것이라는 말이다. 결국 박지화의 제자로
서 시인이 추구하는 도의 궁극적인 목표 역시 스승과 같이 유한한 인
간사를 극복하는 장생불사(長生不死)라고 할 수 있을 것이다.

다음의 시를 보면 이를 좀 더 분명하게 알 수 있다.

여관에 홀로 앉은 두세 시간의 깊은 밤	僑窓獨坐數深更
밤은 고요하고 오직 낙엽 떨어지는 소리만 들리네	夜靜惟聞落葉聲
세월에 마음을 두니 가을이 또 저물어가고	歲月關心秋又暮
죽고 사는 것은 별안간이니 꿈에서도 오히려 놀라는구나	

---

60) 鄭磏, 『北窓古玉集』 乾, 국립중앙도서관 소장본, 86면.

근심으로 흰 머리털은 부질없이 천 길
늙음을 구할 황정경이 단지 한 권
이미 인간세상의 충분한 번뇌에 질렸으니
어느 때에 다시 중향성을 방문할까

存亡瞥眼夢猶驚
緣愁白髮空千丈
救老黃庭只一經
已厭人間足煩惱
幾時重訪衆香城

〈夜坐有懷 – 밤에 앉아 회포가 있어서〉[61]

 이 시는 양생법과 연단술을 연마하여 장생불사의 꿈을 이루고자
하는 정작의 의지를 잘 보여주는 것이다. 수련에서 보이듯 시인은 여
전히 여관을 전전하며 떠돌이 삶을 살아가고 있다. 그는 깊은 밤 잠
에서 깨어나 두세 시간씩 홀로 앉아 있기가 일쑤이다. 밖은 고요하고
오직 낙엽 지는 소리만 들린다.

 그런데 시인은 왜 깊은 밤에 잠을 이루지 못하는 것일까. 함련을
통해 알 수 있듯이 그는 흐르는 세월에 집착하기 때문이다. 시인에게
세월은 만물을 쇠락시키는 데만 관심이 있는 존재이다. 시인의 생각
에 세월은 가을·저묾·죽음을 늘 달고 다닌다. 특히 세월은 죽음의
문제에 있어서는 별안간 다가오기 때문에 시인은 잠을 자다가도 벌
떡 일어날 지경이다.

 유한한 인간사를 생각한 시인은 죽음에 대한 두려움으로 흰머리가
천 길이나 되었다(5구). 그런데 시인이 죽음을 극복할 수 있는 오직
한 가지 방법이 있으니 『황정경』을 터득하는 것이다. 주지하듯, 『황
정경』은 도교 경전의 하나로 양생(養生)과 수련(修鍊)원리를 다룬 책
이다. 그는 이제 『황정경』 한 권을 가지고 번뇌 많은 인간세상을 떠

----

61) 鄭䂓, 『北窓古玉集』乾, 국립중앙도서관 소장본, 68면.

나 금강산 중향성으로 가고자 한다. 금강산의 중향성은 시인이 젊은
시절 맏형 정렴과 스승 박지화를 따라 자주 들렀던 곳으로 짐작된
다.[62] 요컨대, 이 시는 정작이 『황정경』을 연구하여 유한한 인간사
를 극복하고 장생불사를 이루려는 의지를 나타낸 것이라 할 수 있다.

　다음의 시는 정작의 전 생애를 개괄한 것으로 장생불사에 대한 정
작의 의지를 직접적으로 드러낸 것이다.

어릴 적 날마다 고양의 무리를 좇았고	少小日逐高陽徒
중년에는 은거를 그치지 않았네	中歲沈冥仍不止
늘그막에 정좌하는 것 진실로 맛이 있으니	晚知靜坐眞有味
방사에서 술 익었다 불러도 일어나지 않았네	房舍酒熟呼不起
두류산과 풍악산 꿈속에 들어오고	頭流風嶽入夢想
금벽과 참동계 오묘한 이치를 바치네	金碧參同供奧旨
도남과 손사막이 바로 나의 스승이니	圖南思邈是我師
늙음을 물리치고 세상에 사는 것 오히려 도모할 수 있으리	却老住世猶可企

〈偶題−우연히 짓다〉[63]

　수련은 시인의 어린 시절과 중년의 삶을 말한 것이다. 시인의 어릴
적 삶은 고양주도(高陽酒徒)의 삶을 추구했으니 술 마시고 질탕하게
놀길 좋아했다는 의미이다. 이는 정순붕이 공신에 녹훈되고 우의정

---

62) 成海應, 〈慶延, 皮坊隱者, 趙晟, 鄭磏, 弟硡…….〉, 「逸民傳」, 『研經齋全集』 권53,
　　『韓國文集叢刊』 275, 93면. “少從其兄磏及守菴朴枝華入楓嶽, 讀道家書試金丹修鍊
　　法.”
63) 鄭硡, 『北窓古玉集』 乾, 국립중앙도서관 소장본, 51면.

에 오르는 등 권력의 정점에 도달했던 때로부터 1570년 정순붕의 삭
탈관작이 이루어지기 전까지의 모습이다. '중년에 은거를 그치지 않
았다'는 것은 정작이 '집안의 누'에 연좌되어 공명을 버리고 떠돌이
삶을 선택한 것을 말한다.

3구 이하부터는 만년의 삶을 언급한 것이다. 그는 늘그막에 정좌
를 하고 도교 수련법에 정진하여 진정한 맛을 깨닫는다. 시인이 그렇
게 좋아했던 술이었지만 술이 익었다는 소리를 듣고도 일어나지 않
을 정도이다. 거기에서 그치지 않고 시인은 밤마다 꿈속에 두류산과
금강산을 찾아 들어간다. 그가 두류산과 금강산으로 들어간 이유는
6구에서 보이듯 『금벽용호경(金碧龍虎經)』과 『참동계(參同契)』를 연
구하여 도가의 연단술(鍊丹術)과 양생법(養生法)을 터득하기 위한 것
이다.

미련은 정작이 스승으로 받드는 도가의 인물들을 제시하여 그가
도가 수련을 통해 궁극적으로 도달하고자 하는 목표를 밝힌 것이다.
정작이 스승으로 섬기는 도가 인물은 진단(陳摶)과 손사막(孫思邈)이
다. 진단은 오대 말 송나라의 도교 사상가로 화산(華山)에 은거하여
신선술(神仙術)과 선단(仙丹) 채취 방법을 적은 『지현편(指玄篇)』을 지
은 인물이며,[64] 손사막은 당나라 때 저명한 의사로서 평생 의학 연
구에 힘써 『천금요방(千金要方)』 등의 의서를 편찬한 인물이다.[65] 특
히 손사막을 언급한 것은 정작이 의술에 뛰어났기 때문이라 짐작
된다.

---

64) 〈陳摶〉, 바이두(https://baike.baidu.com).
65) 〈孫思邈〉, 바이두(https://baike.baidu.com).

정작이 이 두 사람을 스승으로 삼아서 도달하고자 했던 목표는 8
구에서 확인할 수 있다. 즉 '늙는 것을 물리치고 세상에 (오래도록)
사는 것'으로, 정작은 도교의 수련법을 통해 장생불사를 실현하고자
했던 것이다.

4. 맺음말

이 글은 고옥 정작의 삶과 시세계를 밝히는 데 목적을 두었다. 이
글이 정작을 연구대상으로 선정한 이유는 정작이 시적 성취가 높지
만 문학사에서 아직까지 조명을 받지 못했기 때문이다.

2장에서는 정작의 시세계를 파악하는 기저 단계로서 생애를 살펴
보았다. 생애에서 주목되는 점은 세 가지이다. 첫째, 정작이 천성적
으로 탈속적인 성향이 있었고 정렴·박지화의 영향으로 젊은 시절부
터 도교에 경도되었다는 것, 둘째, 젊어서부터 시재가 뛰어났고 의
방·풍감 등 다양한 학문에도 능통했다는 것, 셋째, 공신 정순붕의
자제임에도 낮은 관직을 맡았으며 한 곳에 안주하지 못하는 떠돌이
삶을 살았다는 것이다.

3장에서는 정작의 시세계를 생애와 유기적으로 살펴보았는데 다
음 두 가지이다. 첫째, '집안의 누[家世之累]'와 '부생(浮生)'의 삶이
다. 정작은 을사사화를 일으켜 우의정에 오른 공신 정순붕의 아들로
출셋길이 보장되어 있었다. 그러나 을사사화에 대한 비판이 일어나
고 정순붕의 삭탈관직이 이루어지는 선조 3년을 전후하여 '집안의
누'에 연좌된 것으로 보인다. 이로 인해 정작은 세상을 등지고 떠돌

을 극력 진언하여 과천현감으로 좌천되었다가 잠시 파직된 것[2], 1578년 동서분당이 과격화될 때 이종 동생인 이수(李銖)의 옥사에 연루되어 형인 윤두수(尹斗壽)와 함께 파직되었다가 개경유수로 나간 것,[3] 1591년 서인의 영수였던 정철의 당으로 지목되어 탄핵을 받아 삭탈관직 되어 고향에 머물렀던 것[4] 등 몇 번의 정치적 실의를 제외하고는 80세로 사망할 때까지 59년간 중앙관료로서의 삶을 살았던 것이다.

  윤근수가 예법에 밝고 중국어를 잘해 젊은 문신들에게 중국어를 가르쳤을 뿐만 아니라[5] 중국 사신들이 왔을 때 윤근수가 반드시 접

에 대해서 논하는 것.
2) 「18년 8월 17일」, 『명종실록』. "果川縣監尹根壽, …… 嘗於夜對, 極陳己卯之事, 冀回天聰, 而反被疎斥, 可勝惜哉. 今者揣度上意, 而務爲進合, 請竝罪之, 其爲兇邪, 不亦甚乎. …… 李文馨許曄尹根壽, 竝罷職." 20년 2월 19일에 부교리로 다시 등용됨. 2년 4개월.
3) 「11년 10월 1일」, 『선조수정실록』. "兩司劾尹斗壽尹根壽尹晛, 罷職. 時, 士類中分, 前輩爲之西, 後輩爲之東. 後輩皆堂下名士, 布列館閣, 聲勢甚盛. 前輩若干人, 立朝年久, 疵玷漸生, 每爲後輩指摘 …… 時, 尹晛金誠一, 同作銓郎, 論議矛盾, 遂成嫌隙. 晛叔父斗壽根壽, 皆以宿望, 在津要, 志欲扶西抑東, 故東人尤嫉之. …… 金誠一聞珍島郡守李銖運米賂三尹, 蓋銖爲尹家親戚, 故媒孽者造言也. 誠一甚怒於經筵, 啓李銖亦行賂云, 臺諫遂劾李銖繫." 「12년 9월 1일」, 『선조수정실록』. "以尹根壽爲江陵府使, 辭以親老不赴. 改授開城留守, 上爲其母隨子. 斗壽在延安, 有是除, 以便省親." 11년 10월 1일에 파직, 12년 9월 1일 개성유수로 나갔음. 선조 15년 한성부 좌윤으로 중앙에 복귀함.
4) 「24년 7월 1일」, 『선조수정실록』. "兩司連啓請尹斗壽遠竄, 從之. 定配會寧, 特命配于洪原, 近道也. 根壽削奪官爵, 歸鄕里." 선조 25년(1592)에 임진왜란이 일어나자 12월 1일 예조판서로 복귀하여 중국 장수 송응창을 접반하는 경략접반사가 되었다.(「25년 12월 1일」, 『선조수정실록』. "以禮曹判書尹根壽爲經略接伴使, 副提學吳億齡爲副, 大司憲李德馨爲提督接伴使.")
5) 「20년 4월 17일」 조, 『선조실록』. "丙子. 特進官尹根壽, 請於遼東押解官入歸時, 年少文臣偕送, 學習漢語, 令承文院議啓, 承政院以移咨都司, 都司許之, 則入送事, 回啓."

반을 담당했고[6] 주청사·진하사·성절사 등 사신으로 북경을 네 차
례나 다녀왔으며, 1573년[7]과 1589년에 주청사·성절사로 중국에 가
서 200년 동안 끌어온 종계변무(宗系辨誣)를 해결하여『대명회전(大
明會典)』전질과 황제의 칙서를 받아와 해평부원군에 봉해진 사실[8],
임진왜란 때 광영(廣寧)과 요동(遼東)을 아홉 차례나 오가며 탁월한
외교 능력을 발휘하여 구원병을 끌고 온 사실[9] 등은 윤근수가 관료
로서 적극적인 삶을 살았다는 것을 보여주는 것이다.

　그런데, 윤근수의 관료적 삶의 바탕은 뛰어난 문재(文才)에서 비롯
된 것이다. 1591년 윤근수가 정철의 당으로 지목되어 유배를 가게 되
었을 때 선조가 '윤근수는 문학에 능한 선비'[10]라며 윤허하지 않아
결국 향리에 머물렀던 기록이나, 대제학으로서 당대의 문형을 잡았
고 그의 문하에서 김상헌(金尙憲)·장유(張維)·정홍명(鄭弘溟) 등 세
사람의 대제학이 배출되었다[11]는 사실은 이를 방증한다. 당대나 후

---

6) 申欽,〈海平府院君月汀尹公神道碑銘〉,『象村稿』권26,『韓國文集叢刊』72, 91면. "尤
　嫺於禮, 善華語, 華使至, 公必當之."
7)「5년 12월 1일」,『선조실록』. "是日都目政. 宗系惡名奏請使李陽元, 副使尹根壽, 書狀
　官李海壽差出." "6년 2월 28일" 조,『선조실록』. "己卯. 奏請使李後白, 尹根壽, 書狀
　官尹卓然, 發向中國燕京."
8)「23년 8월 1일」,『선조수정실록』. "朔庚午. 頒光國平難兩勳등券, 祭告會盟如儀, 賜賚
　有差, 大赦國內. 百官陳賀, 賜宴闕庭. 光國爲辨宗系誣也. 一等, 輸忠貢誠翼謨修紀光
　國功臣, 尹根壽(官至弐相海平府院君), 黃廷彧(禮曹判書長溪府院君), 兪泓(右議政杞
　溪府院君) 等三人."
9) 申欽,〈海平府院君月汀尹公神道碑銘〉,『象村稿』권26,『韓國文集叢刊』72, 91면. "公
　能以忠義, 入贊帷幄, 出偕皇朝將士, 半歲之間, 三赴廣寧, 六赴遼東, 開陳請援, 無不
　動聽."
10)「7월 1일」,『선조수정실록』. "尹根壽洪聖民李海壽張雲翼等, 請竝遠竄. 上以廷彧赫風
　聞未必盡信, 斗壽寬厚有才智, 根壽文學之士, 可惜不允."
11) 金尙憲,〈月汀先生集跋〉,『淸陰集』39,『韓國文集叢刊』77, 594면. "門下一時出三大

대의 문인들은 윤근수의 뛰어난 문재를 다음과 같이 평가한다.

중국의 예부상서 우신행(于愼行)은 윤근수의 문장을 보고 '변방에도 인재가 있다'[12]라고 하였고, 육가교(陸可敎)와 웅화(熊化)는 각각 윤근수의 시가 '주일(遒逸)·침울(沈鬱)하여 천뢰(天籟)에서 나오는 부류와 같다.'[13], '담아(澹雅)·침울하여 작자의 체모를 얻었다'[14]고 하였으며, 김상헌은 '오음(梧陰)의 공업(功業)과 월정(月汀)의 문장(文章)[15]'이라 하여 윤근수가 문장에 특장이 있었음을 밝히고 있다. 신흠은 윤근수가 '고문(古文)을 창도했고 성당(盛唐)의 이백을 종주로 삼았으며, 중국에 태어났더라면 명나라 왕세정·이반룡과 어깨를 나란히 했을 것'[16]이라 하였으며, 장유는 윤근수가 '문장의 철장(哲匠)으로 추앙된다'[17]며 극찬하였다. 이러한 평가들은 윤근수의 문재가

提學, 張右相維, 鄭同樞弘溟, 後先嗣興, 雖以尙憲之不才, 亦嘗代匠, 討論潤色, 幸不辱命."

12) 申欽, 〈海平府院君月汀尹公神道碑銘〉, 『象村稿』 권26, 『韓國文集叢刊』 72, 91면. "特簡公申奏兼進賀使朝京. 公敷奏明允, 誠竭辭達. 禮部尙書于愼行見其文, 大異之曰, 藩邦有人矣."

13) 陸可敎, 〈朝天錄序〉, 「朝天錄」, 『月汀集』, 『韓國文集叢刊』 47, 300면. "其詩遒逸沈鬱, 類發之天籟, 而與世之吹一呋於劍首者懸殊."

14) 熊化, 〈月汀集序〉, 『月汀集』 권1, 『韓國文集叢刊』 47, 175면. "大都皆戀闕懷君之什, 澹雅沈鬱, 得作者之體."

15) 金尙憲, 〈梧陰遺稿序〉, 『梧陰遺稿』 권1, 『韓國文集叢刊』 41, 505면. "世稱梧陰相公功業, 月汀先生文章."

16) 申欽, 〈海平府院君月汀尹公神道碑銘〉, 『象村稿』 권26, 『韓國文集叢刊』 72, 91면. "倡爲古文, 以先秦西京爲主, 而酷好司馬子長, 爲詩宗盛李. 好覯皇明諸家, 信陽北地鳳洲滄溟, 曠世神交, 慨然有不並世之嘆. 使公生乎中國, 麗澤於嘉隆諸鉅公間, 以究其所詣, 則方駕並驅, 未知孰爲秦楚, 耳食之徒, 其窺闖公藩垣者, 亦鮮矣."

17) 張維, 〈月汀先生挽詩〉, 『谿谷集』 권30, 『韓國文集叢刊』 92, 490면. "三朝遺老幾人存, 大耄崇班逈獨尊. 海內文章推哲匠, 斗南標望恢公言. ……."

당대 최정상에 있었음을 의미한다고 하겠다.

윤근수에 대한 이상의 평가들은 윤근수의 문학이 우리 문학사에서 충분히 논의될 만한 가치가 있다는 것을 의미한다. 따라서 일찍부터 연구자들은 윤근수의 문학을 집중적으로 조명하였다.

강명관이 전후칠자의 존재와 저작을 최초로 소개하고 윤근수를 조선에서 진한고문파의 성립을 이끈 인물로 파악한[18] 이래, 윤채근[19]·김현미[20]·서한석[21]·우응순[22]·김우정[23]·신영주[24] 등에 의해 윤근수의 생애, 산문관, 산문의 복고적 특징, 주육논쟁(朱陸論爭), 한문토석 등 다방면에 걸쳐 논의가 이루어졌다. 최근에는 단국대학교 동양학연구소에서 윤근수 특집을 마련하여 월정학파의 형성과 학문 경향[25], 시관과 시적 특징[26], 서사 산문의 특징[27], 전후칠자 수

---

18) 강명관, 「16세기 말 17세기 초 의고문파의 수용과 진한고문파의 성립」, 『한문학연구』 18집, 한국한문학회, 1995.

19) 윤채근, 「조선전기 누정기의 사적 개관과 16세기의 변모 양상 −윤근수 고문사 창도 문제와 연관하여」, 『어문논집』 35집, 고려대학교 국어국문학연구회, 1996.

20) 김현미, 「선조조 문장가들의 문관」, 『우리한문학사의 새로운 조명』, 집문당, 1999.

21) 서한석, 「월정 윤근수의 산문에 관한 연구−의고문풍의 도입과 관련하여−」, 성균관대학교 석사학위논문, 1999.

22) 우응순, 「月汀 尹根壽와 明人 陸光祖의 朱陸論爭 −『朱陸論難』을 중심으로」, 『대동문화연구』 37집, 성균관대학교 대동문화연구원, 2000.

23) 김우정, 「월정 윤근수 산문의 성격」, 『한문학논총』 19집, 근역한문학회, 2001; 김우정, 「『월정집』의 지성사적 의미와 위상」, 『민족문화』 39집, 한국고전번역원, 2012.

24) 신영주, 「『한문토석』에 나타난 윤근수와 최립의 현토 담론에 대하여」, 『한문학보』 20집, 우리한문학회, 2009.

25) 우경섭, 「월정학파의 형성과정 및 학풍에 관한 시론」, 『한문학논집』 36집, 근역한문학회, 2013.

26) 서한석, 「월정 윤근수의 한시에 관한 연구」, 『한문학논집』 36집, 근역한문학회, 2013.

27) 송혁기, 「윤근수 서사 산문 일고」, 『한문학논집』 36집, 근역한문학회, 2013.

용과 진한고문파 성립에 대한 비판적 고찰28) 등을 다루었다.

이상의 연구 성과들을 볼 때 윤근수 문학에 대한 논의는 대부분 산문에 집중되었다고 볼 수 있다. 반면, 한시에 관한 논문은 서한석 논문 한 편뿐이다. 서한석은 윤근수의 한시를 다루면서『월정집』한시의 수록현황을 소개하고 시관(詩觀)으로서 당풍의 추구와 음영성정(吟詠性情)을, 시적 특징으로는 '전란 체험과 침울의 풍격', '일화를 통한 정감의 표출', '고유명사의 활용과 기세의 변화'를 도출하였다.29) 서한석의 논의는 그동안 학계에서 주목받지 못했던 윤근수 한시를 논의의 중심으로 끌어들였다는 점과 윤근수 한시를 다방면에서 소개하여 후속 연구의 발판을 마련했다는 의의가 있다. 그러나 몇몇 작품을 대상으로 전고의 사용과 풍격, 시상의 전개방식, 시어의 활용 등 형식적인 측면에 초점을 맞추었기 때문에 윤근수의 삶과 내면의식을 바탕으로 시세계를 유기적으로 읽어내지 못한 한계가 있다.

아울러 지금까지 윤근수의 한시가 크게 주목받지 못한 이유는 다음과 같이 추정된다. 첫째, 진한고문파의 성립과 관련하여 윤근수의 산문이 주목받았지만, 한시의 경우 시화나 시선집에 윤근수 시에 대한 평가와 선별된 작품들이 드물어 윤근수의 시적 성취를 가늠할 근거가 부족했기 때문이다. 둘째, 윤근수의 한시가 전란을 겪으면서 대부분 유실되어 현전하는 작품들은 관료로서 의례적으로 쓴 작품들이 많기 때문에 윤근수의 내면 의식을 명징하게 드러내지 못할 것이라는 추정도 작용한 듯하다. 현재 남아 있는 윤근수의 한시는 389제

---

28) 장유승, 「전후칠자 수용과 진한고문파 성립에 대한 비판적 고찰」, 『한문학논집』 36
　　집, 근역한문학회, 2013.
29) 서한석, 「월정 윤근수의 한시에 관한 연구」, 『한문학논집』 36집, 근역한문학회, 2013.

661수나 되지만 만시, 차운시, 스님과의 교유시, 지방관으로 가는 관료에게 주는 시, 중국 사신을 접반하거나 사신가면서 지은 사행시 등이 대부분이다. 셋째, 이 시기 한시 연구가 이황·이이·성혼 등의 사림파 문학이나 이달·백광훈·최경창 등 당풍 관련 한시 연구에 논의가 집중되어 상대적으로 윤근수와 같은 관료문인에 대한 관심이 적었기 때문이다.

그러나 윤근수의 한시를 면밀히 검토해보면 의례적인 작품 속에 윤근수의 내면의식을 포착할 수 있다. 뿐만 아니라 중국과 조선 문인들의 평가, 중국 사신을 접반하는 과정에서 창작된 수많은 수창시, 『월정만록』에 나타난 윤근수의 시적 감식안, 『대동시선』[30]에 실린 작품 등을 통해서 볼 때 시인으로서 윤근수의 위상은 충분히 검증되었다고 할 수 있다. 따라서 윤근수의 한시를 연구하는 일은 산문이 보여주지 못하는 정서적인 측면을 살필 수 있다는 점에서 윤근수 문학을 총체적으로 이해하는 데 필요하다고 하겠다.

이 글은 이상과 같은 문제의식하에, 윤근수의 삶을 토대로 내면의식과 시세계의 특징을 유기적으로 밝혀보고자 한다. 이를 통해 이 글이 조선 중기 관료문인의 시세계를 이해하는 데 일조하기를 기대해본다.

---

30) 『대동시선』에 실린 윤근수의 한시는 다음과 같다. 〈次若軒韻贈義圓上人〉, 『大東詩選』
   권3. "曹溪流水悅仙山, 石磴煙蘿次第攀. 亂後試尋諸佛日, 卷中猶對故人顔. 淸詩驚世
   應長在, 義魄歸天更不還. 露泣薔薇吟幾遍, 傷心空復倚松關."

2. 관료적 삶과 복잡한 현실

이 장에서는 윤근수 시의 특징을 밝히기 위한 기저단계로서 윤근수의 관료적 삶과 현실인식을 살펴보도록 하겠다.[31)]

신흠의 신도비명에 따르면 윤근수는 천부적으로 총명하고 영특한 자질을 타고났다고 한다. 10세 때 이미『효경』,『소학』,『사문유취』에 통달하였는데, 부친 의정공 윤변(尹忭)이『사문유취』를 모두 암기하는 윤근수를 보고 부인에게 '이 아이는 대성할 것이니 나는 보지 못하더라도 부인은 반드시 그 봉양을 누릴 것이요'[32)]라고 한 일화는 윤근수의 영특한 자질이 관료로서의 성취와 관련된 것임을 부친이 간파한 것이라 하겠다.

윤근수는 비교적 이른 나이인 22세(1558) 때 문과에 급제하여 승문원 권지부정자로부터 관직생활을 시작하였다. 윤근수의 관직생활 전반기는 명종·선조대 초반으로 윤근수 개인에게는 한 차례 정치적 실의가 있었지만,[33)] 그에게 정치현실은 대체로 안정적이라 할 수 있다.

다음의 시는 윤근수가 환로생활 전반기에 보여주는 현실인식이라

---

31) 이하, 생애와 관련된 기록은 서한석,「월정 윤근수의 산문에 관한 연구 −의고문풍의 도입과 관련하여−」, 성균관대학교 석사학위논문, 1999, 1~10면을 참조함. 따로 각주 표시를 하지 않음. 또한 신흠,〈海平府院君月汀尹公神道碑銘〉,『象村稿』,『韓國文集叢刊』72, 91면과 국사편찬위원회, 朝鮮王朝實錄(http://sillok.history.go.kr)의 내용을 참조했음.

32) 申欽,〈海平府院君月汀尹公神道碑銘〉,『象村稿』권26,『韓國文集叢刊』72, 91면. "公以嘉靖丁酉生, 聰明穎悟, 鍾於天賦, 甫十歲, 已通孝經小學四子等書, 能曉歷代事迹. 從議政公在三陟府, 議政公嘗閱類聚文字, 公皆暗記, 擧問一二, 應對如響. 議政公益奇愛之, 語夫人曰, 此兒必大成, 吾雖未及見, 夫人當亨其養."

33) 야대에서 조광조의 억울함을 극력 진언하여 과천현감으로 좌천되었다가 잠시 파직된 일을 말한다.

할 수 있다.

술에 취해 뱃전에 기대어 조니	醉倚柂樓睡
강바람 귀속으로 길게 불어오네	江風入耳長
앞마을은 어느 곳에 있는가	前村在何處
저자도는 정작 아득도 하여라	楮島正微茫
모래 가 새들 무리지어 다 날아가고	沙鳥群飛盡
먼 하늘에는 석양빛이 빛나는구나.	長天落照明
희미하게 안개 낀 물결 너머에는	微茫烟水外
오직 가볍게 떠다니는 조각배뿐	唯見片帆輕

〈湖堂作二首辛未夏−호당에서 짓다 신미년 여름〉[34]

위의 시는 1571년 윤근수가 35세 때 호당에서 사가독서를 할 때 지은 것이다. 윤근수에게 호당은 의례적인 공간이 아니라 특별한 공간이다. 윤근수가 제자 김상헌에게 준 서문을 보면 "우리나라의 학문적 명성[文望]은 진실로 대제학이 주도권을 잡고 그 다음이 양 제학이다. 낭관 이하는 동호의 독서당에서 수양을 쌓아 훗날 대제학으로 뽑혀 중국 사신이 오면 대제학을 맡은 사람이 원접사로 사신을 접반하고 동호의 문사들이 종사관이 되니 이것이 옛 관례이다."[35]라고 하여 윤근수가 호당을 최종적으로 대제학에 올라 관료로서 현달할 수 있는 출발점으로 인식하고 있다는 것이다. 또한 현달한 관료로서의

---

34) 尹根壽, 『月汀集』 권1, 『韓國文集叢刊』 47, 177면.

35) 尹根壽, 〈贈金學士尙憲序〉, 『月汀集』 권5, 『韓國文集叢刊』 47, 244면. "我國文望, 大提學固執牛耳, 而兩提學次之. 郎官以下, 則儲養於東湖之書堂者, 皆後來提學之選也, 華使之來, 則一時握柄文者, 爲遠接爲館伴, 東湖之文士爲從事, 此其故事. 而自兵亂後, 東湖書堂較不復設, 特遴郎官之能詩者爲從事, 此是近例也."

최종 목적이 원접사로 사신을 접반하여 나라를 빛내는 데 있다는 사실에서, 윤근수의 삶이 관료지향적임을 감지할 수 있다. 그가 훗날 예조판서 겸 대제학으로서 중국 사신들을 접반하여 공신록에 올랐던 사실로 비추어 볼 때, 호당은 윤근수의 관료로서의 꿈을 실현시켜주는 발판이었던 셈이다. 그러기에 호당에 선발되어 장밋빛 미래를 꿈꾸고 있던 윤근수에게 정치현실은 매우 평화롭게 다가온 것이다.

　이 시는 마치 한 폭의 풍경화를 보는 듯하다. 시인의 삶은 매우 한가롭고 평화롭다. 술에 취해 뱃전에 기대어 졸고 있는 시인, 귓가에 끊임없이 불어오는 시원한 바람, 아득한 저자도를 볼 수 있는 맑은 하늘, 새들마저 날아간 한적한 물가와 그곳을 비추는 포근한 석양빛, 가볍게 떠다니는 조각배, 한적한 경치를 해질녘까지 만끽하는 시인. 시인의 마음속에 어느 하나라도 만족스럽지 못한 구석이 없다. 이 시가 이토록 긍정적으로 흐를 수 있는 데에는 호당이 시인에게 장밋빛 미래를 보장해줄 수 있는 공간이기 때문이다.

　윤근수는 호당에서 사가독서를 한 이후 직제학·동부승지·좌부승지에 이어 대사성에 오르고 1573년 종계변무 주청부사로 연경에 다녀온 후 가선대부에 가자되는 등 관료로서 승승장구를 거듭한다. 그러나 1575년 을해당론 이후 동서갈등이 심화되었고, 1578년에는 부제학으로 있을 때 서인을 부추기고 동인을 억제한다는 동인들의 비난을 받고 있던 차, 이종형제 이수에게 뇌물을 받았다는 혐의를 입어 형과 함께 파직되었다.[36] 이후 1년 뒤 서용되어 개경유수로 부임하

---

36) 「11년 10월 1일」, 『선조수정실록』. "兩司劾尹斗壽尹根壽尹晛, 罷職. …… 時, 士類中分, 前輩爲之西, 後輩爲之東. 晛叔父斗壽, 根壽, 皆以宿望, 在津要, 志欲扶西抑東, 故東人尤嫉之. 時, 務安縣監全應禎, 行賂事發, 下獄鞫問, 朝議方以貪贓爲戒. 金誠一聞

게 된다.

다음의 시는 윤근수가 개경유수로 있을 때 연안부사였던 윤두수의
평원당을 방문하고 지은 것이다.

남쪽 호숫가에 새집을 지었으니	新築南湖上
오직 대궐 향한 마음만 넉넉하네	惟餘北闕心
늦가을 낙엽이 떨어질 때	窮秋對搖落
병이 많은 사람은 홀로 평원당에 올랐어라	多病獨登臨
들판은 아득하고 물결은 해를 머금었고	野迥波涵日
관리의 일 한가로우니 정사는 거문고에 있구나	官閑政在琴
누가 알겠는가, 영가의 흥취	誰知永嘉興
사령운이 읊조리는 시에 다 들어간 것을	盡入謝公吟

〈次延安平遠堂韻－연안의 평원당 운에 차운하다〉[37]

이 시는 동서갈등이 본격화되던 시기에 윤근수의 현실인식을 보여
주는 것이다. 1, 2구는 윤두수가 세운 평원당이 황해도 연안 남쪽 호
숫가에 세워진 사실을 들어 윤두수의 연군지정을 읊은 것이다. 윤두
수가 연안의 남쪽에 평원당을 세운 까닭은 남쪽이 북쪽 대궐을 바라
볼 수 있는 위치여서 임금을 그리워하는 정을 펼칠 수 있기 때문이다.

3, 4구는 쓸쓸하고 처량함 속에 드러나는 시인의 연군지정을 읊었
다. 낙엽 지는 늦가을, 시인은 병든 몸을 이끌고 평원당에 올랐다.
그가 평원당에 오른 이유는 1, 2구가 암시하듯, 평원당이 임금을 그
리워할 수 있는 공간이기 때문이다. 그러므로 시인이 평원당을 오른

珍島郡守李銖運米賂三尹, 蓋銖爲尹家親戚, 故媒孼者造言也."
37) 尹根壽, 『月汀集』 권1, 『韓國文集叢刊』 47, 180면.

행위는 자신이 개경유수로 와 있지만 마음은 변함없이 임금을 그리워하고 있다는 의미이다. 낙엽 지는 늦가을은 쓸쓸하고 처량한 시인의 심사를 돋우는 소재이다.

5, 6구에 오면 분위기는 전환된다. 시인은 아득히 펼쳐진 황금 들판을 바라보며 풍요로움을 느끼고, 일없이 한가로운 관청을 목도하며 지금의 시대가 태평성대임을 깨닫는다. 6구의 '관청이 한가롭고 정사가 거문고에서 나온다'는 언급은 공자 제자인 자유(子遊)가 무성(武城)의 읍재로 있으면서 거문고를 타며 백성들을 예악으로 다스렸던 고사를 차용한 것으로, 윤두수가 연안에서 선정을 펼치고 있다는 의미이다. 이는 윤두수가 비록 좌천되어 연안부사로 왔지만 좌절하지 않고 왕의 덕화를 펼치는 지방관로서의 임무를 충실히 수행하고 있다는 말이다. 그러기에 윤두수는 진(晉)나라 영가 태수 사령운이 그랬던 것처럼 산수에서 자락할 수 있었던 것이다.

요컨대, 이 시는 윤근수가 정치적 실의에도 불구하고 현실에 대한 불만이나 부정의식을 표출하지 않고 현실을 긍정적으로 바라보려는 태도를 보여준 것이라 할 수 있다. 이는 관료적 삶을 지향한 윤근수의 관료의식에서 비롯된 것으로 보인다. 위의 시에서 윤근수가 지방관으로 온 불편하고 쓸쓸한 심회를(3, 4구) 긍정적으로 전환시켜 선정을 펼치는 윤두수에 주목하고 당대를 태평성대로 마무리한 것, 관찰사로 있다가 안변부사로 좌천되어 가는 이시발(李時發)을 전송하면서 '직책의 높고 낮음을 따지지 말고 임금이 만들어준 것이기에 영광스럽게 생각하라'[38]고 위로한 시, 윤근수의 만시·송별시·사행시 등

------

38) 尹根壽, 〈奉送李養久同樞出知安邊府〉, 『月汀集』 권1, 『韓國文集叢刊』 47, 180면. "時

에서 수없이 등장하는 강상윤리를 강조한 언급[39) 등은 윤근수의 관료의식이 현실인식에 영향을 미친 것으로 볼 수 있다.

　윤근수는 1582년 한성부 좌윤으로 중앙에 복귀하여 대사성, 대사간을 거쳐 공조참판에 오른다. 1589년에는 공조참판으로 연경에 성절사로 가서 『대명회전』 전질과 황제의 칙서를 받아와[40) 200년 동안 끌었던 종계변무를 말끔히 해결한다. 이 공으로 윤근수는 광국공신에 책록되어 해평부원군에 봉해지고 벼슬이 우찬성에 오르게 된다.[41) 그러나 이듬해인 1591년, 세자건저문제에 연루되어 정철의 당에 붙어 간사한 이들을 끌어들였다는 비판을 받고 삭탈관작당해 향리로 돌아온다.[42) 1592년 임진왜란이 일어나자 윤근수는 선조의 소명을 받고 다시 중앙정계로 복귀한다.

　1592년부터 선조대 후반까지는 임진왜란과 정유재란이 있었던 시기로 국가적으로나 윤근수 개인적으로나 암울하고 힘든 시기라고 할 수 있다. '개벽 이래에 드문 전쟁[43)'이라는 윤근수의 탄식에서도 짐

　　昔觀風地, 如何作郡行. 崇庳寧敢計, 恩造祗知榮. 握手臨關路, 逢春恨別情. 分携欲有
　　贈, 衰白更吞聲."
39)　윤근수가 만시나 송별시, 사행시 등에서 충, 효, 열, 절조 등을 강조하는 내용이
　　등장한다.
40)　「22년 10월 1일」, 『선조수정실록』. "朔乙亥. 聖節使工曹參判尹根壽, 廻自京師, 帝降
　　勑, 頒賜會典全部."
41)　「23년 8월 1일」, 『선조수정실록』. "光國爲辨宗系誣也. 一等, 輸忠貢誠翼謨修紀光國
　　功臣. 尹根壽(官至貳相海平府院君)黃廷彧(禮曹判書長溪府院君)兪泓(右議政杞溪府
　　院君)等三人.
42)　「24년 5월 1일」, 『선조수정실록』. "又合啓, 右贊成尹根壽判中樞洪聖民驪州牧使李海
　　壽襄陽府使張雲翼等, 黨附鄭澈, 引進奸邪. 請竝削奪官爵, 門外黜送. 從之.
　　「24년 7월 1일」, 『선조수정실록』. "兩司連啓請尹斗壽遠竄, 從之. 定配會寧. 特命配于
　　洪原, 近道也. 根壽削奪官爵, 歸鄕里."

작되듯, 장기적이며 전국적이었던 전쟁의 피해는 심각했고 관료로서 국난 극복의 책임을 맡았던 윤근수에게는 가장 고생스러웠던 기간이었다.44)

바닷가 백성들은 태평 시절 잃었는데	濱海生民失太平
원님은 봄 농사 권장하느라 부질없이 수고하네	空勞茂宰勸春耕
전쟁 먼지 눈앞에 가득하여 돌아오는 길 늦었는데	兵塵滿眼歸來晚
또 한밤중에 황계 울음까지 들리다니	又聽荒鷄半夜鳴

〈失題二首2-실제〉45)

위의 시는 전란으로 인한 현실의 모습을 보여준다고 할 수 있다. 전란이 휩쓸고 간 바닷가 마을은 예전의 태평성대를 잃었다. 그런데, 바닷가라 피해가 심각했음에도 원님은 봄 농사를 권장하느라 바쁘다. 시인의 눈에는 분명 그것이 헛수고지만 원님은 묵묵히 자신의 임무를 다하고 있는 중이다. 2구의 무재(茂宰)는 지방관에 대한 경칭이다. 따라서 임무에 충실한 원님에 대한 칭송을 함축하지만 그것이 헛수고이기에 시인의 마음은 안타깝다.

3, 4구는 전란을 수습하느라 바쁜 시인의 모습이다. 윤근수는 임진왜란이 일어나자 복관되어 예조판서 겸 대제학으로서46) 중국 장수들을 접반했고 광녕과 요동을 아홉 차례나 드나들며 구원병을 요

---

43) 尹根壽, 〈祭亡室夫人文〉, 『月汀集』 권7, 『韓國文集叢刊』 47, 292면. "今玆兵禍, 開闢所希, 奔迸星散, 一家不相保."

44) 「25년 9월 23일」, 『선조실록』. "禮曹判書尹根壽, 以請兵事, 最爲勤勞, 加資."

45) 尹根壽, 『月汀集』 권2, 『韓國文集叢刊』 47, 201면.

46) 「26년 1월 1일」, 『선조수정실록』. "以尹根壽兼大提學, 洪聖民兼戶曹判書."

청하였다.47) 또한 왜군과 명군의 동태를 파악하여 조정에 보고하는
역할을 맡았다.48) 그의 말대로 '쑥대봉 같은 신세로 사신 길을 반복
하고 다시는 관직을 맡고 싶지 않을 정도로 힘이 들었던49) 것이다.

3구는 전란을 수습하느라 돌아가는 길이 늦었음을 말한다. '눈앞
에 가득한 전쟁 먼지[兵塵滿眼]'는 임진왜란의 심각성과 그 속을 바
삐 쏘다니는 시인을 떠올리게 한다. 4구는 전란으로 인한 시인의 불
안감·위기감을 드러낸 것이다. 황계는 삼경(三更) 전후에 우는 닭으
로 그 울음소리는 불길한 징조를 의미한다. 따라서 시인이 황계의 울
음소리를 들었다는 것은 그가 전란을 수습하느라 밤중까지 바빴다는
표면적 의미뿐만 아니라 '전쟁 먼지 눈앞에 가득한[兵塵滿眼]' 상황
이 더 좋아지지 않으리라는 시인의 불안한 예감을 함축하고 있는 것
이다.

다음의 시는 전쟁으로 인해 폐허가 된 도성을 보고 지은 것이다.

---

47) 申欽, 〈海平府院君月汀尹公神道碑銘〉, 『象村稿』 권26, 『韓國文集叢刊』 72, 91면.
"公能以忠義, 入贊帷幄, 出偵皇朝將士, 半歲之間, 三赴廣寧, 六赴遼東, 開陳請援, 無
不動聽."

48) 「25년 6월 16일」, 『선조수정실록』. "海平府院君尹根壽馳啓曰, 昨日沈喜壽, 以請兵
事, 馳往湯站, 今日巳時還來. 聞戴朝史弁儒二將領軍馬, 十五日過江, 臣欲待兵馬到江
上, 馳還矣. 遼東咨文言, 史儒一枝軍, 於初七日發遣, 王守官一枝軍, 於初十日發遣.
云. 以此觀之, 王守官似當續發. ……."
「25년 6월 18일」, 『선조수정실록』. "禮曹判書尹根壽, 弘文館副應敎沈喜壽馳啓曰, 臣
等十七日曉渡江, 往見祖摠兵, 告倭賊已渡大同江. 摠兵曰, 今明日, 軍馬當渡江, 只備
糧草以待."

49) 尹根壽, 〈經亂後重到宜川次題前韻〉, 『月汀集』 권1, 『韓國文集叢刊』 47, 177면. "萬事
那堪說, 孤逢又此過. 時危空有淚, 國破荐無家. 京洛音書斷, 郊原鼓角多. 傷心鏡湖水,
不復管繁華."

동쪽 교외는 오색구름 감도는 대궐을 에워쌌으니　　東郊環拱五雲居
이 날 올라와 보니 한스러운 마음 많기도 하구나　　此日登臨恨有餘
난리가 해를 넘겼으니 눈물 흘릴 만하고　　　　　離亂經年堪涕淚
번화했던 곳 훑어보니 모두 폐허가 되었다네　　　繁華過眼摠丘墟
어느 때에 남쪽 지방의 오랑캐 완전히 사라질까　　何當南紀全銷袯
서쪽으로 어가 따르며 임금님 함께 모신 일 늘 생각하네　長憶西巡共侍輿
떠나려다 다시 멈춰 말을 돌린 곳,　　　　　　　欲去更留歸馬地
흰 갈매기 다 날아가고 저녁 강은 텅 비었구나　　白鷗飛盡暮江虛

〈次箭串韻－살곶이 운에 차운하다〉50)

이 시는 전쟁터를 떠돌며 느끼는 시인의 쓸쓸함을 여실히 보여준
다. 1~4구는 전쟁 통에 폐허가 된 도성의 모습과 그것을 목도한 뒤
느끼는 시인의 한(恨)스러운 정서를 표출한 것이다. 높은 곳에 오른
시인은 대궐 쪽을 바라보았다. 대궐은 동쪽 교외가 둘러싸고 있었는
데, 그 번화했던 옛 자취는 흔적도 없이 사라지고 폐허가 된 채로 남
아 있었다. 게다가 전쟁은 끝날 기미가 없이 또 한 해를 넘기고 있다.
그렇지만 대궐에는 여전히 오색구름이 감돌고 있다.

5구는 전쟁이 끝나기를 바라는 시인의 기대이며, 6구는 군주를 몽
진하게 만든 관리로서의 불편한 심사라 할 수 있다. 곧, 중앙관료로
서 임금을 제대로 보필하지 못했기에 임금을 몽진하게 만들었다는
시인의 죄책감인 것이다. 그런데 1구의 '오운(五雲)'은 임금의 거처를
빗대는 상투적인 표현이지만, 굳이 폐허가 된 대궐을 '오색구름 감도
는 것[五雲居]'으로 묘사한 것은 '오운'을 통해 전쟁이 끝난 후 예전의

50) 尹根壽, 『月汀集』 권3, 『韓國文集叢刊』 47, 212면.

태평성대를 회복하리라는 시인의 기대를 담고자 했기 때문으로 보인
다. 이는 '오운(五雲)'이 길상(吉祥)을 상징하는 것으로 태평성대의 조
정을 비유할 때 자주 등장하는 시어이기 때문이다.[51]

　　7~8구는 폐허가 된 공간에서 느끼는 시인의 쓸쓸함이다. 폐허가
된 도성을 시인은 쉽게 떠나가지 못하고 가려다 다시 말을 돌려 세운
다. 그곳에는 갈매기마저 다 날아가고 빈 강만 석양에 물들고 있었다.

　　위의 시는 전쟁으로 인해 폐허가 된 도성을 쓸쓸하게 읊고 있지만
태평성대가 곧 도래할 것이라는 시인의 기대감도 암시하고 있다고
볼 수 있다. 이는 윤근수의 투철한 관료의식에서 비롯된 것이라 할
수 있을 것이다.

　　다음의 시는 종전 직후 윤근수의 의식을 드러낸 것이다.

　　서쪽으로 어가 호종할 때 눈물 함께 뿌렸고　　　　執靮西巡淚共揮
　　옛 서울로 임금님 환궁하시는 것 기쁘게 바라보았네　舊京欣覩六龍歸
　　전쟁이 끝났는데 태평성대의 즐거움을 누리지 못하니　塵淸未享昇平樂
　　한 집에서 함께 담소하자던 바람은 이미 어긋났다네　談笑同堂願已違
　　　　　　　　　　〈挽西川君鄭崑壽2-서천군 정곤수를 애도하며〉[52]

　　서천군 정곤수(鄭崑壽)는 임란 때 윤근수와 함께 선조를 호종했던
인물이다. 1, 2구는 전란 중에 서천군과 함께 선조를 호종하며 함께

---

51) 윤근수의 시에서 오운(五雲)이 길상의 징조로 쓰인 것은 다음과 같다. 尹根壽, 〈送人
　　按察湖西〉, 『月汀集』 권3, 『韓國文集叢刊』 47, 208면. "臨岐執手意何如, 日暮春風動
　　別裾. 草土緦收三載淚, 澄淸親捧九重書. 籌邊行見金湯壯, 問瘼須敎賦役紓. 試向城樓
　　遙北望, 五雲深處卽宸居."

52) 尹根壽, 『月汀集』 권2, 『韓國文集叢刊』 47, 196면.

선조의 환궁을 기뻐했던 일을 말한 것이다.

3, 4구는 종전 후에 도래한 현실이라 할 수 있다. 시인은 전란 중에 전쟁이 끝나면 태평성대가 돌아올 것이라는 기대를 가지고 있었다. 그래서 임금이 옛 수도로 돌아온 후 장차 태평성대가 오게 되면 정곤수와 함께 한 집에서 담소를 나누자는 약속을 했었다. 그러나 전쟁이 끝났고 태평성대가 도래했지만 정곤수는 태평성대를 함께 누려보지 못하고 생을 마감했던 것이다.

임란 시기 윤근수의 현실인식에서 주목되는 것은 윤근수가 현실을 읊은 시에서 허균의 〈노객부원(老客婦怨)〉[53]과 같이 전쟁의 참상을 핍진하게 묘사하거나 공자의 '도가 행해지지 않으니 뗏목을 타고 바다를 떠다니겠다[道不行, 乘桴浮於海.]'와 같은 강한 현실부정의식을 드러내고 있지 않다는 것이다. 대부분 위의 시들처럼 위태롭고 험한 세상을 담담하게 또는 한 단계 걸러내어 묘사하거나, 본연의 임무에 힘쓰는 지방관의 모습을 삽입시키고, 공무 때문에 바쁜 자신의 모습, 언젠가 태평성대가 도래할 것이라는 기대 등을 시화하고 있다는 것이다. 반면, 공무에 지친 모습으로 벼슬살이를 그만두고자 하는 속내를 비친 시들도 있지만, 그것이 현실적 테두리를 벗어나 탈속을 추구하는 것이 아니라 일시적인 괴로움을 토로하는 수준에 머물러 있다는 것이다. 이는 윤근수가 관료로서 전란의 현실을 외면하거나 비판하기보다는 전란을 해결해야 할 책임이 자신에게 있다는 투철한 관

---

53) 許筠, 『惺所覆瓿藁』 권1, 『韓國文集叢刊』 47, 126면. "…… 頃者倭奴陷洛陽, 提携一子隨姑郞, 重研百舍竄窮谷, 夜出求食晝潛伏. 姑老得病郞負行, 踽穿峻山不遑息. 是時天雨夜深黑, 坑滑足酸顚不測. 揮刀二賊從何來, 崗暗蹢躅如相猜. 怒刀劈肌肌四裂, 子母幷命流冤血. ……"

료의식을[54] 지녔기 때문으로 판단된다.

임진왜란이 끝난 뒤 윤근수는 선조를 의주까지 호종한 공로로 호성공신(扈聖功臣)에 책봉되고,[55] 선조 40년(1607) 기로소에 들어가 기로소 당상으로[56] 예우를 받다가 광해군 8년(1616) 장단 임강현에서 80세의 나이로 생을 마치게 된다.

다음의 시는 윤근수가 74세 때 기로소에서 지은 것으로 광해군대의 현실인식을 보여준다고 할 수 있다. 기로소는 나이 70세 이상의 정 2품 이상 실직(實職) 관원들이 들어가 예우를 받던 곳이다. 당시 기로소에 들어가는 일은 관리로서 최고의 영광을 누리는 것이었다.

향산과 낙사 같은 풍류 모임에	香山洛社風流會
재주 부족한데 칭송하니 얼굴이 부끄럽네	才乏揄揚面發慙
손가락으로 그림 속 사람들 짚으니 도리어 몇 명이 있는가	
	指點丹靑還有幾
아련히 백발의 늙은이와 함께 세 사람일세	依俙衰白共成三
성은이 깊으니, 하사받은 술은 술동이에 넘실거리고	恩深宮醞尊中灩

---

54) 尹根壽, 〈題中原人扇頭詩〉, 『月汀集』 권3, 『韓國文集叢刊』 47, 216면. "開襟試向朔風寒, 愁緒縈懷苦未寬, 煙火連村曾樂業, 亂離經歲孰求端, 天廻漢北瞻依遠, 山擁遼東道路難, 銅柱何時氛祲淨, 蒼生俱得一枝安." 윤근수가 사신의 고된 임무로 인해 나그네의 시름[客愁]을 읊고는 있지만, 그것이 개인적 고충을 토로하기 위한 것이 아니라 전쟁을 빨리 끝내 백성들을 편하게 하기 위한 관료의식에서 비롯된 것임. 尹根壽, 〈次枕溪樓韻贈坦悟上人〉, 『月汀集』 권2, 『韓國文集叢刊』 47, 188면. "蕭寺秋風獨上樓, 客程迢遞幾時休, 不堪氛祲迷銅柱, 使節勞勞白盡頭." 이 시 역시 나그네길의 어려움이 왜적을 쓸어버리기 위한 책임의식에서 비롯된 것임.

55) 「37년 6월 25일」, 『선조실록』. "大封功名, 以自京城至義州, 終始隨駕者, 爲扈聖功臣, 分爲三等, 錫號有差. ……其扈聖一等, 李恒福鄭崐壽, 爲忠勤貞亮竭誠效節協力扈聖功臣. 二等, 信城君珝定遠君琈李元翼尹斗壽沈友勝李好閔尹根壽柳成龍……."

56) 「40년 윤 6월 1일」, 『선조실록』. "耆老所堂上海平府院君尹根壽……."

광채 빛나니, 정승들은 자리에 합석하였다네   光動台躔座上參
성대한 잔치 다시 잇는 일 참으로 분별할 수 없으니   更續盛筵眞不分
유적을 함께 남기노니, 후인들이 이야기 하리라.   倂留遺迹後人譚
　　　　〈題尹政丞耆英契會屛－윤 정승의 기로소 계병에 쓰다〉[57]

　이 시는 광해군 2년(1610) 가을, 기로연을 기념하여 만든 병풍에
적은 것이다. 이 시의 전반을 지배하는 분위기는 평화로움이다. 1,
2구는 기로소에 자신이 참석하게 된 것에 대한 자부심을 드러낸 것
이다. 향산은 백거이(白居易)가 낙양의 향산(香山)에서 8명의 원로들
과 구성한 향산 구로회이며, 낙사는 송(宋)나라 재상이었던 문언박
(文彦博)이 결성한 낙사(洛社) 기영회(耆英會)를 말한다. 따라서 향산
과 낙사로 지금의 기로회를 빗댄 것은 참석한 이들이 관품으로 보나
문재로 보나 모두 한 시대를 풍미했던 인재들임을 과시하기 위함이
다. '얼굴이 부끄럽다'는 것은 겸사로서 자신의 관품과 문재 역시 이
모임에 합당하다는 반어적 표현이다.

　3, 4구는 기로회 멤버들 중에서 자신을 비롯하여 세 사람이 가장
연로자임을 밝힌 것이고, 5, 6구는 지금의 조정이 시인에게 더없는
은혜를 베풀어 주고 있다는 의미이다. 당시 군주인 광해군은 기로회
에 참석한 원로대신들에게 어주를 하사하였으며 기로연을 빛내기 위
해 정승들도 함께 참석시켰던 것이다. 시인은 이렇듯 분에 넘치는 은
혜가 앞으로 다시 이어질지 기약할 수 없기에, 이 모임을 기록으로
남겨 후인들에게 전하고자 하는 것이다.

　이 시는 기로연에서 융숭한 대접을 받고 지극히 만족해하는 시인

---

57) 尹根壽, 『月汀集』 권3, 『韓國文集叢刊』 47, 218면.

의 모습을 통해 광해군대를 긍정적으로 바라보는 윤근수의 시각을 읽을 수 있다. 윤근수의 이러한 시각은 선조대 종계변무, 중국에 구원병 요청, 선조의 호종 등 관료로서 적극적인 삶이 현달한 관직으로 이어졌고, 그것이 광해군 초기까지 그대로 연결되었기 때문으로 보인다.

이상으로 윤근수의 현실인식을 살펴보았다. 윤근수는 복잡한 현실을 살아가야 했지만 관료의식을 바탕으로 현실에 적극적으로 참여했고 현실을 긍정적으로 바라보았다. 임란 시기에 현실을 암담하게 바라보는 시각도 존재하지만, 그것이 참담한 현실을 핍진하게 묘사하거나 현실에 대한 강한 부정으로 이어지지 않는다. 이는 '관직이 하늘에 닿을 정도'[58]라는 윤근수 자신의 언급과 광해군이 '(윤근수가) 나이가 80에 찼으니 노인을 우대하는 은전을 베풀어 존경의 뜻을 보이라[59]'는 전교를 내리자 이조에서 '윤근수의 작질(爵秩)이 극에 달해 다시 베풀 은전이 없다'[60]라고 한 것에서 짐작할 수 있듯이, 철저한 관료로서의 삶을 살았던 윤근수가 당대의 현실을 비판하기보다는 책임이 먼저라는 관료의식을 지니고 있었기 때문이다.

---

58) 尹根壽, 〈送申君敬叔奉使如京〉, 『月汀集』 권3, 『韓國文集叢刊』 47, 212면. "飛騰峻秩已干漢, 樗散餘生空老蒼."
59) 「8년 4월 21일」, 『광해군일기』. "尹根壽以先朝一品宰臣, 年滿八十, 令該曹別施優老之典, 以示尊敬耆老之意."
60) 「8년 5월 20일」, 『광해군일기』. "尹根壽爵秩已極, 更無優老可施之典."

3. 관료의식의 적극적 발현과 그 시적 형상화

1) 성세의 근간, 지방관의 역할 강조

윤근수의 시를 면밀히 검토해 보면, 그의 시에는 지방관의 역할을 상당히 강조하고 있음을 알 수 있다. 이는 연천 현감, 과천 현감, 경상감사[61], 구황적관어사[62], 개성유수[63] 등 지방관을 지냈던 윤근수가 백성들의 현실을 직접 목도한 것도 작용했겠지만, 중요한 것은 윤근수가 지방관의 선정이 곧바로 군주의 덕화로 이어진다고 이해했고 그것이 결국 태평성대를 이루는 근본이 된다는 관료적 시각을 지녔기 때문이라 여겨진다.[64]

다음의 시는 지방관의 선정(善政)을 강조한 것이다.

명재상께서 그해 관찰사로 왔으니	名相當年按節來
지금에도 남긴 자취 우뚝한 곳에 붙어있네	至今遺跡寄崔嵬
이끼 끼고 풀 우거진 곳에 낡은 비석 남았지만	苔侵草沒殘碑在
아직도 감당 나무 아래 쉬던 옛 터를 기억하네	猶記甘棠舊日臺

---

61) 「7년 9월 3일」, 『선조실록』. "以尹根壽爲慶尙監司, 具鳳齡爲全羅監司, 閔純爲持平."

62) 「3년 5월 1일」, 『선조실록』. "朔戊辰. 以直提學李山海, 典翰尹根壽爲救荒摘奸御史, 發遣."

63) 「12년 9월 1일」, 『선조수정실록』. "以尹根壽爲江陵府使, 辭以親老不赴. 改授開城留守, 上爲其母隨子, 斗壽在延安, 有是除, 以便省親."

64) 윤근수가 선정을 베푼 지방관을 칭송한 시나 지방관의 역할을 강조한 시를 소개하면 다음과 같다. 〈挽文原君 柳希珊〉. "…… 桐鄕曾佩綬, 貊國更便民. ……", 〈挽李古阜瑊-2〉. "專城幾處人懷惠, 解紱歸來歲月闌. ……", 〈送崔瑩仲按察湖南〉. "……一路福星南極外, 治聲應許老夫聞." 〈送人按察湖西〉. "……問摸須敎賦役紓, 試向城樓遙北望." 등.

〈送洪應明仁憲, 出按關東4
−응명 홍인헌이 강원도 관찰사로 가는 것을 보내며〉[65]

  이 시는 윤근수가 1601년 홍인헌(?~?)이 강원도 관찰사로 가는
것[66]을 전송하며 지은 것이다. 1구의 '명상(名相)'은 1580년 강원도
관찰사를 지낸 정철(鄭澈)을 말한다. 시인은 홍인헌을 전송하며 예전
에 강원도 관찰사로 가서 선정을 베풀었던 정철의 남은 자취가 지금
까지도 우뚝하다고 언급한다. 3구의 '이끼 끼고 풀이 우거진 곳에 낡
은 비석이 남았다'는 것은 오랜 세월 속에 물리적으로 세운 송덕비는
그 모습이 점차 퇴색되어 가고 있다는 의미이다. 4구의 감당나무 아
래의 터는 『시경』 〈감당(甘棠)〉편에 나오는 것으로, 주(周)나라 문왕
(文王) 때 소백(召伯)이 남국(南國)에서 선정을 베풀면서 쉬었던 곳이
다. 시인은 정철을 소백에 빗대어 그의 선정을 칭송하고 있는바, 퇴
색되어 가는 송덕비와는 달리 정철이 펼친 선정의 실상은 백성들의
마음속에 면면히 기억되고 있다는 의미이다. 결국, 시인이 같은 임지
로 떠나가는 홍인헌에게 이 시를 지어준 의도는 홍인헌도 정철처럼
백성들에게 선정을 베풀라는 당부가 담긴 것이라 하겠다.
  그렇다면, 윤근수가 지방관의 선정을 특히 강조한 이유는 무엇 때
문인가. 다음의 시를 통해서 이를 구체적으로 확인해 보도록 하겠다.

  갈림길에서 손잡으니 그 마음 어떠하리오   臨岐執手意何如

---

65) 尹根壽, 『月汀集』 권2, 『韓國文集叢刊』 47, 187면.
66) 「34년 3월 10일」, 『선조실록』. "……以柳永慶爲刑曹判書, 以尹暉爲司諫院司諫, 以洪
  仁憲爲江原道觀察使."

저물녘 봄바람은 이별의 소매를 흔드네 日暮春風動別裾
시묘살이하며 삼 년 동안 흘린 눈물 막 거두고서 草土纔收三載淚
세상 맑게 하려고 임금님 조서를 직접 받들었네 澄淸親捧九重書
변방의 일 계책 세워 튼튼한 금성탕지 고대하고 籌邊佇見金湯壯
민폐를 물어 반드시 부역을 덜어주어야 하네 問瘼須敎賦役紓
시험 삼아 성루에 올라 멀리 북쪽을 바라보면 試向城樓遙北望
오색구름 깊은 곳이 바로 대궐이리라 五雲深處卽宸居

〈送人按察湖西-호서지방 안찰사로 가는 사람을 보내며〉[67]

이 시는 호서지방의 안찰사로 가는 어떤 사람을 보내면서 지은 것이다. 1, 2구는 안찰사로 가는 사람을 보내는 상황이다. 두 사람은 이별을 아쉬워하며 쉽사리 손을 놓지 못한다. 그러나 봄바람은 그런 두 사람의 마음도 모르고 이별의 소매를 흔들며 갈 길을 재촉한다.

3, 4구는 안찰사로 가는 사람의 본분을 말한 것이다. 안찰사로 가는 이의 본분은 '징청(澄淸)'에서 짐작되듯이 세상을 맑게 하는 것 즉, 지방관으로서 선정을 펼치는 것이다. 그런데 그것이 임금의 조서를 받들었다는 점에서 지방관의 임무가 곧바로 임금의 덕화를 펼치는 일임을 짐작할 수 있다. 안찰사로 가는 이는 3년간의 시묘살이를 끝내자마자 백성들에게 임금의 덕화를 펼치는 본분을 안고 안찰사로 가고 있는 것이다.

5, 6구는 선정[淸澄]을 펼치려면 어떻게 해야 하는가를 시인이 구체적인 제시한 것이다. 시인은 안찰사로 가는 이에게 호서지역을 잘 방어할 수 있는 계책을 마련하여 금성탕지와 같은 튼튼한 방어진을

---

67) 尹根壽, 『月汀集』 권3, 『韓國文集叢刊』 47, 208면.

구축하고 백성들에게 해를 끼치는 폐해를 물어보아 부역을 덜어주라고 당부한다. 즉, 변방지역이므로 그 지역의 실정에 맞게끔 오랑캐의 침입을 막는데 주력하되, 백성들의 마음을 헤아려 부역을 덜어주라는 당부이다. 6구의 '저견(佇見)'은 '서서 일의 과정을 지켜본다'는 뜻으로 고대(苦待)한다는 의미이다. 즉, 변방지역 백성들이 겪는 큰 어려움은 오랑캐가 침입하는 것이므로 그들의 현안을 해결하기 위해 진정으로 노력하라는 의미이다.

7, 8구는 안찰사가 펼친 선정이 곧바로 태평성세로 이어진다는 논리를 암시적으로 드러낸 것이다. '시험 삼아 한번 성루에 올라 북쪽을 바라보면 대궐에는 오색구름이 감돌 것'이라는 언급은 안찰사가 본분을 충실히 수행하여 선정을 베풀면 대궐에서도 상서로운 기운이 감돈다는 것으로, 곧 지방관의 선정이 임금의 태평성세로 이어진다는 논리인 것이다.

다음의 시는 훌륭한 지방관인 '순리(循吏)'의 역할이 구체적으로 어떤 의미인지를 보여주는 것이라 하겠다.

맑은 가을, 멀리 남쪽 정원에 누워 있다가　　清秋伏枕阻南園
또 도성문 나서는 원님을 보내는구나.　　又送雙鳧出郭門
구슬을 잇듯 대를 이은 태평성대의 선비를 발꿈치 들고 보고
　　　　　　連璧聳看昭代彦
명문가 권람의 후손이라고 다투어 말하네.　　名家爭說翼平孫
송별연 자리에서 이별의 한은 사람 늙기를 재촉하고　祖筵離恨催人老
변방길 거센 바람은 시끄럽게 땅을 말아 올리네.　關路長風卷地喧
순리로 선정을 이룬다면 다시 들어오기를 재촉하리니　循吏政成催再入
황봉주는 응당 옥당의 술동이에서 넘실거리리라.　黃封應泛玉堂尊

〈次權相公舊宅壁上韻, 贈別權仲明出牧安州

－권 상공의 옛집 벽에 있는 운에 차운하여 안주목사로 가는 권중명에게 주며

이별하다〉68)

　　이 시는 세조대의 대신이었던 권람의 후손, 권반(權盼)이 평안도 안주목사로 나가는 것을 전송한 것이다. 이 시의 핵심은 권반이 뛰어난 인재라는 점을 부각시키면서 임지에서 지방관의 역할을 충실히 수행할 것을 당부하는 것이다.

　　이 시는 지금의 시대가 태평성대라는 전제에서 출발한다. 1구에서 시인이 일이 없어 맑은 가을날 동산에 누워 있다가 권반을 전송하기 위해서 도성에 도착했다든가, 3구에서 권반을 '태평성대의 선비'라고 직접적으로 언급한 것은 지금의 시대가 태평성대임을 밝힌 것이다. 권반의 인물됨은 구슬을 이어놓은 듯한데, 권람의 뒤를 이어 후손 권반이 훌륭한 인물임을 이어진 옥구슬로 미화한 것이라 하겠다. 그러기에 사람들은 권반을 보려고 뒤꿈치를 들고 보고는 명문가 집안의 자제는 역시 다르다며 다투어 말하고 있는 것이다. 3, 4구는 권반을 미화한 것이지만, 권반이 명문가의 후손답게 안주목사로 나가 선정을 베풀어 줄 것이라는 백성들의 기대도 함축한 것으로 볼 수 있다.

　　5, 6구는 안주목사로 부임하는 권반에 대한 시인의 안타까운 마음을 시화한 것이다. 시인이 권반과의 이별이 아쉬워 자신이 빨리 늙게 된다거나 여정 길에 땅을 말아 올릴 거센 바람이 분다는 것은 명문

---

68) 尹根壽, 『月汀集』 권3, 『韓國文集叢刊』 47, 213면.

집안의 자제로 변방으로 부임해야 하는 수고로움에 대한 안타까움을 드러낸 것이다.

7, 8구는 시인이 권반이 중앙 관직으로 속히 돌아올 수 있는 방법으로 지방관의 역할을 훌륭히 수행하여 순리(循吏)가 되라고 당부한 것이다. 즉, 권반이 청요직인 홍문관으로 복귀할 수 있는 방법은 임지에서 훌륭한 관리(循吏)로 치적을 쌓는 일이다. 권반이 안주 땅에서 선정을 베풀게 되면 그것이 군주의 덕화로 이어지게 되고 군주는 그 공을 인정하여 그를 중앙으로 불러들인다는 논리인 것이다. 8구에서 넘실거리는 황봉주는 지방관의 임무를 훌륭히 수행한 후 득의하게 될 권반의 미래적 상황이라 할 수 있다.

이상을 통해서 알 수 있는 것은 윤근수가 '지방관의 선정' 위에서 태평성대가 이루어질 수 있고 중앙관직도 존재할 수 있다는 점을 제시했다는 것이다. 관료의식이 철저했던 윤근수가 지방관의 역할을 강조했던 이유가 바로 여기에 있었던 것이다.

2) 사신으로서 '역혈'의 자세와 '이문화국'

중세사회에서 천자국과 제후국의 위계가 엄연히 존재하던 현실에서 조선은 중국과의 국가적인 평화와 우호를 위해 중국에 대한 사대(事大)의 정성을 등한시할 수 없었다. 따라서 사행(使行)은 대명관계를 유지시키는 국가 중대사로 간주되었다.[69]

윤근수가 살았던 시대는 종계변무가 미해결 상태로 남아 있었고

---

69) 조영호, 「15세기 관료문인의 한시연구」, 고려대학교 박사학위논문, 2004, 75~76면 참조.

임란으로 인해 중국과의 외교문제가 특히 중시되었던 시기라 할 수 있다. 윤근수 역시 이러한 상황에서 중앙관료의 역할로 사신의 임무를 최고로 꼽았다. 앞에서 언급했듯이, 윤근수는 사신으로 북경을 네 차례나 다녀오고 그 과정에서 미해결 상태로 있었던 종계변무를 해결했고 임란 때 예조판서 및 대제학이 되어 중국에서 온 차관의 접견을 자청하였으며, 중국 군대의 이동 상황을 보고하였다. 이에 선조는 변경에서 사신의 임무를 수행하는 윤근수의 노고를 치하하고[70], 임란 때 구원병을 요청하는 일로 가장 수고한 인물로 윤근수를 꼽고 품계를 올려주었던 것이다.[71] 이처럼 윤근수가 사신으로서 적극적으로 임무를 수행한 것은 사신의 임무완성이 곧 나라를 빛나게 한다는[72] 관료의식에서 비롯된 것이라 하겠다.

윤근수는 베테랑 사신답게 사행시도 많이 남겼다. 현재 남아 있는 윤근수의 사행시는 「조천록」에 72제 133수와 『월정집』 1권에서 3권까지 약 40여 수가 실려 있어 총 170여 수나 된다. 이는 총 661수의 한시 중에 삼분의 일에 해당되는 많은 양이다. 이 또한 윤근수가 철저한 관료로서의 삶을 살았음을 방증하는 것이라 하겠다.

다음의 시는 윤근수가 사신은 어떤 자세를 취해야 하는지를 언급한 것이다.

---

70) 「26년 1월 19일」, 『선조실록』. "上引見禮曹判書尹根壽, 右副承旨沈喜壽入侍. 上曰, 賴諸卿之力, 得還故國, 而卿獨留塞上, 心甚缺然. ……上以刀子藥囊, 賜根壽曰, 此予所佩持之物也. 仍賜酒."

71) 「25년 9월 23일」, 『선조실록』. "傳于吏曹, 來此宰相, 孰不勤勞. 禮曹判書尹根壽, 以請兵事, 最爲勤勞, 加資."

72) 「26년 11월 29일」, 『선조실록』. "備邊司啓曰, 遠接使館伴之任, 在前文官天使出來, 則皆以典文衡之人差之."

임란이 일어난 후 탄식을 하고	嘆息兵塵後
천자의 조정에서 부르짖으며 호소할 때	明庭籲請辰
황궁의 문에서 함께 피를 뿌리고	天門同瀝血
황제의 도성에서 또 봄을 맞이했었네	帝里又迎春
일찍이 간담상조하는 벗으로 사귀었으니	出肺曾相照
연경에 갔을 때가 어제 일 같구나	游燕似隔晨
생과 사로 갈려진 것 상심하노니	傷心生死別
부질없이 또 눈물 수건을 적시네	空復淚沾巾

〈挽崔同知岦二首2–동지 최립에 대한 만시〉[73]

이 시는 1612년 최립(崔岦)이 사망한 뒤에 지은 만시이다. 그러나
시적 배경은 1594년으로 거슬러 올라간다. 임진왜란이 발발한 지 2
년, 윤근수는 주청사의 정사가 되고 최립은 부사가 되어 명나라에 군
사와 양식을 구원하러 북경으로 들어갔다.[74]

1~4구는 중국에 사신 간 시인과 최립의 자세를 읊은 것이다. 그들
은 '간을 도려내어 종이를 만들고 피를 뿌려서 글을 쓰듯 죽을 각오
로 온 정성[瀝血]을 다해'[75] 황제를 설득하였다. 그 결과 이듬해 봄,
구원병과 양식을 원조받을 수 있었다.

5~8구는 최립의 죽음에 대한 시인의 애도이다. 최립은 사신 가기

---

73) 尹根壽, 『月汀集』 권1, 『韓國文集叢刊』 47, 179면.
74) 「27년 8월 20일」, 『선조실록』. "上引見奏請上使海平府院君尹根壽副使行上護軍崔岦.
上曰. 卿往哉周旋. 成事而來. 根壽曰. 崔岦言中國凶荒. 請糧甚難. 然欲盡力陳請.
……岦曰. 糧之難. 甚於兵. 兵雖許. 糧亦爲難. 遼東邊上軍糧. 亦必不許. 山東凶荒.
禦倭米豆. 只三萬石. 以我國全盛時言之. 不如中邑所儲. 今年以太常差救荒使. 而募粟
甚難云矣."
75) 韓愈, 〈歸彭城〉, 『朱文公校昌黎先生集』 권2. "剡肝以爲紙. 瀝血以書辭."

전부터 시인과 이미 간담상조할 수 있는 친한 벗이었다. 그런데 지금 최립이 먼저 세상 떠났으니 생사가 갈리게 된 셈이다. 8구의 '부질없이[空]'는 최립의 죽음을 생각하니 아무 이유 없이 자꾸 눈물이 난다는 의미이다. 이는 사신으로서 최립과 함께 죽을 각오로 임했던 지난날의 추억에서 비롯된 깊은 슬픔이라 할 것이다.

윤근수는 윤형(尹泂)을 애도하는 만시에서도 사신으로서의 '역혈(瀝血)'의 자세를 강조하고 있다. 윤근수는 "일찍이 왕실 종계를 변무하고 황제의 은혜로 대명회전을 하사받았네. 황궁에서 함께 피를 뿌리는 정성을 다하여 조선은 마침내 원한을 풀었다네."[76]라고 하여 1589년 윤형이 북경에 성절사로 가서 종계변무를 해결하고 『대명회전』 전질을 받아 올 때도 '역혈'의 자세로 임했다고 언급하고 있다. 윤형을 애도하는 만시 역시 윤형의 역혈의 자세를 언급한 것이지만, 그 사행의 정사가 윤근수였다는 점에서 사신으로서 윤근수의 역혈의 자세를 알 수 있는 것이다.

다음의 시는 사신으로서 뛰어난 문재(文才)가 나라를 빛내는[以文華國] 무기라는 시각을 보여주는 것이다.

태평성대에 광채 드날리는 것, 상서로운 난새와 같아 明時揚彩似祥鸞
문단을 빙빙 돌며 강건한 날개를 퍼덕이네   藝苑翶翔振逸翰
의발은 사람을 기다렸으니 거듭 주문연(主文硯)을 얻었고
                                衣鉢待人重得硯
문장은 세상을 놀라게 했으니 홀로 제단에 올랐다네 文章驚世獨登壇

---

76) 尹根壽, 〈挽茂城府院君 尹泂二首〉, 『月汀集』 권1, 『韓國文集叢刊』 47, 180면. "璿系曾陳辨, 全書荷帝恩. 天門同瀝血, 藩服竟伸冤 …."

정자는 황제의 하사금으로 지을 수 있었고   亭緣皇賜能開拓
편액은 사종으로부터 나오니 사람들 다투어 올려다보네

扁出詞宗競聳觀
나라를 빛낸 명망이 높아 막 문단을 주도했으니   華國望尊方柄用
다만, 휴가 때나 잠시 난간에 기댈 수 있겠네   祗從休澣暫憑欄
〈彰賜亭帖中詩2-창사정 시첩에 쓴 시〉[77]

  창사정은 이호민(李好閔)이 1598년 11월 북경에 사은사로 갔다가
중국 황제가 하사한 상금으로 양주(楊洲) 풍양(豐壤)에 지은 정자이
다.[78] 이 시는 이호민의 뛰어난 문재가 사신의 역할을 훌륭히 수행
할 수 있었고 황제의 하사금까지 받는 영광을 입었다는 점을 통해 뛰
어난 문재가 나라를 빛낼 수 있다[以文華國]는 관료의식을 표출했다
고 할 수 있다.

  1, 2구는 지금의 시대가 태평성대라는 현실인식과 더불어 이호민
이 태평성대에서 난새처럼 화려한 문장을 구사하며 문단을 주도하고
있다는 것이다.

  3구의 주문연은 전임 대제학이 후임 대제학에게 주는 벼루로서 남
곤이 처음 만들어 이행·정사룡·이덕형·이이첨으로 거쳤으나 결국
유실되었다고 한다.[79] 따라서 '거듭 주문연을 얻었다[重得硯]는 것

77) 尹根壽, 『月汀集』 권3, 『韓國文集叢刊』 47, 206면.
78) 鄭經世, 〈書彰賜亭詩帖後〉, 『愚伏集』 권15, 『韓國文集叢刊』 68, 281면. "公往在戊戌
    歲, 以大客聘京師, 得天子賜金而還, 買山于豐壤先壟之傍, 構屋而未完. 其扁則詔使顧
    翰林天埈所名云."
79) 張維, 〈主文硯故事〉, 「谿谷漫筆」, 『谿谷集』 권2, 『韓國文集叢刊』 92, 604면. "大提學
    有主文硯, 遞相傳授, 以擬禪家衣鉢. ……及南止亭袞主文, 別作一大硯如玉堂所藏者,
    而置諸家, 及遞文衡, 傳于李容齋荇, 其後歷數公而硯猶留容齋家. 及鄭湖陰爲大提學,

은 이호민이 1602년 홍문관과 예문관의 양관 대제학에 오른 사실을 상징적으로 표현한 것이라 할 수 있다. 4구의 '등단(登壇)'은 '등단배장(登壇拜將)'의 준말로 군주가 장수를 임명하여 중임을 맡긴다는 뜻인데, 여기서는 이호민이 사은사 정사로 선발하여 중국에 사신가는 중임을 맡게 했다는 의미이다.

5구는 이호민이 사은사로 임무를 완수하고 뛰어난 문재를 인정받아 하사금까지 받았다는 것이며, 6구는 1602년 왕세자 책봉 조서를 반포하러 조선에 온 한림원 시강 고천준이 편액을 써준 것을 말한다. 고천준은 1602년 겨울에 와서 이듬해 6월까지 머물렀는데 이때 이호민이 원접사로서 고천준을 접반할 때 편액을 받은 듯하다.

7, 8구는 문장으로 나라를 빛낸 이호민이 나라 안에서도 명망이 높아 쉴 새 없이 바쁘다는 것으로, 결국 이문화국이 개인적인 공명으로도 연결된다는 것을 의미한다.

요컨대, 위의 시는 윤근수가 관료로서의 뛰어난 문재가 외교적 사명을 감당할 수 있는 주된 무기이고, 그것은 결국 화국(華國)으로 이어진다는 관료의식을 표출한 것이라 할 수 있다.

3) '우수'의 정서와 '선우후락'의 관료적 자세

윤근수의 시를 읽어보면 관료로서 적극적인 의식을 드러내는 시들과는 달리, 우수의 정서를 띠는 작품들이 존재한다. 이들은 환로생활에 대한 고달픔, 나그네로서 떠돌이 신세, 탈속의 삶을 살아가는 스

容齋已卒, 夫人尙亡恙, 以硯送于湖陰曰, 此容齋意也. 自是例傳于主文者, 壬辰兵燹之後, 漢陰李公購得之, 傳至李爾瞻, 瞻敗硯亦失."

님에 대한 부러움, 사신 길의 어려움, 벼슬살이에 대한 후회 등으로 특히 임란 중에 집중적으로 나타난다. 이는 윤근수가 긍정적인 현실 인식을 가지고 있으면서도 관료로서 적극적인 삶을 살아가는 과정에서 고된 공무와 마주했을 때 공적인 자아와 사적인 자아가 충돌하면서 드러내는 정서라 할 수 있다. 그러나 그것은 현실적 테두리를 벗어나 탈속으로까지 심화되지 못하고 단지 일시적인 괴로움을 토로하는 정도에 그치고 있다. 이는 윤근수가 단 한 번도 현실을 떠난 적이 없었던 그의 생애를 통해서도 입증될 뿐만 아니라 관료로서의 책임의식을 먼저 생각하는 선우후락(先憂後樂)의 삶의 자세를 보여주는 시들을 통해서도 확인된다.

먼저 다음의 시를 통해 벼슬살이에 지친 윤근수를 만나보자.

어지러운 폭포는 푸른 벼랑에 흩날리고　　　　亂瀑飛靑壁
넘어가는 해는 푸른 산에 걸렸구나　　　　　　斜陽在碧山
바쁘게 쏘다니며 벼슬살이에 지친 나그네　　　忽忽倦遊客
뒤돌아보니, 한가한 스님에게 부끄럽다네.　　　回首愧僧閑

〈贈華上人 - 화상인에게 주다〉[80]

시인은 오늘도 벼슬길의 바쁜 일정을 소화해 내다가 석양녘에 이르렀다. 바라본 푸른 절벽에는 폭포수가 나는 듯 떨어지고 푸른 산에는 저녁 해가 걸려있다. 그곳은 탈속의 공간으로서 화상인(華上人)이 살고 있을 터, 시인은 화상인의 한가한 삶을 상상하며 그를 부러워한다. 이내, 이와는 달리 세상사에 바삐 쏘다니는 자신과 비교하고는

---

80) 尹根壽, 『月汀集』 권1, 『韓國文集叢刊』 47, 177면.

자괴감에 빠진다. 자신도 화상인처럼 탈속의 공간에서 한가하게 살
고 싶지만 공무가 먼저이기에 결단하지 못하고 있는 것이다.

　다음의 시는 임란 때 지은 것으로 벼슬살이에 지친 윤근수의 괴로
운 모습을 강하게 보여주는 작품이다.

<table>
<tr><td>만사를 어찌 말로 다 하리오</td><td>萬事那堪說</td></tr>
<tr><td>외로운 쑥 대궁 신세로 또 이곳을 지나가네</td><td>孤蓬又此過</td></tr>
<tr><td>시대가 위태로우니 부질없이 눈물이 나고</td><td>時危空有淚</td></tr>
<tr><td>나라가 깨졌으니 풀이 우거져 집이 없구나</td><td>國破莽無家</td></tr>
<tr><td>서울에서 오는 편지는 끊어지고</td><td>京洛音書斷</td></tr>
<tr><td>들판에는 고각소리 요란하네</td><td>郊原鼓角多</td></tr>
<tr><td>경호의 물을 두고 상심한 이내 마음</td><td>傷心鏡湖水</td></tr>
<tr><td>다시는 벼슬길에 관여치 않으리라</td><td>不復管繁華</td></tr>
</table>

〈經亂後重到宣川次題前韻
　－난리 후 다시 선천에 이르러 전에 지은 시에 차운하다〉[81]

　이 시는 임란이 일어난 뒤 구원병을 요청하러 중국으로 사신 갈 때
지은 것으로 보인다. 왜냐하면 제목의 선천은 평안북도에 있는 고을
로 사행 길에 거치는 지역이며 같은 운자를 사용한 시가 「조천록」에
실려 있기 때문이다.[82] 지금 윤근수는 먼 사행 길을 또다시 반복하
고 있다.

----

81)　尹根壽, 『月汀集』 권1, 『韓國文集叢刊』 47, 177면.
82)　「조천록」에 실린 시는 다음과 같다. 尹根壽, 〈次客館韻遙寄張萬里二首〉, 「朝天錄」,
　　『月汀集』, 『韓國文集叢刊』 47, 301면. "憶向樽前醉, 疑從夢裏過. 空明一湖水, 弦誦幾
　　人家. 樹影當窓見, 山光入戶多. 離懷不可耐, 況復惜年華. / 問訊宜城守, 長懷昨日過.
　　三年悵分手, 一笑抵還家. 東閣雨聲晚, 燕山客夢多. 欲知離別苦, 雙鬢已添華."

시인은 다시 중국으로 길을 떠나고 있는 자신의 신세가 괴로워 말로 다 표현할 수가 없다. 그의 신세는 바람에 끊어져 이리저리 떠돌아다니는 쑥대궁과 같다. 이 모든 것은 전란이 원인이었고 그는 사신으로서 책임을 다하기 위해 다시 고된 길을 가고 있는 것이다.

3, 4구는 전란으로 인한 시인의 괴로운 마음을 표출한 것이다. '시대가 위태로우니 뜬금없이 눈물만 흘린다'는 표현은 관료로서 갖는 우국지심(憂國之心)이라 할 수 있다. 임란은 번화하던 마을을 폐허로 만들었고 그곳에는 집 대신 풀들이 우거져 있다. 그럼에도 여전히 전쟁은 계속되어 가족에 대한 소식은 들을 길이 없고 들판에는 전쟁 나팔소리만 요란한 것이다.

7, 8구는 벼슬길을 떠나고자 하나 그렇게 못함으로써 상심하는 시인의 모습을 읊었다. 시인은 하지장이 경호(鏡湖)의 한 구역을 얻어 은거했던 것처럼 벼슬을 버리고 은거하고 싶다. 심지어 다시는 벼슬살이를 하지 않겠다고 다짐해 보기도 한다. 그러나 시인은 관료로서의 임무를 저버리지 못해 실행에 옮기지 못하고 상심만 하고 있는 것이다.

이 시와 앞의 시들에서 보았듯이, 윤근수는 벼슬길의 고단함으로 인해 정치현실을 벗어나고자하는 마음을 드러내기도 한다. 그러나 윤근수는 단 한 번도 자의(自意)에 의해 벼슬을 그만둔 적이 없었다. 그는 벼슬살이의 괴로움을 절실히 토로하다가도 관료로서 책임감을 느끼고 다시 업무에 충실하였다.

산사에 가을바람 불 제 홀로 누대에 올랐으니　　蕭寺秋風獨上樓
나그네 길은 아득하니 어느 때나 쉴 수 있을까　　客程迢遞幾時休

전란이 국경을 어지럽히는 것 견딜 수 없어   不堪氛祲迷銅柱
사신의 부절 잡고 애쓰다가 백발이 다 되었다네 使節勞勞白盡頭
〈次枕溪樓韻贈坦悟上人-침계루 운에 차운하여 탄오상인에게 주다〉83)

이 시는 윤근수의 선우후락의 관료적 자세를 잘 보여주는 것이라 할 수 있다. 1구의 가을바람은 장한의 고사를 떠올리게 하는 것으로, 시인은 가을바람이 불자 고향이 그리워 누대 위에 올랐다. 시인은 벼슬을 그만두고 고향에 돌아가고픈 마음이 간절하다. 그러나 그럴 수 없다. 아직 국경을 어지럽히는 왜군들이 남아있기 때문이다. 관료로서 현실을 외면할 수 없었던 시인은 사신의 임무를 수행하느라 검은 머리가 백발이 되었다.

다음의 시는 윤근수가 현실을 떠나지 못하는 이유를 구체적으로 드러낸 것이라 할 수 있다.

옷깃 열고 시험 삼아 한번 찬 북풍을 맞아보지만 開襟試向朔風寒
시름과 나그네 회포 괴로워 풀리지 않네   愁緖羈懷苦未寬
밥 짓는 연기 이어진 마을, 일찍이 생업을 즐겼는데 煙火連村曾樂業
난리가 해를 넘겼으니 누가 해결의 실마리를 찾으리오 亂離經歲孰求端
하늘이 한양을 돌아왔으니 한양은 멀리 보이고 天廻漢北瞻依遠
산이 요동을 둘렀으니 길은 험난하구나   山擁遼東道路難
국경에는 어느 때 요망한 기운 사라져   銅柱何時氛祲淨
백성들 모두 한 집에서 편안히 지낼까   蒼生俱得一枝安
〈題中原人扇頭詩-중국 사람의 부채에 쓴 시〉84)

---

83) 尹根壽, 『月汀集』 권2, 『韓國文集叢刊』 47, 188면.
84) 尹根壽, 『月汀集』 권3, 『韓國文集叢刊』 47, 216면.

이 시는 제목과 5, 6구의 내용으로 보아 윤근수가 한양을 떠나 요동으로 구원병을 요청하러 갈 때 지은 듯하다. 1, 2구는 고된 공무에 시달린 시인의 괴로움을 읊은 것이다. 시인은 나그네의 회포와 시름이 괴로워서 찬 북풍을 맞으며 나그네의 시름을 풀고자 한다. 그러나 시름은 풀리지 않으니, 관료로 있는 한 시름은 늘 안고 살아야 하기 때문이다.

3, 4구는 전란으로 인해 폐허가 된 마을의 암담함을 읊은 것이다. 전쟁은 예전에 생업에 종사하며 즐겁게 살던 마을을 폐허로 만들어 놓았다. 게다가 전쟁이 해를 거듭하자 이제는 그 누구도 예전의 태평성대를 회복할 실마리조차 찾지 못하고 있는 상태이다.

5, 6구는 한양을 떠나 요동으로 가고 있는 시인의 모습이다. 시인은 한양을 벗어나 국경을 넘었다[天廻漢北]. 그곳에서 바라본 한양은 아득히 먼 곳에 보인다. 다시 요동을 향해 길을 재촉하는 시인 앞에 험난한 길이 이어진다. 그런데, 시인이 험난한 요동으로 가는 이유는 4구를 통해서 시사 받을 수 있다. 즉, 그는 아무도 태평성대를 되돌릴 수 없는 현 상황에서 그 실마리를 찾으러 요동으로 들어가고 있는 것이다. 앞서 언급했듯이, 윤근수는 임란 중에 요동을 아홉 차례나 방문하며 구원병과 식량을 요청하였다. 시인은 지금 그 임무를 띠고 요동으로 다시 들어가고 있는 것이다

7, 8구는 시인이 사행 길을 괴로워하면서도 벼슬을 버리지 못하는 이유를 밝힌 것이다. 그가 괴로움을 토로하면서도 벼슬길을 떠나지 못하는 것은 관료로서 전쟁을 종식시키고 백성들을 편안하게 할 책임이 있기 때문이다. 그러기에 시인은 벼슬을 그만두지 못하고 고작 북방의 찬바람에 답답한 가슴을 열어젖히고 시름만 풀려고 할 뿐이다.

다음의 시 역시 윤근수의 선우후락의 삶의 자세를 밝힌 것이라 할
수 있다.

아득한 절벽에서 몇 송이를 따냈으니　　　　　摘取懸崖幾點斑
산중의 정이 있는 선물 인간세상에까지 이르렀네　山中情貺到人間
어느 때 전쟁 먼지 다 쓸어버리고　　　　　　何當蕩掃煙塵了
함께 술 마시며 담소 나눌 수 있을까　　　　共啜玄漿開笑顔
〈謝惠石䓴－석이버섯을 준 것에 감사하며〉[85]

어느 날 산중의 스님으로부터 석이버섯이 도착하였다. 그는 석이
버섯을 보고 스님의 탈속적 삶을 동경하고 그와 함께 술 마시며 담소
를 나누고 싶어 한다. 그러나 시인은 그럴 수가 없다. 아직까지 전쟁
이 끝나지 않았기 때문이다. 시인이 스님과 술 마시며 담소를 나눌
수 있는 것은 전쟁이 끝난 뒤에야 비로소 가능한 일이었다.

4. 맺음말

이 글은 윤근수의 시세계를 살펴보는 데에 목적을 두었다. 이를 위
해 먼저 윤근수의 관료적 삶을 바탕으로 그의 현실인식을 살펴보았
다. 윤근수는 동서갈등, 임진왜란 등 복잡한 현실 속에서도 현실을
부정적으로 보지 않았다. 임진왜란 중에 현실을 암담하게 바라보는
시각도 존재하지만, 그것이 현실에 대한 강한 부정이나 비판, 전쟁의

---

85) 尹根壽, 『月汀集』 권2, 『韓國文集叢刊』 47, 198면.

참상 등을 핍진하게 묘사하는 데까지는 이어지지 않는다. 이는 윤근수의 '관직이 하늘에 닿을 정도'라든가 '윤근수의 작질(爵秩)이 극에 달해 다시 베풀 은전이 없다'라고 한 언급들을 통해서 짐작되듯이, 윤근수가 철저한 관료로서 적극적인 삶을 살았기 때문이다. 즉, 윤근수는 현달한 중앙관료로서 당대의 현실을 비판하거나 부정하기보다는 당대의 현실을 책임져야 할 주체가 바로 자신임을 깨닫고 어려운 현실을 극복하는 데에 역점을 두었기 때문이다.

윤근수의 현실인식을 기저로 도출한 시세계의 특징은 다음 세 가지로 요약된다. 첫째, '성세의 근간으로서 지방관의 역할 강조'이다. 윤근수는 중앙관료로서 지방관의 역할을 특히 강조하였다. 이는 윤근수가 각 지방에서 지방관의 선정이 임금의 덕화로 이어지고 결국 그것이 온 나라를 태평하게 만든다는 인식에 의한 것이었다. 윤근수가 만시나 전별시 등에서 선정을 베푼 지방관을 칭송하고 강상윤리를 강조한 것은 이를 의미한다. 둘째, '사신으로서 역혈의 자세와 이문화국'이다. 윤근수는 중앙관료로서 나라를 빛낼 수 있는 방법으로 뛰어난 문재와 사신으로서 충실한 임무수행을 꼽았다. 종계변무, 임진왜란 등 당시 중국과의 외교문제가 현실적으로 중시되던 시기에 사신의 역할은 국가의 난제를 해결하고 국위를 선양할 수 있는 중요한 수단이었다. 윤근수가 네 차례나 연경에 사신으로 다녀오고 임란 때는 아홉 차례나 광녕과 요동을 오가며 중국 사신과 장수들의 접반을 자원한 사실은 이를 방증한다. 또한 윤근수는 사신이 되어서는 피를 토할 만큼의 정성[瀝血]을 다해야 한다는 것을 강조하였다. 셋째, '우수의 정서와 선우후락의 관료적 자세'이다. 윤근수의 시에는 관료로서 적극적인 의식을 드러내는 것과는 달리 우수의 정서를 띠는 작품들이 존재한다. 이는 윤근수가 관료로서 적극적인 삶을 살아가는 과정에서 고된 공무와 마주했을 때 공적인 자아와 사적인 자아가 충돌하면서 드러내는 정서라고 할 수 있다. 중요한 점은 윤근수가 우수의 정서를 드러내고 있지만 자의(自意)로 정치현실을 떠난 적이 없었다는 것이다. 이는 사적인 자아보다 공적인 자아를 우선시하는 선우후락의 관료적 자세가 있었기 때문이다.

항복 권유문을 쓴 배신자,
소무와 굴원을 노래하다

황 혁(1551~1612)

1. 머리말

이 글은 독석(獨石) 황혁(黃赫)의 생애와 시세계를 밝히는 데 목적
을 둔다. 황혁은 우리 한시사에서 잘 알려진 인물이 아니다. 그러나
그는 해동강서시파의 일인인 황정욱(黃廷彧)의 맏아들로 황정욱으로
부터 뛰어난 문재를 계승한 것으로 평가받고 있다.

이의현(李宜顯)은 '독석 황공은 장계공(황정욱)의 맏아들로 능히 그
문장을 계승한 것이 송나라 소식이 소순의 문장을 계승한 것 같아서
명성이 한 시대에 떨쳤다.'1)라고 하였으며, 송시열은 '지천공은 선조
대 명신으로 그의 문장은 대가로 일컬어진다. 공(황혁)이 그 발자취
를 이어받아 앞 시대의 아름다움이 없어지지 않아서 당나라 문장가
영호초(令狐楚)·영호도(令狐綯) 부자의 모습을 보이셨으니 누가 높고

---

1) 李宜顯, 〈贈左贊成獨石黃公神道碑銘幷序〉, 『陶谷集』 권10, 『韓國文集叢刊』 181, 54
면. "獨石黃公, 以長溪公家子, 克世其文章, 如老泉之東坡, 聲名震一世."

낮은지는 알지 못한다.'2)라고 하였다. 김수항(金壽恒)은 '공(황혁)이 진실로 그 문장을 계승하여 봉황의 털로 불리지만 천부적인 측면도 많다. 문단을 씩씩하게 걷게 한다면 깃발과 북을 잡고 소귀를 잡을 것이다.'3)라고 하였다. 김수항의 언급은 황혁의 문재가 문단을 주도할 만한 수준까지 도달했음을 시사했다고 할 수 있다. 홍서봉(洪瑞鳳)은 황혁 문장의 풍격적인 측면을 언급했는데, '화섬하고 호일하다.'4)고 하였다. 이수광의 『지봉유설』을 보면 황혁이 해주에서 지은 〈해주천주석희증가기(海州川酒席戲贈歌妓)〉 시를 인용하고 기생에게 지어준 것이라고 밝히고 있는데,5) 시의 풍격으로 보아 황혁의 화섬한 시풍이 인구에 회자되었던 것으로 짐작해 볼 수 있다.

이상의 언급들은 조선 중기 강서시풍과 당시풍이 공존하던 문학 지형 하에서 강서시파인 황정욱의 문학을 계승한 황혁의 생애와 시세계를 검토할 필요성을 부여한다고 할 수 있다. 뿐만 아니라 황혁의 시세계를 탐색하는 일은 유배시의 외연을 넓힌다는 측면에서도 의미가 있다. 황혁은 21년간의 긴 유배생활로 생을 마감했는데 독특한 점

---

2) 宋時烈, 〈獨石黃公文集序〉, 「拾遺」, 『宋子大全』 권8, 『韓國文集叢刊』 116, 151면. "芝川公爲宣廟朝名臣, 其文章以大家稱. 公克繩其武, 前徽不沫, 視唐之令狐父子, 未知其孰爲高下也."

3) 金壽恒, 〈獨石集序〉, 『文谷集』 권26, 『韓國文集叢刊』 133, 491면. "芝川文章, 世推爲大家, 而公實承之, 有鳳毛之稱. 然公才氣俊逸, 其於文, 天得爲多, 不專出於弓箕之學也. 旣射策魁大科, 歷踐臺省, 駁駁且嬲用矣. 使公循序而進, 步武騷壇, 建旗鼓執牛耳, 豈遽出一時諸公下哉."

4) 洪瑞鳳, 〈贈吏曹參判獨石黃公墓碣銘 幷序〉, 『鶴谷集』 권8, 『韓國文集叢刊』 79, 538면. "爲文華瞻豪逸, 號獨石."

5) 李睟光, 〈水〉, 「地理部」, 『芝峯類說』 권2. "海州有鳴川, 以餞別之地故名. 昔有人於此別妓, 妓不泣, 乃作詩曰, 水有鳴川水, 人無泣別人. 那將橋下水, 沾却美人巾." 이 시는 〈海州, 鳴川酒席. 戲贈歌妓.〉의 제목으로 『독석집』에 실려 있다.

은 황혁의 유배가 임진왜란 때 왜군의 포로가 되어 조정에 항복 권유
문을 쓴 것에서 기인한다는 것이다. 이는 유배의 배경으로서 일반 사
대부들의 그것과는 변별되는 지점으로 유배시의 또 다른 특징을 도
출할 수 있기 때문이다. 그럼에도 지금까지 황혁의 시세계를 다룬 연
구는 없는 실정이다.

  이 글에서는 위와 같은 문제의식을 토대로 황혁의 생애와 시세계
를 검토해 보고자 한다. 이 글에서 특히 주목하는 점은 황혁의 생애
와 시세계와의 유기성이다. 황혁은 뛰어난 문재로 장원급제를 하였
고 용두회 소속으로[6] 사헌부·사간원 등 청요직을 두루 거치면서 빠
르게 진급하였다. 더욱이 종계변무를 성공리에 마무리한 부친 황정
욱의 공신 녹훈으로 인해 황혁의 환로생활은 날개돋인 듯하였다. 그
러나 임진왜란 때 가토 기요마사의 포로가 되어 항복 권유문을 쓰게
되었고, 그로 인해 이산(理山)에 7년, 신천(信川)에서 14년 총 21년간
의 유배생활을 하게 되었다. 장밋빛 미래에서 유배의 나락, 이 같은
삶의 낙차는 황혁 시에서 유기적으로 나타나고 있기 때문이다.

  본고의 진행순서는 다음과 같다. 2장에서는 황혁의 시세계를 파악
하기 위한 기저단계로서 생애를 살펴보도록 하겠다. 3장에서는 생애
를 바탕으로 시세계의 특징을 도출하겠다.

---

6) 沈守慶, 『遣閑雜錄』, 『大東野乘』. "高麗時, 每榜壯元及第者, 設龍頭會, 一時歆艶.
   ……隣居柳根黃赫黃致誠皆壯元, 一隣有四壯元, 亦是盛事."

2. 황혁의 생애

이 장에서는 황혁의 생애를 구체적으로 알아보고 이를 통해 시세계를 이해하는 발판으로 삼고자 한다. 황혁의 생애를 구체적으로 알수 있는 자료는 홍서봉의 〈증숭정대부 의정부좌찬성 겸 판의금부사세자이부 지경연춘추관성균관사 홍문관대제학 예문관대제학 장천군행 통정대부 승정원좌승지지제교 겸 경연참찬관 춘추관수찬관황공묘갈명병서(贈崇政大夫, 議政府左贊成, 兼判義禁府事, 世子貳師, 知經筵春秋館成均館事, 弘文館大提學藝文館大提學長川君, 行通政大夫, 承政院左承旨知製敎, 兼經筵參贊官, 春秋館修撰官黃公墓碣銘幷序.)〉, 이의현의 〈증좌찬성독석황공신도비명병서(贈左贊成獨石黃公神道碑銘幷序)〉, 송시열의 〈독석집서(獨石集序)〉, 김수항의 〈독석문집서(獨石文集序)〉, 이교악(李喬岳)의 〈부발(附跋)〉, 황선(黃璿)의 〈독석집발(獨石集跋)〉이다.

황혁의 자는 회지(晦之)이고 호는 독석(獨石)이며 장수현(長水縣) 사람이다. 먼 조상은 황공유(黃公有)로 고려조에 현달하였다. 7대조황희(黃喜)는 세종을 도와 태평성대를 이루었고 증조 황기준(黃起峻)은 조지서 별제를 지냈다. 할아버지 황열(黃悅)은 문과 급제 후 여러관직을 거쳐 행호군을 역임하였다. 아버지는 황정욱(黃廷彧)으로 선조 때 종계변무를 해결하여 광국공신 1등에 녹훈되었으며 문형을 잡았던 인물이다. 황정욱의 문장은 웅오(雄鶩)·걸특(傑特)하여 스스로일가를 이뤘다는 평가를 받는다. 어머니는 정경부인 순창 조씨(趙氏)이다.[7]

---

[7] 洪瑞鳳, 〈贈崇政大夫, ……春秋館修撰官黃公墓碣銘幷序.〉, 「附錄」, 『獨石集』, 『韓國文集叢刊續集』7, 238면. "公諱赫, 字晦之, 長水縣人. 遠祖諱公有, 顯於高麗. 七代祖

　황혁은 1551년(명종 6)에 태어났다. 그는 어려서부터 명석하였는데 기대승(奇大升)을 스승으로 섬겨 더욱 명성이 있었다고 한다. 1570년, 황혁은 비교적 이른 나이인 20세에 사마시에 합격하고 1580년 30세에 문과에 장원급제하였다. 문과에 장원급제를 할 당시 다음과 같은 흥미로운 일화가 전해진다. '황혁이 대책으로 과거시험을 보는데 시간이 부족하여 대책을 완성하지 못하자 시험관이 시간을 더 줄 것을 청해 마침내 장원을 차지하게 되었다. 당시 사람들은 송나라 때 소식(蘇軾)이 병에 걸리자 고시관이 이 사실을 아뢰어 시험 날짜를 연기했던 일과 비슷하다고 하여 아름다운 일로 일컬었다'[8]고 한다. 이는 자칫 뛰어난 인재를 놓칠 수 있는 상황에서 시험관의 현명한 판단으로 훌륭한 인재를 얻게 된 것에 대한 당시 사람들의 찬사가 흥미로운 일화로 남게 된 것이라 하겠다.

　황혁은 1580년 과거에 급제하여 관직생활을 시작한 후 1590년까지 내직과 외직을 두루 거쳤다. 내직으로 성균관 전적·형조와 예조 좌랑·봉상시 첨정·사헌부 지평·지제교를, 외직으로는 함경도·평안도 도사, 직산현감, 고양군수를 지냈다. 1590년 가을, 장락원 정으로 장계공의 맹회에 참여하여 관례대로 통정대부에 승진하였으며 첨지판결사, 호조참의에 제수되었다. 승정원으로 들어가서는 우승지를 역임했다.[9]

　　諱喜, 相我英廟, 致治平. 曾祖諱起峻, 造紙署別提. 祖諱悅, 登文科, 累官, 卒行護軍.
　　考諱廷彧, 宣廟朝光國元勳, 主文柄. 文章雄然傑特, 自成一家. 妣貞敬夫人淳昌趙氏.'
8) 李宜顯,〈贈左贊成獨石黃公神道碑銘幷序〉,『陶谷集』권10,『韓國文集叢刊』181, 54
　　면. "生公於嘉靖辛亥. 公少已穎發, 師事奇高峰大升, 益有名. 年二十, 擧進士, 三十,
　　對策大庭, 主司以公未及卒篇, 請退刻, 遂擢壯元. 彷彿宋朝故事, 一時艶稱."
9) 李宜顯,〈贈左贊成獨石黃公神道碑銘幷序〉,『陶谷集』권10,『韓國文集叢刊』181, 54

이상의 관직 이력을 보면 황혁은 1580년 환로생활을 시작한 후 1590년까지 약 10년 동안 정 3품 통정대부에까지 오르며 탄탄대로를 달리고 있었다고 할 수 있다. 황혁이 이렇게 빠른 진급을 할 수 있었던 원동력은 뛰어난 문재였다고 할 수 있다.

다음의 일화를 통해 이를 확인해 보도록 하겠다.

> 공은 지천공의 맏아들이다. 지천공의 문장은 세상에서 추앙하여 대가로 삼았으니 공이 진실로 그것을 이어받아 '봉황의 털'이라는 일컬음이 있었다. 그러나 공은 재기가 준일하여 문장에 있어서는 천부적인 자질이 많았으니 오로지 가학에서 나온 것만은 아니다. 이미 대책으로 대과에 장원을 하고 대성(臺省)을 두루 거치면서 빠른 속도로 중용되었다. 공으로 하여금 순서대로 나아가게 하여 문단에서 씩씩하게 걷게 했다면 깃발과 북을 세우고 소귀를 잡았을 것이니 어찌 갑자기 한때의 여러 공들 아래에서 나왔겠는가?[10]

위의 인용문은 황혁의 뛰어난 문재를 언급한 것이다. 부친 황정욱은 당대 문형을 잡았던 인물로서, 정사룡·노수신과 함께 해동강서시파로 일컬어지는 대문장가이다. 인용문의 '봉황의 털'은 자식의 재주가 아버지의 재주를 그대로 닮았을 때 쓰는 비유어이다. 당시 사람들

면. "歷官典籍禮刑曹郎奉常僉正, 再爲司憲府持平, 帶三字銜, 外爲咸鏡平安都事, 稷山縣監, 高陽郡守, 以掌樂正, 參長溪公盟會, 例陞通政, 拜僉知判決事, 戶曹參議, 入承政院, 序陞至右承旨而止."

10) 金壽恒, 〈獨石集序〉, 『文谷集』 권26, 『韓國文集叢刊』 133, 491면. "公芝川公之家子也. 芝川文章, 世推爲大家, 而公實承之, 有鳳毛之稱. 然公才氣俊逸, 其於文, 天得爲多, 不專出於弓箕之學也. 旣射策魁大科, 歷踐臺省, 駸駸且嶄用矣. 使公循序而進, 步武騷壇, 建旗鼓執牛耳, 豈遽出一時諸公下哉."

은 황정욱의 문재를 계승한 황혁을 '봉황의 털'로 비유하며 아버지와 다를 바 없는 그의 문재를 높이 평가하고 있는 것이다. 더욱이 김수항은 황혁의 문재가 '봉황의 털[鳳毛]'에서 그치지 않고 천부적인 자질까지 갖추었다고 목소리를 높이고 있다. 이로 인해 황혁은 대과에서 장원급제를 하고 청요직인 대성을 두루 거치면서 빠르게 진급할 수 있었다. 뿐만 아니라 황혁에게 문단에서 활동하게 했다면 문단의 주도권을 잡았을 것이라는 것이 김수항의 생각이다.

한편, 황혁은 타고난 성품이 방직(方直)하고 악인을 미워하기를 원수처럼 여겼다고 한다. 이는 황혁의 성품이 고지식할 정도로 강직하다는 의미로 받아들일 수 있다. 황혁이 '동인과 서인이 충돌할 때 이이·정철 등 여러 현인들을 표준으로 삼고 이발(李潑)·이길(李洁)·정여립(鄭汝立)이 예의 없는 행동을 반복하는 것을 싫어하여 대각에 들어가자 이발의 당인 이순인(李純仁)을 탄핵하였다.'[11]는 언급은 서인으로서 황혁의 당파적 시각을 배제할 수는 없지만, 그 이면에 황혁의 강직한 성품을 엿볼 수 있는 것이다. '(황혁이) 선악이 소장(消長)하는 시기에 정도(正道)를 잡고 흔들리지 않자, 시기하고 질투하는 자들이 많아 마침내 죽음에 이르게 되었다.'[12]는 언급이나 '임자년(1612)에 신율(申慄)이 가혹한 형벌을 완벽하게 갖추자 황혁이 한마디 말도 못하고 난에 이르게 되었다.'[13]는 언급은 황혁의 강직한 성품이 정적들

---

11) 洪瑞鳳, 〈贈崇政大夫, ……春秋館修撰官黃公墓碣銘幷序.〉, 「附錄」, 『獨石集』, 『韓國文集叢刊續集』 7, 238면. "公賦性方直, 嫉惡如讐. 身當洛蜀之衝, 灼知朱紫之別, 以栗谷, 松江諸賢爲表準. 深惡潑洁汝立輩之反覆無狀. 嘗入臺, 首劾潑黨李純仁, 由是爲潑所擠, 低徊冗散. 而公則迫然也."

12) 李宜顯, 〈贈左贊成獨石黃公神道碑銘幷序〉, 『陶谷集』 권10, 『韓國文集叢刊』 181, 55면. "消長之會, 執正不撓, 以是猜嫉者多, 遂底於及."

의 표적이 되었음을 보여주는 것이라 하겠다.

다음 시는 황혁의 강직한 성품의 일단을 보여주는 것이다.

고령사에서 거듭 놀던 때 몇 년이나 지났던가	松寺重遊換幾奂
아득히 한 번 이별한 뒤 10년의 세월	悠悠一別十秋螢
당시는 백면서생 지금은 흰 머리 늙은이	當時白面今頭白
청산은 옛 그대로니 청안으로 함께하네	依舊靑山共眼靑
세상의 염량세태 따르지 않았으니	不逐世上分冷暖
장차 술잔을 잡고 떠돌이 삶을 위로하네	且將樽酒慰飄零
풍상이 땅에 가득하니 담비 갖옷은 얇고	風霜滿地貂裘薄
사냥 끝나고 돌아올 때 반쯤 술 깬 것에 의지하네	獵罷歸來倚半醒

〈重遊高靈寺-거듭 고령사에서 놀며〉[14]

위의 시는 황혁이 염량세태를 따르지 않아 떠돌이 삶을 살게 되었음을 밝힌 것이다. 시인은 10년 만에 고령사를 다시 찾았다. 10년 전 시인의 모습은 백면서생으로 뽀얀 피부를 지녔으나 10년이 지난 지금에는 흰머리 늙은이가 되어 있다.

경련은 황혁의 강직한 성품을 엿볼 수 있는 구절이다. '세상의 염량세태 따르지 않았으니 장차 술잔을 잡고 떠돌이 삶을 위로하네'라는 언급은 현재의 떠돌이 삶이 차면 떨어지고 따뜻하면 붙는 염량세태를 따르지 않았던 것에서 기인한다는 말이다. 이를 통해 정치현실에서 소신을 굽히지 않고 살아온 황혁의 강직한 성품을 엿볼 수 있는

---

13) 洪瑞鳳, 〈贈吏曹參判獨石黃公墓碣銘 幷序〉, 『鶴谷集』 권8, 『韓國文集叢刊』 79, 538
　　면. "當昏朝壬子, 廣張羅織, 仇奸憚閟幾作孼, 受楚毒備具至, 絶無一語及亂."
14) 黃赫, 『獨石集』, 『韓國文集叢刊續集』 7, 206면.

것이다. 그러기에 함련에서 시인은 인간 세상의 염량세태와는 달리 변함이 없는 청산을 벗으로 삼고 청안(靑眼)으로 대하고 있는 것이다.

미련은 중의적이라 할 수 있다. '풍상이 땅에 가득하니 담비 갖옷은 얇고 사냥 끝내고 돌아올 제 반쯤 술 깬 것에 의지하네'라는 표현은 실제 찬 가을 날씨 속에 담비 갖옷이 얇아 술기운을 빌어 추위를 잊으려는 모습으로 볼 수 있지만 함련·경련과 연관시켜 보면 미련 또한 염량세태와 관련지어 설명할 수 있을 것이다. 즉 '바람과 서리가 가득한 땅'은 험난한 정치현실을, '얇은 담비 갖옷'은 시인의 불안정한 정치적 입지라 할 수 있다. 시인이 현실에서 이처럼 힘들게 살아가는 이유는 염량세태를 따르지 않고 소신대로 살았기 때문이다. 그로 인해 시인은 떠돌이 삶[飄零]을 살게 되었으며 그 삶을 술로 위로하고 있는 것이다.

황혁은 1591년 세자건저 문제로 정철이 위리안치될 때 같은 당으로 몰려 삭탈관작 되고 문외출송을 당하게 된다. 1592년 임진왜란이 일어나자 황혁은 유배에서 풀려난다. 황혁은 순화군 이보(李珒)의 장인이었는지라 부친 황정욱과 함께 순화군을 배종하는 역할을 맡게 된다.[15]

황혁은 왕자 일행을 보호하며 함경도 회령으로 피난을 왔지만 왕자 및 여러 가신들과 함께 회령에서 반란을 일으킨 국경인(鞠景仁)에게 사로 잡혀 가토 기요마사의 포로가 된다. 황혁은 분한 마음에 자살하고자 했으나 왕자들의 만류로 그만두게 된다.[16] 이후 황혁은 황

---

15) 李宜顯, 〈贈左贊成獨石黃公神道碑銘幷序〉, 『陶谷集』 권10, 『韓國文集叢刊』 181, 55면. "汝立之黨復用事, 松江栫棘西塞, 公亦被構, 削爵黜外. ……宣廟出狩平壤, 出王子珒於北, 玨於東, 辟賊鋒, 玨公壻也, 仍命公父子從玨."

정욱과 함께 가토 기요마사로부터 항복 권유문을 쓰라는 협박을 받은 것으로 보인다.

> 이윽고 가토 기요마사는 부사를 보내 공을 끌어내어 꾸짖기를, "만약 나에게 굴복한다면 마땅히 죽지 않을 것이다." 하였다. 공이 대답하기를 "나는 참으로 죽는 것만 구할 뿐인데 어찌 굴복하겠는가." 하였다. 적이 마침내 검을 빼들고 죽이려고 했으나 공은 동요하지 않았다. …… 이듬해 서울에 이르러 가토 기요마사가 공의 어린 손자를 끌어다가 공의 앞에 두고 칼을 뽑아 들고 손자의 머리에 갖다 대고서 공을 협박하였다. 어린 손자는 비로소 8세였는데 놀라 두려워하면서 공을 보고 울었으나 공은 오히려 동요하지 않았다. 가토 기요마사가 크게 성내며 검으로 어린 손자를 목 베고 이미 검을 휘두르며 공에게 향했으나 공은 꼿꼿이 앉아 뜻이 더욱 거만하였다. 이에 가토 기요마사 또한 그의 절개를 기이하게 여기고 부관에게 말하기를, "어렵도다. 이 사람은"이라고 하였다. 이로부터 그의 관직을 부르고 이름을 부르지 않았다.[17)]

위의 기록은 황혁이 항복 권유문을 강요받을 당시의 정황을 잘 보여주는 것이다. 가토 기요마사는 황혁의 8세 손자를 죽이겠다며 황혁을 겁박하면서 항복을 강요하였다. 그러나 황혁은 두려운 기색 없

---

16) 李宜顯, 〈贈左贊成獨石黃公神道碑銘幷序〉, 『陶谷集』 권10, 『韓國文集叢刊』 181, 55 면. "……倭帥淸正又據東, 公與玭轉而之北會寧, 叛民鞠敬仁綁二王子及公父子, 獻淸正. 公感憤懷刃欲自殺, 又自經, 爲賊所覺, 王子亦諭解, 不果."

17) 李宜顯, 〈贈左贊成獨石黃公神道碑銘幷序〉, 『陶谷集』 권10, 『韓國文集叢刊』 181, 54 면. "已而淸正遣其副, 牽公出喝曰, 若屈於我, 當不死. 公曰, 吾固死是求, 屈何有焉. 賊遂擧劍擬之, 公不動. …… 明年至京城, 淸正牽公幼孫置公前, 拔劍臨幼孫首以脅公. 幼孫始八歲, 驚懼視公泣, 公猶不動. 淸正大怒, 劍斬幼孫, 已揮劍嚮公, 公踞坐, 意益倨. 於是淸正亦奇其節, 語其副曰, 難哉此人. 自此稱其官, 不名也."

이 꼿꼿이 버티며 가토 기요마사의 말에 미동도 하지 않았다. 가토 기요마사는 크게 화를 내고 황혁의 손자를 목 베어 죽였으나 더욱 거만해진 황혁을 보고는 항복 권유문을 쓰게 하는 것은 어렵겠다고 판단했던 것이다. 인용문 끝부분에 가토 기요마사가 황혁을 부를 때 이름 대신 관직을 불렀다는 것은 가토 기요마사가 황혁의 강직한 절조를 높이 평가한 것으로 볼 수 있다.

> 공이 두 왕자를 모시고 함경도로 향할 적에 부자가 모두 소모사(召募使)의 책임을 맡고 있었다. 가다가 철원에 이르러 어떤 문사와 함께 의논해서 (국토를) 회복하자는 격문 초고를 작성하여 각 도에 달려서 알렸다. 공이 대략의 의사를 주었는데 첫 번째로 묘당의 화친 주장은 잘못이라고 하면서 그들을 진회(秦檜)로까지 비유하였다. 마침내 그가 절치부심하며 날마다 틈을 엿보았으나 어떻게 하지 못하고 있었다. 때마침 공이 적에게 사로잡혀 적의 소굴로부터 장계를 올려 적의 실정을 알리게 되었는데, 적이 만약 사실대로 쓴 장계를 발견하면 반드시 가로막을 것이기 때문에 일부러 드러나지 않도록 숨기고 별도의 가짜 장계를 만들어 적에게 속여서 보여주라고 함께 보냈다. 다만, 가지고 가는 사람에게 적의 병영을 빠져나가면 가짜 장계는 버리고 진짜 장계만 전달하라고 부탁하였다. 때마침 그때 묘당에서 공을 싫어하는 자가 체찰사로서 서울 근처에 주둔하고 있다가 가짜 장계를 얻었는데, 문득 공을 위험에 빠뜨릴 덫과 함정으로 만들고자 죄로 지목하면서 일부러 그 말을 험하게 만들었다. …… 공은 마침내 여기에 연좌되어 적중으로부터 돌아오자 부자가 다시 하옥되어 심문을 받았는데 거의 (혐의를) 면치 못하고 마침내 멀리 귀양을 가게 되었다.[18]

---

18) 尹根壽, 〈芝川壽序〉, 『月汀集』 권5, 『韓國文集叢刊』 47, 242면. "公之奉兩王子而向北關也, 父子俱膺召募使之任. 行至鐵原, 與一文士議草傳檄恢復之文, 馳論諸道. 公授以

위의 인용문은 윤근수가 황정욱의 환갑잔치를 기념하여 지은 글의 일부이다. 이 글에서 윤근수는 황정욱과 황혁 부자가 지은 항복 권유문이 왜곡되어 두 부자가 결국 화를 입게 되었다는 사실을 밝히고 있다. 황혁은 두 종류의 장계를 지었는데 하나는 왜군에게 보이는 가짜 장계로 항복을 권유하는 내용이 담긴 것으로 짐작된다. 다른 하나는 황혁이 조정에 올리고자 했던 진짜 장계로서 적의 실정을 알리는 것이었다. 황혁은 장계를 전달하는 사람에게 적중을 빠져 나가면 가짜 장계는 버리고 진짜 장계만을 전달해 달라고 부탁하였다. 그러나 장계를 전해 받은 체찰사는 황혁 부자와 마찰을 빚었던 인물이었다. 황혁이 두 왕자를 보호하며 함경도로 갈 때 의병을 모으는 소모사(召募使)의 책임도 있었는데 묘당에서 화친을 주장하자 황혁이 화친을 주장한 이들을 금나라와 화친을 주장했던 송(宋)나라 간신 진회(秦檜)와 같다고 비방했는데, 체찰사가 그 당사자였던 것이다. 이로 인해 체찰사는 진짜 장계는 버리고 가짜 장계만 조정에 올려 결국 황혁은 부친 황정욱과 함께 유배를 가게 되었던 것이다.

황혁의 유배생활은 이후 생을 마감할 때까지 지속된 것으로 보인다. 그는 이산(理山)에서 7년 동안 유배를 살다가 신천(信川)으로 이배되어 14년을 살았다.[19] 1612년(광해군 4) 유배 도중 황혁의 집안과

大意, 首以廟堂之主和爲非, 而至比之秦會之. 遂被其切齒, 日俟隙而未得發也. 會公陷賊中, 自賊所馳狀陳賊情, 而賊若覺其有據實之狀, 則必見欄阻, 故祕不宜露, 別作假狀, 誑示賊, 而一併出送. 惟囑齎持者竢出賊營, 棄去假狀而只達眞狀也. 適其時廟堂之嗛公者, 以體察而駐箚近京地, 得其假狀, 便作陷公之機穽, 指以爲罪而故峻其語. …… 公遂坐此, 其自賊中還也, 父子再下獄置對, 幾至不免, 而遂遠謫矣."

19) 洪瑞鳳, 〈贈崇政大夫, ……春秋館修撰官黃公墓碣銘幷序.〉, 「附錄」, 『獨石集』, 『韓國文集叢刊續集』 7, 238면. "栫棘理山者七年, 量移信川者十四年."

원한관계에 있던 신율(申慄)이 이이첨(李爾瞻)과 결탁하여 순화군의
아들 진릉군(晉陵君) 이태경(李泰慶)을 왕으로 추대한다는 역모사건
에 황혁을 연루시켜 황혁은 결국 옥에서 죽음을 맞이하게 되었다.[20]

　이상, 황혁의 생애에 대해서 살펴보았다. 황혁의 생애에서 주목되
는 것은 황혁이 천부적인 문재와 부친 황정욱에게서 이어받은 문장
으로 인해 환로생활에서 두각을 드러냈다는 것이다. 황혁은 뛰어난
문재를 바탕으로 1580년 대과에 장원급제한 후 1590년까지 10년 동
안 통정대부에까지 오르게 된다. 그러나 1591년 정철의 세자건저문
제에 연루되어 삭탈관직과 문외출송을 당하고, 1592년 임진왜란이
일어나자 풀려나 임해군·순화군 두 왕자를 보호하는 책임을 맡았으
나 함경도 회령에서 가토 기요마사의 포로가 된다. 그때 가짜로 쓴
항복 권유문이 빌미가 되어 황혁은 21년간의 긴 유배생활을 하게 되
었으며, 1612년 유배도중 진릉군 이태경의 역모사건에 연루되어 고
문을 받다가 옥사하였다.

3. 황혁 시의 '소무'와 '굴원'의 이미지

　현재 남아 있는 황혁의 한시는 총 83제 127수로, 오언절구 8제 23
수, 칠언절구 12제 23수, 오언율시 23제 29수, 칠언율시 33제 44수,
오언배율 3제 3수, 칠언배율 4제 5수이다. 원래 황혁의 한시는 상당

---

20) 洪瑞鳳, 〈贈崇政大夫, ……春秋館修撰官黃公墓碣銘幷序.〉, 「附錄」, 『獨石集』, 『韓國
　　文集叢刊續集』 7, 238면. "栫棘理山者七年, 量移信川者十四年."

히 많았으나 집안이 환란을 겪으면서 산실된 것으로 짐작된다.[21]

　현전하는 황혁의 시를 검토해보면 대부분 임진왜란 이후 지어진 유배시들로 추정된다. 황혁의 유배시는 크게 두 부분으로 나눌 수 있는데 하나는 임진왜란과 직접 관련하여 황혁의 의식을 담아낸 것들이고, 다른 하나는 유배생활 전반에 대해서 드러내는 의식이라 할 수 있다. 이 장에서는 이를 중심으로 논의를 진행하도록 하겠다.

1) '시호'의 현실, '소무'의 이미지

　앞서 생애에서 살폈듯이 황혁의 정치적 삶은 1590년까지 탄탄대로를 달렸다고 할 수 있다. 그러나 1591년 정철이 제기한 세자건저문제로 인해 서인들은 탄핵을 당하게 되고 그 과정에서 황혁 역시 정철의 당으로 몰려 삭탈관작 및 문외출송 되었다. 1592년 임진왜란이 일어나자 황혁은 잠시 해배되어 임해군과 순화군 두 왕자를 보호하는 임무를 맡게 되지만, 그해 7월 함경도 회령에서 왜군에게 포로로 잡히는 신세가 되고 만다. 그 당시 가토 기요마사의 협박에 못 이겨 황혁은 두 종류의 항복 권유문을 작성하게 되는데, 황혁과 정치적 마찰이 있었던 체찰사의 모함으로 가짜 항복 권유문만 조정에 올려지게 되어 황혁은 다시 유배 길에 오르게 되었다.

　황혁의 시를 검토해 보면 유독 임진왜란과 관련하여 과격한 의식을 드러내는 시들이 많다는 것이다. 이는 임진왜란 때 쓴 항복 권유

---

21) 黃玹, 〈獨石亂稿鈔本跋〉, 『梅泉集』 권6, 『韓國文集叢刊』 348, 504. "獨石集舊有刊本, 而余未之見, 介陋可愧. 族侄雲弼甫得此卷示之, 謂出塉村先祖手鈔, 屬以序次. 然嘗記紛谷序芝川集, 而歷叙禍籍始末及完南刊行緣起, 則計斯集也, 亦應蠹蝕不全."

문이 21년이라는 긴 유배생활을 하게 만드는 결정적인 계기가 되었
기 때문으로 짐작된다. 황혁에게 임진왜란은 그의 뇌리 속에 깊이 각
인된 나쁜 기억이었던 것이다.

다음의 시는 항복 권유문과 관련하여 황혁의 심정을 드러낸 것
이다.

내쫓긴 신하의 머리 위에는 해와 별이 빛나고	放臣頭上日星明
올려보고 내려 보며 부끄럽게 대열을 따라가네	俯仰羞爲逐隊行
하나의 문서 쓸데없이 전한 것 도리어 웃을 만하니	一紙浪傳還可笑
이 몸은 비록 죽더라도 또한 산 것과 같으리라	此身雖死亦猶生
산성에서 나그네의 꿈은 밤새도록 길하니	山城客夢連宵吉
영해에서 천자의 군대는 만리를 평정하리라	嶺海神兵萬里平
이로부터 문서를 논하는 것 응당 여지가 있으리니	自是論文應有地
변방의 구름, 호수의 나무도 또한 정을 머금었구나	塞雲湖樹且含情

〈重用前韻, 送景至-거듭 앞의 운을 써서 경지를 보내다〉22)

이 시는 황혁이 항복 권유문을 쓴 것으로 인해 조정에서 탄핵을 받
고 귀양지에서 지은 것으로 보인다. 제목의 경지(景至)는 조수륜(趙守
倫)으로 황혁의 처조카이다. 이 시와 운자가 같은 앞의 시가 유배지
에서 지은 것이므로 이 시 또한 유배지를 찾아온 조수륜을 전송하면
서 지은 것으로 보인다.

수련은 과거로서 유배행렬을 따라가던 시인의 모습이다. 내쫓긴
신하가 된 시인은 밤낮으로 유배지를 향해 걸어가고 있었다. 낮에는

---

22) 黃赫, 『獨石集』, 『韓國文集叢刊續集』 7, 207면.

해를 바라보며 밤에는 별을 바라보며 시인은 길을 재촉한다. 그러나 시인에게 이러한 유배길이 부끄러울 수밖에 없다. 그것은 함련을 통해서 확인되듯이 쓸데없이 문서 하나를 잘못 전했기 때문이다. 그 일은 지금 생각해도 웃음만 나올 어리석은 짓이었던 것이다. 여기서 '일지(一紙)'는 앞서 생애에서 살펴보았듯이, 가토 기요마사의 협박에 못 이겨 쓴 항복 권유문으로 보인다. 그러나 그 일은 어쩔 수 없는 상황에서 빚어진 것이었고 본의가 아니었기에 시인의 마음은 답답하다. 가짜 문서가 진짜 문서로 둔갑한 현실. 시인은 억울하여 몸은 비록 죽을지라도 정신은 죽지 않고 산 사람처럼 남아있을 것이라 다짐하고 있다.

경련부터는 애써 현재의 상황을 긍정적으로 보려는 시인의 태도를 읽을 수 있다. 시인은 산성에서 자면서 길몽을 꾸었다. 그 꿈은 천자의 군대가 만리 먼 조선 땅에서 왜군들을 평정하는 것이었다. 그렇게 된다면 시인에게 좋은 상황이 펼쳐질 것은 분명하였다. 전쟁이 끝나면 항복 권유문에 대해서 다시 논할 기회가 주어질 것이고 시인은 누명을 벗을 수 있었기 때문이다. 길몽을 생각하자 시인의 마음은 암울함에서 희망으로 돌아선다. 시인은 변방의 구름, 호수가의 나무들도 자신을 향해 정을 머금고 있다고 생각하였다.

황혁의 긴 유배는 그가 쓴 장계 때문이었지만, 돌이켜 생각해보면 임진왜란 자체가 없었더라면 그런 일이 없었을 것이다. 그러므로 임진왜란은 황혁의 삶을 나락으로 떨어뜨린 근본 원인이 된 셈이다. 황혁이 임진왜란 때의 현실을 승냥이나 호랑이가 득실거리는 소굴로 묘사하여 극도의 혐오감을 표출한 것도 이러한 이유에서다.

매번 아름다운 곳 만나면 출처를 점쳐보고   每逢佳處卜行藏
일찍이 띠풀집 지어 포구 가에 남겨두었지   曾築茅廬積浦傍
전쟁으로 지금은 호랑이 소굴이 되었으니   兵火只今成虎穴
꿈속의 혼은 아직도 강가 고향으로 돌아가고 있네   夢魂猶是返江鄉
그림은 처음 보는 것이 아님을 알겠고   畫圖省識非生面
물색은 푸른 하늘이 집에 꺼꾸러지는 듯하네   物色空青若倒堂
세 번 탄식 후 그대에게 돌려줘도 여운이 남고   三歎還君有餘思
변방 하늘 아래 천리 길은 아득하기만 하구나   塞天千里路微茫
〈題還姜上舍樹之畫帖 二首
－강상사 수지의 화첩을 돌려주면서 쓰다〉[23]

위의 시를 통해 황혁이 임진왜란을 바라보는 시각을 읽을 수 있다.
강상사가 누구인지는 모르겠으나 임진왜란 이전에 황혁과 친분이 두
터웠던 인물로 보인다. 시인은 임진왜란 전에 아름다운 곳을 만나면
출처를 점치고는 포구 가에 은거할 초가집을 지어두었었다. 그런데
임진왜란으로 인해 세상은 호랑이 소굴로 변했고 시인은 유배지를
떠돌아다니는 신세가 된 것이다. 그러나 그는 꿈속에서 늘 강가 고향
으로 돌아가고 있었다.

경련은 화첩에 있는 그림을 감상한 내용이다. 강상사가 보여준 그
림은 시인이 처음 보는 것이 아니었다. 그림 속 물색은 푸른 하늘이
집에 쏟아질 정도로 청정한 공간으로, 이는 시인이 예전에 은거지로
점쳐 놓았던 그런 공간과 흡사하였기 때문에 눈에 익숙했던 것이다.

미련에서 시인은 그림을 세 번씩이나 감탄하고 돌려주지만 마음

---

23) 黃赫, 『獨石集』, 『韓國文集叢刊續集』 7, 208면.

한 구석엔 여전히 아쉬움이 남는다. 시인은 왜군이 득실거리는 호랑이 소굴 같은 세상에서 자신의 초가집으로 무사히 돌아가는 길이 요원했기 때문이다. 시인의 귀향을 막는 호랑이 소굴은 왜군들에 의해 유린당하는 임진왜란 당시의 현실인식이라 할 수 있을 것이다.

　다음의 시 또한 승냥이와 호랑이가 득실거린다는 황혁의 현실인식을 보여주고 있는 작품이다.

우리 유가의 가법은 의리가 마땅하고	吾儒家法義之宜
은거와 출사는 각각 한 때라네	隱顯行藏各一時
논의가 정해지면 백년간 응당 썩지 않으리니	論定百年應不朽
선비는 이 세상에 태어나서 또한 슬퍼할 만하구나	士生斯世亦堪悲
산림이 적막해졌으니 사람 누가 있으리오	山林寂寞人誰在
시호(豺虎)가 종횡으로 내달리니 길은 더욱 위험하네	豺虎縱橫路轉危
남긴 글 어루만지며 부질없이 눈물 뿌리니	撫玩遺書空洒淚
남겨진 늙은이를 늙은 파초가 알아주네	白頭留與老芭知

〈哭牛溪先生 四首-우계선생을 곡하다〉[24]

　성혼은 1598년에 사망했으니 위의 시는 1598년 무렵에 지어진 것이라 여겨진다. 1구에서 4구까지는 성혼의 유가적 위상을 언급한 것이다. 성혼은 의리에 맞게 은거와 출사를 했고 그가 논했던 학문은 백년이 지나도 썩지 않을 만큼 확고한 것이었다. 그러기에 위대한 유학자로서 성혼의 죽음은 시인에게 세상이 텅 빈 것 같은 슬픔을 주기에 충분하였다.

---

24) 黃赫, 『獨石集』, 『韓國文集叢刊續集』 7, 207면.

5구에서 8구까지는 시인의 현실인식을 읊은 것이다. 지금은 승냥이와 호랑이가 종횡으로 누비는 것 같은 살육을 일삼는 현실이다. 시인은 그런 위험한 현실에 홀로 남겨져서 성혼의 죽음을 슬퍼하고 있는 것이다.

위의 시의 전체적인 맥락은 성혼의 죽음을 애도하는 것에 놓여있지만, 임진왜란 당시 황혁의 현실인식을 읽을 수 있다. 황혁은 당시의 현실을 승냥이와 호랑이 누비는 매우 위험하고 암담한 현실로 인식하고 있었던 것이다.

이상에서 살폈듯이, 황혁은 임진왜란 때의 현실을 승냥이나 호랑이가 누비는 것으로 비유하여 극도로 혐오하고 있다. 그가 임진왜란 때의 현실을 이토록 극단적으로 혐오하고 있는 것은 황혁이 임진왜란이 발생하여 항복 권유문을 쓰게 되었고 그로 인해 기나긴 유배생활을 하게 되었기 때문이다.

이 시기 황혁은 흉노족에게 사신 갔다가 항복 권유를 뿌리치고 19년간 억류되었던 한나라 충신 소무(蘇武)에 자신을 빗대어 결백함을 토로하기도 한다.

바다 모퉁이에 남은 인생이 있으니	海角餘生在
하늘 서쪽에는 하나의 꿈은 길구나	天西一夢長
금빛 몸은 한나라 부절에 비유되니	金軀比漢節
조만간 우리 임금님께 이르리라	早晚達吾王

〈題華人錢思本扇面－중국 사람 전사본의 부채 면에 쓰다〉25)

---

25) 黃赫, 『獨石集』, 『韓國文集叢刊續集』 7, 201면.

공손저구와 정영, 저들은 어떤 사람인가?	嬰臼彼何人
소경은 오히려 죽지 않았다네	蘇卿猶不死
평생 보국하는 마음	平生報國心
또렷하게 오직 여기에 있네	耿耿惟在此

〈又-또 한 수〉26)

위의 두 시는 연작시로서 중국 사신 전사본을 만나서 지은 것이다. 첫 번째 시는 전사본을 중심으로 시상이 전개되고 두 번째 시는 시인 자신을 공손저구(公孫杵臼)와 정영(程嬰), 소무로 빗대어 시인의 결백함을 토로하고 있다.

첫 번째 시의 기구는 바다모퉁이에서 귀양살이를 하고 있는 시인의 모습이다. 시인은 하늘 서쪽 모퉁이에서 집으로 돌아갈 날을 꿈꾸며 살아가고 있다. 그러던 어느 날 전사본이 시인을 찾아온 상황이다. 시인은 전사본을 한나라 사신[漢節]으로 빗대고 조만간 우리 임금을 만나게 되리라 짐작하고 있다.

두 번째 시는 첫 번째 시의 시상을 이어받아 시인 자신의 심회를 펼친 것이다. 시인은 기구와 승구에서 영구(嬰臼)와 소경(蘇卿)을 언급한다. 영구는 춘추시대 진(晉)나라 조삭(趙朔)의 문객인 공손저구와 조삭의 친구 정영을 말한다. 이 두 사람은 조삭의 집안이 진나라 대부 도안가(屠岸賈)에게 멸문을 당하자 조삭의 아들 조무(趙武)를 보호할 것을 맹세하였다. 공손저구는 조무를 살리기 위해 다른 사람의 아이를 조삭의 아이라고 속여서 결국 살해를 당하였고, 정영은 조무(趙武)를 끝까지 보호하여 조무가 왕이 되어 대관식을 하던 날, 먼저

---

26) 黃赫, 『獨石集』, 『韓國文集叢刊續集』 7, 201면.

죽은 공손저구와의 약속이 이루어지자 자살한 인물이다. 소경(蘇卿)
은 한나라 때 흉노에게 사신 갔다가 억류당한 뒤 항복권유를 뿌리치
고 19년 동안 흉노 땅에서 한나라에 대한 절조를 지키다가 돌아온 소
무(蘇武)를 말한다.

　전구와 결구는 정영과 공손저구 및 소무를 시인 자신에 빗대어 자
신이 그들과 다를 바 없다는 것을 밝힌 것이다. 시인은 1, 2구에서
정영, 공손저구, 소무를 언급하고 3구를 통해 그들이 평생 보국하는
마음이 있었음을 밝히고 있다. 그런 뒤 4구를 통해 그들의 마음과 시
인의 마음이 같다는 점을 지적하고 있다. 즉, '평생 보국하는 마음 또
렷하게 오직 여기에 있네'라고 하여 그 옛날 정영, 공손저구, 소무가
지녔던 보국의 마음이 바로 지금 유배를 살고 있는 시인 자신에게도
동일하게 있음을 얘기하고 있는 것이다. 그러므로 '재차(在此)'는 이
시 전체의 시안(詩眼)이라고 할 수 있다. 그러고 보면, 첫 번째 시를
통해서 전사본을 한나라의 사신으로 빗대고 선조를 방문하게 되리라
고 미리 짐작한 것은, 19년간 흉노에게 억류되었던 소무를 시인 자신
으로 빗대기 위한 의도였다고 할 수 있을 것이다.

　요컨대 황혁은 선조를 만날 전사본에게 자신을 소무로 빗대어 항
복 권유문이 진실이 아니었음을 알리고 싶었던 것이다. 임란 때 두
왕자를 보호하기 위해 자신의 어린 손자를 희생해야 했고 거짓 항복
문서 외에 왜군의 실정을 알리는 진짜 문서를 작성한 것도 모두 두
왕자를 보존하기 위한 어쩔 수 없는 선택이었다는 것이다.

　이상, 임진왜란과 관련된 시들을 중심으로 황혁의 현실인식과 주
된 의식을 살펴보았다. 황혁은 왜군들이 종횡으로 누비는 임진왜란
당시의 현실을 '승냥이와 호랑이'가 우글거리는 소굴로 비유하여 극

도의 혐오감을 드러내고 있다고 할 수 있다. 이는 황혁의 입장에서 자신의 삶을 나락으로 떨어뜨린 근본 원인이 임진왜란이었기 때문이다. 이러한 현실 속에서 황혁은 자신의 충절을 진나라의 영구나 한나라 소무로 빗대어 드러내고 있었다. 그런데 첫 번째와 두 번째 시를 연관시켜서 볼 때 황혁은 특히 소무에 초점을 두고 자신을 빗댄 것이라 할 수 있다. 왜냐하면 첫 번째 시에서 전사본을 소무를 구하러 온 한나라 사신으로 상정한 것이 두 번째 시의 소무를 언급하기 위한 것이었기 때문이다. 황혁은 왜군에게 억류되었을 때 쓴 항복 권유문이 조작되었고 자신의 충정은 결백하다는 점을 한나라에 억류되었던 충신 소무로 빗대고 싶었던 것이다.

2) '장사'의 현실, '굴원'의 이미지

황혁의 유배시를 읽어보면 임금을 향한 충정·인생의 무상함·귀양살이의 아득함 등을 토로하는 경우가 많다. 황혁은 이들을 여러 가지 이미지로 시화하고 있는데 예컨대 '조롱에 갇힌 새', '깨지고 오래된 빗자루', '길이 막혀 통곡하는 완적', '굴원' 등이 그것이다. 이는 유배시에서 일반적으로 볼 수 있는 것이라 할 수 있다. 그런데 그것이 황혁의 특별한 경험과 결합했을 때 개성적 측면으로 나타나게 된다. 예컨대 3장 1절에서 확인한 소무의 이미지는 임진왜란으로 인해 항복 권유문을 쓰게 된 황혁의 특별한 경험이 만들어낸 것이라 할 수 있다. 이 절에서는 황혁 시의 또 하나의 개성으로 '장사의 현실, 굴원의 이미지'를 제시하고자 한다.

먼저, 다음의 시는 유배생활 중에 보여주는 일반적인 의식이라고 할 수 있다.

새장 속에 우는 새 봄기운 먼저 알아	籠裡啼禽得氣先
부르짖으며 아직도 저 혼자 봄 하늘을 향하고 있네	相呼猶自向春天
나그네는 갑자기 고향생각 일으키니	羈人忽起鄕山思
무성한 방초는 또 일 년	芳草萋萋又一年

〈聞籠鳥聲-새장 안의 새소릴 듣고〉27)

　위의 시는 유배생활 중 고향에 대한 그리움을 시화한 것이다. 시인
은 새장 안의 새에 주목한다. 새장 안의 새는 여타의 새들보다 봄기
운을 먼저 알아차리고 부르짖고 있다. 새장 속 새가 여느 새보다 봄
기운을 먼저 알아차리고 우는 것은 자유로운 새와 달리 갇힌 새에게
봄이 그만큼 절실하게 다가왔기 때문이다.

　3, 4구는 고향을 그리워하는 시인의 모습이다. 새소리에 놀란 시
인은 잠에서 깨어나 고향을 생각한다. 봄이 온 고향에는 풀이 무성할
것이었다. 관리할 사람이 없는 정원에 풀이 무성할 것을 생각하지만,
시인은 돌아가지 못하고 유배지에서 또 한 해를 보내고 있는 것이다.

　위의 시는 새장 안의 새를 통해서 시인의 구속된 유배생활을 비유
했다고 할 수 있다. 새장 안의 새가 자유롭게 날던 봄을 그리워하는
것처럼, 구속된 유배자로서 봄은 시인에게 고향에 대한 그리움을 더
욱 사무치게 했던 것이다.

　다음의 시는 유배의 삶을 살아가는 한심한 자신을 해진 빗자루에
빗대어 자괴감을 표출한 것이다.

27) 黃赫, 『獨石集』, 『韓國文集叢刊續集』 7, 201면.

해진 빗자루 지금 쓸모없는데	弊帚今無用
높은 분께서 우연히 방문하셨네	高軒偶見過
초당에는 동이의 술이 있으니	草堂樽酒在
그럭저럭 남은 국화 꺾어 함께하리라	聊與折殘花

〈謝方伯來過, 仍與酬唱, 各得八首
-방백이 방문한 것에 사례하고 인하여 수창하여 각각 8수를 얻었다〉[28]

위의 시는 8수의 연작시 중에서 첫 번째 수로, 관찰사의 방문을 받고 고마움을 시화한 것이다. 시인은 지금 해져서 폐기된 빗자루에 불과한 존재이다. 이는 시인이 전란 중 적에게 항복했다는 용서받을 수 없는 죄과를 쓰고 유배를 왔기 때문이다. 시인은 그런 보잘것없는 자신을 찾아준 관찰사가 고마울 뿐이다. 그러나 귀양 온 시인은 마땅히 대접할 음식이 없고 다만 유배지에서 시름을 풀던 술만이 있을 뿐이다. 시인은 늦가을 국화를 띄워 관찰사와 함께 술 마시기를 원하고 있다.

황혁은 유배지에서 임금에게 버림받은 외로운 신하[孤臣]로 자신을 빗대기도 한다.

압록강 남쪽가에 사립문 닫혀있고	鴨江南畔閉柴荊
그 속에 외로운 신하는 백발이 성성하네	中有孤臣鬢髮星
5년 동안 봄을 만난 것도 모두 임금님의 힘이니	五載逢春皆帝力
어지러운 산 잔설 속에 술 취해서 흐리멍덩	亂山殘雪醉冥冥

〈立春新話(在楚山作)-입춘이라 한 마디 (초산에 있을 때 지었다)〉[29]

28) 黃赫, 『獨石集』, 『韓國文集叢刊續集』 7, 200면.
29) 黃赫, 『獨石集』, 『韓國文集叢刊續集』 7, 201면.

이 시의 분위기는 쓸쓸하고 암담하다. 우선 공간적 배경이 암담한 시적 분위기를 형성하는데 일조를 하고 있다. 초산(楚山)은 압록강 근처를 따라 내려가면서 있는 지역으로 그 아래에는 위원(渭原)이 있다. 압록강 위를 따라 올라가면 삼수(三水)와 갑산(甲山)이 나온다. 곧, 초산은 조선시대 유배지 중에서 가장 험악한 지역으로 이곳으로 유배를 오면 살아 돌아가기 힘들다고 알려진 곳이다.

압록강가의 시인의 집에는 사람이 찾아오지 않아 사립문이 항상 닫혀있다. 집 안에는 임금에게 버림받은 외로운 신하[孤臣]가 백발이 성성한 채로 앉아 있다. 그렇지만, 외로운 신하는 유배지에서 5년씩이나 목숨을 부지하고 살아있는 것만도 임금의 은혜로 여긴다. 입춘임에도 잔설(殘雪)이 남아있는 어지러운 산에 놓여 있는 시인은 지금 희망이 없다. 그는 오로지 술만 먹을 뿐, 술로 인해 정신마저 흐리멍덩하다. 요컨대, 이 시는 유배지에서의 암담한 심정을 '고신(孤臣)'의 이미지를 사용하여 적절히 드러냈다고 할 수 있다.

황혁의 유배생활은 결과적으로 이산(理山)에서 7년, 신천(信川)에서 14년 도합 21년이었다. 당시 황혁 자신도 유배생활이 쉽게 끝나지 않을 것이라고 직감했던 듯하다. 전란 중 적에게 항복 권유문을 썼다는 죄과는 위의 시에서 말하고 있듯이 목숨 부지하는 것만으로도 다행스런 일이었기 때문이다.

황혁의 이러한 생각은 굴원의 이미지와 결합하면서 더욱 효과적으로 표출된다. 황혁은 유배와 있는 자신을 굴원으로 빗대고 있는데, 이는 굴원이 간신배들의 모함을 받고 유배를 갔듯이, 황혁이 항복 권유문을 조작한 북인들에 의해서 유배를 왔기 때문으로 보인다. 그런데, 황혁이 굴원의 이미지를 차용하는 방식은 독특하다. 그는 유독 장사(長沙)에 위치한 굴원으로 자신을 빗대고 있다.

늙어가며 단지 숲속에 의지함이 많고	老去多依祇樹林
맑은 하늘은 한 점 티끌의 침범도 받지 않네	淸空不受一塵侵
두견새 소리 단지 해마다 괴로운데	鵑聲只自年年苦
나그네의 한은 어찌하여 밤마다 깊어지는가	客恨如何夜夜深
관해는 하늘에 닿았으니 고향으로 돌아갈 꿈 끊겼고	關海接天鄕夢斷
사찰의 누대엔 달이 없어 골짜기 구름만 가라앉았네	寺樓無月洞雲沉
이 씨 친구는 지금 같은 입장이니	枌楡舊伴今同病
장사에서 아직 죽지 못한 마음을 함께 말하네	共說長沙未死心

〈贈李士祐(尙吉, 時謫豊川)

－이사우에게 주다(상길이 이때 풍천에 귀양 가 있었다)〉[30]

위의 시는 1602년 경 풍천에 귀양 가 있는 옛 친구 이상길[31]에게 지어준 것이다. 이 시의 전체적인 분위기는 암담하다. 시인 역시 지금 암담한 귀양지인 장사에 있기 때문이다. 유배지에서 한두 번 듣는 두견새 소리도 아니건만 봄이 될 때마다 두견새 소리는 시인을 늘 괴롭게 한다. 나그네의 한도 밤마다 깊어만 간다. 나그네의 한이란 유배자의 신세로 고향에 돌아갈 수 없기 때문에 생겨난 것이다.

미련에서 시인은 유배 온 자신을 장사(長沙)에 있는 굴원으로 빗대고 있다. 7구의 '동병(同病)'은 친구 이상길 역시 황혁과 마찬가지로 유배를 온 처지라는 말이다. 이 무렵 이상길이 풍천에 유배를 가 있

---

30) 黃赫, 『獨石集』, 『韓國文集叢刊續集』 7, 210면.
31) 이상길(李尙吉, 1556~1637): 선조~인조 때의 문신. 자는 사우(士祐). 호는 동천(東
    川). 저서에 『동천집(東川集)』이 있음.

었기 때문이다. 8구의 '장사'는 멱라수가 있던 공간으로 굴원이 투신
자살한 곳이다. 시인이 자신을 장사의 굴원으로 빗댄 것은 전란 중
항복 권유문을 쓴 것으로 인해 살아서 고향으로 돌아갈 수 없는 암담
한 심정을 드러내기 위한 것이다. 황혁이 자신을 상수에 온 나그네로
그리거나[32] 파리한 모습으로 택반을 방황하는 굴원으로[33] 형상화한
것도 이러한 이유에서이다. 윤근수가 황혁을 '초택에서 술 깨어 있는
사람'[34]으로 언급한 것도 유배자로서 황혁의 암담한 미래를 멱라수
에 빠져죽는 굴원으로 빗대기 위한 것이라 할 수 있다.

　이상의 논의를 요약하면 다음과 같다. 황혁은 암담한 유배지에 놓
인 자신을 장사의 굴원으로 비유하였다. 이는 항복 권유문을 조작한
북인에 의해 유배를 가게 된 자신을, 간신들의 모함을 받고 배척된
굴원과 동일시하려 했기 때문이다. 독특한 점은, 황혁이 굴원의 이미
지를 가져오되, 장사라는 공간으로 한정했다는 것이다. 장사는 굴원
이 투신자살한 멱라수가 있는 곳이다. 황혁은 굴원이 최후를 맞이한
장사를 통해 항복 권유문이라는 치명적인 죄과에서 벗어날 수 없었
던 자신의 암담한 처지를 보여주고자 했던 것이다.

---

32) 黃赫, 〈謝方伯來過, 仍與酬唱, 各得八首.-5〉, 『獨石集』, 『韓國文集叢刊續集』 7, 210
　　면. "十載湘潭客, 榮枯一夢過. 憶曾宣政殿, 分賜侍臣花."
33) 黃赫, 〈道中偶吟〉, 『獨石集』, 『韓國文集叢刊續集』 7, 210면. "章皇澤畔一羸形, 向老
　　逢秋鬢雪零."
34) 尹根壽, 〈贈黃君晦之 二首〉, 『月汀集』 권1, 『韓國文集叢刊』 47, 177면. "……乍見斑衣
　　戲, 空悲楚澤醒. ……"

4. 맺음말

이 글은 독석 황혁의 생애와 시세계를 밝히는 데 목적을 두었다. 이 글이 황혁을 연구의 대상으로 삼은 이유는 다음 두 가지이다. 첫째, 황혁이 문학적으로 상당한 재능이 있었음에도 우리 문학사에서 조명을 받지 못하고 있었기 때문이다. 둘째 황혁의 시세계를 탐색하는 일은 유배시의 외연을 넓힌다는 측면에서 의미가 있다고 판단했기 때문이다. 이를 위해 2장에서 먼저 황혁의 생애를 검토하였다.

황혁의 생애에서 주목되는 점은 황혁이 해동강서시파로 평가받는 부친 황정욱의 문재를 이어받았다는 것이다. 그가 문과에 장원급제를 한 후 10년간 빠르게 진급하여 통정대부까지 오른 사실은 황혁의 뛰어난 문재를 방증하는 것이라 하겠다. 황혁의 생애에서 또 하나 주목해야 할 점은 그가 임진왜란 때 작성한 항복 권유문으로 인해서 긴 유배생활을 하게 되었다는 것이다. 이는 유배의 배경으로서 기존의 그것과 변별되는 것이고 황혁의 독특한 시세계를 형성하는 바탕이 되었다고 할 수 있다.

3장에서는 2장을 바탕으로 황혁의 시세계를 살펴보았다. 이를 요약하면 다음과 같다. 첫째, '시호'의 현실, '소무'의 이미지다. 임진왜란은 황혁의 뇌리 속에 강하게 자리 잡은 나쁜 기억이었다. 왜냐하면 황혁이 긴 유배에 처하게 된 발단이 임진왜란으로 인해 항복 권유문을 썼기 때문이다. 이로 인해 황혁은 임진왜란 때의 현실을 승냥이와 호랑이가 우글거리는 혐오스런 세상으로 인식했으며, 결백한 자기 자신을 흉노에 사신 갔다가 억류된 소무로 비유하였다. 둘째, '장사의 현실, 굴원의 이미지'이다. 황혁은 암담한 유배지에 놓인 자신을 굴원으로 비유하였다. 이는 항복 권유문을 모함한 북인에 의해 유배를 가게 된 자신을, 간신들의 모함을 받고 배척된 굴원과 동일시하려 했기 때문이다. 독특한 점은, 황혁이 굴원의 이미지를 가져오되 '장사'라는 공간으로 한정했다는 것이다. 장사는 굴원이 투신자살한 멱라수가 있는 곳이다. 황혁은 굴원이 최후를 맞이한 장사를 통해 항복 권유문이라는 치명적인 죄과에서 벗어날 수 없었던 자신의 암담한 처지를 보여주고자 했던 것이다.

길재의 대나무를 보며
무너진 강상을 바로 세우다

장현광(1554~1637)

1. 머리말

이 글은 여헌(旅軒) 장현광(張顯光)의 한시 속에 등장하는 주요 이미지인 '대나무'의 이미지를 분석하여 그것이 가지는 상징적 의미를 밝히는 데에 목적을 둔다.

이 글의 주제와 관련하여 필자가 가지는 1차적 관심은 여헌의 현실인식과 출처관이다. 여헌은 선조 24년(1591, 38세) 전옥서 참봉을 시작으로 인조 14년(1636, 83세) 지중추부사에 이르기까지 총 30여 차례나 관직에 임명되었지만, 실제로 부임한 것은 보은현감 5개월(1595), 의성현령 6개월(1603)이 전부였다.[1] 이러한 관력은 84년이라는 그의 생애에 비추어 볼 때 지극히 미미한 것으로 여헌의 삶은 곧, 은거로 일관했다고 할 수 있을 것이다. 유자의 삶의 태도를 수신과

<hr />

[1] 여헌의 삶의 이력에 대해서는 황위주, 「여헌 장현광의 삶과 문학」, 『여헌 장현광의 학문과 사상』, 금오공대 진주문화연구소, 1994, 406~420면 참조. 이하 연보에 나타난 여헌의 삶의 이력에 대해 특별한 언급이 없는 한 이 논문을 참조한 것임.

치인이라는 두 측면에서 본다면 여헌은 수신 쪽을 택했다고 볼 수 있
다. 그런데, 여헌은 그 자신 18세 때 〈우주요괄첩(宇宙要括帖)〉을 짓
고 그 말미에 "천하제일의 사업을 이루려면 천하제일의 인물이 되어
야 한다.2)"라고 적어 이미 웅대한 포부를 밝힌 바 있고, 자신의 현실
적 포부를 '칼[劍]'로 비유하여 세상을 개혁시키고자 하는 의지3)를
드러냈으며, '은거할 마땅한 의리가 없는데 은거하여 제 몸만을 깨끗
이 하는 것은 큰 도리를 어지럽히는 일'4)이라 하여 의리에 맞게 출사
하여 행도(行道)할 것을 강조했다. 삼십대 후반부터는 학문과 덕망을
인정받아 조정으로부터 수많은 징소를 받았다. 그럼에도 여헌의 삶
이 은거로 일관했다는 점에서 여헌의 현실인식과 출처관에 주목할
필요가 있다.

　필자의 두 번째 관심은, 그렇다면 여헌이 은거의 삶을 통해 지향한
가치는 무엇인가 하는 것이다. 이는 여헌의 현실인식과 출처관을 중
심에 놓고 그가 특히 강조한 삶이 무엇인가를 살피려는 것이다.

　지금까지 여헌에 대한 연구는 사상에 관한 것이 대부분이며 문학
에 관한 논의는 소략한 실정이다. 장현광의 삶의 이력과 특징을 연보
를 통해 소개하고 저술, 문필활동 및 시세계의 특징을 총체적으로 밝

---

2) 趙任道, 〈就正錄〉, 「續集」 권9, 『旅軒集』, 『韓國文集叢刊』 60, 433면. "先生十七八歲
　　時……手撰宇宙裒括帖, 其目凡十條. 書于其末曰, 能做天下第一事業, 方爲天下第一
　　人物."

3) 張顯光, 〈詠劍〉, 「續集」 권1, 『旅軒集』, 『韓國文集叢刊』 60, 265면. "吾劍得之天,
　　腰間吼不歇. 如得一試用, 必將天下易." 여헌집 번역은 성백효 역, 『국역 여헌집』,
　　민족문화추진회, 1996.을 참조했음. 이하 주석처리는 생략함. 단, 번역에 이견이
　　있을 경우 필자가 수정함.

4) 金慶長, 〈景遠錄〉, 「續集」 권9, 『旅軒集』, 『韓國文集叢刊』 60, 455면.

힌 연구를 시작으로[5] 〈문설〉을 중심으로 장현광의 문학관을 밝히고 도학적 시세계를 계산풍류의 전통 하에 살핀 논의[6], 장현광의 학문적 태도와 성리학적 사유를 한시를 통해 주제별로 고찰한 논의[7], 〈문설〉을 분석하고 장현광 문론의 의의를 밝힌 논의[8] 〈주왕산록〉을 통해 성리학적 자연관의 특징과 그 역사적 의미와 현재적 의미를 고찰한 논의[9] 박인로의 「입암별곡」을 분석하여 여헌의 공간의식을 살핀 논의[10] 『여헌집』 소재 28편의 제문을 분석하여 주제적 특징을 찾고 글쓰기 방식을 논한[11] 연구 등이 있다.

이상의 연구성과들을 통해 여헌의 도학적 문학에 대한 윤곽은 대부분 드러났다고 할 수 있다. 그러나 여헌이 은거하게 된 계기로서 현실인식과 출처관, 그러한 현실과 연관하여 지향한 삶의 태도가 무엇인지 집중적으로 조명한 논의는 없는 듯하다. 다만, 이 글과 관련

---

5) 황위주, 「여헌 장현광의 삶과 문학」, 『여헌 장현광의 학문과 사상』, 금오공대 진주문화연구소, 1994.

6) 우응순, 「여헌의 문학관과 시세계(1)」, 『여헌 장현광의 학문 세계 −우주와 인간』, 예문서원, 2004.

7) 구본현, 「여헌의 문학관과 시세계(2)」, 『여헌 장현광의 학문 세계 −우주와 인간』, 예문서원, 2004.

8) 권진호, 「여헌 장현광의 문론 연구」, 『여헌 장현광의 학문세계2 −자연과 인간』, 예문서원, 2006.

9) 이지양, 「여헌의 「주왕산록」에 나타난 산수감상의 특징과 그 의미」, 『여헌 장현광의 학문세계2−자연과 인간』, 예문서원, 2006.

10) 박경우, 「「입암별곡」에 반영된 여헌의 공간의식에 대한 고찰」, 『여헌 장현광의 학문세계2 −자연과 인간』, 예문서원, 2006; 이지양, 「여헌의 「주왕산록」에 나타난 산수감상의 특징과 그 의미」, 『여헌 장현광의 학문세계2 −자연과 인간』, 예문서원, 2006.

11) 정시열, 「여헌 장현광의 제문 연구」, 『여헌 장현광의 학문세계3 −태극론의 전개』, 예문서원, 2008.

하여 철학분야에서 주목되는 논의로 여헌의 시대인식과 경세론을 밝힌 연구성과가 있다.12) 이 논문에서는 상소문을 대상으로 여헌의 시대인식과 정치적 위상을 밝히고, 여헌의 경세론을 건극론의 전개, 조정의 화합과 사론의 통일, 향약 시행의 강조로 파악하였다.

　이 글은 이상의 연구성과들을 기반으로 하여 여헌의 현실인식과 출처관, 이를 바탕으로 여헌이 강조한 삶의 태도가 무엇이었는지 이미지의 분석을 통해서 밝히고자 한다.

2. '강상'이 실추된 현실, 그 시적 형상화

　여헌이 살았던 16~17세기는 정치적으로나 사회적으로 매우 혼란한 시기였다고 할 수 있다. 여헌이 39세(1592) 되던 해 임진왜란이 일어났고, 43세(1597) 되던 해에 정유재란이, 55세에서(1608) 69세(1622)까지 14년간은 광해군의 시대가 있었다. 70세(1623)에는 인조반정과 이괄의 난이, 74세(1627) 때는 정묘호란, 83세(1636)에는 병자호란이 있었다. 뿐만 아니라 이 시기는 사림이 중앙정계를 장악한 이후 정치세력 간의 대립과 갈등이 심화되고, 전란과 정치적 격변으로 인해 사회경제구조의 변화, 지배질서체제의 이완 등 대내외적으로 불안정하고 어려운 시기라고 할 수 있다.13)

....

12) 박학래, 「여헌 장현광의 시대인식과 경세론」, 『여헌 장현광의 학문세계2 −자연과 인간』, 예문서원, 2006.
13) 시대 상황에 대해서는 박학래, 「여헌 장현광의 시대인식과 경세론」, 『여헌 장현광의 학문세계2 −자연과 인간』, 예문서원, 2006, 141~147면 참조.

여헌의 한시에서 주목해야 할 점은 당대의 혼란한 현실이 여헌의 의식 속에 매우 강하게 자리 잡고 있다는 것이다. 특히, 전란과 광해 군 시대에는 그 강도가 매우 높다. 전란의 경우 총 160수의 한시 중 에서 약 20여 수가[14] 전란을 시적 배경으로 하고 있으며 광해군대에 는 도학자로서는 보기 드문 호랑이·이리·쥐·요괴 등의 사물들을 끌 어들여 부정적 인물에 대한 비판의 강도를 높이고 있다. 인조대의 경 우, 정도의 차이는 있으나 여전히 현실에 대해 부정적인 태도를 유지 한다.

사람이 한평생을 살아가면서 네 번씩이나 전란을 겪는다는 것은 결코 흔한 일이 아니다. 더욱이, 여헌은 임진왜란으로 집이 훼손된 이후 1605년 노경임(盧景任)이 원당(元堂)에 원회당(遠懷堂)을 마련해 주기 전까지 13년간을 집 없이 전전해야 했다. 선조대에 지어진 시들 중 현실인식과 관련된 것들은 대부분 전란을 시적 배경으로 하고 있다.

내일이면 장차 한식날	明將寒食日
봄은 또 난리 중에 돌아왔구나	春又亂中周
비와 이슬 때문에 계절은 알겠는데	雨露知時節
무덤가에 심은 소나무, 가래나무는 언덕 너머에 있네	松楸隔隴丘
두려워하는 마음은 품고 있지만	有心懷怵惕
제수를 갖출 물건이 없다네	無物備粢羞
불효는 진실로 나의 죄니	不孝誠吾罪
거북처럼 숨고 죄수처럼 웅크리고 있네	龜藏纍若囚

---

14) 대표적인 것으로 문천상 시에 화운한 것들을 들 수 있다.

〈和賦寒食(次文文山韻)
－한식 시에 화운하여 짓다(문문산운에 차운함)〉[15]

　연보에 의하면, 여헌은 난리 중에도 사람으로서 지켜야 할 기본 도
리에 철저했는데 조상의 신주를 보존하지 못할까 염려하여 은밀한
곳에 가매장해 두기도 하고(39세 조), 어머니의 삼년상을 치렀으며
(38세, 40세 조), 선영을 찾아 성묘를 하기도 했다(40세, 41세 조).
　이 시는 전란으로 인해 조상의 무덤에 성묘조차 할 수 없는 불효자
의 안타까움을 읊은 것이다. 자연은 인간사와 관계없이 저대로 생성·
변화·소멸을 반복한다. 전란 중이지만 생동하는 봄이 돌아왔고 시인
은 대지를 적시는 비와 이슬을 통해 절기가 한식임을 깨닫는다. 그러
나 조상의 무덤에 성묘하지 못해 두려운 마음만 있을 뿐, 그는 바로
언덕 너머에 있는 조상의 무덤을 찾아가지 못한다. 그 이유는 전란
중이라 제수를 갖출 물건조차 없을 뿐만 아니라, 위기를 직감하고 사
지(四肢)를 움츠린 거북처럼 시인은 숨어 지내야하기 때문이다.
　다음의 시는 전란으로 인한 현실의 피폐상을 드러낸 것이다.

고향 그리는 마음 견디지 못해	不堪鄕國戀
천리 길 먼 곳을 절름발이 나귀 타고 돌아왔네	千里策蹇驢
절기는 예전처럼 봄빛이 가득한데	節古春光滿
사람들은 사라져 마을은 텅 비어 있구나	人消境落虛
산하는 비바람 몰아친 뒤의 모습이요	山河風雨後
해와 달은 어둠의 끝에 떠올랐구나	日月晦冥餘

---

15) 張顯光, 『旅軒集』 권1, 『韓國文集叢刊』 60, 20면.

번화한 자취는 싹 벗겨졌으니   剝盡繁華迹
온통 개벽 초기와 같도다   渾如開闢初

〈兵火流離後, 歸見故山, 遂用六代祖掌令公仁風樓上韻, 以述微孫此日之感云
－전란으로 떠돌아다닌 뒤 고향 선산을 찾아뵙고 마침내 6대조 장령공의 인풍루에 쓴
운을 써서 미천한 손자의 이날의
감회를 서술하다〉16)

이 시는 1구의 '천리 길 먼 곳'이라는 내용과 '1593년 가을 가야산
에서 잠시 돌아와 선영에 성묘했다.'17)라는 연보의 기록으로 볼 때
임란 후 가야산에 피난을 갔다가 성묘하기 위해 고향을 방문하고 지
은 듯하다.

이 시의 전편을 지배하는 분위기는 황량함이다. 시인은 선산에 가
서 성묘를 끝낸 뒤 인동현(仁同縣) 동헌(東軒) 동쪽에 있었던 인풍루
에 올라 마을을 내다보며 감회에 젖는다. 전란 중 유리전전(流離轉轉)
하던 시인은 고향에 대한 그리움을 견디다 못해 마을을 찾아왔다. 전
란 중에도 봄은 천리의 이치에 따라 예전과 변함없이 돌아왔지만 인
간사는 변하여 번화하던 옛 자취는 찾아볼 수가 없다. 그 쓸쓸하고
황량함은 5, 6구를 통해 심화되어 나타나는데, 전란은 산하를 비바
람이 몰아치고 간 뒤의 모습처럼 초토화시켰고 해와 달도 여전히 가
득한 어둠 속에서 미세하게 떠오르는 상황인 것이다. 2구의 '절뚝거
리는 나귀[蹇驢]'는 전란 속을 떠돌다가 지친 시인의 이미지이며, 5,
6구의 '풍우(風雨)'와 '회명(晦冥)'은 전란의 횡포함을 빗댄 것이라 할

---

16) 張顯光, 『旅軒集』 권1, 『韓國文集叢刊』 60, 20면.
17) 張顯光, 〈40세조〉, 「年譜」, 『旅軒先生全書』上, 인동 장씨 남산파 종친회, 1983, 487
면. "癸巳, 秋自伽倻山來省先塋."

수 있다.

8구의 '개벽 초(開闢初)'는 전란 후 암담한 현실을 집약적으로 보여주는 시어이다. 번화하던 옛 자취가 하나도 남김없이 싹 벗겨버린[剝盡] 지금의 이 현실은, 시인이 천지개벽의 순간으로 느끼기에 충분하였던 것이다. 그곳은 번화했던 인문(人文)의 흔적이란 찾아볼 수 없는 혼돈의 세상과 같았던 것이다. 6구의 '어둠[晦冥]'을 이어받은 '개벽(開闢)'은 암담한 현실 속 시인의 우환을 함축하고 있다.

이 시에서 주목할 점은 시인이 '풍우', '회명' 등 세차고 어두운 이미지를 통해 암담한 현실을 드러내고 있다는 것이다. 전란의 시기에 지어진 〈화신연유감(和新燕有感)〉 시에서 살 집을 잃고 떠도는 제비에 대하여 "(제비는) 마른 갈대 어두운 곳을 날아 맴돌고, 저녁구름 이어진 곳에서 울며 원망하네"[18]라고 하여 '암(暗)', '모운(暮雲)' 등의 어둠의 이미지로 표현한 것도 암담한 현실을 드러내기 위한 것이라 할 수 있다.

한편 여헌은 광해군대에 합천군수, 사헌부 지평에 임명되지만 출사하지 않는다.[19] 뿐만 아니라 의례적인 사은숙배도 하지 않았다.[20] 사은숙배조차 할 가치도 없다는 논리이다. 이 정도로 여헌이 광해군대를 바라보는 시각은 그 어떤 시대보다 부정적이며 비판의 강도가 높다고 할 수 있다. 여헌이 집안 동생이자 문인이었던 장제원(張悌元)

---

18) 張顯光, 「續集」 권1, 『旅軒集』, 『韓國文集叢刊』 60, 267면. "…飛盤枯荻暗, 啼怨暮雲連.…"

19) 許穆, 〈旅軒張先生神道碑銘〉, 『記言別集』 권16, 『韓國文集叢刊』 99, 139면. "三十六年光海新立, 除陝川郡守, 三十八年, 除司憲持平, 皆不就."

20) 趙任道, 〈就正錄〉, 「附錄」, 「續集」 권9, 『旅軒集』, 『韓國文集叢刊』 60, 433면. "…廢朝時, 不應徵辟, 亦無陳謝疏章."

이 관직에 나갈 때 "산길은 이미 험하고 어두운 숲이 언덕을 누르고 있네, 만 개나 되는 승냥이가 호랑이의 굴이 있어, 이빨을 갈며 길을 가로막고 있다네"[21]라고 하여 당대의 조정을 호랑이, 승냥이가 우글거리는 소굴로 표현한 것도 광해군대를 부정적으로 바라보는 인식이라 할 수 있다.

다음의 시는 광해군대를 바라보는 여헌의 시각을 집약한 것이다.

긴긴 밤 괴롭게도 끝이 없으니   長夜苦漫漫
천지에는 새벽이 어찌 그리도 더디 오는가   天地何遲曉
뭇 쥐들 침상 가에서 시끄러우니   群鼠亂牀邊
투숙한 나그네 잠이 절로 적어라   宿客夢自少

〈冬夜偶吟－겨울밤에 우연히 읊다〉[22]

문인 이주(李紬)의 〈경원록(景遠錄)〉에 의하면, 위의 시는 여헌이 광해군 때 성주(星州)에 있는 선영에 성묘하기 위해 가던 차, 친구 집에 투숙하여 지은 것이라 한다.[23] 따라서 이 시는 광해군대를 바라보는 여헌의 시각으로 파악하기에 유효하다.

시인은 날 샐 줄 모르고 끝없이 흘러가는 겨울밤을 무척이나 괴로워한다. 그만큼 이 겨울밤이 시인에게 지루하고 혹독하다는 의미이

---

21) 張顯光, 〈贈張上舍仲順悌元〉, 『旅軒集』 권1, 『韓國文集叢刊』 60, 24면. "…… 山逕旣崎嶇, 陰林壓壟坻, 豺虎窟萬穴, 磨牙橫道蹊. ……"

22) 張顯光, 『旅軒集』 권1, 『韓國文集叢刊』 60, 17면.

23) 李紬, 〈景遠錄〉, 「續集」 권10, 『旅軒集』, 『韓國文集叢刊』 60, 459면. "先生當昏朝, 泊然無復當世之念. 爲省先壟, 將適星州, 宿路傍知舊家, 吟小絶曰, 〈위의 시 인용〉, 此可見先生憂世之意也."

다. 1구의 '긴긴밤[長夜]'은 시의 창작 배경을 이해할 때 광해군대의 암담한 현실을, '끝이 없으니[漫漫]'는 암담한 현실 속에서 세상을 근심하는 시인의 고뇌의 깊이라고 할 수 있다. 2구의 새벽[曉]은 1구의 '긴긴밤'과 대비된 것으로서 암담한 현실을 타개하고 나올 희망의 세계를 의미한다. 그러나 희망의 세계는 도래할 기미가 보이지 않고[何遲] 암담한 현실만 끝없이 흘러가고 있는 것이다.

3구의 '뭇 쥐들[群鼠]'은 『시경』〈석서(碩鼠)〉편의 전통적 이미지를 수용한 것으로[24] 쥐를 통해 광해군대 집권자들을 간신배에 빗댄 것이다. 간신배들이 설쳐대는 차갑고 어두운 밤의 세상, 이것이 광해군대를 바라보는 여헌의 시각인 것이다. 이 시는 '쥐', '겨울밤', '긴긴밤' 등 부정적이고 차갑고 어두운 이미지를 사용하여 광해군대의 암담한 현실을 효과적으로 드러냈다고 할 수 있다.

여헌이 인조대를 바라보는 시각 역시 부정적이다. 다만, 그 정도는 선조나 광해군대보다 수위가 낮은 듯하다. 여헌의 시가 시기별로 되어 있지 않아 인조대의 현실인식을 명징하게 확인할 수는 없지만, 다음의 인용문을 통해 인조대를 바라보는 여헌의 시각을 포착할 수 있다.

> …… 계해년 반정이 일어난 처음에 (장공은) 임금의 조서를 받들고 서울로 올라오게 되었다. 조령에 이르자 서울에서 지방으로 내려오는 사람을 만나 반정 당시의 일을 물으니 그 사람이 대답하였다. "주상께서 창의문에서 의병을 일으켜 난을 토벌한 뒤 먼저 경운궁에 이르러

---

24) 〈碩鼠〉, 「魏風」, 『詩經』. "碩鼠碩鼠, 無食我黍. 三歲貫女, 莫我肯顧. 逝將去女, 適彼樂土. 樂土樂土, 爰得我所. 주석:民困於貪殘之政故, 託言大鼠害己而去之也."

대비를 받들어 대비를 복위시키고, (대비가) 반교문을 내려 주상께서는 선조대왕의 적통을 이었습니다. 주상께서는 옛 임금을 폐위시켜 내쫓아서 강화도에 안치시켰고 세자를 폐위시켜 교동에 가두었습니다. 흉악하고 간사한 무리들을 모두 정법에 의거해 처리하였습니다. ……" 하였다. 장공이 눈물을 흘리면서 말했다. "우리 동방의 떳떳한 윤리가 바른 곳으로 돌아와 하늘의 태양을 다시 볼 수 있게 되었으니, 이것은 참으로 만나기 어려운 천재일우의 행운이구나."라 하였다.

(張公은) 마지막으로 또 묻기를 "주상께서 반정하시던 날에 어느 곳에서 나와 여러 훈신들의 추대를 받았는가." 하자 그 사람이 말하기를, "장단 부사 이서(李曙)가 6백 명의 장단의 군사들을 거느리고 서울로 올라왔습니다. 그러므로 주상께서 이서를 맞이하러 나가서 하루 종일을 기다렸습니다."라고 하였다. 공은 얼굴빛이 변하면서 잠잠히 말이 없다가 그 사람과 함께 다시 조령을 넘어 돌아가 버렸다. 이후로 조정에서 자주 그를 불러도 끝내 서울로 올라오지 않았다. 임금께서 말씀하시기를, "장현광과 김장생이 기꺼이 서울로 올라오지 않는 것은, 나의 정성이 부족하고 예가 소략하기 때문이다."라 하고 곧바로 하교하여 수레를 보내게 하였다. 공은 부득이 서울로 올라와 사은숙배는 하였으나 끝내 관직에 머무를 뜻이 없었다.[25]

---

25) 辛敎復, 〈喜反正不悅延曙〉, 『東溪부(□)譚』, 국립중앙도서관 소장본. "…癸亥反正初, 承召上來. 來至鳥嶺, 逢自京下來者, 問以反正時事, 其人答曰, 主上自彰義門擧義討亂, 而先詣慶運宮, 奉大妃, 復位大妃, 降頒敎文冊, 主上爲宣祖大王家嫡之統. 主上廢黜舊君, 安置江華, 謫送廢儲, 洐棘喬桐, 凶徒奸孽, 盡爲正法云云. 公垂涙曰, 我東方彝倫復正, 天日更瞻, 此誠千載一時難得之幸也. 最後又詢曰, 主上於反正之日, 出往何處, 入於諸勳臣之推戴耶. 其人曰, 長湍府使李曙, 率長湍軍六百名上來, 故主上出往迎曙, 終日等候耳. 公爲之變色, 唖然無語, 與其人還踰鳥嶺而去. 自此召命屢下, 終不上來. 上曰, 張顯光金長生不肯來, 由予誠薄禮簡之致, 卽下敎令以馬鬐, 公不得已上京, 肅謝而終無留官之意."

성조(聖朝)께서 즉위한 이후에 비록 잠시 서울에 이르렀으나 의리가
각각 다른 데 있어서 일찍이 오랫동안 체류하지 않으셨다. 이는 선생이
세상에 나아가고 은둔한 대략인데 한결같이 의리를 따르고 구차히 하
지 않았다.26)

첫 번째 인용문은 신돈복(辛敦復)이 쓴 『동계부담』에 실린 것으로,
인조반정 직후 정치현실에 대한 여헌의 시각을 읽을 수 있다는 점에
서 의미가 있다. 이 글의 요지는 여헌이 인조반정 그 자체와 절차에
대해서는 매우 긍정적이었으나 〈반정은 기뻐했으나 이서를 기다린
것은 기뻐하지 않다[喜反正, 不悅延曙]〉라는 제목에서도 알 수 있듯
이 인조반정에 참여한 이서 등의 인물에 대해서는 부정적이었다는
것이다.

여헌이 인조반정을 긍정적으로 생각하는 첫 번째 이유는 〈동야우
음(冬夜偶吟)〉 시에서 살폈듯이 인조반정이 암담한 현실에서 광명의
세계로의 전환을 의미하기 때문이다. 그러므로 여헌은 인조의 징소
에 응하여 상경했던 것이다. 또 하나는 인조의 왕위등극의 합당함을
통해 여헌이 인조를 군주로서 자질이 있는 것으로 여겼기 때문인 듯
하다. 여헌이 인조의 징소를 받아 조령에 이르러 서울에서 내려오는
사람에게 반정 당시의 일을 캐물은 것은, 그가 반정의 정당성은 이미
인정한 상태였지만, 그 절차의 합당함을 확인하고자 했던 것으로 보
인다. 여헌이 반정 당시 인조가 인목대비를 찾아가 먼저 인목대비를

---

26) 趙任道, 〈就正錄〉, 「續集」 권9, 『旅軒集』, 『韓國文集叢刊』 60, 433면. "…… 聖朝臨御
以後, 雖暫到京師, 而義各有在, 曾不濡滯. 此先生出處之大略, 而一於義而不苟.
……."

복위시키고 인목대비에 의해 선조의 적통을 잇는다는 교서를 받아
왕이 되었다는 말을 듣고 눈물을 흘리며 "우리 동방의 떳떳한 윤리가
바른 곳으로 돌아가 하늘의 태양을 다시 볼 수 있게 되었으니, 이것
은 참으로 만나기 어려운 천재일우의 행운이구나."라고 한 것은 여헌
이 인조가 왕위에 등극하는 절차의 합당함을 확인하고 인조 정권에
대한 기대감을 표출한 것으로 볼 수 있기 때문이다. 그러나 인조가
이서(李曙)를 하루 종일 기다려 맞이하여 공신들에 의해 추대되었다
는 말에 얼굴색을 바꾸고 조령을 넘어 집으로 돌아갔다는 사실에서,
여헌이 반정의 주도 세력들에 대해 부정적인 시각이 있었다고 볼 수
있을 것이다. 즉, '이서를 인조가 하루 종일 기다렸다'는 언급을 통해
이서 등 서인들이 주도하는 인조정권 하에서 남인으로서 정치적 한
계를 예단했기 때문이다.

두 번째 인용문은 이상의 추론을 좀 더 구체적으로 확인시켜 주는
것이다. 인용문의 요점은 '의리가 각각 다른 데 있었다'는 것인데 이
는 인조반정의 주도세력과 여헌의 정치적 입장 차이를 반영한 것이
라 할 수 있다. 결국, 서인이 주도하는 인조 정권하에서 구색 맞추기
에 불과한 남인의 정치적 입장은, 인조대 역시 여헌으로 하여금 출사
할 마땅한 의리를 찾지 못하게 했던 것이다.

이상, 선조·광해군·인조대의 현실인식을 살펴보았다. 여헌이 당
대의 현실을 바라보는 시각은 정도의 차이는 있었지만 세 조정에 대
해서 모두 부정적이었다고 할 수 있다.

다음의 시는 여헌의 부정적 현실인식을 총체적으로 제시한 것이라
할 수 있다.

평탄하든 험난하든 도를 바꾸지 않는 것	夷險不二道
오직 군자만이 능하다 했는데	君子爲能之
내 이 말 평소에 듣고서	斯言聞平日
그 자취 오늘에야 증험하네	其迹驗當時
한번 난리 일어난 뒤로	一自亂離來
온 나라가 떳떳한 도리를 잃어	擧國同墜彝
오직 일신만을 살찌우길 도모하니	所謀肥一己
나라 위해 충정을 바칠 자 그 누구일까	爲國忠貞誰
금관자에 좋은 음식 먹는 자들은	頂金食玉者
자리만 지키며 녹을 먹고 있구나	餐素而位尸
오직 우리 겸암공은	惟我謙庵公
세상 따라 변하지 않았네	不爲時所移
비록 난리 중에 있었으나	雖在亂離中
자신의 직분 잃지 않을 것을 기약했네	己職期不虧
일찍이 퇴계 선생을 따라 스승으로 섬긴지라	夙從退溪師
큰 의리는 이미 들어서 알았고	大義已聞知
올바른 자리에 꿋꿋이 다리를 세우고 있으니	立脚有定地
넘어지고 쓰러지는 순간에도 어찌 어긋남이 있겠는가	顚沛寧參差
일찍이 옥산현을 맡아	曾宰玉山縣
제일 먼저 야은의 사당을 세웠지	首立冶隱祠
정무에는 비록 여러 가지 일이 있으나	治務雖多端
충성과 효도가 근본이 된다네	忠孝爲根基
전란이 일어난 뒤에	于時兵火後
지주의 비 우뚝 세우고	尙屹砥柱碑
지금 산 밑의 고을을 맡아	今守嶺底郡
온갖 사무 여기에 모았다네	百務叢于玆
공은 더욱 정신 가다듬어	公自益礪精
뜻은 털끝만치도 빠뜨리지 않으려 하고	志不遺銖錙

백성들을 날마다 어루만지고 쓰다듬고	黎庶日撫摩
군사의 일 부지런히 베풀었네	軍兵勤設施
부드러워도 삼키지 않고 강해도 뱉지 않으니	柔茹剛不吐
백성들이 사랑하고 아전들 속임이 없다네	民懷吏莫欺

......

〈贈柳謙庵－유겸암에게 주다〉27)

이 시는 임란 후 유성룡(柳成龍)의 형인 유운룡(柳雲龍)의 군자다운 모습을 찬미하는 데 초점이 놓여있지만, 이를 통해 현실을 바라보는 여헌의 총체적인 시각을 읽을 수 있다. 시인은 모두(冒頭)에서 "떳떳한 생업이 없어도 떳떳한 마음을 가지고 있는 것은 오직 선비만이 능하다[無恒産, 有恒心者, 惟士爲能.]"라는 맹자의 견해를 수용하여 군자의 도를 바꾸지 않는 인물로 유운룡을 전제한 뒤(1~4구), 그 배경으로 강상(綱常)이 실추된 현실을 들고 있다.

5구에서 10구는 전란으로 인해 강상이 무너진 현실과 위정자들의 행태를 비판한 것이다. 지금의 현실은 위정자든 백성이든 모든 사람들이 떳떳한 도리를 잃은 상태이다. 따라서 충정은 찾아볼 수 없고 일신의 안위와 이익만을 도모하기에 급급하다. 특히 9, 10구는 실추된 강상을 바로 잡아야 할 책임이 있는 위정자들이 '그 책임은 다하지 않고 녹봉만 축내고 있다[尸位素餐]'고 함으로써, 위에서부터 실추된 강상이 백성들에게까지 그대로 이어지고 있다는 논리이다.

11구부터 18구까지는 시위소찬하는 이들과 대조적으로 강상을 굳게 지키며 실추된 강상을 바로잡는 데 최선을 다하고 있는 유운룡의

---

27) 張顯光, 「續集」 권1, 『旅軒集』, 『韓國文集叢刊』 60, 269면.

모습이다. 유운룡은 세상 사람들이 시세에 따라 변해갈 때에도 그는 자신의 도를 굳게 지키며 도를 바꾸지[二道] 않았다. 이는 그가 퇴계의 문하에서 대의[綱常]를 배웠기 때문이며, 그런 가르침을 바탕으로 비록 전폐(顚沛)의 지경에 놓여있는 전란 중에서도 급류 속에 우뚝한 지주석처럼 변함없이 자신의 임무를 다하고 있었던 것이다.

　19구부터 이하는 유운룡이 옥산현령으로 재직 당시 치적을 구체적으로 밝힌 것이다. 유운룡이 옥산현의 현령으로 와서 가장 먼저 한 일은 길재(吉再)의 사당을 세운 것이었다. 유운룡의 생각에, 고려왕조에 대해 충절을 지킨 길재의 절의는 길재 개인의 절의에 머무르는 것이 아니라 당대나 후대의 강상의 사표로서 의미가 있었기 때문이었다. 따라서 유운룡은 강상이 무너진 현실을 바로 잡기 위해 정무의 급선무로서 강상의 사표가 되는 길재의 사당을 세웠던 것이다. 유운룡이 강상을 수립한 뒤 펼쳐진 교화의 효능은 '백성들이 사랑하고 아전들은 속이지 않는다네'라는 구절을 통해서 단적으로 확인할 수 있다.

　요컨대, 위의 시는 강상을 수립하여 백성들을 교화한 유운룡의 치적을 칭송하는 데 초점이 놓여있지만, 그 이면에는 당대의 현실이 강상이 실추된 것임을 보여주고 있는 것이다. 그런데, 위의 시가 임란 직후의 현실인식을 드러내고 있다는 점에서 여헌의 총체적 현실인식으로 살피기에는 무리가 있다고 여길 수도 있을 것이다. 중요한 점은, 여헌이 당대의 현실을 강상이 실추되었다고 인식한 뒤 은거하여 광해군대나 인조대에도 출사하지 않았다는 점이다. 이는 정도의 차이는 있지만 여헌의 근본적인 현실인식은 바뀌지 않았다는 것을 의미하며, 따라서 위의 시는 여헌의 총체적 현실인식으로 파악하기에 유효하다고 할 것이다.

　여헌이 강상이 무너진 현실에 대해 민감했던 사실은 이 시기 문중의 숙부였던 장급(張岌)을 추모하는 만시에서 "전란을 겪은 뒤 요즘 사람들 변하지 않은 이가 없는데, 공만이 옛 마음을 보전하고 있다네"[28]라고 한 것이나, 1606년에 박성(朴惺)을 추모하는 만시에서 '지금의 시대가 말세'[29]라는 언급, 병인년(1626) 인조에게 올리는 상소문에서 광해군대를 "대낮에도 깜깜하여 요기가 가득하였으며, 시랑(豺狼)이와 호랑이가 길에서 사람을 잡아먹고, 여우와 이리가 큰 도시에서 난무하여 윤리가 무너지고 강상이 모두 실추되었으며, 도탄의 화가 혹독하고 인심(人心)이 이미 이반되어 음양의 순서가 뒤바뀌고 천명이 이미 떠나가서 수백 년의 사직이 장차 며칠 못 가서 망할 것 같았다."[30]라고 통렬히 비판한 사실을 통해서도 알 수 있다. 또한 인조반정 당시 인조가 하루 종일 이서를 기다려 등극했다는 말을 듣고 얼굴색을 바꾸며 돌아온 사실 역시 강상을 중시하는 여헌의 태도와 무관하지 않을 것이다. 이밖에 여헌의 시에서 하나의 주제로 삼을 수 있는 절조 또한 이를 뒷받침한다. 예컨대, 송나라 충신인 문천상(文天祥)의 시에 차운한 시가 18수나 된다는 사실, 고려왕조에 대해

---

28) 張顯光, 〈門叔岌挽章〉, 『旅軒集』권1, 『韓國文集叢刊』60, 21면. "經亂人無不受變, 公猶能保舊心情. 疾言遽色非矯抑, 厚意溫容豈勉成. ……."

29) 張顯光, 〈朴大庵惺挽章幷詞〉, 『旅軒集』권1, 『韓國文集叢刊』60, 21면. "人于季世兮 有古人風, 世難其人兮我於公得. …."

30) 박학래, 앞의 논문, 144면에서 재인용. 張顯光, 〈告歸進言疏〉『旅軒集』권2, 『韓國文集叢刊』60, 42면. "當是時也, 白晝陰昏, 妖氣遍滿, 豺狼吞噬於當道, 狐狸亂舞於大市, 彝倫斁絕, 綱常墜盡, 塗炭方酷, 人心已離, 陰陽易序, 天命已去, 數百年之社稷, 將不日而屋矣."

절의를 지킨 정몽주(鄭夢周)나 김주(金澍), 왜군에게 포로로 잡혀간 남편에 대해 절의를 지킨 약가(藥可) 마을의 여인 등을 찬미한 것이 그것이다.[31)]

　다음의 시는 여헌이 은거의 삶을 살게 된 계기로서 강상이 실추된 현실을 들고 있다는 점에서 중요하다.

대도는 돌아오기 어려워 세상길은 나눠졌으니	大道難廻世路分
이내 몸은 응당 구름 낀 산에 누우리라	此身端合臥山雲
산 구름 적막하니 속세는 멀어	山雲寂寞塵寰遠
인간의 시비소리 모두 들리지 않네	人是人非摠不聞

〈無題−무제〉[32)]

　1, 2구는 시인이 은거하게 된 계기와 은거지의 성격을 밝힌 것이다. 시인이 은거하게 된 계기는 지금의 세상이 대도 즉, 강상윤리가 바로 서지 않았기 때문이다. 따라서 세상은 일정한 표준이 없고 각자의 기준대로 갈 길을 가고 있는 실정이다(世路分). 강상이 바로 서지 않아 혼란한 상황은 서로 옳고 그름을 따지느라 분분한 '인시인비(人是人非)' 구절을 통해 확연히 알 수 있다. 3구의 산 구름도 적막하다[山雲寂寞]는 것은 현실과 절연된 공간으로서 은거지를 말한 것이자, 은거 의지의 견고함을 함축하고 있다고 할 수 있다.

　이상에서 살핀 바, 여헌은 당대의 현실을 총체적으로 강상이 실추

---

31) 張顯光, 〈謁圃隱先生畫像詞〉, 『旅軒集』 권1, 『韓國文集叢刊』 60, 11면. 張顯光, 〈謁金籠巖廟〉, 『續集』 권1, 『旅軒集』, 『韓國文集叢刊』 60, 270면. 張顯光, 〈過藥可閭〉, 『旅軒集』 권1, 『韓國文集叢刊』 60, 60면.
32) 張顯光, 『旅軒集』 권1, 『韓國文集叢刊』 60, 19면.

된 것으로 인식하였다고 할 수 있다. 그런데 여헌의 삶의 이력을 살펴볼 때 여헌이 당대의 현실을 부정적으로 인식했음에도 선조 28년과 36년에 보은현감 5개월(1595), 의령현령 6개월(1603)을 출사한 적이 있다. 이는 여헌의 현실인식과는 모순된 행보라 할 수 있다. 이를 여헌의 출처관을 통해 해명해 보고자 한다.

　여헌은 일찍이 문인들에게 군자의 출처관을 들어서 자신의 출처관을 피력한 바 있다.

　　선생은 한 시대에 큰 명망을 지니고 있었으나 매번 임금께서 부르는 명령을 받으면 두려워하고 조심하여 편안히 여기지 못하였다. 조정과 초야의 사람들은 모두 (선생의) 출처를 가지고 시운의 좋고 나쁨을 점치곤 하였다. …… 선생은 일찍이 출처의 의리를 논하여 말씀하시기를, "군자의 출처는 한 가지를 고집하여 말할 수가 없다. 학문이 충분하지 못하면 은둔하여야 하고 학문이 이미 충분하더라도 때가 아니면 은둔하여야 하고 때가 되었더라도 군주의 예(禮)가 충분치 않으면 은둔하여야 한다. 때로는 가난을 위해서 벼슬하는 경우가 있는데, 이것은 진실로 벼슬의 권도(權道)인 바 그 요체는 단지 (염치를) 무릅쓰고 나아가지 않음에 있을 뿐이다." 하였다.[33)]

　문인 김경장(金慶長)이 여헌을 회고하며 지은 〈경원록〉에 실린 내용이다. 이 글에서 여헌은 군자의 출처에 대해서 밝히고 있는데 요약

---

33) 金慶長, 〈景遠錄〉, 「續集」권10, 『旅軒集』, 『韓國文集叢刊』60, 455면. "先生抱負一世重望, 每承召旨, 輒恧惕靡安. 朝野之人, 皆以出處, 占時運之休否焉. …… 先生嘗論出處之義曰, 君子出處, 不可以執一言之, 學未優則可以處也, 學已優而時未可, 則可以處也, 時則可而禮未可, 則可以處也. 有時乎爲貧而出, 則此固仕之權也, 其要只在不可冒進而已."

하면 다음과 같다.

첫째, 학문이 부족할 때는 은거한다. 둘째, 학문은 충분하지만 때가 아니면 은거한다. 셋째, 학문이 충분하고 때가 맞더라도 임금이 초빙하는 예가 부족하면 은거한다. 넷째, 앞의 세 조건과 상관없이 가난하면 출사하는데 단, 염치없이 출사해서는 안 된다. 결국, 군자가 출사하게 되는 경우는 가난할 때와 위에서 은거해야 할 세 가지 경우를 제외한 '학문이 충분하고 때가 맞으며 초빙하는 예가 충분할 때'인 경우이다. 이 중에서 여헌의 출사는 가난 때문인 것으로 보인다. 이는 〈산군답(山君答)〉 시의 내용을 통해서 확인할 수 있다. 〈산군답〉은 여헌이 선조 28년 보은현감에 부임했다가 돌아오자 문중의 형인 장원거가 여헌의 출사를 놀리면서 〈산군행(山君行)〉이라는 시를 지어준 적이 있었다. 여헌은 그 이후 선조 36년에 또 다시 의성현령에 나갔다가 돌아오게 되었는데, 오던 길에 우연히 가죽 주머니 속에서 장원거가 지어준 〈산군행〉 시를 발견하고 그 시에 차운한 것이 〈산군답〉이다. 이 시의 요점은, 보은현감과 의성현령에 출사한 것은 공자가 가난하여 목장지기를 했던 것과 같이 자신도 가난 때문에 출사했다는 것이다. 아울러, 두 번의 출사가 산림처사로 살아가고자 하는 자신의 의지를 꺾을 수 없으며, 산림처사로의 자신의 위상도 훼손할 수도 없다는 논리를 피력하고 있다.[34]

---

34) 〈산군답(山君答)〉 및 서문에 나오는 내용은 다음과 같다. 張顯光, 〈山君答〉, 『旅軒集』 권1, 『韓國文集叢刊』 60, 27면. "昔我乙未秋, 除授報恩, 丙申春, 棄官而歸, 門兄元擧作此篇以譏我. …… 又適是歸自義城之日, 則是篇之出, 疑若有不偶然者. 余不能無感焉. 傳寫訖題其篇曰山君行, 仍追步其韻, 遂以山君答題之, 而幷書于左." 〈山君答〉 "……. 隆元雄吻自磊落, 傍群絶勿輕訕責. 君不見魯郊牛羊苗壯長, 祥麟亦或非時出."

　이로 볼 때 여헌이 부정한 현실 속에서 두 번 출사한 것은 '가난을 벗어나기 위해서 출사하는 것은 아니지만 가난 때문에 벼슬할 수 있다'35)는 유자의 출처관에 입각한 것이었다고 할 수 있다.

3. '강상'의 사표로서의 삶의 지향, '대나무'의 이미지

　2장에서 살펴보았듯이, 여헌은 당대의 현실을 '강상이 실추된 것'으로 인식하였다. 여헌은 강상이 실추된 현실 속에서 자신의 도를 실행할 수 없음을 깨닫고 유자의 출처관에 입각하여 은거의 삶을 선택하였다. 그렇다면, 여헌이 은거의 삶을 통해서 지향한 삶의 태도는 무엇인가. 본 장에서는 이를 밝혀보고자 한다.

　여헌의 시를 읽어보면 불변(不變)의 이미지를 담은 소재들이 많이 등장한다. 예컨대, '개벽 때부터 우뚝 솟아 지금까지 바뀌지 않는 입암(立巖)'36), '옛 모습 그대로 높이 솟아 있는 천 층의 산'37), '옛날의 푸름과 높음을 그대로 간직한 대나무와 산'38), '천년동안 한결같이 푸른 대나무'39), '만고의 정취를 간직한 소나무'40), '비바람에 누렇

35)「萬章」下, 『孟子』. "孔子嘗爲委吏矣, 曰會計當而已矣. 嘗爲乘田矣, 曰牛羊 茁壯長而已矣. 주석: 此孔子之爲貧而仕者也. 委吏主委積之吏也, 乘田主苑囿芻牧之吏也. 茁肥貌, 言以孔子大聖, 而嘗爲賤官, 不以爲辱者, 所謂爲貧而仕, 官卑祿薄而職易稱也."
36) 張顯光, 〈立巖〉, 『旅軒集』 권1, 『韓國文集叢刊』 60, 21면. "立從地闢始, 抵今方不易. ……"
37) 張顯光, 〈山君答〉, 『旅軒集』 권1, 『韓國文集叢刊』 60, 27면. "…世不容我我何傷, 歸來依舊千層嶽.…."
38) 張顯光, 〈訪金烏〉, 『旅軒集』 권1, 『韓國文集叢刊』 60, 17면. "竹有當年碧, 山依昔日高. ……"

게 떨어지는 초목과 달리 푸른빛을 간직한 소나무'[41] 등이 그것이다.

이들 불변(不變)의 이미지들은 각각 소재별로 개성적인 의미를 지니고 있지만 궁극적으로는 여헌의 삶의 지향과 관련된 것이라 할 수 있다. 이 장에서는 2장의 현실인식과 관련하여 특히 대나무의 이미지에 주목하고 이를 분석하여 대나무를 통해 여헌이 지향한 삶의 태도가 무엇인지를 밝혀보도록 하겠다.

여헌의 시에서 대나무가 시의 소재로 등장하는 경우는 다섯 수 정도에 불과하다. 그러나 대나무가 위치한 공간, 대나무와 결합되는 인물 등에 따라 대나무의 의미가 차이를 보이는 등 여헌 시에서 중요한 소재라 할 수 있다.

다음의 시는 대나무의 일반적인 이미지인 불변의 이미지를 드러낸 것이라 할 수 있다.

집 앞에 보이는 것 무엇인가	堂前何所見
대나무와 소나무 이어져 숲을 이루었네	竹與松連林
아침저녁으로 고요히 상대하니	朝夕靜相對
서로 의기투합함이 깊은 것을 막 알겠네	方知托契深

〈竹林-대숲〉[42]

---

39) 張顯光, 〈冶隱竹賦〉, 『旅軒集』 권1, 『韓國文集叢刊』 60, 11면. "…… 爰有竹兮山之阿, 綠千秋兮一色. ……"

40) 張顯光, 〈吳山感興〉, 『旅軒集』 권1, 『韓國文集叢刊』 60, 24면. "…… 松留萬古趣, 竹是千年色. ……"

41) 張顯光, 〈老松〉, 『旅軒集』 권1, 『韓國文集叢刊』 60, 18면. "風霜一夜經, 百卉皆黃落. 庭畔獨偃蹇, 蒼然依舊色."

42) 張顯光, 『旅軒集』 권1, 『韓國文集叢刊』 60, 18면.

시인의 집 앞에는 대나무와 소나무가 어우러져 숲을 이루고 있다. 아침저녁으로 시인은 대나무·소나무를 대하면서 사물의 속성을 고요히 탐색한다. 두 나무가 가진 속성은 늘 푸른 것 즉 불변함이다. 4구는 늘 푸른 것이라는 두 사물의 속성으로 인해 대나무와 소나무가 어우러져 숲을 이룰 수 있었고, 언제나 변함없이 함께하기에 '의기투합함이 깊다'는 깨달음을 드러낸 것이다. 또한 이를 응시하고 있는 시인의 모습을 통해 시인이 지향하는 삶이 대나무나 소나무의 불변함과 맞닿아 있음을 짐작할 수 있다. 결국, 이 시에서 대나무의 이미지는 늘 푸름, 즉 불변함이라 할 것이다.

다음의 시는 속세와 조금 떨어진 공간에 위치한 대나무가 갖는 이미지이다. 이 시가 앞의 시와 다른 점은 시인이 대나무의 위치가 속세에서 떨어져 있다는 것을 명시하고 그 의미를 찾고 있다는 점이다.

병약한 몸 싣고서 후미진 집에 온 지	駄羸來僻院
닷새하고 또 며칠이라네	半旬有餘日
시끄러운 개소리 닭소리 저절로 떨어졌으니	雞狗闍自隔
흐르는 강물 진세를 갈라놓았네	江流限塵物
창문을 열고 무엇을 상대하는가	排牖何所對
단지 소나무와 대나무가 있을 뿐	只有松與竹
소나무는 만고의 정취 남아 있고	松留萬古趣
대나무는 천년의 색을 간직하네	竹是千年色
묻노니, 무슨 정취와 색이	問爾何趣色
나로 하여금 심신을 각별하게 하는가	使我心神別
소나무와 대나무 말이 없고	松與竹無語
바람에 따라 소리만 더욱 맑아지네	隨風聲更潔

......

〈吳山感興－오산에서의 감흥〉[43]

시인이 위치한 공간은 강물을 사이에 두고 속세와 조금 떨어진 곳이라 할 수 있다. 대나무는 그 공간에 있고 시인은 문을 열고 소나무와 대나무를 관조하고 있다. 6구의 '다만[只]'은 시인의 관심이 오직 소나무와 대나무에만 집중되어 있음을 밝힌 것이다. 시인이 지향하는 삶이 소나무와 대나무의 그것과 맞닿아있음을 암시한 것이라 하겠다.

7, 8구는 두 사물을 관찰한 뒤에 얻은 시인의 깨달음이다. 그 깨달음은 '만고취(萬古趣)'와 '천년색(千年色)'이 시사하듯, 오랜 세월동안 변치 않고 정취와 기색을 간직한 불변함이라 할 수 있다. 그런데, 시인은 9구를 통해 '만고'와 '천년' 동안 간직한 취색(趣色)이 무엇이냐고 다시 묻는다. 즉, 천년만년 동안 변치 않고 간직한 소나무와 대나무의 본질이 무엇이냐 하는 것이다. 이에 대해 시인은 소나무와 대나무는 대답 없이 '바람 따라 소리만 더욱 맑아지네'라고 하여 소나무와 대나무가 변치 않고 간직한 본질이 '깨끗함[潔]'임을 자문자답으로 밝히고 있다.

결국, 이 시에서 대나무의 이미지는 기본적인 속성인 불변함에 깨끗함이 더해진 것이라 할 수 있을 것이다. 이 시에서 대나무가 깨끗함을 가질 수 있었던 것은 서두에서 밝히고 있듯이 대나무가 위치한 공간이 속세에서 조금 떨어져 있기 때문이다. 따라서 속세와 떨어진

---

43) 張顯光, 『旅軒集』 권1, 『韓國文集叢刊』 60, 24면.

공간에 있는 대나무는 '불변함'과 '깨끗함'을 동시에 지니고 있는 것
이다. 또한 그런 대나무를 관조하는 시인의 모습을 통해 불변함과 깨
끗함을 지켜나가려는 시인의 지향을 읽을 수 있는 것이다.

그런데, 대나무의 '불변함'과 '깨끗함'은 여헌의 시에만 나타나는
특징이라 할 수 없다. 그것은 대나무가 가진 일반적인 이미지로 여타
시인들에게도 공통적으로 나타난다고 할 수 있기 때문이다. 그런데,
여헌의 대나무는 여기서 한 단계 더 나아가 개성적인 면모를 지니고
있다. 다음에 소개되는 〈야은죽부(冶隱竹賦)〉에서의 대나무가 바로
그것이다.

〈야은죽부〉는 은거 후 여헌의 삶의 지향을 집약적으로 보여준다는
점에서 번거롭지만 전편을 인용한다.

막 세모가 되어 날씨가 추워지니	方歲暮而天寒
말라 떨어지는 모든 식물들을 가엾게 여기네	憫衆植之枯落
마침내 청려장 짚고 짚신을 신고는	遂杖藜而鞋芒
눈보라 속에 금오산을 찾았다네	訪金烏於風雪
이에 산언덕에 대나무가 있으니	爰有竹兮山之阿 5
푸른 빛 천년토록 변함이 없구나	綠千秋兮一色
이것은 야은이 손수 심었다고 하니	云是冶隱之手栽
맵찬 바람에도 어제처럼 늠름하네	凜寒風之如昨
선생은 고려의 백이와 숙제라	先生麗代之夷齊
수양산의 고죽을 전하였네	傳首陽之孤竹 10
일찍이 가정에서 학문을 익혔고	夙種學於鯉庭
행실은 효덕에 근본을 두었다네	行立本於孝德
난초 무성히 심어놓고 혜초 가꾸며	紛滋蘭而樹蕙
국가의 동량이 될 것을 생각했네	擬棟樑乎王室

잠시 조정에서 손에 홀을 잡았으나	暫手笏於朝端 15
큰 집이 장차 기울어지는 것을 알고는	知大廈之將傾
북풍의 차가움으로 인하여	因北風之其涼
고향의 소나무 창으로 돌아왔네	歸故山之松欞
세한의 고상한 뜻을 얻고	得歲寒之雅契
기욱의 남은 푸름을 맞이하여	邀淇隩之遺綠 20
몸소 바위 가에 심고는	躬自植乎巖畔
눈 덮인 산봉우리의 송백을 마주하게 했네	對雪嶺之松柏
여러 해를 함께하며 자주 살피니	共星霜兮屢閱
문득, 자손들 빽빽하게 나열하게 되었네	奄兒孫之森列
푸른 뿌리에 얼음이 어니 쇠가 엉킨 듯하고	氷綠根兮凝鐵 25
푸른 가지에 바람이 부니 옥소리가 나는구나	風翠枝兮戞玉
산인의 관과 야인의 복장으로	山冠兮野服
푸른 그림자 밑에서 너울너울 몇 번이나 춤을 췄던가	幾婆娑於碧影
아침에 보고 저녁에 의지하며	朝看兮暮倚
적막한 깊은 경계를 함께하였다네	共寂寞之深境 30
저절로 지취가 서로 부합하니	自趣味之相符
어찌 이 사람과 저 물건이 다르겠는가	寧此人而彼物
주나라의 해와 달과 은나라의 옛 터에	周家日月兮殷室丘墟
선생은 대나무를 얻어서 짝이 되었으니	先生得竹而有匹
온갖 산에 바람과 서리로 온갖 풀들 모두 꺾이었는데	萬山風霜兮百草俱拉 35
대나무는 선생을 얻어 외롭지 않았다네	竹得先生而不獨
선생은 대나무를 저버리지 않았으니	先生不負竹兮
우주에 강상이 있게 되었고	宇宙有綱常
대나무도 선생을 저버리지 않으니	竹不負先生兮
천지에 순수하고 강한 기운 있게 되었네	天地有純剛 40
선생은 떠나갔어도 대나무는 아직도 남아	先生去兮竹尙在

빛은 늠름하고 바람소리 쏴쏴 하구나	光凜凜兮風颯颯
조물주의 은근한 보호가 아니었을까	得非造物之陰護
외로운 뿌리로 하여금 끊어지지 않게 하였네	俾孤根而不絶
뺏을 수 없는 견정한 절조를 드러내고	旌不奪之貞操 45
우뚝한 큰 절조를 드러내게 되었네	表特立之大節
그렇지 않으면, 충성스러운 혼과 의로운 넋이	不然則忠魂兮義魄
차가운 떨기에 의탁하고 서리 내린 이파리에 붙어서	托寒藂兮寄霜葉
말세의 쓰러지는 풍속을 일깨워	風末俗之委靡
약한 장부의 머리털을 곤두서게 하였다네	竪懦夫之毛髮 50
내 장차 잡목들 베어내고 더러운 흙 없애고	吾將芟榛莽而除糞壤
꺾이고 시든 것 붙들고 심어 주리라	庶扶植乎摧蘭
마침내 다음과 같이 노래하네	遂爲之歌曰
어떤 초목인들 심지 않겠는가마는	何卉非植
선생은 유독 대나무를 사랑하였네	先生獨愛竹
어느 땅인들 대나무가 없겠는가마는	何地無竹
나는 선생이 심은 것을(대나무를) 사랑한다네	我愛先生植
서산의 고사리를 조종으로 하였고	祖西山薇蕨
율리의 소나무와 국화를 벗으로 하였네	友栗里松菊
천지 사이의 원기에 뿌리를 두고	根柢於天地間元氣 60
눈보라 속 강역에서 빛나는구나	光輝於風雪中疆域
선생과의 거리가 수백 년이 되었건만	距先生數百載
아직도 푸른 벽에 우뚝한 것을 볼 수 있네	猶見亭亭倚蒼壁
생각 붙일 곳 없다고 말하지 말게나	毋曰寓思之無地
이 대나무가 있질 않나	有此竹 65

〈冶隱竹賦-야은의 대나무〉[44]

44) 張顯光, 『旅軒集』 권1, 『韓國文集叢刊』 60, 11면.

이 시의 대나무가 앞의 두 시의 그것과 다른 점은 대나무가 위치한 공간이 세속에서 조금 떨어진 곳이 아니라 속세와 절연된 금오산이라는 점, 그곳에 심겨진 대나무가 이름 없는 일반 대나무가 아니라 고려 말 충신 길재가 손수 심은 것이라는 점이다.

여헌의 시를 보면 여헌이 유독 길재에 대해 강한 흠모의 정을 드러내고 있음을 알 수 있다. 이 〈야은죽부〉를 비롯하여, 2장에서 현실인식을 살필 때 언급된 〈증유겸암(贈柳謙庵)〉의 시에서도, 유운룡이 정무 중에 가장 먼저 해야 할 일로 길재의 사당을 세우는 일이라고 언급한 바 있고, 〈과약가려(過藥可閭)〉라는 시에서는 약가 마을의 여인이 왜군에게 끌려간 남편을 위해 절개를 지킬 수 있었던 것이 그 여인이 길재와 같은 마을에 살고 있어서 길재로부터 교화를 받았기 때문이라고 언급하고 있다.[45] 이렇듯 여헌이 길재를 흠모하는 이유는 길재가 당대 강상의 사표로서 삶을 살았기 때문이다.

1607년 겨울, 여헌은 길재가 금오산에 손수 심었다는 대나무를 찾아보고 〈야은죽부〉를 지었다. 이 부는 여헌이 길재를 대나무에 빗대고, 그 대나무에 자신의 뜻을 둔다고 함으로써, 결국 여헌이 대나무로 상징되는 길재와 같은 삶을 살아가겠다는 의지를 표명한 것이라 할 수 있다.

〈야은죽부〉는 크게 네 부분으로 나눠진다. 1~10구까지는 여헌이 세모에 금오산을 찾아 길재가 심은 대나무를 본 감회를, 11~40구까지는 길재의 삶을 대나무에 빗대고 길재의 삶이 강상의 사표가 되어

---

45) 張顯光, 〈過藥可閭〉, 『旅軒集』 권1, 『韓國文集叢刊』 60, 60면, "…我過一善鳳溪村, 藥可實同冶隱閭, 忠臣碑側節女碑, 女無冶隱焉取諸, …國家旌閭並立碑, 男女準則皆此於, 過客寧得不咨嗟, 落日停驂爲躑躅."

세상 사람들의 모범이 되었다는 것을, 41~50구까지는 길재가 죽은 뒤에도 대나무로 이어지는 길재의 정신이 사람들을 교화시키고 있음을, 51구에~마지막까지는 여헌이 대나무의 정신을 본받아 자신도 길재처럼 강상의 사표로 살겠다는 의지를 밝힌 것이다.

1구에서 10구까지는 세모에 여헌이 금오산을 방문하여 길재의 대나무를 본 감회를 읊은 것이다. 길재가 심은 대나무는 풍설 속에도 변함없이 푸른빛을 유지하고 있었다. 그 불변의 푸름은 고려왕조에 절의를 지킨 길재의 청절(淸節)로 백이숙제의 고죽에 빗댈 수 있었다. 즉, 길재는 고려왕조의 백이숙제와 같은 청절(淸節)의 인물이라는 것이다. 여기서 풍설은 대나무의 시련을 의미하며 '늠한풍(凜寒風)'은 시련 속에서도 자신의 절조를 꼿꼿하게 지켜 나가는 길재의 강인한 정신을 시사한다. 또한 눈여겨볼 것은, 앞의 시 〈오산감흥(吳山感興)〉에서 불변함과 깨끗함을 가진 대나무의 이미지가 금오산이라는 높은 공간과 길재라는 인물과 결합함으로써 더 차갑고 강한[凜寒] 이미지로 변했다는 것이다.

9구부터 18구까지는 길재가 은거하게 된 계기를 밝힌 것이다. 길재는 가정지학(家庭之學)으로 학문을 익혔고, 효덕을 바탕으로 현자가[蘭, 蕙] 되어 국가에 이바지하기를 꿈꿨다. 그러나 고려왕조에 위기[北風]가 닥치자 은거를 선택했다는 것이다. 여기서 북풍은 조선 건국의 주도세력을 비유한 것이니, 길재의 은거는 조선을 건국한 세력들과 타협하지 않겠다는 절조에서 비롯되었다는 것이다.

19구에서 40구까지는 은거 후 길재가 지향한 삶의 태도와 길재가 완성된 인격을 바탕으로 강상의 사표가 되었음을 밝힌 것이다. 19~22구는 길재가 은거를 시작할 때의 삶의 자세라 할 수 있다. 길재는 세한의 고상한 뜻과 기욱(淇澳)의 남은 푸름을 맞이하여 대나무를 바위 가에 심었다고 했다. 이는 길재가 은거를 통해 고려왕조에 대해 변치 않는 절조를 지키겠다는 의지와 학문수양을 통해 인격의 완성에 이르고자하는 삶의 지향을 가졌음을 의미한다. 그 이유는 '세한지아계(歲寒之雅契)'가 변치 않는 절조를, '기욱지유록(淇澳之遺綠)'이 학문수양을46) 의미하는 전고이기 때문이다.

23구부터 26구까지는 길재가 '세한지아계'와 '기오지유록'의 마음가짐을 가지고 여러 해 수양하여 절조는 더 강해지고 학문은 더욱 심오해져서 인격의 완성단계에 이르렀음을 밝힌 것이다. 즉, 맵참[凜寒]에서 '얼음[氷]'으로 '쇠[鐵]'로 다시 옥[玉]으로 차고 단단한 단계가 점점 강해져서 결국에는 강인한 인격에 이르렀음을 빗대고 있는 것이다.

26구의 '푸른 가지에 바람이 부니 옥소리가 나는 듯하다'는 길재의 완성된 인격이 외부로 발현되는 것을 빗댄 것이다. 앞서 〈오산감흥(吳山感興)〉 시에서 대나무가 일으키는 청결한 바람이 대나무의 본질로서 여헌이 추구하는 청결의 정신을 의미하였다. 따라서 이 구절의 대나무가 일으키는 옥 바람 소리 역시 대나무의 본질이자 수양을 거쳐 형성된 길재의 인격을 의미하므로, 길재의 고결한 인격이 외부로 펼쳐나가 교화의 기능을 담당하고 있다는 말인 것이다. 그 결과, 38구에서 40구에 오면 대나무가 길재이고 길재가 대나무가 되어 우주의 강상이 되고 천지의 순강(純剛)이 될 수 있었다고 언급하고 있는

---

46) 〈淇奧〉, 「衛風」, 『詩經』, "瞻彼淇奧, 綠竹猗猗. 有匪君子, 如切如磋, 如琢如磨, 瑟兮僴兮, 赫兮咺兮, 有匪君子, 終不可諼兮"

것이다.

41구부터 50구까지는 길재는 죽었지만 길재의 정신을 담은 대나무가 남아서 백성들을 교화시키고 있음을 밝힌 것이다. 대나무가 강상의 사표로서 펼친 교화의 효능은 '말세의 쓰러지는 풍속을 일깨워, 약한 장부의 머리털을 곤두서게 하였다네'라는 언급을 통해 단적으로 확인된다.

51구부터 마지막까지는 여헌이 길재와 같은 삶을 살겠다는 의지를 대나무에 대한 지향을 통해 밝힌 것이다. '어느 땅인들 대나무가 없겠는가마는, 나는 선생이 심으신 이 대나무를 사랑한다네'라고 하여 여헌이 지향하는 삶이 길재의 대나무에 있고 그것은 다시 대나무와 동일시되는 길재와 같은 삶을, 여헌이 살겠다는 의지라 할 수 있는 것이다.

결국, 〈야은죽부〉는 여헌이 은거에의 확고한 의지와 학문수양을 통해 완성된 인격을 갖추고, 그곳을 바탕으로 강상의 사표로 살아가겠다는 삶의 지향을 길재가 심은 대나무의 이미지를 통해서 밝힌 것이라 할 수 있다.

4. 맺음말

이 글은 여헌 장현광의 한시 속에 등장하는 주요 이미지인 '대나무(竹)'의 이미지를 분석하여 그것이 가지는 상징적 의미를 밝히는 데에 목적을 두었다. 이를 위해 먼저 은거의 계기로서 여헌의 현실인식과 출처관을 살펴보았다.

여헌은 당대의 현실을 '강상이 실추된 것'으로 인식하였다. 여헌이 살았던 선조·광해군·인조대는 4번의 전란과 인조반정, 이괄의 난, 정치세력 간의 대립과 갈등, 사회경제 구조의 변화, 지배질서 체제의 이완 등 대내외적으로 불안정하고 어려운 시기였다. 이러한 현실 속에서 위로는 위정자로부터 아래로는 백성에 이르기까지 모든 사람들이 인륜의 근간이 되는 강상윤리를 무시하고 일신의 안위와 이익만을 추구하기에 급급하였다. 따라서 여헌은 강상이 실추된 현실 속에서 출사할 마땅한 의리를 찾지 못하고 은거를 선택하게 된 것이다. 한편, 여헌은 당대의 현실을 강상이 실추된 것이라고 부정적으로 인식했음에도 보은현감과 의성현령으로 부임하는 모순된 행보를 보이는데, 이는 '가난 때문에 벼슬할 수 있다'는 유자의 출처관에서 비롯된 것이었다.

여헌이 은거 후에 지향한 삶의 태도는 길재가 심은 대나무의 이미지를 통해 드러나고 있는데, 완성된 인격을 바탕으로 강상의 사표로 살아가고자 하는 의지라 할 수 있다. 여헌의 시에는 일반 대나무와 길재가 심은 대나무가 그 의미에 있어서 차이를 드러낸다. 일반 대나무는 불변함과 고결함의 이미지를 지니고 있지만, 여헌이 지향한 삶의 태도로서 길재의 대나무는 백이숙제의 고죽과 기욱의 대나무의 이미지를 동시에 지니고 있다. 즉, 백이숙제의 고죽은 부정한 현실에 동참하지 않고 변함없이 은거하는 삶을 살아가겠다는 은거에의 확고한 의지를, 기욱의 대나무는 학문 수양을 통해 완성된 인격의 경지에 이르는 것이었다. 여헌이 금오산 언덕에 길재가 심은 대나무를 찾아보고는 '어느 곳인들 대나무가 없겠는가마는 나는 선생이 심으신 이 대나무를 사랑한다오'라고 하며 대나무의 이미지를 얼음[氷], 쇠[鐵],

옥[玉] 등의 더 차갑고, 더 단단하고, 더 강인한 것으로 강화시킨 것
도 단단해진 인격을 바탕으로 강상의 사표로 살아가고자 삶의 지향
이었던 것이다.

난세의 무인,
난세의 시인이 되다

최희량(1560~1651)

1. 머리말

최희량(崔希亮)은 우리 문학사에서 잘 알려진 인물이 아니다. 그도 그럴 것이 그는 정유재란 때 흥양현감으로서 통제사 이순신의 수군에 소속되었던 무인이기 때문이다. 무인으로서 최희량은 일곱 차례나 전공을 세워[1] 선무원종일등공신에 녹훈되었고 사후에는 병조판서에 추증될[2] 정도로 유명하였다.

그런데 최희량은 무인으로서는 드물게 여느 문인에 비견될 만큼의 문학 작품을 남기고 있다. 그의 문집인 『일옹집(逸翁集)』을 일별해 보면, 한시 206제 227수와 잡저로 가(歌) 1편, 기(記) 3편, 의(議) 1편,

---

1) 張憲周,〈逸翁文集序〉,『逸翁文集』권2,『韓國文集叢刊續集』11, 533면. "……逸翁崔公, 忠武公幕下士也. 壬辰島夷之變, 慷慨投筆, 以興陽縣監. 當丁酉再猘, 七度獻捷. ……"

2) 黄景源,〈贈兵曹判書崔公 希亮 諡狀〉,『經山集』권21,『韓國文集叢刊』300, 447면. "我宣祖乙巳, 勳錄宣武原從一等功臣贈兵曹判書崔公希亮, 湖南人也. ……"

기타 1편이 실려 있다. 더욱이 한시는 60세 이후 매일 지었는데,[3] 병란(丙亂)으로 일실되어 십분의 일도 남지 않은 양이라고 하니[4] 실제 창작한 한시의 양은 상당했을 것으로 짐작된다.

　최희량의 문학은 저명 비평가들에게 호평을 받거나 선집에 수록된 적은 없지만 몇몇 문인들에 의해서 높이 평가받고 있다. 오치우(吳致愚)는 "남겨진 시문의 향기가 후세 사람들을 감흥시켜 사모함을 일으킨다."[5]고 했으며, 장헌주(張憲周)는 "뜻이 닿으면 곧장 글로 써서 비록 작자의 법도를 따르지는 않았지만 의취가 소산하고 격조가 한가하여 …… 한번 읊조리면 세 번 감탄한다."[6]라고 찬미하고는 "만약 공으로 하여금 태평성대를 만나 유문(儒門)에 종사하게 했다면 그 조예를 헤아릴 수 없을 정도[7]"라고 하였다. 또한 최희량 스스로도 자신의 시인적 기질과 자부심을 드러내고 있는데, "소년 시절부터 이백과 두보를 읊었고"[8], "60세부터 90세까지는 날마다 시를 지어 노래로 불렀으며"[9], "활쏘기를 배워 일찍이 세상에 이름이 났는데 시에

---

3) 金重燁,〈行錄〉,「附錄」,『逸翁文集』권2,『韓國文集叢刊續集』11, 557면. "自六十至九十, 日以裁詩咏歌爲事. 人皆笑之而不自止, 此退之所謂物不得其平則鳴者也."

4) 吳致愚,〈逸翁文集序〉,『逸翁文集』권1,『韓國文集叢刊續集』11, 533면. "顧公之詩文, 逸於兵燹, 今其所存, 不能十一焉."

5) 吳致愚,〈逸翁文集序〉,『逸翁文集』권1,『韓國文集叢刊續集』11, 533면. "……然其殘韻剩馥, 猶足使後人興感而起慕也."

6) 張憲周,〈逸翁文集序〉,『逸翁文集』권1,『韓國文集叢刊續集』11, 533면. "第其詩律, 意到卽書, 雖不用作者繩墨, 而意趣蕭散格力開暇, 絶無悲愁落拓之態, 而愛君憂國之意. 往往溢發於言外, 讀之可以一倡而三嘆矣."

7) 張憲周,〈逸翁文集序〉,『逸翁文集』권1,『韓國文集叢刊續集』11, 533면. "噫若使公, 遭遇昇平之世, 從事於儒門, 則其造詣未可量."

8) 崔希亮,〈贈漢陽趙秀才〉,『逸翁文集』권1,『韓國文集叢刊續集』11, 543면. "少年吟李杜, 三十學桑弧. 老衰無一事, 欲釣戴山鰲."

능해서 거듭 명성을 얻었다."10)고 하였다.

이상에서 언급한 최희량의 문학적 재능과 위상은 최희량 한시 연구의 필요성을 담보한다고 할 수 있다. 그럼에도 지금까지 최희량의 한시를 단독으로 다룬 연구는 없는 실정이다. 다만 2008년에 최희량의 저서『일옹집』11)이 번역된 정도이다. 최희량에 대한 연구가 전무한 까닭은 무인적 명성으로 인해 상대적으로 그의 문학에 대한 관심이 적었기 때문으로 여겨진다. 이에 이 글에서는 최희량의 한시 작품을 중심으로 그의 삶과 시세계를 살펴보고자 한다. 이는 무인의 의식세계를 연구한다는 점에서 한시 연구의 지평을 넓히는 일이라 생각된다.

이상의 문제의식 하에 이 글은 다음과 같은 순서로 논의를 진행하고자 한다. 2장에서는 최희량의 생애를 검토하여 문학 형성 배경을 살펴볼 것이다. 3장에서는 2장을 기반으로 한시작품에 나타난 최희량의 의식세계를 밝혀보도록 하겠다.

2. 최희량의 생애

최희량의 자는 경명(景明) 호는 일옹(逸翁)·와룡(臥龍)이며 수원(水

---

9) 金重燁, 〈行錄〉,「附錄」,『逸翁文集』권2,『韓國文集叢刊續集』11, 557면. "自六十至九十, 日以裁詩咏歌爲事."
10) 崔希亮, 〈九十有感 二首〉,『逸翁文集』권1,『韓國文集叢刊續集』11, 540면. "一老西湖在, 三朝出入榮. 學射曾鳴世, 能詩重得名."
11) 이영호, 이라나 역,『임진왜란의 명장 일옹 최희량』, 문자향, 2008.

原)인이다.[12] 고려 태자첨사 최유춘(崔有椿)의 후예이다. 대대로 과천(果川)에서 살았는데 고조부인 중직대부 최순(崔淳)이 대사간 이절(李節)의 딸에게 장가들어 비로소 나주 처갓집으로 옮겨와 살게 되었다. 증조부 최귀당(崔貴洊)은 건공장군 행의흥위대호군만포진첨사이며, 조부 최영(崔瀛)은 영릉참봉이다. 아버지 최낙궁(崔樂窮)은 덕을 숨기고 은거하여 학문을 닦았고 부화함을 좋아하지 않았다. 관직은 제용감 정에 이르렀고 승정원 승지로 추증되었다. 어머니는 광산 김씨로 부장 김반(金攀)의 딸이다.[13]

최희량은 1560년(명종 15) 나주 초동리 집에서 태어났다. 그는 어려서부터 체격이 장대하고 우뚝했으며 지기(志氣)가 남달랐는데 7세 때 공부를 시작해서 20살이 되기 전 제자백가를 섭렵하고 대의를 꿰뚫었다고 한다. 21살이 되어서는 아버지의 명으로 학문을 그만두고 활쏘기를 배웠다. 이로부터 6년 뒤 1586년 별시와 알성과에서 연달아 장원을 차지하여 서울에까지 그 명성이 알려지게 되었다.[14]

최희량은 무재(武才)가 뛰어났지만 문재(文才) 또한 상당했던 것으

---

12) 宋稺圭, 〈神道碑銘〉, 「附錄」, 『逸翁文集』 권2, 『韓國文集叢刊續集』 11, 560면. "公諱希亮, 字景明, 自號逸翁, 又稱臥龍. 崔氏系出水原, 隋城伯永奎其鼻祖也."

13) 金重燁, 〈行錄〉, 「附錄」, 『逸翁文集』 권2, 『韓國文集叢刊續集』 11, 557면. "公姓崔, 諱希亮, 字景明, 水原人. 高麗太子詹事, 有椿之後也. 世居果川, 至中直大夫淳, 娶大司諫李節女, 始移羅州聘鄕, 於公爲高祖. 曾祖貴洊, 建功將軍行義興尉大護軍滿浦鎭僉使, 祖瀛英陵參奉. 考樂窮, 隱德藏修, 不慕浮華, 與栗亭崔公鶴齡友善. 官至濟用監正, 贈承政院左承旨. 妣光山金氏, 部將攀之女."

14) 미상, 〈逸翁遺事〉, 「附錄」, 『逸翁文集』 권2, 『韓國文集叢刊續集』 11, 554면. "嘉靖三十九年, 我明廟十五年, 庚申. 公生于羅州西草洞里第. 自幼形軆壯大, 岐嶷夙成, 志氣不凡. 七歲始受學, 年未冠, 涉獵諸家, 貫通大義. 萬曆八年, 宣廟十三年, 庚辰. 公年二十一歲. 以親命投筆學射. 萬曆十三年, 宣廟十九年, 丙戌. 公年二十七歲. 秋七月, 國家設別試, 繼有謁聖科, 公連捷武擧兩解額, 俱占壯元. 名動洛下."

로 짐작된다. 앞서 최희량이 유년 시절 제자서를 섭렵했다는 언급은 최희량이 어려서부터 이미 문인적 자질도 겸비했다는 것을 의미한다. 뿐만 아니라 〈신도비명〉이나 〈행록〉을 보면 한결같이 문무(文武)를 겸비한 인물로 최희량을 찬미하고 있으며[15], 최희량 스스로도 '활쏘기를 배워 명성을 얻었는데 시에 능해 거듭 명성을 얻었다'[16]라고 하여 문재에 대한 자부심도 아울러 드러내고 있다. 이로 볼 때 최희량의 문재가 뛰어났다는 것을 짐작할 수 있다.

최희량의 문재는 27세 때 순찰사를 따라 위원(渭原) 지방에 가서 순찰사가 지은 시에 차운한 것을 통해 그 일단을 짐작할 수 있다.

땅은 중국과 오랑캐의 경계를 나누었으니	地分夷夏界
남쪽에서 온 나그네 첫 추위를 겁내는구나	南客恸初寒
북당으로 돌아갈 길은 머니	北堂歸路遠
어느 날 아롱진 색동옷 입어볼까	何日彩衣班

〈渭原, 次巡相韻-위원에서 순찰사 운에 차운하다〉[17]

위의 시는 변방에 온 시인의 암담한 심리 상태를 잘 보여준다. 이 시가 순찰사가 지은 시에 차운했다는 점에서 순찰사는 시작(詩作)을 즐기는 인물임에 틀림없다. 젊은 나이에 집을 떠나 조선의 북단 위원

15) 宋穉圭, 〈神道碑銘〉, 「附錄」, 『逸翁文集』 권2, 『韓國文集叢刊續集』 11, 560면. "忠義之性, 文武之才. 慨然投筆, 遭時艱虞. ……." 金重燁, 〈行錄〉, 「附錄」, 『逸翁文集』 권2, 『한국문집총간속집』 11, 557면. "噫, 以公文武兼材, 果得展布, 則其功業之在世者, 何如."
16) 崔希亮, 〈九十有感 二首〉, 『逸翁文集』 권1, 『韓國文集叢刊續集』 11, 540면. "一老西湖在, 三朝出入榮. 學射曾鳴世, 能詩重得名."
17) 崔希亮, 『逸翁文集』 권1, 『韓國文集叢刊續集』 11, 533면.

땅까지 온 시인의 마음은 을씨년스럽다. 평안북도 위원은 중국과 조선을 경계 지었으니 압록강을 사이에 두고 동북쪽으로는 중국 땅이 아득히 펼쳐져 있는 것이다. 그런데 시인의 마음을 더욱 암담하게 만드는 것은 위원 땅의 추위이다. 남쪽 지방에 살았던 시인에게 북쪽의 추위는 견디기 힘든 경험이었다.

　3, 4구는 타향의 추위로 인해 고향을 그리워하는 것이다. 시인은 북방의 추위를 겪자 무인의 호기(豪氣)는 온데간데없고 고향으로 돌아가기만을 간절히 바라고 있다. 하루 빨리 고향으로 돌아가 어머니 곁에서 재롱을 피우며 함께 살기를 원하고 있는 것이다. 그런데, 시인의 바람과는 달리 고향으로 돌아갈 길은 아득하다. 그는 이제 막 위원 땅에 왔기 때문이다.

　최희량은 1594년 35세의 나이로 무과에 급제하였다. 1594년은 임진왜란이 일어난 지 3년째 되던 해로 사람들은 왜적을 피해 다니기에 급급하였다. 최희량은 무인으로서 분연히 일어나 나라에 은혜를 갚을 것을 다짐하고 장인인 충청수사(忠淸水使) 이계정(李繼鄭)의 막하에 들어가 군관이 되었다. 그러나 을미년 봄에 바다에서 사고를 당해 구사일생으로 살아나는 경험을 하게 된다. 당시 최희량은 이계정과 함께 수군을 거느리고 밤에 한산도로 내려가고 있었는데 배 안에서 화재가 발생하여 충청수사를 비롯한 대부분의 병사들이 불타죽거나 익사했던 것이다. 최희량은 기지를 발휘하여 두 겨드랑이에 북을 끼고 바다에 뛰어들어 표류하다가 지나가는 배에 구조되어 목숨을 건지게 되었던 것이다.[18]

---

18) 金重燁, 〈行錄〉, 「附錄」, 『逸翁文集』 권2, 『韓國文集叢刊續集』 11, 557면. "甲午, 登武

최희량은 그해 추천을 받아 선전관이 되었다. 이 무렵부터 최희량의 무재가 본격적으로 인정받기 시작한다. 전쟁 중에 선조는 무인들에게 무예시험을 보게 하였는데 최희량이 장원을 차지하게 된다. 선조는 최희량에게 어궁(御弓) 7장을 선물로 주면서 "활을 잘 쏘는 것을 가상히 여겨 주는 상이니 잘못 쏘지 말아야 할 것이다."라는 교지를 내려 그를 영광스럽게 하였던 것이다.[19]

다음의 일화는 명사수로서 최희량의 뛰어난 무재를 확인할 수 있는 부분이다.

> 왜구가 다시 미친개처럼 날뛰었다. 선조께서 명하여 왜구 우두머리 풍신수길의 상을 그리고 그것을 걸어 놓고는 쏘게 하면서 전교하시기를 "명중시키는 자는 상으로 직을 주겠다." 하였다. 공이 그 이마를 정확히 명중시켰다. 상이 크게 기뻐하면서 특별히 흥양현감에 제수하였다.[20]

정유재란이 일어나자 선조는 풍신수길의 화상을 걸어두고 무인들에게 활로 쏘아 맞추게 했는데 최희량이 풍신수길의 이마 정중앙을

科, 時當倭寇搶攘, 人皆鳥竄, 公奮然以報國爲心. 是年冬, 佐姊翁忠淸水使李公繼鄭幕, 爲軍官. 乙未春, 與水使帥舟師, 同下海, 赴防開山島. 夜半船中失火, 水使與將士皆燒溺. 公腋挾革, 投海浮沈, 力盡幾死, 幸遇過舡而得活."

19) 미상, 〈逸翁遺事〉, 「附錄」, 『逸翁文集』 권2, 『韓國文集叢刊續集』 11, 554면. "是年被薦拜宣傳官. 宣廟命試藝, 公居魁. 上嘉之, 賞御弓七張, 敎曰, 嘉汝善射而賞之, 勿失射之可也."

20) 미상, 〈逸翁遺事〉, 「附錄」, 『逸翁文集』 권2, 『韓國文集叢刊續集』 11, 554면. "倭寇再猘. 宣廟命畫倭酋秀吉像, 揭而射之, 敎曰, 得中者賞職. 公正中其額, 上大喜, 特除興陽縣監."

맞췄던 것이다. 이로 인해 최희량은 특진되어 흥양현감에 제수될 수 있었다.

흥양현감으로 부임한 최희량은 통제사 이순신의 막하에 들어가게 되는데, 최희량은 죽기를 각오하고 싸워 삼군에서 용기가 으뜸이라는 평가를 받았다. 이순신은 그런 최희량을 의지하고 중하게 여겼다고 한다. 최희량은 명도(鳴渡) 해협에서의 첫 승리를 시작으로 첨산(尖山)·예교(曳橋) 등에서 승리하고 12월에는 적진을 기습하여 군량미 600석을 빼앗기도 하였다.[21]

1598년 최희량은 굶주리고 지친 병사들을 이끌고 전선(戰船)과 병기(兵器)를 만들었으며 3월과 7월에는 첨산·양강·남당포 등지에서 왜군의 수급을 베거나 생포하고 전리품을 획득했다. 이 무렵 최희량은 왜군에게 사로 잡혀 항복을 강요받은 적이 있었는데 최희량은 "내가 임금이 주는 음식을 먹고 임금이 주는 옷을 입는데 어찌 너희에게 항복하겠는가."라고 하며 끝까지 절조를 굽히지 않았다. 그러자 왜구가 목을 베려 했는데 한 왜구가 "의사(義士)는 죽여서는 안 된다."라며 풀어줬다고 한다.[22]

21) 黃景源, 〈諡狀〉, 「附錄」, 『逸翁文集』권2, 『韓國文集叢刊續集』11, 562면. "公卽赴李忠武公舜臣統制幕下. 身長八尺, 敢死戰, 勇冠三軍. 忠武公倚以爲重. 公先登, 與倭奴將, 戰于鳴渡, 大破之. 又先登戰于尖山, 又破之. 已而進兵曳橋上, 大破倭奴. 十二月, 夜襲倭陣, 斬一級, 倭奴驚遁. 遂奪倭奴租六百餘石, 以給軍餉."

22) 미상, 〈逸翁遺事〉, 「附錄」, 『逸翁文集』권2, 『韓國文集叢刊續集』11, 554면. "萬曆二十六年(宣廟三十一年), 戊戌, 公年三十九歲. 是年春, 公倡率飢疲, 躬自曳木, 造成戰艦, 又繕完兵器. 三月二十日, 戰于尖山, 斬首三十餘級, 奪取倭物 …… 二十一日, 擊楊江下陸賊, 斬首三十八級, 生擒一賊. …… 又戰于尖山, 斬首一級, 生擒一賊, 奪取倭物倭衣等物. …… 七月十二日, 戰于南堂浦, 斬首二級, 奪取倭衣劍等物. …… 公一日爲賊所執, 賊欲脅降之. 公厲聲曰, 吾食君之食, 衣君之衣, 何可降汝. 賊欲刃之, 一倭曰, 不可殺義士. 以故得脫還."

1598년 11월 통제사 이순신은 수군을 대대적으로 집합시켜 노량에
서 격렬한 전투를 벌였다. 그러나 이순신은 도망가는 적을 추격하다
가 왜군이 쏜 탄환을 맞고 전사하였다. 최희량은 이순신이 전사하자
통곡하고는 고향으로 돌아와 은거하였다.[23] 최희량이 은거하게 된
결정적 이유는 자신을 믿고 중하게 여겨주었던 통제사 이순신의 죽
음이었지만, 당시 정쟁의 소용돌이 속에서 최희량을 미워하는 자들
의 모함으로 인해 더 이상 세상에 뜻이 없었기 때문이었다.[24] 최희
량은 1598년 39세의 젊은 나이로 은거하여 생을 마감하는 92세까지
단 한 번도 출사를 하지 않았다. 은거한 후에는 나주 대박산 아래 삼
주(三洲) 물가에 비은정(費隱亭)을 짓고 강호에서 자락하는 삶을 보냈
다. 특히 예순에서 아흔 살까지는 날마다 시를 짓고 읊으며 노래 부
르는 것으로 소일을 삼았다고 한다.[25]

한편, 최희량의 교유는 나운(懶雲) 임연(林堜), 백호(白湖) 임제(林
悌), 송호(松湖) 백진남(白振南) 등 문재가 뛰어난 인물들과 주로 이루
어졌다. 최희량은 이들과 절친하게 지냈으며 그들과 시주(詩酒)를 함

---

23) 金重燁, 〈行錄〉, 「附錄」, 『逸翁文集』 권2, 『韓國文集叢刊續集』 11, 557면. "十一月,
統制大會舟師, 鏖戰露梁, 海水爲赤. 賊兵大敗而遁, 中興戰功, 此爲第一. 而統制中丸
而死, 公痛哭而還鄕里. 公旣被儕輩者所中, 又遭統制之喪, 無復當世意, 遂杜門屛跡,
爲終老之計."

24) 미상, 〈逸翁遺事〉, 「附錄」, 『逸翁文集』 권2, 『韓國文集叢刊續集』 11, 554면. "十九日,
賊大敗而遁, 統制中丸, 歿於船上, 公痛哭而還鄕里. 公旣被媢疾者所中, 又遭統制之
喪, 無復當世意, 杜門屛跡, 爲終老計."

25) 金重燁, 〈行錄〉, 「附錄」, 『逸翁文集』 권2, 『韓國文集叢刊續集』 11, 557면. "公謝世後
築亭於大朴山下三洲之上, 扁以費隱, 有登望之興, 漁釣之樂, 披鶴氅衣, 戴華陽巾, 跌
宕江湖, 詩酒自娛. …… 自六十至九十, 日以裁詩咏歌爲事. 人皆笑之而不自止, 此退
之所謂物不得其平則鳴者也."

께하며 망형지교(忘形之交)를 맺었다.[26] 최희량은 두 명의 부인 사이
에 9남 2녀를 두었으며 1561년 92세를 일기로 졸하였다. 1774년(영조
50) 병조판서에 추증되었다.

이상 최희량의 생애를 살펴보았다. 최희량은 젊은 시절 학문을 배
웠으나 21세 때 무과로 전향하였다. 이는 문무를 가리지 않는 집안의
가풍과 최희량의 장대한 신체적 조건, 그로 인한 무인적 기질에서 비
롯된 것이다. 최희량은 무과에 급제한 후 이순신의 막하에서 7차례
나 전공을 세운다. 하지만 이순신이 노량에서 전사하자 벼슬을 버리
고 고향인 나주에 은거하여 92세로 생을 마감할 때까지 재출사하지
않았다. 이는 최희량이 당대의 현실을 난세로 인식하고 명철보신하
려했기 때문으로 보인다.

3. 무인의 시세계

최희량의 시를 검토해 보면 시는 크게 두 가지로 나눠진다. 하나는
무인의 호방한 기질을 드러내는 시와 다른 하나는 은거지에서 자락
적인 삶 및 우국의 정을 드러내는 시이다. 전자의 경우는 은거하기
이전 정유재란(1598) 당시에 지어진 시들과 은거 이후 병자호란과 관
련하여 지은 시들에서 주로 나타난다. 후자의 경우는 은거한 이후 고
향 나주에서 평화로운 삶을 시화하거나 병자호란을 당해 우국의 정

---

26) 미상, 〈逸翁遺事〉, 「附錄」, 『逸翁文集』권2, 『韓國文集叢刊續集』 11, 554면. "所從游
皆士林名勝. 而與懶雲林公垬, 白湖林公悌, 松湖白公振南, 最相知. 暇日招邀, 唱酬留
連, 爲忘形之交.

을 토로할 때 주로 나타난다. 이 장에서는 이를 검토해 보도록 하
겠다.

1) 무인적 기질과 그 시적 형상화

〈일옹유사(逸翁遺事)〉를 보면 최희량은 21세 때 부친 최낙궁의 명
으로 글 읽기를 그만두고 활쏘기를 배워 문과에서 무과로 전향하게
된다.[27] 최희량이 문과에서 무과로 전향하게 된 데에는 문무의 구별
을 두지 않는 집안 내력과 선천적으로 타고난 최희량의 신체조건 그
로 인한 무인적 기질 때문으로 보인다.

> (나의 선친께서는) 나이 열여섯에 무안 김씨에게 장가들었다. …마
> 침내 가업을 경영하여 나주의 초동에 살집을 마련하셨다. 5남 2녀를 낳
> 았는데 집에 거처하실 때 엄격하고 굳센 것으로 자처하셨고 자녀들을
> 가르칠 때에는 응당 지켜야 할 규범과 도리로 모범을 삼았는데 우리
> 다섯 형제로 하여금 문무(文武) 두 가지 일이 아니면 마음과 힘을 쓰지
> 말라고 하셨다. 그러므로 큰 형님은 이른 나이에 진사가 되어 임오년
> 문과에 급제하여 관직이 예조낭관에 이르렀고…… 둘째 형님은 무예가
> 출중하였으나 자기 대에 뜻을 얻지 못했고…… 나는 일곱째로 네 형님
> 의 막내 동생이며 부모의 어린 자식이 된다. 부모님이 나아주시고 길러
> 주신 공에 힘입고 여러 형들이 끌어주고 인도하며 보살펴주시는 힘
> 을 입었다. 신체가 우뚝하고 장대하며 성질이 어리석지는 않아서 서적
> 들을 대충 알 수 있었고 무예도 겸하여 배웠다. 자주 과거장에서 장원
> 을 하니 사람들이 **빼어난 무예**를 칭찬하였다. 갑오년 급제하였다.[28]

---

27) 미상, 〈逸翁遺事〉, 「附錄」, 『逸翁文集』권2, 『한국문집총간속집』11, 554면. "萬曆八
年, 宣廟十三年, 庚辰. 公年二十一歲. 以親命投筆學射."

위의 인용문은 최희량이 88세 때 가족의 일을 가묘에 직접 고한 〈가묘입의(家廟立義)〉에 나오는 내용이다. 위의 인용문으로 볼 때 최희량이 무과로 전향하게 된 데에는 문무를 가리지 않는 가문의 교육에 기초한다고 볼 수 있다. 아버지 최낙궁은 마땅히 지켜야 할 규범과 도리로 자식들을 가르쳤는데 문과만을 고집하지 않고 문무 둘 중에 하나를 선택하게 했던 것이다. 최희량이 '큰 형님은 문과에 급제하여 예조낭관에 이르렀고 둘째 형님은 무예가 출중했으나 당대에 뜻을 얻지 못했다'라고 언급한 것은 문무를 가리지 않는 집안의 교육을 실감케 하는 것이다. 최희량이 무과로 전향하게 된 단초가 거기에 있었고 최희량의 타고난 신체적 조건과 그에 따른 무인적 기질이 힘을 실었을 것으로 추정된다. 왜냐하면 위의 인용문 행간의 의미를 음미해보면 최희량이 애초에는 학문을 위주로 하면서 무예를 겸하는 수준이었지만, 최희량의 장대한 신체적 조건과 무인적 기질로 인해 빼어난 무예실력을 갖추게 되자 본말이 전도된 것으로 보이기 때문이다. 그 결과 그는 과거에서 장원을 차지하였고 결국 갑오년에 무과 시험에 급제를 할 수 있었던 것이다.

다음 인용문은 최희량의 무인적 기질을 잘 보여주는 것이다.

---

28) 崔希亮, 〈家廟立義〉, 「雜著」, 『逸翁文集』 권1, 『韓國文集叢刊續集』 11, 551면. "至年十六而娶于務安金氏……遂營家業, 以羅州之草洞爲菟裘之築. 生五男二女, 居家以嚴毅自處, 訓子女以義方爲範, 使吾兄弟五人, 非文武二業, 則莫之用心與力. 故伯氏以早年才進士, 中壬午文科, 官至春官郎. …… 仲氏有武藝超凡, 而不得於身 …… 余則於行居第七, 爲四兄之季弟, 而爲父母之幼子. 賴父母胚胎養育之功, 被諸兄提撕誘掖之力. 軀穀巍然狀大, 性質不至昏庸, 粗通書籍, 兼學武事. 累魁科場, 人稱絶藝, 而甲午登第."

공은 가정 경신년(1560) 생이다. 기골이 장대하고 굳건하며 도량이
넓고 깊었다. 어려서 독서를 하여 대의를 통했으나 척당불기하고 기이
한 기가 많아서 편협한 선비가 되려고 하지 않았다. 이미 스무 살이 되
자 선비의 일을 버리고 스스로 무공에 힘썼다. 만력 병술년(1586) 국가
에서 별시를 설치하고 이어서 알성과가 있었는데 공이 연이어 두 해액
에 이겨 모두 장원을 차지했다.[29]

앞의 〈가묘입의〉와 일맥상통하는 내용이다. 최희량은 태어나면서
부터 기골이 장대하고 도량이 넓고 깊었다. 어려서 독서를 하여 대의
를 통달했으나 성격이 얽매이기를 싫어했고 남들과는 다른 기이한
기질이 있었다. 그러므로 최희량 스스로 편협한 선비가 되기보다는
척당불기한 기질을 마음대로 발휘할 수 있는 무인이 되기를 원했던
것이다. 마침내 그는 21세 때 선비의 학업을 과감하게 버리고 무공을
닦았다. 그 결과 최희량은 별시와 알성시에 연이어 모두 장원을 차지
하는 영광을 누리게 된 것이다. 이로 볼 때 인용문의 '척당(倜儻)'과
'기기(奇氣)'는 최희량의 무인적 기질로서의 얽매이지 않는 성격임을
짐작할 수 있다.

다음의 시는 최희량 스스로 무재(武才)에 대한 자부심을 드러낸 것
이다.

한 늙은이 서호에 있는데	一老西湖在
세 조정 출입하는 영광을 누렸네	三朝出入榮

---

29) 金重燁, 〈行錄〉, 「附錄」, 『逸翁文集』 권2, 『韓國文集叢刊續集』 11, 557면. "公以嘉靖
庚申生. 姿貌魁健, 器局宏遠. 少讀書通大義, 然倜儻多奇氣, 不肯爲拘儒. 旣冠捐去俎
豆事, 自力於弧矢. 萬曆丙戌, 國家設別試, 繼有謁聖科, 公連捷兩解額, 俱占壯元."

활쏘기를 배워 일찍이 세상에 이름을 날리고　　　學射曾鳴世
시를 잘 지어 거듭 이름을 얻었구나　　　　　　　能詩重得名
〈九十有感 二首-아흔 살에 느낌이 있어〉[30]

위의 시는 은거한 최희량이 시재(詩才)로 명성을 얻었다는 점에 방점이 놓여있지만 무재에 대한 최희량의 자부심도 읽을 수 있다.

1구는 은거한 자신을 말한 것이다. 시인은 1598년 통제사 이순신이 노량 전투에서 전사하고 정적들에게 모함을 받게 되자 벼슬을 버리고 은거를 했던 것이다. 그러나 지금 생각해보면 세 조정을 출입한 영광으로 기억되고 있었다.

3구는 무재에 대한 시인의 자부심을 드러낸 것이다. 그는 21살 때 기질에 따라 무예를 익혔다. 최희량은 무예 중에서도 특히 활쏘기에 재능을 보였는바, 그로 인해 명성을 얻게 되었던 것이다. 최희량이 1595년 선전관이 되어 선조가 치룬 무예시험에서 장원을 하여 어궁 일곱 장을 받은 사실이나 1597년 정유재란 당시 선조가 풍신수길의 초상을 걸고 명중하는 자에게 상으로 직을 주겠다고 했을 때 풍신수길의 이마 정중앙을 맞춰 흥양현감에 특진된 것은 이를 말하는 것이다. 이러한 명성은 최희량의 뛰어난 무재가 없었다면 불가능했던 것이었다.

4구는 은거 후 문재로 명성을 얻게 된 것에 자부심을 드러낸 것이다. 젊은 시절 무재로 명성을 드날렸던 시인은 이제 시를 잘 지어 명성을 얻고 있다며 자부하고 있는 것이다.

---

30) 崔希亮, 『逸翁文集』 권1, 『韓國文集叢刊續集』 11, 540면.

다음 시는 정유재란 때 지은 것으로 최희량의 강렬한 무인 기질을
엿볼 수 있다.

명의가 맥박을 잡아보고	名醫占身脈
충성스런 울분이 오장에서 운다고 하네	忠憤五臟鳴
만약 선우의 피를 들이킨다면	若飮單于血
나라를 위한 정성이 통하리라	能通爲國誠

〈國醫診脈感吟(丁酉倭變臨戰時)
－명의가 진맥을 보았는데 감회를 읊다(정유재란 때 전쟁에 임해서)〉[31]

제목에서 보듯이 이 시는 정유재란 당시 전투에 참가하기 직전에
지은 것이다. 시인은 병에 걸려 명의의 진맥을 받아보았다. 명의의
진단에 의하면 시인의 병은 충성스런 울분[忠憤]이 오장에 가득 찬
것으로 병의 원인은 적장의 피에 목말라 있는 시인의 충성심 때문이
었다. 따라서 치료 방법은 전쟁터에 나가 적장의 피를 한 사발 들이
킨다면 해결될 문제였다.

위의 시는 오장(五臟), 선우혈(單于血) 등 강렬하고 감각적인 시어
와 충정을 직설적으로 토로하는 화법을 통해 최희량의 무인적 기질
을 잘 드러냈다고 할 수 있다.

다음의 두 시는 병자호란 때 지은 것으로 최희량의 무인적 기질을
유감없이 발휘한 작품들이다.

왜군을 평정한 여든 먹은 늙은이	平倭八十老

---

31) 崔希亮, 『逸翁文集』 권1, 『韓國文集叢刊續集』 11, 538면.

사막으로 꿈속 혼은 날아가네   沙幕夢魂飛
오랑캐를 치는 충성스런 울분이 지극하여   擊胡忠憤極
아직도 전쟁 때의 옷을 입고 있다네   猶着戰時衣

〈老將-늙은 장수〉[32]

선우의 머리를 베리라   欲斬單于首
용천검과 금복고로   龍泉金僕姑
꿈속에 관산의 눈을 밟으니   夢踏關山雪
요동·땅의 한나라 달이 외롭구나   遼城漢月孤

〈憤吟-분개해서 읊다〉[33]

　　최희량의 시를 검토해 보면 무인의 기질을 강하게 드러내는 시들은 대부분 충정(忠情)·울분(鬱憤)·우국지정(憂國之情) 등을 감각적인 시어와 직설적인 화법으로 토로하는 경우가 많다. 이는 최희량이 실제 무인이기 때문에 드러내는 특징이라고 생각된다. 문인의 경우, 자신들의 회재불우를 드러내기 위해 무인의 형상을 빌려오지만 위의 시와 같은 특징은 거의 드러나지 않는다. 예컨대 16세기 호남 문인들의 시에 등장하는 무인 형상은 무인들의 강인한 기질을 보여주는 것이 아니라 초라하고 해학적인 무인들의 모습을 시화한다. 이는 시의 초점이 자신들의 회재불우를 드러내는 데 있기 때문이기도 하지만, 근본적으로 실제 전투에 투입되는 무인들과는 정신자세부터 다르기 때문이다. 시적 분위기 또한 강개함보다 쓸쓸하고 애상적으로 흐르는 경우도 이 때문이다.[34]

---

32) 崔希亮, 『逸翁文集』 권1, 『韓國文集叢刊續集』 11, 543면.
33) 崔希亮, 『逸翁文集』 권1, 『韓國文集叢刊續集』 11, 545면.

위의 시는 그런 측면에서 실제 무인으로서 최희량 시의 특징을 잘 보여준다고 할 수 있다. 첫 번째 시는 늙고 은퇴한 무인이지만 여전히 강렬한 충정이 남아있음을 밝힌 것이다. 시인은 젊은 시절 왜군을 일곱 차례나 평정하며 명성을 드날렸다. 그러나 다시 병란이 발생하자 여든의 몸이지만 꿈속에서 변방 사막으로 정벌을 나서고 있는 것이다. 몸은 비록 늙었지만 마음은 예전 오랑캐를 격퇴하던 충분(忠憤)으로 가득 차 있기 때문이다. 4구에서 시인이 아직도 입고 있는 예전의 그 갑옷은 변치 않은 시인의 충정이라 하겠다.

두 번째 시 역시 병란 때 지은 것으로 시인의 무인적 기질을 넉넉히 보여준다. 시인은 명검인 용천검과 명궁인 금복고로 적장의 목을 베고 활로 쏘아 죽이길 원한다. 늙은 장수지만 나라를 위한 충정은 변함이 없기 때문이다. 한나라 장수로 자신을 빗댄 최희량은 꿈속에서 북방으로 향했고, 지금 요동성 위에 뜬 한나라 달을 외롭게 바라보고 있다. '외로운 한나라 달[漢月孤]'은 최희량의 외로운 충정을 잘 드러내는 시어라 하겠다.

이상, 최희량의 무인적 기질을 보여주는 시들을 검토해 보았다. 최희량의 시에서 무인적 기질을 강하게 드러내는 시들은 대부분 전쟁에 실제 참여하거나 은거 후 병란으로 국가가 위난에 처했을 때 불편한 심기나 충분을 드러내는 것들이라 할 수 있다. 이들은 '선우의 피를 들이킨다', '충분(忠憤)이 오장에서 운다', '선우의 머리를 베겠다' 등 감각적인 시어와 직설적 화법을 통해 잘 보여주고 있다.

---

34) 이에 대해서는 권혁명, 「16세기 식영정 시단의 시세계 연구」, 고려대학교 박사학위 논문, 2007, 209~218면 참조.

2) 명철보신의 은거와 우국지정

최희량은 통제사 이순신이 노량에서 전사하자 갑자기 벼슬을 버리고 고향 나주로 귀거래를 하였다. 그 후 92세로 생을 마칠 때까지 은거로 일관하는 삶을 살았다. 전공이 높았던 최희량이 갑자기 은거한 이유는 무엇인가? 은거 후의 그의 삶은 어떠했는가? 이 절에서는 이를 중심으로 살펴보도록 하겠다.

먼저 최희량이 은거할 당시의 정황을 송치규(宋穉圭)가 지은 〈신도비명(神道碑銘)〉과 황경원(黃景源)이 지은 〈시장(諡狀)〉을 통해 파악해 보고자 한다.

> 아아, 공은 충의의 성품을 품부 받았고 간성의 재주까지 겸하여 어린 나이에 학문을 그만두었다. 당시 난리로 어지러웠는데 임금께서 그의 재주를 기특하게 여기셨고 주장(통제사)은 그의 용기에 의지하였다. 노량과 한산에서 가는 곳마다 공을 세워 호해의 나쁜 기운을 맑게 하여 중흥의 업적에 기초를 닦았다. 마침내 일등공신에 책훈되었으니 아, 장하도다. 원수(이순신)가 이미 전사하자 간사한 자들이 죄를 얽고 곁에서 엿봤으나 기미를 보고 초연하였다. 강호에 자취를 감추고 종신토록 불우하게 지내며 조금도 드러내지 않았으니, 또한 어질지 않겠는가.[35]

> 만력 연간에 왜구를 정벌할 당시에 명장과 지사가 참소를 받은 사람이 진실로 많다. 김덕령 공은 백전백승의 재주로도 죄 없이 죽었고, 충

---

35) 宋穉圭, 〈神道碑銘幷序〉, 「附錄」, 『逸翁文集』 권2, 『韓國文集叢刊續集』 11, 560면. "嗚呼, 公稟忠義之性, 而兼干城之材, 早年投筆. 時際搶攘, 聖主奇其才, 主將倚其勇, 露梁閑山, 隨處立功, 廓淸湖海之氣, 以基中興之蹟. 遂策勳一等, 吁其壯哉. 曁元帥旣亡, 媒孼傍伺, 見幾超然. 斂跡湖海, 終身落拓, 而不見幾微, 不亦賢乎."

무공은 해상에서 왜구를 방어하여 국가 중흥의 공을 세웠는데 소인들
이 마침내 유언비어를 만들어 옥리에서 내려 보내 추고를 받아 거의
죽게 하였다. 다시 불러 통제사로 삼았으나 공이 이루어지면 반드시 죽
게 될 것을 스스로 알아 마침내 죽을 각오로 싸우다가 탄환을 맞고 군
중에서 전사하였다. 이에 여러 장수들이 모두 보전할 수 없다고 스스로
의심하였으니 충익공 곽재우는 병을 핑계로 벽곡하여 산중에 들어가
죽을 때까지 돌아오지 않았다. 공은 삼주가에서 늙어가며 죽을 때까지
벼슬하지 않았으니 어찌 이른바 '기미를 보고 떠나 하루를 기다리지 않
는다.'는 것이 아니겠는가.[36]

첫 번째 인용문은 최희량의 무재와 은거의 계기를 밝힌 것이라 할
수 있다. 최희량은 충의의 품성과 국가의 간성이 될 만한 무예를 지
니고 있었다. 따라서 젊은 나이에 학문을 그만두고 무인의 길을 걸었
던 것이다. 정유재란이 일어나자 임금도 그의 재주를 기특하게 여겼
으며 통제사 이순신도 그의 용기에 많은 의지를 하였다. 최희량은 이
순신을 도와 노량과 한산도 바다에서 공을 세워 전란으로 폐허가 된
나라를 중흥시키는 데 공을 세웠다. 그러기에 선조 또한 최희량에게
원종일등공신에 책훈하고 그의 공을 치하하였다. 그러나 이순신이
전사하자 간사한 자들이 최희량에게 죄를 엮으려했고 최희량은 그런
기미를 보고 고향으로 귀거래하여 은거를 했다는 것이다.

---

36) 黃景源, 〈諡狀〉, 「附錄」, 『일옹문집』 권2, 『한국문집총간속집』 11, 562면. "當萬曆征
倭之時, 名將志士, 中讒者誠多矣. 金公德齡, 以百戰百勝之才, 無罪以死, 忠武公禦倭
海上, 建國家中興之功, 而小人乃爲飛語, 下于吏, 受考幾誅. 及復召, 爲統制使, 自知
功成必見誅, 乃免其冑以受丸, 卒於軍中. 於是諸將, 皆自疑不能保全, 忠翼公郭再佑,
謝病辟穀, 入山中, 終身不返. 公歸老三洲之上, 沒世不仕, 豈所謂見幾而作, 不俟終日
者耶."

두 번째 인용문은 은거 당시의 정황과 은거의 계기를 좀 더 구체적으로 밝힌 것이다. 임진왜란 당시는 간신배들에 의해 참소가 난무하여 명장(名將)과 지사(志士)들이 화를 당하는 경우가 많았다. 김덕령은 백전백승의 공이 있었지만 죄 없이 죽었으며 이순신은 참소로 추고를 당해 죽을 뻔하다가 우여곡절 끝에 다시 통제사가 되었지만 공을 세우고 난 뒤 반드시 죽게 될 것임을 짐작하고 일부러 전장에서 전사했다는 것이다. 곽재우도 병을 핑계로 산속으로 은거하였으니, 최희량 역시 화가 미칠 것을 감지하고 고향인 나주 대박산 아래 삼주가에 은거를 한 것이다. 이후 생을 마감할 때까지 최희량은 다시 출사하지 않았다.

두 인용문을 통해서 알 수 있는 것은 최희량의 은거는 자의에 의한 것이 아니라 간신배들의 모함으로 인해 화가 미칠 것을 미리 알고 이루어졌다는 것이다. 즉, 기미를 보고 밝게 살펴 자신을 보존하는 '명철보신(明哲保身)'의 처세에서 비롯된 것이라 하겠다.

다음의 시는 최희량이 고향으로 돌아오면서 지은 것으로 은거의 단서를 살필 수 있다.

난리 중에 인간의 일은 변했으니	亂中人事變
돌아와 누워 이름을 숨기고자 하네	歸臥欲藏名
옛날의 물건들 그대로니	依然舊時物
낚시터엔 흰 갈매기가 나를 맞이하네	磯上白鷗迎

〈戊戌奏捷後, 歸故園
－무술년 승리를 아뢴 후 고향으로 돌아오며〉[37]

---

37) 崔希亮, 『逸翁文集』 권1, 『韓國文集叢刊續集』 11, 538면.

1, 2구는 시인이 귀거래를 한 이유를 밝힌 것이다. 시인이 고향으로 돌아온 이유는 지금이 난리중이라 인간사가 변했기 때문이다. 인간사가 변했다는 것은 변함없는 자연사와 달리 일정치 못한 인간사를 말하는 것으로, 시인의 귀거래를 결정하게 만든 이순신의 죽음이라 짐작할 수 있다. 즉, 자신을 믿고 중하게 여겨주었던 이순신의 죽음은 시인에게 큰 충격을 주었던 것이다. 뿐만 아니라 시인 자신도 이미 간신배들의 모함을 받고 있는 상황에서[38) 더 이상 현실에 대한 미련이 없었기 때문이다. 공(功)이 과(過)로 바뀌는 세상, 시인은 기미를 보고 귀거래 단행하여 이름을 숨기고 살아가고자 하는 것이다.

3, 4구는 귀거래의 공간인 고향의 모습이자 변함없는 자연사이다. 시인이 떠났다가 다시 돌아온 고향 땅에는 옛 물건들이 변함없이 그대로 남아있었고, 낚시터 주변의 흰 갈매기들도 반갑게 시인을 맞이하고 있었다. 이제 시인은 불변하는 자연과 평생토록 함께하기를 다짐하고 있는 것이다.

은거한 이후 최희량의 삶은 강호에서 자락(自樂)하는 모습으로 나타난다. 최희량이 나주에서 지은 시들을 보면 대부분 평온한 일상을 시화하고 있다.

스스로 하늘을 떠받들 정도의 솜씨라 헤아렸는데	自擬擎天手
지금은 낚시대 하나 잡고 있구나	今携一釣竿
돌아보니 부질없는 세상은 좁으니	回看浮世狹

---

38) 미상, 〈逸翁遺事〉, 「附錄」, 『逸翁文集』 권2, 『韓國文集叢刊續集』 11, 554면. "十九日, 賊大敗而遁, 統制中丸, 歿於船上, 公痛哭而還鄕里. 公旣被娼疾者所中, 又遭統制之喪, 無復當世意, 杜門屛跡, 爲終老計."

어찌 강변에서 늙어가는 것만 같으리오   何似老江干

〈言志-뜻을 말하다〉39)

저물녘 걸어서 삼주에 이르니   晚步到三洲

물은 맑고 물고기 스스로 즐겁구나   水淸魚自樂

저물녘이 되도록 돌아갈 것을 잊었으니   忘歸近夕陽

바람이 어부의 피리 소리를 보내오누나   風送漁人笛

〈閒居-한가로이 거처하며〉40)

첫 번째 시의 1, 2구는 과거에 시인이 꿈꿨던 삶과 현재의 처지를 비교한 것이다. 시인은 과거 세상을 떠받을 만한 재능과 원대한 꿈을 지니고 있었다. 그러나 지금은 고향으로 돌아와 낚시나 하며 한가하게 보내는 중이다. 3, 4구는 시인이 현재의 삶을 살게 된 이유를 말한 것이다. 시인은 세상에 나가 원대한 꿈을 펼치려고 아등바등 살아봤지만 결국 좁은 세상에서 부질없는 짓이었던 것이다. 세상은 시인의 원대한 꿈을 받아줄 만큼 넓지 못했던 것이다[浮世狹]. 그러기에 시인은 강호로 돌아왔고 이제 강호의 삶이 세속의 삶보다 낫다고 스스로 위로를 하고 있는 것이다.

두 번째 시는 강호에서의 평온한 삶을 잘 보여주는 것이다. 저녁 무렵 시인은 삼주 물가를 걷는다. 물은 맑고 고기들은 그들만의 여유를 즐기고 있다. 자연의 모습을 만끽하는 시인은 해가 지는 줄도 모른다. 이때 바람이 어디선가 어부의 피리 소리를 실어 온다. 시인은

---

39) 崔希亮, 『逸翁文集』 권1, 『韓國文集叢刊續集』 11, 538면.
40) 崔希亮, 『逸翁文集』 권1, 『韓國文集叢刊續集』 11, 538면.

고기잡이 어부가 귀가하면서 부는 피리 소리를 듣고 해질 무렵임을 깨닫는다. 시인에게 지금의 삶은 지극히 평온하다.

　최희량은 38세 때 명철보신하여 고향으로 귀거래한 이후 92세로 생을 마감할 때까지 재출사하지 않았다. 명철보신의 논리대로라면 재출사할 현실적 여건이 갖춰진다면 다시 정치현실로 나가야 하는 것이다. 그런데 최희량은 끝내 재출사하지 않았다. 그 이유는 다음의 시를 통해서 짐작할 수 있다.

백이는 북해에 살았고	伯夷居北海
강태공은 동쪽 위수 가에 은거했네	呂尙隱東渭
서호에는 일옹이 있으니	西湖有逸翁
역지사지해 보면 모두 그러한 것	易地皆然矣

〈思古−옛날을 생각하며〉[41]

　최희량이 재출사하지 않는 이유는 여전히 현실은 난세였기 때문이다. 1, 2구에 등장하는 백이와 강태공은 모두 은거하면서 성군(聖君)이 나타나기를 기다린 인물들이다. 백이는 주왕(紂王)을 피해 북해가에 살다가 문왕(文王)이 일어났다는 소식을 듣고 '어찌 아니 돌아가겠는가'라며 천하가 맑아질 때까지 기다린 인물이며, 강태공 역시 은(殷)나라 주왕의 폭정을 피해 은거하다가 문왕에게 귀의하였으며 무왕(武王)을 도와 주왕을 정벌한 인물이다. 결국 두 인물은 난세를 피해 천하가 맑아지기를 기다렸던 현자들이라 할 수 있다.

　3, 4구는 시인 자신의 은거가 결국 백이와 강태공의 은거와 동일

---

41) 崔希亮, 『逸翁文集』 권1, 『韓國文集叢刊續集』 11, 540면.

하다는 견해를 피력한 것이다. 3구의 일옹은 최희량의 호로 나주에
물러나 있는 시인 자신을 말한 것이다. 따라서 '서호에는 일옹이 있
으니 역지사지해보면 모두 그러한 것'이라는 언급은 시인의 은거는
백이와 강태공처럼 천하가 맑아질 때를 기다리는 것으로, 시인의 재
출사는 현실적 여건만 갖춰진다면 언제든지 이루어질 수 있음을 암
시한 것이다. 그러나 최희량은 아흔이 될 때까지 재출사를 하지 못했
다. 이유는 그가 기다리던 맑은 시대가 도래하지 않았기 때문이다.

세 조정 모신 백발의 늙은이	三朝白髮老
돌아와 금강 어귀에 누웠네	歸臥錦江頭
난세에 기미를 안 지 오래	亂世知機久
지금에 구십이 되었다네	于今九十秋

〈謹次伯兄佐郞公休退韻
　－큰 형님 좌랑공이 물러나면서 지은 시에 삼가 차운하다〉[42]

　시인은 세 조정을 모신 일등공신이다. 오래 전부터 귀거래하여 금
강 어귀에서 은거를 계속하고 있다. 그의 은거는 난세를 보고 명철보
신했던 것으로 세상이 맑아진다면 언제든지 재출사할 준비가 되어
있었다. 그러나 시인의 바람과는 달리 아흔이 된 지금에도 난세는 계
속되었고 그는 결국 재출사를 이루지 못하고 있는 것이다.
　그렇다고 최희량에게 우국충정이 없는 것은 아니었다. 최희량의
은거는 자의에 의해 진정으로 우러나온 것이 아니라 이순신의 죽음
과 자신을 향한 세인들의 모함 때문이었다. 그러기에 그는 은퇴한 무

---

42) 崔希亮, 『逸翁文集』 권1, 『韓國文集叢刊續集』 11, 540면.

인으로서 누구보다 나라를 걱정하는 마음을 간직하고 있었다. 최희
량이 병자호란 때 피난을 가자고 간청하는 가족들을 향해 '임금이 포
위되어 있고 백관들이 호종을 하고 있는데 내가 무슨 겨를이 있어 피
난의 계책을 세우겠는가. 남한산성이 깨지면 나 또한 자결할 것이
다.'[43]라며 강하게 거부하고 셋째 아들 최결(崔結)을 남한산성으로
보내 인조를 호종토록[44] 한 것도 최희량의 우국지정(憂國之情)을 보
여주는 것이라 하겠다.

> 삼백 년 벼슬한 땅　　　　　　　　　　　三百冠冕地
> 어찌 옷깃을 왼쪽으로 하리오　　　　　　胡爲左袵衣
> 백두산 아래의 물에서　　　　　　　　　白頭山下水
> 언제 병기를 씻고 돌아올까나　　　　　　何日洗兵歸
> 　　　　　　　　　　〈憂邊－변방을 근심하며〉[45]

　이 시는 병자호란 중에 변방을 걱정하면서 지은 듯하다. 1구는 조
선에 대한 자부심을 드러낸 것이다. 조선은 건국한 지 300년이란 긴
역사를 가진 정통성을 갖춘 나라이다. 그러므로 오랑캐인 청나라에
의해서 침략당하는 것은 치욕이라는 것이다.
　3, 4구에서 시인은 늙은 몸이지만 호기를 부려본다. 전장을 누비

43) 미상, 〈逸翁遺事〉, 「附錄」, 『逸翁文集』 권2, 『韓國文集叢刊續集』 11, 554면. "家人及
　　兒子, 亦以避亂之意, 日日泣諫. 余亦泣而言之曰, 君父在圍, 百官扈從, 吾何暇爲避亂
　　之策乎. 南漢若破, 吾亦自死矣."
44) 宋穉圭, 〈神道碑銘幷序〉, 「附錄」, 『逸翁文集』 권2, 『韓國文集叢刊續集』 11, 560면.
　　"仁廟丙子, 虜兵猝至, 南漢被圍, 公年七十七矣. 露立北向, 日夜號哭, 謂諸子曰, 南漢
　　若破, 吾亦當自盡, 遂第三子監察結扈從."
45) 崔希亮, 『逸翁文集』 권1, 『韓國文集叢刊續集』 11, 544면.

며 오랑캐들을 섬멸하고 백두산 아래 칼을 씻고 당당하게 개선하고
자 하는 것이다.

다음의 시는 군주에 대한 우환의식을 우회적으로 표출한 것이다.

천고토록의 흥망의 한   千古興亡恨
이 밤의 정은 어떠한가   何如此夜情
새해의 보름달   新年三五月
응당 남한산성을 비추겠지   應照漢南城

〈丁丑望夜見月, 思南漢
－정축년 보름에 달을 보고 남한산성을 생각하다〉[46]

위의 시는 병자호란이 일어난 다음해인 1637년, 남한산성에 피신
한 인조를 생각하며 지은 것이다. 시인은 천년세월의 흥망성쇠를 오
늘밤 유독 절실하게 느낀다. 지금 나라가 병란으로 쑥대밭이 되었고
임금이 남한산성에 피신해 있는 처지이기 때문이다. 그러기에 시인
에게 천년의 흥망성쇠가 절실하게 다가올 수밖에 없는 것이다. 3, 4
구는 걱정하는 시인의 마음을 보름달에 실어 군주에게 알리고자 하
는 바람을 적은 것이다. 지금의 보름달은 남한산성에도 똑같이 비출
것이며 임금 역시 그 달을 바라보고 있을 것이다. 시인은 보름달에
군주를 걱정하는 마음을 담아 보내고 있는 것이다.

최희량이 은거 이후에 드러내는 시세계는 강호에서 자락하는 삶과
우국지정이다. 강호자락의 삶을 보여주는 시들은 귀거래 한 이후 나
주에서의 평화로운 삶을 읊은 것이며, 우국지정을 드러내는 시들은

---

46) 崔希亮, 『逸翁文集』 권1, 『韓國文集叢刊續集』 11, 545면.

병란을 당하자 전직 무관으로서 조국을 근심하는 마음을 나타낸 것이다. 최희량이 현실을 벗어나 은거하면서도 우국지정을 강하게 표출하는 것은 그의 은거가 자의에 의한 것이 아니라 '난세'라는 타의에 의한 것이었기에 현실을 완전히 외면할 수 없었던 것이었다.

4. 맺음말

이 글은 일옹 최희량의 무인의 삶과 시세계를 살펴보는데 목적을 두었다. 최희량은 무인으로서는 드물게 227수의 한시를 남겼으며 후대 문인들에게 시적 성취를 인정받고 있다. 따라서 최희량 한시를 살펴보는 일은 무인의 의식세계를 밝힌다는 점에서 의의가 있을 것으로 판단된다.

2장에서는 최희량 한시를 이해하기 위한 기저단계로서 생애를 살펴보았다. 최희량은 젊은 시절 학문을 배웠으나 21세 때 무과로 전향하였다. 이는 문무를 가리지 않는 집안의 가풍과 최희량의 장대한 신체적 조건, 그로 인한 무인적 기질에서 비롯된 것이다. 최희량은 무과에 급제한 후 이순신의 막하에서 7차례나 전공을 세운다. 하지만 이순신이 노량에서 전사하자 벼슬을 버리고 고향인 나주에 은거하여 92세로 생을 마감할 때까지 재출사하지 않았다. 이는 최희량이 당대의 현실을 난세로 인식하고 명철보신했기 때문이다.

3장에서는 2장을 토대로 최희량의 시세계를 살펴보았다. 최희량의 시세계는 크게 무인의 기질을 드러내는 것과 강호에서 자락하는 삶 및 우국지정을 드러내는 것들로 나눌 수 있다. 무인의 기질을 드러내는 시들은 은거 이전 전쟁에 임하거나 은거 이후 병란과 관련하여 읊은 것으로 감각적인 시어와 직설적인 화법으로 시화되고 있었다. 강호에서 자락적인 모습을 보여주는 시는 귀거래한 후 나주에서의 평화로운 삶을 읊은 것이며, 우국지정을 드러내는 시는 병란을 당하자 전직 무관으로서 나라를 근심하는 마음을 나타낸 것이다. 최희량이 현실을 벗어나 은거하면서도 우국지정을 강하게 드러낸 것은 최희량의 은거가 자의에 의한 것이 아니라 '난세'라는 타의에 의한 것이었기 때문에 현실을 완전히 외면할 수가 없었던 것이다.

찾아보기

권혁명

한성대학교 국어국문학과를 졸업하고 고려대학교 국어국문학과에서 한문학 전공으로 석사·박사학위를 받았다. 한성대·고려대·단국대 등에 출강했으며, 고려대 BK21 한국어문학교육연구단 연구교수를 거쳐 현재 한성대학교 상상력 교양교육원 조교수로 재직 중이다. 사단법인 한문연수원 유도회를 졸업했고 동양고전학회 총무이사로 활동하고 있다.

저서로 『조선중기 당풍과 호남한시: 석천 임억령과 식영정 시단』이 있다. 논문으로 「16세기 호남한시의 의상연구」, 「한문단편소설〈최원정화풍남태설〉의 서사적 특징」, 「서울의 문화유적과 콘텐츠화 방안」외 다수가 있다.

한시로 읽는 조선 지식인의 초상

2019년 6월 7일 초판 1쇄 펴냄

지은이 권혁명
발행인 김흥국
발행처 보고사

책임편집 김하놀
표지디자인 손정자

등록 1990년 12월 13일 제6-0429호
주소 경기도 파주시 회동길 337-15 보고사 2층
전화 031-955-9797(대표), 02-922-5120~1(편집),
　　　 02-922-2246(영업)
팩스 02-922-6990
메일 kanapub3@naver.com / bogosabooks@naver.com
http://www.bogosabooks.co.kr

ISBN 979-11-5516-910-0 93810
ⓒ 권혁명, 2019

정가 25,000원